LUCIA

~Roman~

Corinne Wandenburg

Pentru cei ce au iubit până la moarte şi dincolo de ea !
Cu drag, pentru Alexandru Călin Iacob !

INFAROM
office@infarom.ro
http://www.infarom.ro

ISBN **978-973-1991-44-3**

Editura: **INFAROM**
Autor: **Corrine Wandendurg**
Editor-corector: **Dr. Florina Cercel**
Design copertă: Liping Wang

Descrierea CIP a Bibliotecii Naţionale a României
WANDENBURG, CORINNE
    Lucia ; Tatăl meu este soarele şi mama mea este luna /
Corinne Wandenburg. - Craiova : Infarom, 2012
    ISBN 978-973-1991-44-3

821.135.1-31

PARTEA I

CAPITOLUL 1

Într-o dimineață frumoasă de vară, numai bună de plimbări cu trăsura, când toată natura se lupta să le facă oamenilor pe plac, un mesager lac de sudoare și plin de praf, își opri calul la poarta castelului contelui Sousa y Monterro. Se vede că ajunsese în sfârșit la destinație.

Bătu la grandioasele porți și, fiind așteptat, i se deschise imediat.

- Bună ziua, domnul conte este acasă? întrebă mesagerul.
- Da, răspunse slujitorul, vă așteaptă! Poftiți pe aici! Sunteți Dom Miguel Ribeiro?
- Chiar eu! Calul meu are nevoie de îngrijiri serioase!
- Nicio problemă, va avea cineva grijă de el, nu vă faceți probleme.

Dom Miguel Ribeiro îl urmă pe slujitorul contelui printr-un decor de basm. Scări spiralate, ornamente florale ieșite din mâinile unor grădinari pricepuți, fântâni arteziene care își picurau apa în bazine pline cu pești ornamentali.

Castelul de Sousa y Monterro aparținea familiei de secole. Membrii ei se mândreau întotdeauna cu acest lucru. Pe poarta castelului dăinuia stema de veacuri a familiei: două egrete încoronate pe malul unei ape, gingașe dar necruțătoare, iar sub ele dictonul "MODESTIS SED IMPORTUNUS". Încă de la intrare, clădirea impozantă își arată importanța pe care o are. Era o construcție robustă, locuită permanent, pe care timpul încă nu-și lăsase amprenta. Renovările recente vorbeau de la sine. În spatele castelului se afla un parc minunat, pe care vom avea prilejul să-l prezentăm altă dată.

Dom Miguel Ribeiro îl urmă pe servitor până într-o cameră unde fu rugat să aştepte. Se aşeză, fiind obosit după atâta drum. Era un bărbat robust, îndesat şi nu foarte înalt. Să fi avut vreo treizeci de ani. Însă faptul că nu arăta atât de bine, precum şi-ar fi dorit, se compensa cu o privire ageră, o frunte înaltă şi o gură bine conturată.

Camera unde fusese introdus era un fel de birou al contelui. Aici contele primea de obicei lumea de pe domeniul sau, venită cu diferite treburi şi pricini la castel. Contele trecea drept un om bun şi drept, aşa că îşi hotărâse nişte zile anume pentru primiri, ca buna orânduire a casei să nu fie dată peste cap, spre necazul Donei Alba, soţia sa, care ridica mâinile deasupra capului plecând fără să scoată niciun cuvânt.

Nu dură mult şi figura contelui se arătă în uşă.

- Dom Miguel, mă bucur să vă revad în sfârşit. Sper că persoanele care v-au trimis sunt sănătoase şi îmi trimit veşti bune.

Dom Miguel se înclină în semn de respect şi spuse:

- Baronul de Cantarra este sănătos, el şi întreaga lui familie. Vă transmite multe salutări şi îmbrăţişări din Lisabona. Vă urează sănătate şi vă trimite scrisoarea aceasta, la care aşteaptă răspuns. Astfel,trimisul baronului scoase de la piept un plic gros cu o pecete de ceară, care ilustra pecetea baronului, apoi se înclină adânc şi se dădu mai în spate, parcă pentru a-i face loc contelui pentru lectură.

- Se pare, zise contele, că baronul a avut încredere doar în scumpul şi credinciosul său Dom Miguel Ribeiro în a trimite această misivă! Eşti vrednic să întorci şi răspunsul meu. Însă nu o s-l scriu, vremurile sunt încă ciudate şi nu cutez. Dom Rui Alfonso de Cantarra spune că eşti preţuit întotdeauna pentru meritele dumitale. Aşa că, te rog spune-i baronului că eu, contele Filipe de Sousa y Monterro, îi voi încredinţa mâna fiicei mele Lucia fiului său Pedro cu toată încrederea! Fie ca această uniune să ne lege interesele comune mai tare şi nimeni să nu le rupă. Dom Miguel spuse:

- Aceasta este vestea pe care stăpânul şi prietenul meu baronul o aşteaptă. Totuşi ar trebui să vă gândiţi să scrieţi o scrisoare cât de mică cu privire la o dată, la petrecere.

- În fond, ai dreptate! Contele sună dintr-un clopotel, după care un servitor intră imediat. Condu-l pe Dom Miguel Ribeiro într-o cameră de oaspeţi şi fiţi la dispoziţia lui! Bănuiesc că nu refuzi o noapte în castelul meu! Deseară la masă ai să o cunoşti pe fiica mea,
Lucia. Ai putea s-o descrii mai bine.

- Mulţumesc pentru ospitalitate, zise oaspetele, urmându-l apoi pe servitor. Aştept acea scrisoare până mâine dimineaţă.

- O vei avea, odihneşte-te acum!

CAPITOLUL 2

Cititorul să ne ierte dacă am intrat prea repede în subiectul acestei cărţi. Se cuvenea să descriem întâi familia acestui nobil bărbat al Portugaliei. Dar, cu scuzele de rigoare, o vom face acum.

Bogata familie din Santa Cruz, o localitate aflată aproape de Coimbra, stăpânea pământurile sale de pe timpurile în care capitala se afla chiar la Coimbra. Dom Felipe era un bărbat înalt şi încă prezentabil. Făcea parte din clasa oamenilor care rămâneau încântători toată viaţa. Era un om drept, blând şi nu avea mai mult de cincizeci de ani. Se căsătorise cu Dona Alba, verişoara sa, care era cu cinci ani mai tânără. În tinereţe, aceasta fusese o cucerire pentru el. Soţia sa era încă frumoasă şi acum la patruzeci şi cinci de ani. Însă Picturile care o înfăţişau în tinereţe spuneau totul, era un ideal de frumuseţe. Avea un păr negru splendid, lung, purtat după moda vremii, buzele moi şi roşii, pielea albă şi catifelată. Cât despre ochi.... aceştia aveau un foc în ei care topeau orice posibilitate de împotrivire. Avusese mulţi pretendenţi, însă, la sfatul părinţilor săi, acceptase să se căsătorească în familie, cu vărul său. Dacă a iubit pe altcineva înainte, numai ea şi bunul Dumnezeu au ştiut. Nu s-a împotrivit niciodată, dar nici inima nu i-a tresăltat tulburată cum ar fi trebuit. A luat-o ca pe o datorie. Părinţii o sfătuiseră la aşa un mariaj, Alba fiind singurul lor copil.

Dom Felipe a fost fericit, mândru şi încântat când Dona Alba i-a devenit logodnică. Frumuseţea ei îl vrăjise. Căsătoria lor a fost celebrată cu mare fast, la mai puţin de un an de la logodnă, iar proaspăta soţie îşi urmase bărbatul în vechiul castel aflat sub pecetea celor două egrete. Nu regreta nimic, avusese o viaţă tihnită cu îndatoriri obişnuite unui nobil care are şi domeniu la ţară.

Când apărură copiii, avusese parte de multă activitate. Maternitatea o schimbase, o maturizase, dar chipul şi trupul îi rămăseseră tot frumoase. Dom Felipe a fost mulţumit că a avut un moştenitor, pe Francisco. Evident că o iubea şi pe frumoasa lui fiică, dar aceasta "oricum se va mărita şi va pleca, pe când un fiu....".

Francisco căpătase frumuseţea mamei şi agerimea tatălui său. Lucia semăna tatălui său, însă după ce crescu, toată lumea observă la ea o melancolie care o făcea mereu tăcută. Era o frumuseţe blândă, dar invizibilă. Stătea mai mult în camera sa, alături de doica ce îi crescuse pe ea şi pe fratele ei. Când se plimba, o făcea doar prin parcul castelului. Avea, de altfel, doar 16 ani. Fratele său avea douăzeci şi cinci de ani. Era o mare diferenţă de ani între ei. Treburile se mai schimbaseră când primise în dar un căluţ, cu care se plimba zilnic pe malul râului Mondego.

Relaţia dintre copii era una plină de dragoste, chiar dacă erau firi diferite. Francisco era mereu pus pe glume şi avea un spirit optimist iar zâmbetul cu greu îi dispărea din colţul buzelor. Reuşea să o facă pe Lucia să iasă din carapacea ei şi să-i capteze interesul pentru poveştile lui din capitală.

Când se întorcea de la Lisabona, îi aducea ba o pasăre deosebită într-o colivie, ba nimicuri femeieşti care o făceau fericită pe Lucia. Viaţa lui Francisco era, se pare, destul de activă, însă nu compromiţătoare. Era un tânăr bogat căruia i se îngăduiau uneori năzbâtiile. Era frumos, dezgheţat la minte, aşa că uşile saloanelor îi erau deschise.

Când el începea să povestească Lucia trăia parcă şi ea cu fratele ei plecat la studii. Îşi şi scriau scrisori lungi, Francisco se confesa surorii sale fără teama de a fi trădat. De altfel, tânărul era aşteptat în vacanţă. Îşi terminase în sfârşit studiile navale pe care le tot făcea de destui ani spre oful tuturor care-l doreau acasă.

Astfel, descrierea acestei familii se poate încheia. Erau fericiţi împreună în tihna unei case mari, iar dacă nu erau, totul era ascuns cu multă iscusinţă.

CAPITOLUL 3

Dona Alba coborî în biblioteca din camera ei, cu veşnicul coşulet cu lucrul de mână. Spera să o găsească pe Lucia acolo. O căutase în camera ei, dar fata nu era acolo. Puţin cam distrată, Lucia lăsase uşa la colivia canarului deschisă. O imprudenţă care ar fi costat-o mult, geamul de la cameră fiind larg deschis. Mama sa nu făcu decât să închidă uşiţa, canarul era în siguranţă acum, iar Lucia se putea bucura de cântecele lui în continuare.

În bibliotecă o găsi pe scumpa ei fiică, cu o carte în mână, dar necitind. Era acaparată din nou de melancolia aceea care o făcea să nu audă şi să nu vadă nimic. Era o copilă nevinovată, o fecioară blândă şi pură. Un aluat pe care mama sa îl modela în mâinile sale.

Dona Alba îşi ştia scopul, soţul său îi poruncise să îi vorbească Luciei despre o posibilă căsătorie în viitor. Acest mariaj servea intereselor familiei şi nu trebuia refuzat. Mama se aşeză lângă Lucia, care tresări.

- Mamă, draga mea mamă!...

- Ce faci aici cu cartea în mâini şi cu ochii departe? Te-am căutat în camera ta, uşa la colivie era deschisă, la ce visezi îngeraşul meu blând?

- Mă gândesc la Francisco, în curând va fi acasă. Mi-a scris în ultima scrisoare, promiţându-mi excursii lungi împreună. Mi-a promis cadouri de revedere şi vizite la Coimbra. Îl aştept, când vine simt că trăiesc, mă învaţă atâtea!

- Scumpa mea, viaţa nu stă în loc, mai curând sau mai târziu te vei căsători. De altfel, despre acest lucru este vorba. Tatăl tău doreşte să te pun în temă cu un aranjament în privinţa acestui subiect...

- O căsătorie? zise Lucia mirată ... Nu sunt deloc pregătită să vă părăsesc! De altfel am tot timpul, am doar şaisprezece ani!

- E o vârstă minunată, draga mea!

- Dar eu nu îmi doresc acest lucru acum. Eu vreau încă să mai zburd, să mă plimb prin parcul nostru iubit. Căsătoria ... nici nu ştiu ce este. Să am în jurul meu oameni pe care nu-i cunosc şi încă pe deasupra un soţ.

- Lucia, dacă tatăl tău o doreşte, noi nu trebuie să ne împotrivim. Ştii că este un om bun şi blând şi-şi doreşte ce este mai bun pentru copiii lui. Ce pot să fac pentru tine este să încerc să obţin o logodnă de un an...

7

- Un an?! Atât de puţin mai am?! Mă simt alungată! Lucia începu să plângă…. Mamă, ştii mai multe?

- Ştiu doar că un mesager de la Lisabona este aici din partea familiei cu pricina. Cred că este o cerere oficială. O să-l cunoşti pe acest sol la masa din această seară. Şi, draga mea Lucia, noi femeile suntem slabe, trebuie să ne supunem. Tu ştii că şi eu am plecat de lângă familia mea. Altfel cum te mai ţineam acum în braţe…?

- Ai dreptate mamă, o să mă gândesc la asta!

- Trebuie să accepţi scumpa mea, spuse Dona Alba cu un oftat….

- De ce oftezi? Tu nu l-ai iubit pe tatăl nostru?

- Ba da fata mea dragă, ba da, dar ….

- Dar nu l-ai iubit ca pe cel cu care nu te-ai căsătorit!

- Nu e adevărat! Taci! spuse mama cu vocea sugrumată, să nu ne audă careva….

- Povesteşte-mi! …o încolţi Lucia, parcă trezită din vis. Dacă îmi povesteşti şi-mi dovedeşti sacrificiul tău pentru familie, îţi promit că mă voi căsători.

- Ţie îţi va fi mai uşor, tu nu iubeşti pe nimeni….

- Ai iubit?

Cu un oftat, Dona Alba povesti cum, la optsprezece ani, îndrăgise un tânăr nobil cu care însă familia ei nu era în relaţii bune. S-au întâlnit la balul de prezentare de la Lisabona. Era foarte emoţionată, atunci când l-a văzut, a prins curaj şi a putut face plecăciunea către regele Filipe IV. A fost un an cu bucurii şi tristeţi…

În prima jumătate a crezut că se va căsători cu Rodrigo, dar familia Albei l-a crezut un trădător, îl credeau de partea spaniolilor. După refuzul dat de tatăl Albei, a plecat cu ochii închişi la război împotriva Spaniei. Nu era un trădător!

- Şi ce s-a intamplat?

- A murit acolo. Nu l-am mai văzut niciodată decât în portretul pe care-l port cu mine mai mereu.

- Mamă, cât ai suferit! Situaţia mea nu este nicidecum aşa de aspră. Când tata va veni la mine, voi accepta să mă căsătoresc cu cineva pe care nu-l iubesc.

- Îţi mulţumesc fata mea, eşti atât de cuminte!

- Spuneai că mesagerul e la noi şi că ne vom vedea la cină?

- Da, aşa este! Trebuie să te faci frumoasă, să aibă ce spune când va ajunge în capitală!

- Mamă, arată-mi portretul!

- Care …. portret? Nu, draga mea, îmi este teamă!

- Te implor buna mea mamă!

8

Cu un oftat, Dona Alba scoase de la gât un lanţ gros care avea un dublu medalion. Martira îl deschise fiicei sale. E singurul de la el.

- Oh, ce tânăr frumos! Cât ai suferit! Dar poate mai trăieşte pe undeva...

- Ce tot spui copilă, nu are cum, e imposibil!

- Era din Lisabona? Poate trăieşte retras acolo şi noi la fel aici. Cum îl cheamă?

- Lucia, nu mă ruga să-ţi spun!

- Te rog, o să fac cercetări fără să ştie nimeni! Avea vreun titlu?

- Da, era marchiz...Rodrigo de Linares. Dar gata Lucia! Nu mai resist! Inima mea bate cu putere, iar dacă închid ochii văd balul, refuzul familiei mele, plecarea lui...

- Iartă-mă, mamă!

CAPITOLUL 4

Dom Miguel Ribeiro participă la cină în seara aceea şi obţinu scrisoarea mult dorită, însă nu era mulţumit. Era nedumerit de tăcerea şi indiferenţa frumoasei Lucia. Se vedea parcă din atitudine un sacrificiu asumat. Dona Alba fusese şi ea foarte reţinută, doar contele era cel fericit.

Sigur, femeile aveau ceva. Privirile care li se încrucişau mai mereu ascundeau parcă ceva. Din partea mamei spuneau: "curaj, scumpa mea Lucia!", iar din partea cealaltă, răspunsul era: "o voi face, e de datoria mea!". Dom Miguel se gândi apoi la Dom Pedro de Cantarra... "să mă ierte Dumnezeu, dar nu merită o sfântă drept soţie!". Se duse în sfârşit la culcare, dar nemulţumit.

Contele, după ce îşi bătuse capul toată amiaza cu redactarea scrisorii, aşteptase cina cu multă nerabdare. A fost cel mai bucuros om când i-a înmânat misiva lui Dom Miguel. Parcă deja îl vedea citind-o pe destinatarul său de drept. Era o scrisoare cu răspuns favorabil, îi încredinţa lui Dom Pedro mâna fiicei sale. Spera, astfel, ca prin această căsătorie, afacerile din capitală să-i prospere. Nu-l interesa prea mult sentimentele Luciei. Ea era atât de blândă şi de
ascultătoare, va fi fericită oricum, melancolică cum era ea.

Nu înţelegea să gândească altfel. Nici nu era de conceput vreun refuz. Îi va face fiicei sale o nuntă ca în poveşti, va avea un trusou bogat. Totul va fi demn de numele, prestigiul şi averea sa. Lucia intra într-o familie la fel de nobilă, aşa că grijile lui erau minime. Va avea copii, care îi vor ocupa tot timpul şi nu va mai avea timp de plictiseală, ba din contră, Lucia va scăpa de melancolie. Se va schimba, se va coace, devenind o adevărata doamnă cu reşedinţa în capitală, va primi vizite, saloanele ei luxoase vor fi pline, iar ea le va patrona cu multă demnitate şi firesc. Îl cunoştea pe viitorul soţ. Era un tânăr la modă, cum se spune, cu succes la doamne. Însă Lucia era atât de blândă şi inocentă că poate nici nu va observa. Contele, în gândirea lui, se contrazicea. Când o vedea pe Lucia o doamnă cu o societate lărgită lângă ea, când o vedea neschimbată.

Când scrisoarea a fost bine pusă la pieptul lui Dom Miguel, se aşeză la masă cu adevărat. Contele observase o anumită atitudine reţinută la doamnele sale, însă nu dăduse nicio atenţie, era obişnuit cu toanele lor. Felurile de mâncare se succedară unele după altele,

10

spre mândria contelui care era fericit că servitorii se întrecuseră pe ei. Totul fusese perfect, de la un capăt la altul. Doamnele, totuși....

Când se terminase și fiecare plecase în camera lui, era deja târziu, contele, închizând ușa la apartamentul său, își spuse că făcuse o afacere bună. Am văzut cum gândea trimisul baronului! Doamnele însă, se duseră amândouă în camera fetei.

- Curaj, scumpa mea! Nu trebuie decât să sperăm în Dumnezeu! Nu avem ce face! Vei avea o logodnă de un an și asta e ceva. Când îl vei întâlni pe Dom Pedro, vei primi și inelul de logodnă, atunci totul va fi pecetluit. Tatăl tău va hotărî când să primească vizita întregii familii a baronului. Cât de ocupate vom fi cu pregătirile! Câtă muncă!

- Să îndrăznesc să sper în Dumnezeu sau într-o minune care să oprească asta. Mă voi căsători fără să cunosc iubirea adevărată. Tu ai avut acest noroc, dar eu?

- Taci, scumpa mea! Ce noroc a fost acesta? A plecat cu mândria rănită de refuz, cu capul înainte la moarte!

- Poate nu a murit! Poate trăiește la Lisabona! O să-l caut! O să vă reîntâlniți!

- Lucia, taci pentru numele Fecioarei! Ce vrei să înnozi? M-am învățat să-mi înfrânez sentimentele în anii aceștia mulți. Uneori mai deschid medalionul... apoi mă liniștesc!

- Eu simt că trăiește! Nu trebuie să faci nimic nedemn, doar să te mulțumești să-l știi în viață, mai bine decât mort. Poate e căsătorit, poate nu te-a uitat.

- Lucia, devii visătoare din nou, nu te mai gândi la lucruri imposibile! Te las să te culci. Ce-o fi zis omul acesta despre noi? De-abia i-am adresat câteva cuvinte, iar tatăl tău a
vorbit mai mult el....

- Problema lui, dragă mamă.... Mie nu îmi pasă! Totul este hotărât, ce mai contează dacă am vorbit sau nu la masă. Nu schimbă cu nimic situația asta faptul că o să mă mărit cu cineva pe care o să-l văd pentru prima dată la logodnă!

- Noapte bună, scumpa mea copilă!

- Noapte bună, mamă! De-abia aștept să vină Francisco!

Dimineața, cu noaptea în cap, Dom Miguel plecă spre Lisabona. Avea de parcurs un drum lung și obositor. Obținuse scrisoarea cea prețioasă, la urma urmei ce-l interesa pe el nedumeririle altora? Nu toată lumea se căsătorește din dragoste, sunt alte interese mai importante. Cu gândul acesta în minte, călări încet, fără grabă, spre Lisabona, scopul baronului fiind atins,.

CAPITOLUL 5

Duminică dimineaţa, toată lumea din Santa Cruz, micuţa localitate de lângă Coimbra, mergea la þiserică. De sute de ani, această localitate legată cu rădăcini adânci de Coimbra, se
mândrea cu Mănăstirea Sfintei Cruci. Sfântul Teotonius pusese prima piatră la fundaţia ei. Înăuntru erau înhumaţi doi regi, Alfonso Henriques şi Sancho I. Mănăstirea a fost renovată cu un secol în urmă de către regele Manuel I, care le mutase locul de veci celor doi regi, tot în mănăstire, dar în alt loc, din cauza lucrărilor şi a schimbărilor aduse.

Toată lumea mergea pe jos, indiferent de rangul social. Era un mod de a dovedi tuturor că oamenii erau egali în faţa lui Dumnezeu cel iubit, al sfintei sale Biserici, dar mai ales în faţa Sfântului Scaun Inchiziţional.

Aşa că, pe drum, în dimineaţa acelei zile de duminică, familia contelui de Sousa y Monterro mergea pe jos să asculte Sfânta Liturghie oficiată de către preoţii şi călugării mănăstirii. Se întâlneau cu alţi credincioşi cu care îşi dădeau bineţe în mod solemn, parcă ultima zi din săptămână făcându-i mai interiorizaţi şi parcă mai preocupaţi de suflet şi de credinţa catolică. Indiferent de cât de credincioşi erau în cursul săptămânii, şi erau slavă Domnului, duminica se întreceau pe sine. Purtau cele mai frumoase haine, erau curaţi, şi mai ales plini de evlavie.

Aproape de locul unde era construită abaţia, familia contelui se întâlni cu familia de pe domeniul apropiat lor, familia contelui Joaquim de Luso. Aceste familii se vizitau foarte rar, iar de când cei doi fii ai lor învăţau împreună în capitală, vorbele circulau că se şi distrau, aceştia fiind prieteni la cataramă. Familia de Luso avea pe lângă moştenitorul Luis încă două fete, cu care Lucia se întâlnea destul de des. Îşi scriau, se plimbau împreună, călăreau pe malul râului. Socializau, nu erau prea multe familii nobile în zonă, dar o făceau de plăcere. Surorile lui Luis, adică cea mare care avea nouăsprezece, ani iar cea mică de şaptesprezece, erau firi supuse şi blânde, astfel se potriveau perfect Luciei. Catarina, cea mai mare, se logodise de curând, sclipea de fericire ca inelul de pe mâna ei stângă. Pe ea ar fi vrut Lucia s-o întrebe o mulţime de lucruri despre asta. Iubea, era o datorie? Lucia se gândi că, după ce va ajunge acasă, îi va scrie că trebuie s-o vadă neapărat.

Cei doi bărbați, după ce se salutară ceremonios, vorbiră despre apropiata venire a fiilor lor acasă. Ce vor face apoi? Ce preocupări vor avea, căci terminaseră școala. Săptămâna viitoare, cel târziu peste două săptămâni, evenimentul trebuia să aibă loc. Toată lumea îi aștepta cu nerăbdare.

Ajungând la biserica abației, familiile se despărțiră pentru a intra fiecare în locul de atâția ani rezervat lor. Pentru prima dată Lucia nu a fost atentă, nu dădea răspunsurile din cursul liturghiei. Mama sa o mai atenționa ușor lovind-o cu cotul. Lucia tresărea dar revenea la întrebările sale: cum e dragostea, oare chiar trebuia să se căsătorească? Era obligată? Va îndura? Dom Pedro cum este? Întrebările rămâneau fără răspuns. Era căsătorie din interes, dar

un interes care nu-i aparținea.

Ea nu conta. Pentru prima dată conștientiza că nu e drept, că e doar o unealtă. Realiza că trăise până acum cu capul în nori, realitatea o aducea ușor, ușor, cu picioarele pe pământ. Iar mama, care a putut face asta, cum a îndurat și cum îndură? Dacă acel om mai trăiește? O să-l caute în Lisabona aceea mare cât un vis urât.

Se terminase slujba. Trecuse și ora mesei de prânz, la care Lucia ciuguli cât o păsărică. Tatăl său vorbi fericit despre ce viață gândea că va duce ea, în capitală, îl va vedea mai mereu pe rege, va fi totdeauna bogat îmbrăcată, va avea trăsură, servitori, o viață trepidantă, total diferită de viața pe care o ducea ea aici la Santa Cruz de Coimbra.

Plecă în parc singură, dorea să se plimbe și să încerce să nu se sufoce. Cum să fie ea smulsă din casă și dată unui necunoscut? Aștepta cu nerăbdare să se întoarcă fratele său. Va vorbi cu el, vor găsi împreună o soluție. Poate îl cunoaște pe viitorul ei soț. Poate știe cum e, ce caracter are, cum arată.

Se întreba unde este Lucia cea de săptămâna trecută? Unde este fata care se mulțumea cu trilurile canarului său? Cea care zburda ca o căprioară? Trebuia să se roage pentru o minune, în curând își va cunoaște viitorul soț. Trebuia ca Sfânta Fecioară să o întărească. Nici mama ei nu va fi lângă ea. De câte ori își va mai vizita familia?

Își dădu seama că mama ei, în toată viața ei de femeie măritată, mersese foarte rar la părinții ei. Astfel că aceeași soartă o aștepta și pe ea. Cât de des îl va mai vedea pe Francisco? Și el se va căsători în curând. Dar va rămâne aici, acasă la el. Era legată atât de profund de fiecare lucru din Santa Cruz, iubea râul, biserica, oamenii nevoiași pe care îi ajuta uneori și cărora le făcea vizite cu mama ei. Lacrimi grele și multe îi udau obrajii și rochia.

13

- O minune, Doamne, fă o minune,   arată-mi   un   semn, liniștește-mă și dă-mi putere!

Fugi apoi departe spre capătul parcului ca să nu o vadă nimeni, nici pe ea, nici slăbiciunea ei. Se va întoarce liniștită, dar avea acum nevoie să plângă, să fie singură. Se împiedică și căzu, începuse să plângă și mai tare. Cineva îi întinse o floare. Era bunul și bătrânul grădinar.

- O, Jose, sunt atât de nefericită! spuse Lucia luând floarea.... O să mă căsătorească cu cineva pe care nu l-am văzut și nici nu-l iubesc!

- Domnița mea dragă, nu te amărî! Uneori viața nu se împlinește așa cum vor alții....

O dusese pe nesimțite în căsuța lui simplă, curată și plină de aer. Lucia se liniști în fața unei cești de lapte proaspăt.

- O să fie bine, ai să vezi!

- Tu, Jose, ai urmat-o pe mama de la casa părinților ei....tu îi aduci aminte de locurile în care s-a născut....

- Așa e! I s-a îngăduit să mă ia! Îi știu secretele și toate lacrimile și nu vreau ca fiica să pătimească la fel ca mama!

- Știi de marchizul de Linares?

- Da fiica mea, era cel mai nobil bărbat pe care l-am cunoscut. Nu era un trădător! O iubea pe mama ta. Eu le duceam corespondența, de aceea spun că nu e posibil să fie două sorți la fel. Acum du-te, liniștește-te!

- Mai vino pe la mine, o să-ți povestesc, poate, cine știe?

CAPITOLUL 6

Lucia parcă revenise la viață odată cu vestea pe care o primiseră cu toții într-o dimineață. Venea Francisco. Terminase şcoala şi era gata pentru îndatoririle sale de moştenitor. "Probabil şi el ar trebui să se căsătorească" gândise fata.

Toată lumea era în toiul pregătirilor de primire. Tânărul anunţase că va veni împreună cu Luis de Luso, bunul său prieten. Asta bucură pe toată lumea, compania era întotdeauna binevenită la drum lung. Tinerii erau de aceeaşi vârstă şi se înţeleseseră minunat, s-au sprijinit mereu şi au parcurs ultimii ani împreună.

Lucia nu-l cunoştea pe tânărul Luis, nimeni nu-i făcuse cunoştinţă. Era, de altfel mică şi încă nearătată societăţii. Parcă îl văzuse la biserică la locul familiei de Luso, dar nu-l remarcase. Ştia că e cu fratele său la şcoală şi că au aceeaşi vârstă, dar atât. Ea mai mult se întreţinea cu Catarina şi cu Joana..."Catarina cea fericită că este logodită! Ar trebui să fiu şi eu fericită!"

Francisco şi Luis călătoreau cu trăsura familiei de Luso, astfel că o scrisoare de recunoştinţă porni imediat într-acolo. De altfel, din ultima scrisoare a lui Francisco mai reieşea că prietenul său acceptase o vizită de curtoazie la Santa Cruz. Aşa că toate trebuiau să fie perfecte, gata la timp.

Toţi ştiau că Francisco va ajunge acasă seara iar Luis de Luso nu va coborî din trăsură, grăbindu-se să ajungă acasă unde toată lumea era nerăbdătoare. El mai trebuia să meargă vreo douăzeci de kilometri. De altfel duminica era singura zi când plecau din Luso la biserica din Santa Cruz. Erau singurii care veneau duminica de la o aşa distanţă şi ajungeau cu trăsura. La ceremoniile religioase din cursul săptămânii mergeau la biserica din localitate, însă, de foarte mulţi ani, duminica mergeau la Coimbra. Un obicei care nu se putea schimba.

Lucia stătea în camera ei la fereastră şi urmărea drumul. Părinţii ei aşteptau la parter în bibliotecă. Trebuia ca trăsura să fi ajuns deja. Se înserase. Şi iată că în zare Lucia zări ceva mic,
mic, apoi ceva mai mare şi, în cele din urmă, o trăsură care stârnea praful în aer, lăsându-l apoi în urmă.

- Mamă, vine! Se vede trăsura! strigă ea pe fereastră....

Părinţii, cu ferestrele de la bibliotecă deschise, auziră şi merseră să-l întâmpine afară. Lucia îl va întâmpina înăuntru, aşa era regula. Însă,

15

căţărată pe fereastră, era şi ea afară, făcându-i semne cu bastista fratelui său, nevăzută de părinţi. Acesta o zări şi flutură şi el batista lui. O stare de drăgălaşă confuzie se produsese când părinţii, văzând semnul, se căutară de batiste. Dar, trăsura ajunsese deja pe prundişul fin din faţa intrării.

Dom Felipe îşi salută fiul şi primi salutări din partea prietenului său.

- Te rog să-i mulţumeşti tatălui tău, contele de Luso, pentru că a îngăduit ca Francisco să vină cu tine.

- O să-i transmit, nu vă faceţi probleme, este o onoare din partea noastră, a tuturor!

Deodată, de undeva de sus, cineva strănută. Cei doi tineri se uitară în sus curioşi.

- Hei surioară, noroc de strănut! Vezi să nu răceşti, coboară şi îmbrăţişează-mă!

- Bine ai venit acasă, iubite frate! Te aştept de mult aici sus. Am văzut trăsura de departe şi am dat alarma!

- Bine că nu ai sunat din trompetă, strănutul a fost suficient, râse el zgomotos…

În timpul acesta, Luis se uita în sus la fereastra fetei. "Ce drăguţă soră are Francisco, unde mi-au fost ochii de nu am remarcat-o?" Când privirile li se întâlnîră, a privit-o insistent. Lucia se înclină tulburată fără să înţeleagă motivul şi plecă de la fereastră.

- Luis, ea este sora mea, e timidă ca orice fată… Ne vedem mâine, ce zici de o plimbare?

- Da, ne vedem după -amiază, să colindăm împrejurimile, să observăm schimbările. Acum trebuie să plec, sunt aşteptat! Tu eşti norocos, ai ajuns.

- Cu bine, Luis, şi îţi mulţumesc!

Trăsura plecă iar Luis făcu din mână a salut. Ridică ochii dar nu mai zări făptura aceea care-l tulburase. "Ciudat, nicio femeie nu mi-a făcut inima să tresară şi, slavă Domnului, Francisco mi-e martor, au fost destule…. Curios, trebuie să studiez problema, voi accepta invitaţia la masă şi ea va fi acolo. Unde au ascuns-o? "

Lucia plecă de la fereastră cu inima cât pe ce să-i sară din piept. Se stăpâni şi îşi întâmpină fratele foarte bucuroasă.

- Lucia, ai crescut, eşti o adevărată domnişoară!

- Logodită, răspunse în locul ei Dom Felipe…

- Deja? Cu cine?

- Cu Pedro de Cantarra. O afacere minunată pentru binele ambelor familii.

- Cu cine? Hm! Francisco se schimbă insesizabil, dar își reveni repede. Însă Lucia îl văzuse și înțelesese că e ceva cu bărbatul acesta, ceea ce fratele ei știa.

- Mamă, scumpă mamă, arăți foarte bine! Mereu mai tânără...
- Lingușitorule! Sărută-ți mama!

Seara fu minunată, dar scurtă. Francisco era obosit, dar îl rugă pe tatăl său ca după cină să-l însoțească în bibliotecă. Doamnele plecaseră la culcare, erau obosite de atâtea emoții.

Când amândoi închiseră ușa în urma lor, Francisco începu să vorbească cel dintâi.

- Tată, de ce tocmai Pedro de Cantarra? E o lepră, un neisprăvit fără onoare. Are, se spune, și un copil din flori, cu o actriță. Părinții săi i-au închis gura acesteia cu mulți bani! Lucia merită o soartă mai bună!

- Nu are rost să te bagi tu în afacerile mele! Se va căsători cu Lucia și se va cuminți!

- Pedro nu se va cuminți niciodată! Lucia o să moară de durere. Asta vrei?

- Căsătoria se va face, indiferent de ce părere ai tu! S-a hotărât deja! Vor veni peste două luni s-o ceară în căsătorie. Aștept deja răspuns afirmativ cu privire la vizită.

- Vei face, evident, ce vei dori și ce ai hotărât, dragă tată, dar este greșit! E o alegere proastă! Pedro e un tânăr care nu se va schimba niciodată!

- Aș dori să nu te amesteci Francisco! Tatăl ridicase puțin tonul a iritare.

- Repet tată, vei face ce vei dori. Fericirea Luciei este decizia și responsabilitatea ta. Eu doar te-am pus in gardă. Să nu mai discutăm despre acest subiect. De altfel, sunt obosit. Vreau să mă retrag în camera mea. De-abia așteptam clipa când o să fiu din nou cu voi.

- Da, fiule, este hotărât, nu îmi vei schimba hotărârea. Bun venit acasă, mergi și te culcă, ești obosit. Totul este pregătit. Eu mai rămân un pic aici.

- Mulțumesc tată, noapte bună!

Ce demon, ce presimțire o făcu pe Lucia să iasă din camera ei și să coboare scările? Dar să asculte dialogul dintre bărbații familiei? O durere năpraznică o imobiliză în fața ușii, doar lacrimile dovedind că e vie. Când Francisco ieși, realiză totul. O luă în brațe și porni cu ea pe scări.

- Lucia, Lucia, revino-ți surioara mea dragă! Îți promit că o să fac totul ca să împiedic mariajul acesta!

- Soarta îmi e potrivnică, tata are o dorință și o voi respecta. Francisco, ce înseamnă să iubești? Când l-am văzut pe Luis de Luso, m-am

17

tulburat pentru prima dată. Inima a început să-mi bată insistent, parcă dorind să-mi iasă din piept. M-am tulburat atât de tare încât eram să leşin. Mi-am frecat tâmplele cu apă. Trebuia să fac faţă venirii tale.

- Lucia, oare ăştia sunt primii fiori de dragoste? Îl prefer de o mie de ori pe Luis decât pe pramatia aceea de Pedro cu aerele sale de capitală.

- Cum arată viitorul meu soţ?

- Nu e urât deloc, e bogat, are trecere la femei, e vânat de fiecare fată nobilă pentru avere şi are un caracter infect. Fetele din societatea din capitală sunt diferite, pentru ele contează banii şi bijuteriile, loja la operă şi trăsura cu blazon. Tu nu eşti aşa, tu eşti blândă şi făcută să iubeşti. Mi-e teamă că o să te pierzi!

- Are un copil!

- Da, dar nu-i pasă! Îşi doreşte, după câte văd, o soţie blândă şi naivă, care să-i tolereze toate ieşirile. De aceea mă gândesc că şi-a adus aminte de tata, baronul de Cantarra. Ştie că tata are o fată şi crede că grozăviile fiului nu au ajuns la Coimbra. Însă vezi că toată
lumea le ştie.

- Şi Luis? Adică prietenul tău? Se fâstâci Lucia....

- Tu începi să iubeşti, nu te ascunde de mine....

- Nu. Iartă-mă!

- Şi Luis ştie de copil şi de comportamentul scandalos al lui Pedro. Lucia, şi noi am făcut tot felul de năzbâtii, sunt normale până la un anumit nivel.

- Înţeleg. Trebuie să mă resemnez!

- Poate nu, logodna nu e făcută încă, apoi va mai trece un an. Se pot întâmpla multe. Acum aş vrea să te linişteşti. Să mă asculţi şi să te culci. Gândeşte-te la ceva frumos! La dragoste, de pildă!

- A murit din faşă Francisco, nu-ţi dai seama? Eu sunt o provincială, nu voi face faţă societăţii aceleia cu două feţe din capitală.

- Mai vedem noi! Culcă-te acum, spuse fratele ei sărutând-o pe frunte uşor... Lucia zâmbi trist, fără vlagă, neîncrezătoare.

A doua zi, cei doi prieteni buni se întâlniră, făcând o recunoaştere a zonei.

- Aici nu se schimbă niciodată nimic, zise Luis....

- Aşa e!

- Francisco, am zărit-o aseară pe sora ta. E foarte frumoasă, pare gingaşă şi melancolică. Cred că e o femeie pe care orice bărbat ar iubi-o şi ar face orice s-o protejeze. Mi-ar plăcea s-o cunosc de aproape. Îmi place. Mi-e lehamite de fandositele din capitală. E
altfel.

- Lucia? Vorbeşti de sora mea?

18

- Da, am zărit-o aseară. E minunată! O să accept invitația tatălui tău cât de curând, să vorbesc cu ea, s-o ascult.

- Te pomenești că te-ai îndrăgostit … și tu …

- Cum și eu?

- Lucia te-a zărit și ea aseară, cred că iubește pentru prima dată, însă e o dragoste imposibilă care nu se va împlini niciodată....

- Cum așa? Din partea mea...

- Din partea ta, nimic Luis,.... E sortită lui Dom Pedro de Cantarra. Lucia îi va spăla cu puritatea ei mizeria. Tata s-a înțeles cu tatăl lui Pedro. Are tot felul de afaceri. Schimbul e Lucia.

- Doamne, sunt uimit!

- Și eu. Am avut o discuție cu tata aseară, dar degeaba. E dată. Peste două luni vine aici s-o ceară oficial. Apoi un an de logodnă și Lucia dispare ca o marfă. Tata a fost întotdeauna un om bun și drept și blând, dar toate într-o formă specifică lui. Consideră că e cel mai bun lucru pe care îl poate face pentru ea. Căsătoria cu acest om bun de nimic. Mirajul capitalei nu-i va face bine Luciei. Peste toate astea, a auzit toată discuția dintre mine și tata și partea cu acea actriță și copilul ei.

- Înseamnă că e distrusă.

- După cum o știu eu, se va stinge pe picioare. Tata nu are ochi să vadă asta.

- Aș vrea s-o întâlnesc! Ce pot face? Dar fără slujnice prin preajmă.

- În fiecare dimineață, după micul dejun, Lucia călărește singură pe malul râului. Ai putea-o vedea mâine și ori de câte ori vrei dacă ești cu băgare de seamă. Pot să vin cu ea să anunț dacă e vreo primejdie sau cineva vă vede.

- Da, chiar așa, bună idee....

Cei doi prieteni și complici, nu mai spuseră nimic, călăreau la pas fiecare cu gândurile sale.

CAPITOLUL 7

Între Dom Felipe şi fiul său subiectul "Lucia" deveni un subiect tabu, după ce Francisco încercă încă o dată să-şi convingă tatăl. Francisco înţelese astfel că nu putea să-l scoată pe bătrânul conte din încăpăţânarea sa copilărească şi nefirească pentru el. Cu siguranţă, gândi Francisco, e ceva mai mult decât o simplă înţelegere economică sau de ce natură o fi ea. Stăruinţa părintelui său îi deveni suspectă, însă nu avea cum să mai insiste, nu era el stăpânul.

Încercase să vorbească cu mama sa, dar parcă aceasta nici nu-l auzea. Se resemnase şi ea cu privire la soarta fiicei sale. Avusese o simplă reacţie, exclamase: "Doamne, Isuse", când Francisco îi povestise de copil, "Fecioara s-o aibă în pază pe fiica mea. Soarta îi este deja pecetluită. Lucia s-a resemnat şi, apoi, nu toate căsătoriile sunt din dragoste!" Francisco încercase să-i aducă aminte Donei Alba că Lucia e diferită şi că nu va suporta martiriul acesta. Mama lui rămăsese mută, singura emoţie trădată se arăta prin lacrimi amare, curgându-i râu pe obraji. Francisco, cu capul plecat, ieşi din camera mamei sale.

Dimineaţă Lucia porunci rândaşului să-i înşeueze căluţul ei drag. "O să-l iau la Lisabona, măcar atât. Chiar dacă acolo nu sunt câmpuri pe unde să mă plimb." Aşa gândea Lucia, aşteptând. "Tot trebuie să fie vreun parc, ceva. Baronul e bogat. Va fi singura mea consolare. Vom plânge amândoi, el va înţelege." Francisco o surprinse aşteptând.

- Ce face surioara mea frumoasă şi blândă?
- Mă pregătesc de plimbare, merg la râu.
- Vin şi eu cu tine şi Luis vine. Te iubeşte, mi-a mărturisit ieri. I-am spus de Pedro, e îngrozit.
- Spune-i să nu mă iubească, e de prisos. Nu avem nicio şansă. Chiar dacă l-aş implora pe tata în genunchi şi cu lacrimi în ochi, nu aş putea rezolva nimic. De altfel, nici nu am încercat, e inutil. Nu vreau să mă umilesc degeaba. Trebuie să-mi păstrez o anumită demnitate. Voi reuşi eu cumva să trec peste toate. Pedro e un afemeiat, poate va continua cu patima aceasta şi mă va ignora. O să stau atunci în camera mea, o să mă rog şi o să citesc. Viaţa trece cu fiecare oră.

- Poate, hai să mergem.

Alături, cei doi fraţi pornirā cātre rāu. Acolo Luis deja venise şi îi aştepta. Descālecase şi îşi legase calul de o salcie. Arunca pietre în apă. Cei doi fraţi descālecarā şi ei. Francisco fācu cu mâna un semn la borul pālāriei şi spuse:

- Voi fi pe aproape, staţi fārā grijā.

- Bine, dar nu te îndepārta prea mult, spuse Lucia uitându-se lung după el.

După ce Francisco nu se mai vāzu, Luis o luā pe Lucia de mânā şi se aşezarā amândoi pe haina lui largā. Nu mai aruncā pietre în Montego. Stāturā fārā sā scoatā niciun cuvânt multā vreme, Lucia lāsându-şi mâna în mâna lui Luis.

- Lucia, permite-mi sā-ţi spun cā, aseară când te-am vāzut, am simţit pentru prima datā un fulger în inimā. Cred cā te iubesc. Simt o nelinişte, o fericire când mā gândesc la tine. Ceva ce nu am mai simţit niciodată.

- Luis, bunul meu Luis, ştii cā la anul voi fi a altuia. Şi eu am simţit acelaşi lucru asearā. Spaima m-a fācut sā mā retrag de la fereastrā. Aici nu prea am avut societate, doar surorile tale, duminica, şi uneori în vizite scurte. Nu înţeleg de ce tata vrea sā mā mārite înainte de a-mi face intrarea în societate. Dar m-am resemnat. Nu o sā-l iubesc pe soţul meu niciodată. Am înţeles cā aceastā uniune este o chestiune legatā de anumite interese, nu au nicio legātură cu vreun sentiment. Pedro este un vânător de fuste şi nu cred cā o sā-l schimb eu. Deci, m-am resemnat. Te voi iubi veşnic pe tine. Nu mā sfiesc sā ţi-o declar pe faţā pentru cā ştiu cā este o dragoste imposibilā.

- Lucia, dar dacā am fugi?

- Nu fi copil Luis. Vei iubi o altā fatā în curând, cu mine îţi va fi imposibil sā te cāsātoreşti.

- Nu poţi sā porunceşti inimii sā iubeascā, tu ştii bine acest lucru, draga mea.

- Ştiu, dar am acceptat cāsātoria. Francisco îmi spune cā de altfel şi mama, cā mai este cel puţin un an pânā atunci, cā trebuie sā fiu curajoasā şi cā multe se pot întâmpla.

- Nu te vei cāsātori cu el, Lucia, eu nu vreau! Nu pot sā te vād a altuia, iar eu sā rāmân cu mâinile goale. Promite-mi cā te vei gândi. Ei au dreptate, este un an şi jumātate aproape, multe pot întâmpla într-o orā, într-o zi, darāmite într-un an.

- O sā mā gândesc pentru cā aşa vrei tu, dragul meu Luis. Un zgomot se auzi uşor.

- Gata, copii, zise Francisco, vine cineva.

21

Cei doi se ridicaseră înfriguraţi, Luis îi sărută mâinile şi-i dădu drumul Luciei.

- Pe mâine, vă voi aştepta pe amândoi aici în fiecare dimineaţă. Voi arunca toate pietrele în râu.

- Pe mâine, haide Lucia!

Fratele său o ridică şi o urcă pe cal ca pe un fulg. Era atât de tristă cu ochii ţintă în ochii lui Luis. Acesta rămăsese pe mal. Nu mai cuteza să facă niciun pas. Cei doi plecară către casă. Stătuseră deja prea mult, dar nimeni nu avea de obiectat fiind împreună şi în siguranţă.

Zi de zi se întâlniră la râu, unde idila se înfiripa din ce în ce mai puternică. Creştea ca un copil în pântecul mamei. Începuseră să-şi facă planuri, dar cădeau ca redutele cu puţini soldaţi şi deci lăsate la voia inamicului. Duminica trebuiau să se salute ceremonios şi să nu arate că se cunosc mai mult decât trebuie. Dar erau fericiţi, nimeni nu bănuia nimic şi chiar dacă nu se puteau atinge, se puteau privi.

Le erau dragi râul şi pajiştea. Parcă le aparţinea doar lor. Francisco le era complice iar ei se puteau plimba ţinându-se de mână fără nicio grijă. Şi vremea ţinea cu ei, păsările cântau minunat, parcă doar pentru cele două inimi. Seara, amândoi, fiecare în camera lui, aducea cu sine imaginea celuilalt. Visau şi uitaseră că odată cu vremea se apropia vizita logodnicului oficial.

Lucia îi dăduse o batistă iar el dormea cu ea la buze tot timpul. Îi găsise şi o ascunzătoare. Sărută cu bucurie iniţiala Luciei şi stema familiei de Sousa. Nimeni din familia lui nu ştia nimic, se stăpânea foarte bine.

Pentru cealaltă inimă însângerată era mai uşor, avea un confident, cineva pe umărul căruia putea plânge, fără a putea cineva intra la bănuieli. Prietenia şi iubirea dintre cei doi fraţi era cunoscută aşa că nimeni nu băga de seamă că nu se mai săturau unul de altul, iar călăritul în fiecare dimineaţă era considerat normal şi sănătos. Chiar era indicat de conte, având în vedere că, în curând, peste câteva luni, Lucia nu mai avea unde să zburde. Lisabona avea un râu, este adevărat, dar o doamnă nu călărea neînsoţită şi nu avea atâta libertate ca la ţară, în provincie. De fapt, toată lumea a uitat că în trecut Coimbra fusese capitala ţării.

Cei doi trăiau într-un vis din care nu ar fi vrut să se mai trezească. Nu credeau posibilă o întrerupere, o amestecare a cuiva din exterior. Francisco, mai îngândurat ca ei, vedea cum lucrurile vor scăpa de sub control când îl surprinsese pe Luis sărutând-o pe Lucia şi strângând-o pătimaş la pieptul său.

- O minune, o minune, gândi el muşcându-şi buzele până la sânge. Mai bine a lui Luis decât a lui Pedro!

CAPITOLUL 8

Zilele treceau unele după altele, senine și pline de soare. La castel toată lumea încă aștepta scrisoarea de anunțare a vizitei baronului de Cantarra și a suitei sale. Doar cei doi îndrăgostiți sperau că nu va mai veni și doreau o întoarcere a întregii înțelegeri.

Dar, din nefericire, veni și fatidica zi în care scrisoarea mult așteptată se afla în mâinile contelui de Sousa. Se anunțau pețitorii. Vizita trebuia să fie exact într-o săptămână. Baronul de Cantarra venea cu doamna și fiul său Pedro, alături de o suită de servitori demni de rangul său. Toată lumea intră în febra pregătirilor. O mulțime de camere fură scuturate, curățate în aripa unde locuiau nobilii, dar și în spațiul destinat servitorilor. La bucătărie se gândeau
meniuri, se tăiau păsări, vite și oi. Contele dorea să-l uimească cu bogăția sa pe baron. Vroia să nu fie mai prejos. Logodna aceasta era mult prea prețioasă pentru afacerile sale.

Într-o zi de joi, oamenii puși de conte să pândească din timp echipajele baronului, dară năvală.

- Sosesc oaspeții!

- Ce bine, spuse contele aruncându-le o pungă cu bani. Totul e pregătit doamnă?

Dona Alba tresări și spuse că este totul în regulă. Oaspeții pot sosi. De ceva vreme simțea că odraslele sale îi ascund ceva. Francisco și Lucia avuseseră o relație mai specială, erau foarte uniți, dar parcă acum simțea că îi scapă ceva. Avea să aibă cu siguranță o întrevedere cu Lucia după trecerea acestei vizite care o obosea și o scotea din ritmul vieții ei de la țară. Se încredea în Francisco și parcă se mai liniștise, însă nu în totalitate.

Echipajele familiei de Cantarra trăseseră la peron. Toată familia era în fața ușii de la intrare, fiecare cu starea lui. Contele fericit, soția sa puțin tulburată, Lucia avea o mască de om resemnat iar Francisco stătea cu pumnii strânși, de-abia reținându-și nervozitatea. Servitorii deschiseră portierele și coborâră scările. Baronul coborî primul, dându-i ajutor soției sale și, la urmă, frumosul și alintatul Dom Pedro de Cantarra.

După ceremonia de primire care cuprinsese întrebări despre călătorie, sănătate, praful din provincie, toată lumea urcă în camerele pregătite pentru refacere și schimbarea hainelor de călătorie cu ceva mai uşor, timp berechet pentru noi de a-i descrie în voie pe cei din ilustra familie Cantarra.

Baronul, un om în vârstă, se ţinea încă bine şi era mai întotdeauna bine dispus. Îi plăcea să-şi arate opulenţa prin haine şi bijuterii. Un singur lucru îi zdruncinase foarte puţin existenţa: unicul său copil, Pedro, care trebuia căsătorit cu orice chip cu speranţa cuminţeniei şi a acumulării de minte odată cu venirea acestei responsabilităţi. Alte griji nu avea şi nici nu-şi făcea. Se căsătorise târziu cu o domnişoară din societatea sa, aceasta fiind cu mult mai

tânără decât el. Credem că avea vârsta Donei Alba. Mai aflăm că o chema Dona Sofia. Nu era frumoasă, nici nu fusese vreodată, însă avea o unică însuşire pentru care era preţuită. Nu se băga niciodată în discuţiile soţului său, închidea ochii la toate escapadele lui şi părea că nu acordă importanţă decât hainelor sale. Ne gândim că, fiind atât de îngăduitoare, şi fiul ei Pedro căpătase apucăturile tatălui său.

Însă Pedro, acest copil răsfăţat, era într-adevăr frumos, frumos şi bogat. Două însuşiri necesare pentru a duce o viaţă plină de belşug şi plăceri. Era copil unic, aşa că totul i se cuvenea. Toţi i se închinau şi îi făceau pe plac. Trăsura lui era recunoscută la toate petrecerile, că doar avea blazon pe ambele uşi. Servitorii lui erau îmbrăcaţi cu cele mai scumpe haine. Era un om râvnit de toată lumea, dar îndeosebi de mamele care aveau fete de măritat. Chiar şi

năzbâtia cu actriţa de teatru, afacere terminată, dar terminată prost, i-a fost iertată.

Era un bărbat spiritual şi destul de inteligent, însă aceste două însuşiri nefiind puse în slujba la ceva bun, dormitau întorcându-se de pe o parte pe alta plictisite. Spiritul său se trezise brusc ca de la o lovitură de măciucă, atunci când tatăl său îi spusese că liniştea lui îi era tulburată de el. Nu înţelesese prea bine şi fugise la Dona Sofia, care îl lămuri: Lucia de Sousa y Montero.

Totul era aranjat, logodna anul acesta, nunta la anul! Pedro căzuse pe scaun. Nu auzise de o fată pe numele acesta. Ah! Coimbra... Trebuia să se căsătorească, altfel tatăl său care suferise plătind gras "dispariţia" actriţei cu copilul, nu-i va mai da bani şi-i va confisca trăsura.

Ajunsese în camera lui ciudat de liniştit şi de lucid. Nu avea încotro. Mama lui îi spusese că la nuntă va primi o rentă lunară substanţială şi palatul de lângă parcul Vasco da Gama. Deci, căsătorie... Se va face! Aşa că el sosise la castelul de Sousa aproape bine dispus. Era curios să-şi vadă logodnica. Mama lui îi pusese în bagaje bijuteriile pentru logodnică, plus inelul pe care-l primise ea de la tatăl său când se logodiseră. Treabă de familie. Cam atât ca descriere, putem relua adăugând doar că Pedro nu era chiar întruchiparea răului, era doar bogat și educat libertin.

Lui Pedro, Lucia i se păru o mironosiță de la mănăstire, coborâtă parcă pentru mântuirea lui. Nu credea că o place. Ce să vadă la o fată crescută la țară și încă neprezentată în societate. Avea doar 16 ani. Cum făcuse tatăl său o asemenea alegere? Soția lui … Se înfricoșă la gândul că o s-o vadă doar în rugăciune. Oare cum se va apropia de ea?

Masa a fost încântătoare pentru cine era în toane bune. După cină Pedro urcă în camera lui și aduse bijuteriile… "Hai să terminăm odată cu comedia asta…." își spusese el. Coborî în salon, unde o ceru respectuos de soție contelui de Sousa pe fiica sa Lucia. Acesta acceptase și îi făcuse semn să se apropie de Lucia. Aceasta se ridicase ca un arc de pe scaun și aștepta. "Fata asta are ceva, ascunde ceva…" Pedro pusese teatral un genunchi la pământ și îi înmânase Luciei cutiile cu bijuteriile de familie. La urmă îi puse și inelul pe deget… "Culmea… se potrivește!" Apoi o luă de mâini, apoi i le lăsă, o luă de umeri și o sărută pe frunte. Pedro fu șocat… "E rece ca moartea!" Dar nu arăta nimic din ce-i grăia tăcerea Luciei. "Aici e ceva!" Fata îi zâmbi sfioasă, era logodită! Momentul acesta tulburător trecu însă, iar toată lumea începea să se destindă. Cei doi șefi ai familiei erau foarte fericiți.

- Domnule conte, îmi permiteți să-mi iau logodnica la o plimbare? Îmi poate arăta parcul.

- Mergeți copii … du-te Lucia…

Lucia puse bijuteriile în cutii și i le încredință mamei sale, plecând apoi afară. Începură să meargă tăcuți unul lângă celălalt. Pedro, contrariat, spuse:

- Dragă Lucia, ești atât de tăcută iar fruntea ta e plină de nori…

- Vă înșelați!

- Și uite cum îi vorbești viitorului tău soț!

Lucia oftă, apoi Pedro o opri și o luă de mâini.

- Nu vrei să te căsătorești, așa-i? Nu cu un necunoscut cu reputație proastă. Află că nici eu, dar tata îmi taie banii și trăsura. Ne putem înțelege după căsătorie. Nu trebuie să fii a mea! Simt că ești altfel, nu ești ca femeile pe care le cunosc. Poate iubești pe altcineva…

- Îți sunt recunoscătoare pentru ce ai spus acum. Știu că ai un copil.

- Toată lumea știe, deci și tu. Te deranjează?

- Nu! Deloc! Un copil e o binecuvântare. Ar trebui să te căsătorești cu ea nu cu mine.

- Tata a plătit să dispară!

- Păcat! E sângele tău. Să o cauți, copilul acela trebuie să aibă tot ce trebuie.

- Ce bună ești și chiar nu te deranjează. Ești prima femeie neprefăcută cu care vorbesc!

- Ne întoarcem? Vreau să urc la mine. Sunt obosită, prea multe emoții astăzi.

- Lucia, iubești pe cineva?

- Da, de aceea îți sunt recunoscătoare pentru ce ai zis mai înainte. O să facem cum vor părinții noștri dar nu-mi cere mai mult.

- Nici nu am cum, ești prea sensibilă, nici nu știu să port o conversație cu tine.

- Pedro, hai să facem un pact. Să nu ne mințim. Fiecare să facă ce vrea dar fără să-l rănească pe celălalt.

- Promit! Din partea mea este foarte correct! Îți place inelul?

- Da, e drăguț, dar nu contează prea mult.

- Înțeleg...

Cei doi logodnici intrară în salon liniștiți. Păreau că s-au înțeles.

- Tocmai discutam despre voi, spuse baronul. Lucia, tu trebuie să vii la Lisabona pentru trusou și să ne faci câteva vizite, iar Pedro cu noi te vom vizita de asemenea pe parcursul acestui an. Pedro va primi un palat unde veți locui în cele mai bune condiții. Nu vă va lipsi nimic pentru a fi fericiti.

- Mulțumesc, tată!

Femeile se scuzară, apoi plecară la culcare. Lucia răsuflă ușurată după ce își zăvorî camera. Imediat își dădu inelul jos de pe deget. "Niciodată! Niciodată". Pedro îl luase deoparte pe Francisco și îi spusese:

- Să nu crezi că sunt vreun nesprăvit, am făcut o înțelegere cu sora ta, nu o să mă ating de ea. De altfel, mi-a mărturisit că iubește pe altcineva. Mi-a spus că trebuie să-mi caut copilul, să nu-i lipsească nimic. Și are dreptate. Trebuie să mă schimb! Lucia e o sfântă!

- Sora mea are un suflet nobil, dar îi aparține deja altcuiva. Nu te va iubi. Poate doar îți va fi prietenă și te va ajuta să-ți schimbi caracterul. După ce vă veți căsători nu te va înșela, dar nu te va iubi.

- Pot ști cine este cel pe care-l iubește?

- Da, este Luis de Luso. Stă aici lângă noi.

- Știu persoana, într-adevăr este ceea ce i-ar trebui Luciei, ce păcat că este imposibil!

Discuția se termină brusc. Pedro se înclină și urcă scara spre camera lui.

CAPITOLUL 9

După câteva zile, oaspeții plecară pe la casele lor, așteptând ca familia contelui să le întoarcă vizita când vor ajunge în capitală, la casa pe care o aveau acolo. Pentru Lucia, dar mai ales pentru Luis, au fost zile de mare tortură. Lucia își punea inelul pe deget, apoi seara îl scotea. Luis revenea în fiecare dimineață la râu, se așeza și arunca pietre în râu, dorindu-și ca vizita aceasta care i-o răpea pe Lucia să se termine mai repede.

Când redeveni liberă, Lucia hotărî să nu poarte inelul în fața lui Luis. Trebuia să fie cu băgare de seamă dar așa își dorea. Se reîntâlniră, iar dragostea le era mai înflăcărată de atâta așteptare. Acum Lucia stătea fără teamă în brațele iubitului său iar săruturile lor, la început timide, deveneau din ce în ce mai pline de patimă. Uitau că peste un an Lucia trebuia să plece definitiv. Nu vroiau să își aducă aminte, atunci durea cumplit, iar Luis o strângea în brațe pe Lucia până fata nu mai putea respira.

Într-o dimineață, Lucia îl anunță pe Luis de grabnica plecare la Lisabona. Trebuia să se ocupe de trusou, de invitații și de tot felul de lucruri care o făceau să sufere. Trebuia să frecventeze tot felul de saloane, oameni necunoscuți, oameni care o s-o privească de sus în jos și o să-i răstălmăcească toate vorbele.

- Și eu ce o să fac Lucia? O să te aștept să apari în fiecare zi și nu o să mai vii.

- Dar eu Luis? Tu ai râul, totul în jur vorbește despre iubirea noastră, eu însă va trebui să îndur priviri, va trebui să port inelul pe deget. Va trebui să-mi fac un trusou pe care nu mi-l doresc. Îl vreau, dar căsătorită cu tine. Săruturile tale mă ard, o să le am în minte toată călătoria. Sunt nenorocită, Luis. O să-mi vină să plâng tot timpul. Și, mai presus de toate, o să-l văd pe el și bogăția lui mare și evidentă.

- Iartă-mă, Lucia! Tu ești mult mai nefericită decât mine. Iartă-mă, dragostea mea! Niciodată nu ai purtat inelul în fața mea să nu mă rănești. Iartă-mă! Cât o să fii plecată, o să mă gândesc, o să-mi fac un plan, trebuie să fugim, o să vorbesc cu Francisco. O să vii cu mine? Fugim în Spania și ne căsătorim acolo!

- Vin cu tine oriunde, Luis, tu eşti alesul meu. Până atunci te rog să porţi la gât medalionul meu. Înăuntru e un portret de-al meu şi o şuviţă de păr. O să-ţi fiu aproape. O să închizi ochii şi o să-mi simţi mâinile.

Luis îşi scoase şi el lănţişorul de aur de la gât. Avea o cruciuliţă frumoasă.

- Poart-o şi tu, iar când te vei uita la ea voi fi şi eu lângă tine. Mama mi-a dat-o când eram cu câţiva ani mai tânăr, când am împlinit 20 de ani. Şi o să ne scriem, o să văd eu cum, printr-un mesager tainic. Iar când te vei întoarce, voi avea tot planul pus la punct.

- Bine, dragul meu Luis.

La Lisabona plecară alături de Lucia, Dona Alba şi Francisco. Contele nu avea răbdare pentru aşa ceva. El era fericit ca un copil care are o jucărie nouă. Nici prin cap nu-i trecea de dragostea fiicei sale pentru vecinul din ţinut.

Ajunseseră târziu, pe înserat, torţele ardeau în faţa micului palat cu egrete. Servitorii îi aşteptau, casa era mai mereu goală. Cât stătuse Francisco la universitate, acesta nu folosise decât biblioteca. Nu se obosise să urce într-o cameră de la etaj. Transformase biblioteca în dormitor, salon, loc de studiu. Orice, numai să nu urce la etaj. Servitorii nu insistaseră. Îl lăsară pe tânărul stăpân în pace. Acum, însă, era altceva, aşa că totul a fost curăţat, aerisit şi eliberat
de huse. Veneau doar stăpânele, chiar şi Francisco avea pregătită o cameră.

Modista le aştepta vizita chiar a doua zi dimineaţa, aşa că trebuiau să adoarmă repede. Un trusou era greu de făcut şi pentru cineva mai modest, darămite pentru logodnica celui mai râvnit bărbat din Lisabona. Toată lumea era curioasă s-o vadă pe Lucia, distrugătoarea de iluzii. Când intră în camera ei, o subretă bătu la uşă şi, mimând tăcerea, îi dădu o scrisoare de la Luis.

- Oh! Ce fericire pe mine, ce surpriză!

- Dom Luis aşteaptă răspuns, iar la mama dumneavoastră este încă lumină, grăbiţi-vă, omul care o va duce aşteaptă.

Lucia se apucase de scris, ce fericire, ce surpriză încântătoare, îi mulţumea cu mii de sărutări. Tristeţea îi dispăruse pe măsură ce slovele se aşterneau pe hârtia roz. Sărută plicul iar,
înainte de a-l sigila, puse o floare din buchetul din vază. Dar abia ieşi subreta cu scrisoarea că mama ei intră în cameră.

- Te urmăresc de ceva vreme scumpa mea fiică, ce îmi ascunzi? Ce făcea fata aceea la tine atât de târziu? Ai scris o scrisoare şi nu cred că lui Pedro.

- Mamă ... făcu Lucia întristată.

28

- Lucia, nu te ascunde, de la mine nu va afla nimeni nimic. Ştiu că tu şi Francisco sunteţi legaţi mai mult decât printr-o dragoste frăţească. Aveţi un secret.

- Da, mamă! Îl iubesc pe Luis de Luso şi el mă iubeşte la fel. Nu mă pot căsători cu Pedro! Nu-l iubesc şi el ştie asta. Ştie că îl iubesc pe Luis. L-am sfătuit să aibă grijă de copilul lui.

- Lucia, draga mea, unde veţi ajunge? Am bănuit eu ceva, dar nu am putut afla nimic. Francisco e un foarte bun confident. Ce veţi face?

- Vom aştepta anul viitor, iar într-un moment prielnic vom fugi!

- Draga mea, îţi vei dezonora tatăl!

- Mamă, iubesc. Eu nu pot ceda ca tine, nu pot să trăiesc o viaţă chinuită, nu pot îndura. Eu voi lupta! Nu înţeleg cum ai putut trăi atâta timp alături de un om fără să-l iubeşti, fiind mereu cu gândul la celălalt?

- Taci Lucia, nu vorbi despre morţi!

- De unde ştii că e mort, tu care nu ai mers decât la Coimbra şi cu asta gata. Universul tău! Cât de rar ţi-ai văzut părinţii, dragă mamă! Eu nu pot fi aşa, mai bine moartea! Îţi promit că mă voi comporta cum nu se poate mai onorabil în aceasta perioada, dar te conjur mamă să nu-mi ceri mai mult şi să-mi păstrezi secretul!

- Ce-mi ceri Lucia?

- Să închizi ochii! Să mă laşi să iubesc. Să iubesc! Să lupt! Să fug dacă e nevoie. Să mă ajuţi!

- Nu te pot lăsa să fugi!

- Dacă mă iubeşti, o vei face!

- Te-ai schimbat, Lucia! Te-a schimbat dragostea! Eşti mai puternică decât mine. Eu am fost o laşă.

- Mamă, dă-mi te rog medalionul marchizului de Linares.

- Pentru ce-ţi trebuie?

Vreau să îl am pentru câteva zile. Am un plan şi vreau să aflu dacă marchizul a murit sau nu. Dă-mi-l, te rog!

Dona Alba cedă fiicei sale, dându-i medalionul. Niciodată nu se despărţise de el.

- Poftim, doar pentru câteva zile! Merg la culcare, fata mea. Domnul să te aibă în pază!

- Noapte bună, mamă!

A doua zi la croitoreasă, totul a fost o corvoadă obositoare. Lucia făcea exact ceea ce i se spunea pentru a i se lua măsura, nu era ca o mireasă fericită şi modista simţise asta. Toată capitala îşi făcea rochiile la ea, aşa că învăţase să aibă nas de copoi... "căsătoria asta e forţată, dar de ce oare?" Croitoreasa îşi păstră gândurile pentru ea, continuând s-o studieze pe Lucia. "E frumoasă, dar nefericită... E atât de tânără, nimeni

29

nu o cunoaşte în capitală." Lucia, parcă trezită dintr-un somn adânc, o întrebă pe doamna Gloria ceva ce pe mama sa o făcu să ţipe uşor, aproape neauzit.

- Doamnă Gloria, la dumneavoastră vine foarte multă lume, aşa că mi-aş dori să-mi răspundeţi la o întrebare, dacă nu vă supăraţi....

- Cu multă plăcere scumpa mea, cu ce te pot ajuta?

- Cu multă vreme în urmă a existat un marchiz de Linares, cu peste un sfert de veac în urmă cred.... Rodrigo de Linares mai precis. Aş fi curioasă să ştiu dacă mai trăieşte sau nu....

- Dacă vorbeşti de văduvul marchiz Rodrigo de Linares, care a luptat în Spania şi s-a întors teafăr, da, pot să-ţi certific că trăieşte. Are cam la vreo 50 de ani, însă, de când soţia i-a murit, trăieşte retras. Îl vedem doar duminica la biserică, în rest locuieşte în micul palat al familiei, retras ca un pustnic. Vorbele rele spun că nu-şi plânge soţia, ci o dragoste mai veche. Dar cine poate şti?

- Îmi puteţi da adresa lui?

- Da, de ce nu? Doar nu e secret! Însă nu te va primi cu siguranţă...

Doamna Gloria îi scrise pe un bileţel adresa, nebănuind ce iscase în sufletul Donei Alba, care abia se reţinuse cât mai durară probele şi toate lucrurile legate de un trusou complet. De abia în trăsură Dona Alba o întrebă pe Lucia ce are de gând.

- Ţi-am spus că trăieşte! Tu stai liniştită, nu fac nimic rău. Fiecare are un secret de păstrat. Eu pe al tău şi tu pe al meu. Şi apoi, să nu mai vorbim despre asta, îmi este foame, sunt plictisită de această doamnă Gloria şi pic de somn. Cred că şi tu la fel.

A doua zi dimineaţă, Lucia se îmbrăcă pentru a ieşi. Îşi puse un văl gros peste pălărie, care-i atârna până în talie. Ceru trăsura, dând şi adresa marchizului, unde voia să ajungă. Luase cu ea medalionul şi plecase. În faţa micului palat, coborî şi bătu cu putere. La scurt timp apăru un bătrânel care, uimit de cine stătea în faţa uşii, îi spuse că marchizul nu primeşte pe nimeni, nu este acasă pentru nimeni, niciodată.

- Spune-mi te rog doar dacă e acasă?

- Este acasă, dar nu primeşte pe nimeni, cum am avut onoarea să v-o mai spun.

- Pe mine o să mă primească. Eşti atât de bun să-i dai personal această casetă? Aştept răspuns afară.

Bătrânelul luă cutia, ridică din umeri şi promise să nu o ţină mult să aştepte. Însă observase ceva şi se felicită pentru mica lui rămăşiţă de agerime: egretele de pe portierele trăsurii. Păli şi fugi, dacă un om în vârstă o poate face, închizând uşa.

- Dom Rodrigo, Dom Rodrigo, veniţi, veniţi repede!
- Pentru ce cauză Santiago, bunul meu, mă deranjezi?
- Priveşte! Santiago deschisese medalionul în faţa marchizului... E de la Dona Alba, mai zise el.
- De unde îl ai?
- De acolo....şi Santiago îl duse pe marchiz la fereastră...
- E blazonul familiei de Sousa y Monterro.
- Afară e o doamnă cu un văl gros pe faţă. Aşteaptă răspuns.
- Fugi nefericitule, aleargă şi adu-o aici!
- Îndată, zbor! Iar bătrânul alergă ca la douăzeci de ani odată cu gândurile marchizului.
- Poftiţi, sunteţi aşteptată! Trăsura o s-o băgăm în curte, e mai sigur aşa.
- Da, într-adevăr.

Lucia intră într-o cameră frumos mobilată, dar simplă, fără prea multe zorzoane necesare unui nobil pentru a fi în pas cu moda. Timpul se oprise cu decoraţiunile cam prin 1625... Văzu un bărbat înalt, încă frumos, care avea medalionul ei în mână. Marchizul veni spre ea.

- Cine eşti tu?
- O nefericită, spuse Lucia ridicându-şi vălul. Sunt Lucia de Sousa y Monterro. Sunt fiica Albei.
- Doamne cât îi semeni! Dar nefericită, de ce?
- Pentru că destinul se repetă. Sunt obligată să mă căsătoresc cu baronul Pedro de Alcantarra, eu iubind pe altul. Mama nu l-a iubit pe tata, te-a iubit pe dumneata toată viaţa. A purtat acest medalion zi şi noapte la gât ca o relicvă. De abia ieri a aflat că trăieşti şi am dus-o mai mult leşinată acasă decât pe picioare.
- Dona Alba este în Lisabona?
- Da, suntem aici pentru trusoul acestei căsătorii nefericite.

Marchizul se aşeză, totul era prea mult pentru el.

- Oare aş cere prea mult dacă aş vedea-o? Nici eu nu am iubit pe nimeni altcineva. Pe soţia mea au interesat-o lucrurile materiale. Am un fiu dar este căsătorit şi îmi respectă sihăstria. Ne vedem de câteva ori pe an. Locuieşte la Porto.
- Deci mama vă iubeşte, iar sentimentele îi sunt împărtăşite, după cum văd.
- Intră Santiago, nu sta la uşă. Ai auzit, Alba mă iubeşte. Sunt fericit. Însă tu, fata mea, trebuie să fii salvată. Fiul baronului nu are o reputaţie prea bună.

- Nu are, este adevărat, dar m-am înțeles cu el. I-am mărturisit că iubesc pe altul și că știu despre copilul lui. Sper în clemență de ambele părți.

- De ce ai venit la mine?

- Vroiam să văd ce semne lasă o dragoste neînplinită pe chipul unui om. Vroiam să văd ce eu nu voi fi nevoită să suport.

- Ce vrei să spui?

- Nu pot să mă închipui căsătorită cu altul decât cu cel pe care-l iubesc. Vedeți lănțișorul acesta de la gâtul meu? Este de la el. Și eu i-am dat unul de-al meu.

- Și eu am ceva de la mama ta… acest inel pe care îl port la gât. Vreau să i-l dai, spune-i că o rog în genunchi să-mi acorde o întrevedere. Să se gândească măcar la asta. Nu am iubit niciodată pe altcineva. Lucia luă inelul.

- Trebuie să plec acum, o să mai vin, poate aduc un răspuns favorabil, poate nu. Dar vei avea un răspuns de la mine.

- Îți mulțumesc și mult curaj! Destinul e destin! Cred că mi-ar fi plăcut o fiică exact ca tine. Ai dat dovadă de mult curaj.

În timpul vizitei Luciei la marchizul de Linares, Dona Alba făcea kilometri întregi de-a lungul salonului ei de primire. Bănuia în sufletul ei, dar încerca să refuze să se gândească, nega, își închipuia că visează. Rodrigo al ei trăiește! Fata ei este cu el! Era atât de tulburată că nici nu-și dăduse seama când Lucia intră în încăpere.

- Lucia, fata mea, ai fost … la el?

- Da, uite ce ți-am adus! Inelul tău! Medalionul e la el. Te iubește și e și un bătrânel Santiago care pare confidentul lui.

- Îmi aduc aminte de Santiago. Inelul meu! Câtă ceartă am primit de la mama că l-am pierdut! Inelul a văzut Spania și a stat lângă inima lui!

- Te roagă în genunchi să vă întâlniți. Trebuie să dau un răspuns dacă e da sau nu, mâine dimineață trebuie să-l dau. Mi-a plăcut marchizul, încă arată bine și pare atât de bun, cred că a suferit mult. Trăiește ca un pustnic, are un fiu care locuiește cu familia lui la Porto. Se vizitează rar, poți să te gândești noaptea aceasta, o ai la dispoziție. Acum te rog să mă scuzi, spuse Lucia ieșind din cameră, am ceva de făcut.

Dona Alba închise ochii, frământând cu degetele inelul. Își trecu prin minte toată viața, liniștită și searbădă alături de un bărbat pe care nu l-a iubit și pe care nu l-au interesat sentimentele sale.

- Da, mă voi duce, nu-mi trebuie o noapte pentru a lua decizia asta! Merit, dacă nu o șansă, măcar o întâlnire!

A doua zi dimineață, Lucia duse răspunsul favorabil marchizului de Linares. Acesta îi sărută mâinile și îi mulțumi. Chiar în acea seară avea s-o întâlnească pe Alba după atâta amar de vreme. Parcă începuse să trăiască din nou. Santiago îi căuta haine frumoase de mult uitate, iar el nu mai avea stare. Dona Alba, de cealaltă parte, era atât de năucă încât îi trebuiră trei ceasuri să se pregătească. Avea să meargă singură. Lucia o refuzase. Nu avea ce căuta acolo. Și așa, destinul își ceru parcă iertare de la tomnaticii îndrăgostiți.

Cei doi își dădură seama fără prea multe cuvinte că între ei nimic nu s-a schimbat. Că iubirea e la fel, poate mai puternică, regăsită în chip atât de neașteptat. Printre lacrimi își povestiră viața dublă pe care au trebuit s-o ducă amândoi. Dar ce mai conta, erau hotărâți să nu mai stea separați, să comunice cumva, să se mai vadă oricât de rar ar fi, dar să se mai vadă.

Pe Lucia o invidiau toate doamnele în saloanele cărora era primită, din curiozitate și pură uimire. Tuturor le dădea impresia de mironosiță sacrificată pentru onoarea tânărului Cantarra. Luciei nu-i păsa, mergea uneori să-i treacă timpul, să plece mai repede la Santa Cruz de Coimbra.

Alături de Pedro își ținu promisiunea de a face față societății, logodnei mai bine zis, și nici ea nu a fost dezamăgită de el. Se înțelegeau ca doi prieteni cu scop comun. Trusoul urma să fie gata în câteva săptămâni și urma să fie livrat la casa contelui din Lisabona, spre bucuria Luciei.

Lucrurile fiind aranjate, cele două femei se pregătiră de plecare, una fericită într-un fel, alta căpătându-și fericirea pierdută, așteptând scrisori pe adresa grădinarului, pe care trebuiau să-l pună în temă. Sosiseră cu bine acasă, vesele și încântătoare. Francisco nu înțelegea veselia lor, dar era fericit de bucuria lor. Contele crezu într-un succes îmbucurător în capitală, dacă veneau după un drum atât de obositor bine dispuse. Era la fel de orb ca un pisoi de-abia născut.

CAPITOLUL 10

Fiecare dintre cele două doamne se bucurau fiecare din motivul ei propriu. Lucia era stăpânită de dorul pentru Luis, iar Dona Alba era încă sub influenţa minunii. Lucia se întâlni la râu, ca de obicei, cu iubitul ei. Îi mărturisi că nu se va căsători niciodată cu Pedro. Pentru ea, viaţa în capitală fusese un adevărat supliciu, a trebuit să ţină cont de etichetă, să zâmbească, chiar dacă o ardea sufletul.

Ei îi plăcea la ţară, unde putea să zburde fără teamă, unde nu trebuia să facă o multime de reverenţe. Lucia îi mărturisi dragului ei Luis că mama ei ştia de relaţia lor şi promisese să ţină secret ceea ce nu îi aparţinea ei. Îi mai povesti cum Francisco încercase să-l convingă pe Pedro să rupă logodna dintr-un motiv gândit la întâmplare şi că acesta refuzase. Era în joc şi pielea lui. Nu credea că trebuie să facă aşa ceva. Promisese Luciei că nu se va atinge de ea şi considera că e destul. Putea să iubească pe cine dorea însă peste 10 luni va fi soţia lui, tânăra baroană de Cantarra.

- Înseamnă că nu ne rămâne nimic de făcut decât să fugim departe, zise Luis.

- Mama e împotriva acestui lucru, ne va împiedica, poate nu îmi va mai da drumul să mă întâlnesc cu tine, asta m-ar ucide. Ea consideră că toată această iubire va trebui ucisă anul viitor când eu voi pleca. Până atunci e ca un balsam, la care închide ochii. Tata nu ştie nimic, el e fericit cu ale lui.

- Atunci ce e de făcut?

- Nu ştiu prea bine acum. Ceea ce ştiu este că nu voi fi niciodată a lui Pedro. Mai bine moartă!

- Lucia, ai văzut că se schimbă vremea, în curând se va face frig.

- Nu e nicio problemă, am adăpost. Căsuţa grădinarului. El ştie şi are buzele pecetluite. Ai dreptate, trebuie să ne întâlnim acolo de acum. Ştii că parcul are o portiţă tainică. Îi voi spune lui Jose să o lase descuiată. Va fi fericit să-mi facă o favoare. De altfel, el va fi ocupat cu grădina, ca în orice toamnă. Va fi un fel de căsuţa a noastră. Sau poate să doarmă în castel, sunt atâtea variante…

- Te-ai gândit la toate, scumpa mea!

- Să nu ai nicio grijă, nimeni nu va afla. Mama îl are şi ea de confident pe grădinar. E bătrânul ei slujitor care a urmat-o când s-a căsătorit. Au multe secrete. Poţi veni chiar de mâine. Îl pun eu în temă pe Jose.

- Te iubesc atât de mult, Lucia! Nu suport gândul că nu te voi mai vedea. Mai degrabă...

- Păstrează acest ultim gând ca pe o ultimă soluţie tragică şi nefericită, Luis. Nu o pronunţa încă. Trebuie să ne despărţim acum. Te aştept în căsuţa de care ţi-am vorbit. Mă duc să-l vestesc pe Jose.

Se sărutară lung şi se despărţiră după ce tânărul conte o ajutase să încalece. Jose nu avea nimic împotrivă, din contră, promisese în fiecare zi foc zdravăn şi lapte cald. Puteau sta oricând.

Într-una din zilele petrecute la căsuţa grădinarului, Dona Alba îi surprinse pentru prima dată. Venea să îi aducă o scrisoare pentru Rodrigo. Luis se nelinişti, însă Dona Alba îi spuse că e binevenit.

- Te înţeleg, îmi eşti ca un fiu! Prin ce treceţi voi acum am trecut şi eu cândva, însă eu am fost foarte slabă şi mi-am pierdut iubirea. Am regăsit-o cu ajutorul îngerului aici de faţă şi voi lupta pentru ea chiar dacă anii au trecut. Jose ştie totul, de aceea l-am luat cu mine de la părinţii mei. Mult timp am plâns şi eu în această căsuţă, dar cu timpul, lacrimile s-au uscat şi mi-a mai trecut, până zilele trecute când am luat-o de la capăt, însă fără teamă. Nu ştiu ce o să faceţi, dragii mei, eu cu Francisco am avut o discuţie pe tema asta. Nu ne vine nimic în minte. Şi, pe deasupra, timpul trece foarte repede. Să fugiţi unde? Să trăiţi pribegi? O să ne mai gândim! Luna viitoare trusoul Luciei va fi aici.

- Nu vreau să-l văd, încuie-l într-o cameră nefolosită! Dona Alba oftă.

- Nici inelul nu-l porţi!

- Da, e adevărat, mă arde! Dar port altceva la gât. Acest lănţişor îmi este foarte drag!

- Înţeleg copii! Luis, părinţii tăi nu au nicio bănuială?

- Nu, nu au, sunt ocupaţi cu nunta Catarinei şi apoi, ei ştiu că merg la Francisco. Iar această prietenie este acceptată şi le provoacă o mare bucurie. La ţară nu prea ai ce să faci când ai un vecin bun.

- Da, este adevărat, un vechi aliat şi un vechi confident...

- Mă duc copii. Lucia, te rog să nu întârzii, tatăl tău nu ştie nimic, dar e mai bine să nu treziţi bănuieli. Nu ştiu cum se va termina povestea asta!

Iarna trecu repede, fără ca îndrăgostiţii să aibă curajul să-şi mai facă vreun plan. Se vedeau mai rar, dar când nu se puteau vedea, fiecare lăsa scrisorile sale la grădinar. Lucia trebuia să se căsătorească în august, mai aveau aproape şase luni. Le era foarte greu când îşi aminteau de acest termen, dar odată cu primăvara, speranţele lor renăscură. Nu mai mergeau atât de des la râu, le era mai comod în căsuţa din capătul parcului. Grădinarul era foarte ocupat, aşa că totul le aparţinea.

Până în această primăvară, ultima lor primăvară, dragostea lor rămăsese cuminte. Se îmbrăţişau, se sărutau, însă nu ajunseseră până la capăt. Luis îşi dorea mult, însă nu dorea s-o forţeze pe Lucia. "Când va fi ea pregătită", gândea el. Pe de altă parte, Lucia îşi dorea să meargă până la capăt, dar aştepta parcă momentul prielnic. Şi nici nu înţelegea cum ar putea fi posibil şi unde.

Dar îndrăgostiţii avură noroc când Jose îi anunţă că trebuie să plece câteva zile după nişte seminţe noi de flori. Îi anunţă că le lasă căsuţa dându-le cheile. Soarta parcă le zâmbise, parcă fericirea lor care ar fi trebuit să acopere o viaţă întreagă, se comasa în doar câteva luni. Aveau posibilitatea să petreacă unul lângă altul, mergând până la capăt ca soţ şi soţie. Lucia, tremurând cu cheile în mână, îl întrebă pe iubitul său dacă o să vină la noapte, dacă o să se
poată furişa atâta drum?

- O să vin, Lucia, trei zile şi trei nopţi.
- Doar nopţi Luis, nu putem să dispărem cu totul!
- Te iubesc Lucia şi te doresc cu totul, vreau să fii a mea, oare e posibil? Vrei şi tu?
- Da, îmi doresc să fii al meu. Te aştept la noapte în căsuţă.
- Voi veni, nu-ţi fie teamă!

Trei nopţi în care Luis înfruntă diverse obstacole şi emoţii până la a ajunge la căsuţa grădinarului. Dar au fost trei nopţi pe care mai apoi şi le închipuia ireale. Nu fuseseră aievea. Lucia era atât de albă şi frumoasă şi i se dăduse atât de firesc, ca pe ceva normal, minunată şi angelic de duioasă. Parcă se schimbase. Parcă era mai tăcută şi mai visătoare.

- Luis, ce o să ne facem? Eu nu mai pot fi a altcuiva. Ce o să facem peste trei luni?
- O să fim împreună, Lucia, simt eu asta. Lucia, oftând, îi răspunse zâmbind:
- Cum simţi tu, soţul meu!

Cei doi îndrăgostiţi nu se vedeau decât pe ei şi nimic altceva. Familia contelui de Sousa, deja împrăştia invitaţii de nuntă la toţi cei care le erau cunoscuţi şi totodată demni de o asemenea privelişte.

- Priveşte invitaţiile draga mea! Sunt niste mici bijuterii delicioase! Şi uite ce frumos trusou ai! Eşti mulţumită, nu-i aşa Lucia?

- Da, tată, sunt mulţumită, dar ea era cu gândul în altă parte. Mama ei încerca s-o mai aducă cu picioarele pe pământ, dar Lucia trăia în lumea ei.

O asemenea invitaţie dusese personal Francisco familiei contelui de Luso. Toată lumea a fost încântată să participe la aşa o nuntă. Chiar şi Catarina, proaspăt căsătorită, aştepta cu nerăbdare să facă comparaţie cu ce nuntă avusese ea. Dar o plăcea pe Lucia, aşa că înţelegea dacă va fi mai plină de fast. O nuntă în capitală e altfel decât una aici. Lucia era prietena ei, până când s-a căsătorit.

Lucia se închisese în ea din ce în ce mai mult, îl iubea pe Luis la fel de mult dar parcă mai ascundea ceva. Mai era doar o lună până la căsătorie, din care ultima săptămână trebuia petrecută în capitală, unde ea nu mai fusese de la alegerea trusoului. Venise în schimb Pedro, care părea să-şi ţină promisiunea.

Nici măcar nu obiectă când văzu că Lucia nu-i poartă inelul. Dar aceste lucruri erau deja istorie.

În una din zile, când Lucia se plimba alături de Luis şi Francisco, le spusese de ce avea o lume paralelă în care trăia.

- Sunt insărcinată! Fiul tău e aici, în pântecele meu. E o fericire imensă pe care doar o mamă o poate simţi. Cei doi bărbaţi rămaseră uimiţi, doar Luis spusese:

- Ce fericire... un fiu?

- Dar ce veţi face? Vorbi raţiunea, raţiunea întruchipată, evident, de Francisco. Nu mai este nici o lună până la nuntă!

- Vom muri împreună, Francisco, ne va uni moartea! Nu este nicio altă soluţie şi trebuie să o respecţi dacă mă iubeşti. Nu vreau să afle nimeni. Dacă viaţa nu ne acceptă fericirea, cu siguranţă moartea o va face. Am încercat să vorbesc cu Pedro, insistă cu această căsătorie nefericită. Nu am de ales.

- Luis, accepţi?

- Da, din toată inima!

- Scumpii mei, dar este un păcat de moarte!

- Francisco, vorbi Luis, Lucia are dreptate. Nu putem altfel. Va trebui să ne promiţi că taci dacă ne iubeşti. Francisco, palid ca un mort spuse:

- Să mă prefac o lună de zile?

- Nu ai încotro. Hotărârea ne aparţine. Copilul ne aparţine. Iubirea e a noastră. Promite-ne! Francisco oftă.

- Doamne, Dumnezeule, ce nenorocire! Şi când o veţi face?

- Cât de curând, dar evident că nu vom anunţa înainte. Vom lăsa doar câteva scrisori de adio.

- Câtă durere, ce o să mă fac eu apoi? Cum o să pot trăi cu secretul ăsta?

- Nu este alegerea ta, frate, îi spuse Lucia duios. E a noastră. Fiecare cu viaţa lui.

- Aş putea să vă împiedic! Să strig deseară în salon...

- Nu o vei face, zise Lucia zguduindu-l. Nu mă vei da acelui bărbat, purtând copilul altcuiva. Promite-mi! Francisco, cu mâinile pe cap, începu să alerge spre casă, uitând de cal.

- Bietul de el, o să-i duc eu calul acasă. A fost un şoc pentru el...

- Şi pentru mine, dar eu vreau să te am pentru totdeauna pe tine şi pe copilul nostru. Nu te credeam în stare să iei hotărâri atât de dure.

- Te iubesc, Luis! Pot să iau astfel de hotărâri. Dar hai să ne gândim la un plan. Nu trebuie să bănuiască nimeni. Gândeşte-te, mai avem puţin timp pe pământ, aşa că nu trebuie decât să fim fericiţi. Nu trebuie să avem regrete.

- Scumpa mea Lucia, ce dură este viaţa cu noi!

- Nu o privi aşa! Vom pleca trei, ar trebui să fii fericit!

- Sunt! Luis îngenunche şi luă între mâini pântecele Luciei, sărutându-l.

Imaginea aceasta, plină de iubire şi durere, nu se poate descrie. Doar poate de mâna unui pictor priceput. Dar nu era nici unul aproape, aşa că rămăsese eternă, doar pentru cei doi. O amintire pe care o vor lua cu ei şi care le aparţinea.

În fiecare seara, în patul său, se gândea cum ar trebui să facă. Lucia era îngândurată mai mult pentru bietul ei copilaş nenăscut. Îşi mângâia mijlocul şi lacrimi mari curgeau. Luis se gândea cu uimire: "voi fi tată!" În cealaltă lume. Se gândise la un plan mai puţin dureros. Cunoştea un vraci care locuia în una din pădurile de pe domeniul Luso. Va merge la el să-i ceară nişte ierburi, să-i ameţească pe amândoi, să nu simtă nimic când se vor arunca de mână, în râul Mondego.

- Da, asta este, Lucia nu trebuie să sufere. Vom scrie amândoi din timp scrisori de adio, să nu ne preocupe asta în ultimele momente. O s-o mai am odată şi apoi vom bea otrava. Ne vom arunca de pe pod şi gata. Nicio suferinţă. O să-i spun Luciei, o vom face de Rusalii.

A doua zi, îi istorisi Luciei planul său. Ei i se păru bun, nu îi era teamă. Avea să fie alături de cel iubit. Vremea Rusaliilor i se păru, de asemenea, o idee bună, mai era puţin până atunci. Niciun membru din cele două familii nu bănuia nimic. De ştiut ştia doar Francisco, acesta fiind foarte tulburat, se transformase total. Nu mai era atent, nu mai mânca, călărea aproape să omoare calul şi pe el de asemenea şi culmea, îl încuraja Lucia! Aproape de Rusalii, cu o săptămână înainte de a pleca la Lisabona, cei doi tineri terminaseră de scris scrisorile de adio. De fapt, Luis avea doar una, Lucia avea mai multe. Ea îi scria mamei, fratelui şi lui Pedro.

Aşteptau venirea nopţii ca să dispară pentru totdeauna. Luis cercetase de nenumărate ori buzunarul cu prafurile. Ele erau acolo, aşteptau. După cina de seară, fiecare se retrăsese în camera lui. Lucia aşeză pe patul nedesfăcut bijuteriile de la Pedro şi scrisorile. De asemenea, îşi tăie o şuviţă de păr pe care o puse în plicul fratelui ei. Luis îşi pusese ultimele rânduri pe biroul lui. Aşteptă să se facă linişte, să pornească la întâlnire.

Aproape alergând, ajunseseră în acelaşi timp la râu.

- Iubita mea, nu te-ai răzgândit?

- Nici tu?

- Nu, cu tine până la moarte! Avură forţa să se mai iubească odată, iar apoi, senini, şi mână în mână să privească râul.

- Aceasta va fi casa noastră de acum înainte!

- Ai adus prafurile? întrebă Lucia.

- Da, le am aici. Le luăm?

- Da, amândoi deodată. Să plecăm împreună în acelaşi moment. Sărută-ţi soţia şi copilul, Luis!

Luis o sărută strivindu-i buzele până la sânge, îi sărută mijlocul care era puţin mai bombat, semn că viaţa clocotea înăuntru.

- Fiul meu iubit, iartă-ţi mama şi iartă-ţi tatăl!

Luară prafurile acelea care aveau un gust sălciu. O căldură puternică şi o ameţeală îi cuprinse îndată. Se luară de mână şi plecară către râu. Se aruncară fără niciun regret.

Dincolo de viaţa aceasta, există o altă viaţă, unde Luis şi Lucia intrară fericiţi alături de copilul lor. Se ţineau de mână alergând pe pajişti verzi unde toate vietăţile vorbeau între ele cu viu grai şi le urau "bine aţi venit!". O lume nouă, fără durere, fără patimi, o lume plină de linişte, o lume în care simţeau iubirea. Nu mai contau decât ei. Uitaseră cu totul trecutul, priveau încrezători în viitor.

Deci da, există o nouă viaţă, de unde fericirea zâmbeşte la fiecare colţ, nemurirea este acasă la ea, iar Lucia o trăieşte din plin alături de Luis şi pruncul lor.

CAPITOLUL 11

Liniştea nopţii de vară nu fu cu nimic tulburată de gestul celor doi. Hotărârea lor dusese acţiunea până la capăt. Nimeni nu îi zărise, viaţa pe pământ continua nepasătoare. Un nou soare apăru să vestească o nouă zi de vară minunată în care petrecerile de Rusalii să continue nestingherite. Oare?

În casele celor două familii totul se trezea la viaţă, servitorii pregăteau masa, alţii se ocupau de animale, alţii culegeau buchete mari de flori pentru a decora saloanele nobililor cu pricina. Familiile observaseră că Luis şi Lucia nu sunt. Părinţii lui Luis, obişnuiţi cu felul de a fi al moştenitorului lor nu acordară nicio atenţie deosebită.

- Va coborî el, poate a ajuns mai târziu acasă. Poate l-a reţinut Francisco. Fiecare gândea în felul său.

Dacă am putea spune acelaşi lucru şi în castelul contelui de Sousa y Monterro! Dar nu, nu fu aşa. Văzând că Lucia nu coboară, Francisco lăsă din mâini furculiţa şi se schimbă la faţă. Se ridică cu o forţă nebănuită de la masă răsturnând lucruri de pe ea.

- Ah Doamne, nu! Lucia, nu! Într-o secundă urcă scara.

Dona Alba înţelese şi se ridică la repezeală. Contele naiv, nu înţelegea de ce acest mic dejun nu poate fi luat cu calm, când un strigăt, urlet mai mult, şi un ţipăt de femeie îl ridicară de la masă. Repede alergă pe scări. Uşa, deja trântită la perete, lăsa să se vadă un tablou sfâşietor. Francisco şi Alba citeau fiecare scrisorile de despărţire, aproape fără să respire. Dona Alba se ţinea de piept.

- Fata mea s-a înecat! Lucia, draga mea, nu ai mai putut rezista!

- Cum s-a înecat? Făcu contele, apucând cealaltă scrisoare. E pentru Pedro!

În acest timp, un servitor adusese sus un cioban care găsise o eşarfă pe malul râului.

- E a Luciei! strigă Francisco, s-a aruncat în apă alături de iubitul ei şi de copilul lor nenăscut! Să-i căutăm! Lucia îşi doreşte ca, dacă vor fi găsiţi, să fie îngropaţi împreună!

- Iubitul ei, copilul ei! strigă contele, gata să facă un atac de apoplexie.

- Da, soțul meu, Lucia îl iubea pe Luis de Luso și Pedro știa acest lucru. Promisese să nu o atingă după căsătorie. Însă tu conte, nu-ți vezi decât interesele tale, nu te uiți la nimeni și nu asculți de nimeni. Când Francisco a venit la tine și a spus să rupi logodna, ți-amintești? Te-ai încăpățânat! Lucia nu a vrut să te supere, să te trezească din visele tale pline de afaceri! Tu ești vinovat!

Dona Alba își înfrunta pentru prima dată soțul, care căzuse aproape mort într-un fotoliu. Nu-l mai băgă nimeni în seamă. Francisco porunci de îndată ca un servitor să plece în goană mare la Luso. Cu siguranță cei de acolo nu știau nimic.

- Să vină grabnic aici. Le vom spăla onoarea cu bani. Voi vorbi cu episcopul, îi va căsători cu o dată trecută. Lucia a fost o sfântă, iar Luis prietenul meu! Imediat, cineva să plece la Lisabona cu bijuteriile acestea și cu scrisoarea pentru Pedro.

Poruncile fură imediat puse în desfășurare. Francisco se îndreptă spre cioban.

- Cunoști locul? Poți aduna oameni să-i căutam! Să fie buni înnotători!

- Da, stăpâne. Veniți cu mine! Îi vom găsi. Îi cunoaștem pe amândoi.

- Atunci să plecăm, spuse Francisco. Mamă, te rog fii tare! Te rog să trimiți la episcop pe cineva ca să-l roage să-mi îngăduie o întrevedere. Iar tu, tată, pregătește bani mulți pentru căsătoria Luciei de Luso. Trusoul îl are.

Tatăl său părea că se trezise, ținându-se de piept plecă fără să scoată un cuvânt, în biroul lui, să numere pungi de bani. El nu avea nicio scrisoare. Înțelegea că el era vinovat de toate. Nu-i mai rămânea decât să-i spele onoarea Luciei și apoi să moară. Greșise. De la el Lucia nu-și luase adio. Deci, trebuia s-o urmeze. Tot satul vorbea, toți bărbații ieșiseră să-i caute la râu.

Montego nu era învolburat și nici nu avea o curgere rapidă. Sperau să-i găsească. Căutările începură de unde găsise ciobanul eșarfa Luciei. Urmele lor pe lutul malului încă se vedeau. Mai în vale un câine începu să latre, apoi să schiaune și să urle. Găsise ceva? Toată lumea plecă în direcția aceea. Francisco, cu nervii la pământ, începuse să strige: "Lucia! Luis!".

Oamenii se opriră brusc lângă câine. La un cot, cele două trupuri inerte erau prinse între niște crengi ale unui copac rupt, o salcie le întrerupsese drumul în josul râului. Lucia era lângă soțul său. Nedespărțiți în viață și în moarte.

41

- Lucia, Luis! țipă Francisco, încercând să se arunce după ei. Ciobanii îl prinseră.

- Să nu-i dați drumul băieți! Să se liniștească!

Francisco începu să plângă tare de tot în brațele a doi ciobani care mai slăbiseră strânsoarea, văzându-l fără vlagă.

- Nu mai plânge, stăpâne! Asta le-a fost soarta! Sunt tot împreună!

- Și eu ce-o să fac?

- O să trăiești, să te rogi pentru ei! Au murit de Rusalii! Sfinte zile!

Lucia și Luis au fost scoși pe mal și puși în niște cearșafuri albe. Țăranii se îngrijiră de o căruță în care îi depuseră pe amândoi.

- Îi ducem pe amândoi la castelul de Sousa stăpâne?

- Da! Vor fi împreună!

Cortegiul se puse astfel în mișcare. Francisco mergea în spatele căruței, însoțit de cei doi flăcăi care îl sprijineau. Între timp la castel sosise familia de Luso, înnebunită de durere, având la ei scrisoarea. Intrară fără multă ceremonie și îi găsiră pe conți răvășiți și într-o stare de neconsolat.

- S-au dus să-i aducă de la râu, spuse contele de Sousa fără nicio introducere. Aici am mulți bani, voi merge la episcop să-l cumpăr. Să-mi dea certificat de căsătorie pentru cei doi. Episcopul a acceptat să mă primească. Doar atât mai pot face. Eu sunt vinovat de tot! Voi muri curând!

Familia de Luso se așeză fără să scoată un cuvânt. Ce mai conta, era doar o mică reabilitare, consolare, aducere înapoi nu exista. Nu își aveau rostul nici țipetele și nici reproșurile. Întotdeauna cele două familii s-au înțeles și respectat, așa trebuia să fie și în fața durerii.

Cortegiul intrase deja pe poartă. Tragismul acestor clipe era de neimaginat. Francisco aproape nebun, era susținut de cei doi ciobani tineri, apoi căruța cu cele două cearșafuri pline cu rămășițele celor doi. Părinții erau în fața peronului, mușcându-și mâinile de durere.

- Francisco, îngână contele de Sousa.

- Tată... ai primit răspuns?

- Da, episcopul ne va primi deseară. Vin cu tine. Totul se va face exact așa cum îți dorești tu. Vor fi îngropați împreună în cripta familiei de Luso. Părinții lui Luis au acceptat acest aranjament de căsătorie.

- Mulțumesc! Se adresă Francisco familiei de Luso.

- Nu ne mulțumi, e și vina noastră, nu am știut nimic. Au ascuns atât de bine totul încât nouă celor încă vii nu ne-a rămas mare lucru de făcut.

Nu mai are rost să descriem durerea celor două familii, este de la sine înțeleasă. Sfântul Scaun își dăduse consimțământul pentru această căsătorie, onoarea celor doi fiind astfel spălată. Lucia devenise astfel contesă de Luso.

În ziua înmormântării, toată suflarea din Luso era în stradă şi pe lângă cimitir. Nu îndrăzniseră să intre să tulbure durerea aceea nestăvilită. Cripta familiei îi aştepta pe cei doi, de fapt trei, întru somnul de veci. Avură parte de o ceremonie frunmoasă, solemnă şi plină de nostalgie. De peste tot, se auzeau murmure, oftaturi şi hohote de plâns abia stăpânite.

Cel mai răvăşit dintre toţi şi de neconsolat era tatăl Luciei. În ultimele zile, durerile în piept se înteţiseră. Nu mai rezista mult. O simţea. Starea de vinovăţie pe care o simţea pentru că nu-şi cunoscuse copiii era morbidă. Şi mai era ceva care-l înnebunea, reproşurile mute ale soţiei sale. Aceasta nu vorbea decât cu ochii şi aceştia strigau, urlau precum câinele care găsise locul unde se opriră cei doi soţi.

Şi Lucia, care era atât de frumoasă în rochie de mireasă, parcă dormea. Aceasta era nunta ei. O minune se întâmplase, nu erau umflaţi de apa, rămăseseră aşa cum erau înainte, poate din cauza salciei. Un singur om se furişă lângă mormânt în cimitir. Vraciul. Acesta deodată începu să strige:

- Blestem! Blestem! Blestemat să fii Luis că m-ai minţit! Pentru ce-ţi trebuia ţie praful acela? Pentru a trece în lumea cealaltă, nu? Ai vrut să treci tu şi iubita ta râul nemuririi? Fii blestemat două sute de ani de acum înainte, să nu-ţi întâlneşti perechea decât de Rusalii! O săptămână pe an! Lumea, speriată, intră în cimitir şi îl alungă cu pietre. Vraciul însă fugea ţipând: Aşa să se întâmple! Două sute de ani de acum încolo!

Cei adunaţi în jurul cavoului familiei începură să hohotească. Deodată contele de Sousa făcu câţiva paşi şi căzu la pământ: "Lucia, iartă-mă, vin la tine!" Lumea începu să ţipe: "Un doctor! Un doctor!" era însă prea târziu. Francisco îl întoarse pe tatăl său cu faţa în sus. Murise. Nu mai respira, iar toate zgâlţâielile fură zadarnice. Un doctor aflat aproape confirmă. Contele era mort. Dona Alba fu dusă pe braţe până la trăsură, doctorul fu de mare ajutor şi, în scurt timp, îşi reveni.

- Francisco, tu trebuie să fii tare pentru noi toţi! Tu eşti acum conte de Sousa y Monterro!

- Ştiu mamă, nicio durere nu mă va doborî! Şi nu cred nici în blestemul acelui om. Prafuri, ce prafuri au luat înainte Luis şi Lucia? Dar ce importanţă mai are? Acum trebuie să-l ducem pe tata acasă. Contele de Luso se apropie.

- Veniţi la noi întâi. Îl aranjăm pe conte, vă liniştiţi un pic şi apoi vom pleca la Santa Cruz. Suntem rude, nu vă vom lăsa la greu.

- Vă sunt recunoscător, spuse Francisco zâmbind.

- Iar eu mi-am căpătat un alt frate, spuse Juana. Francisco parcă acum o descoperise pe Juana. Privirea ei îl linişti şi-l îmblânzi.

- Ai dreptate, Juana. Haidem cu toţii la castelul de Luso.

Nu stătură mult, doar să-şi vină în fire şi să poată duce povara. Plecară cu toţii lăsând castelul Luso pentru câteva zile în grija intendentului. Doamna de Luso avu grijă ca o mamă de Dona Alba. Juana îl luă în primire pe Francisco.

- Mulţumesc Juana, chiar am nevoie de cineva în momentele astea, de fapt am nevoie de tine, aşa cred.

Juana se înroşise, dar nu-şi retrase mâinile din cele ale lui Francisco. Contele de Sousa, cel care fusese un om atât de bun, dar care era cel mai visător din familie şi cel mai rigid totodată, fu înmormântat. După ce plecară oaspeţii, castelul păru gol pentru cei doi. Dona Alba îşi depăna firul vieţii sale şi nu găsi prea multă bucurie. Francisco era tânăr, dar ea? Cum putea s-o ia de la capăt? Ce putea să facă? Se hotărî să meargă la căsuţa grădinarului, poate avea vreo scrisoare.

- Jose, dragul meu, eşti?

- Da, stăpână, am ceva pentru dumneavoastră!

- De la marchiz? Dă-mi te rog scrisoarea!

- Poftiţi!

Dona Alba o citi. Şi în capitală s-a aflat. Sunt toţi uimiţi. "Marchizul cere permisiunea să vină să mă vadă, dar eu port doliu!", astfel se chinuia ea cu întrebările.

- Scrieţi-i că-i cedez căsuţa. Nu va şti nimeni.

- Oare aşa să fac, aşa e bine?

- Eu cred că asta e a doua şansă. Nu o lăsaţi să vă scape.

- Ai dreptate, îi voi scrie, apoi îi voi spune lui Francisco.

- Foarte bine..

Reacţia lui Pedro, când primi bijuteriile şi scrisoarea fu una de supărare. Era supărat dându-şi seama cât de tare fusese Lucia în dragostea ei iar el, având un copil, nu era în stare să-şi înfrunte tatăl. Îşi adusese aminte de vorbele Luciei. Să nu-şi lase copilul fără tată şi mama lui fără soţ.

Cu scrisoarea Luciei în mână, intră în biroul tatălui său, spunându-i că-şi va căuta copilul şi că renunţă la toată averea pentru femeia care l-a făcut tată. Baronul se sperie şi, sub influenţa veştilor din Coimbra, cedă. Era unicul său fiu. Nu putea suporta să-l piardă. Pedro sărută mâna părintelui său şi zbură pe uşă afară. Îşi luă singur trăsura, nu mai avea timp să aştepte vreun servitor simandicos şi plecă în goana cailor. Ajunsese la iubita lui într-un suflet.

- Maria! Maria! Aceasta îi deschise speriată.

- Pedro, iubitul meu, ai venit în sfârşit!
- Un înger m-a trimis, mi-a deschis ochii!
- Lucia, este adevărat?
- Da. Am vorbit cu tata, ne vom căsători şi vom fi împreună. Am un copil, voi avea responsabilităţi şi te iubesc! Ne vom căsători cât de repede se poate, şi mâine dacă nu-ţi pasă
de lume!
- Nu-mi pasă!
- Atunci îmbracă-te. Mergem acasă. O să vină nişte servitori să-ţi ia lucrurile.

Căsătoria lor avu loc peste o săptămână în capela familiei. Fără invitaţi şi fără fast. Copilul a fost recunoscut drept moştenitor al baronului Cantarra. Copilul avea acum tată şi mamă şi locuiau în palatal destinat Luciei şi lui Pedro. Unde altfel?

Nu putem încheia acest capitol fără a scrie scrisorile de adio ale celor doi îndrăgostiţi, firul poveştii va continua cu alte capitole, dar acesta e just să aibă în el zbuciumul final al celor doi înainte de a ajunge pe pajişte. Lucia a lăsat trei scrisori: mamei, fratelui şi logodnicului Pedro, iar Luis a lăsat doar una. Iată scrisoarea Luciei către mama sa:

" Iubită mamă, nu am avut de ales, a trebuit să recurg la gestul suprem. Îl iubesc foarte mult pe Luis şi nu aş putea să-l părăsesc pentru Pedro. Apoi mai am o veste: aştept un copil de la Luis. Ţii minte întâlnirile din căsuţa lui Jose? Acesta mi-a lăsat cheile pentru câteva nopţi, când a plecat după acele seminţe speciale. Da, am iubit pe de-a-ntregul, iar apoi nu am mai putut gândi să fiu a altuia. Asta a fost ultima soluţie. Eu nu cred că pot îndura ceea ce ai purtat tu pe umeri atâta vreme. Mă bucur pentru tine şi marchizul de Linares, e a doua şansă pentru voi. Sunt sigură că mai devreme sau mai târziu veţi fi împreună. Cu bine, draga mea mamă, trăieşte tu şi fii tu fericită pentru mine. Adio! Mai am încă două scrisori de scris, a ta e prima. Nu fi tristă!"

Către fratele său:

"Îmi aduc aminte cu drag de grija aproape maternă pe care mi-ai purtat-o cât am fost un copil, dar şi mai apoi când am crescut. Înainte de a lua decizia acestui ultim gest, m-am gândit mult, am încercat să mi-l închipui pe Pedro drept soţ al meu. Însă niciodată nu mi l-am putut închipui ca tată al copilului lui Luis. Lisabona cu saloanele ei nu sunt pentru mine. Eu am fost crescută liber cu prea puţină etichetă. Îmi place la ţară, nu-mi place zgomotul. Nu are rost să lungesc prea mult scrisoarea, durerea pe care ţi-o voi pricinui e destulă şi aşa. Iartă-mă că te încarc cu ea. Te rog încă ceva: dacă trupurile noastre vor fi găsite, îngroapă-le împreună. Să fim trei laolaltă. Este ultima mea dorinţă. Te rog să faci totul pentru a o îndeplini! În rest, fii fericit, eşti tânăr, gândeşte-te că nu am avut altă soluţie. Nu lua asupra ta vreo vină. O să te căsătoreşti şi vei duce neamul tatălui nostru mai departe. Am hotărât tatei să nu-i scriu. Ceva mă opreşte. Cu bine, fratele meu iubit! Nu mă uita, însă destinul este destin şi trebuie dus până la capăt. Eu îl voi duce! Şi te mai rog ceva: trimite-i te rog lui Pedro scrisoarea şi bijuteriile!"

Către Pedro:

"Mi-ai fost logodnic un an de zile. Nu ne-am minţit niciodată şi apreciez acest lucru. Ştii că-l iubesc pe Luis de Luso şi asta nu e tot, îi port copilul. Cum m-aş mai putea căsători cu tine? Poate că sunt laşă şi nu înfrunt ruşinea dar prefer liniştea. Tu ai însă pe cineva care te aşteaptă să-ţi spună soţ, fugi, aleargă în goană la ei. Tu eşti fericit, fă comparaţie cu mine şi dă-ţi seama. Eu nu mi-am înfruntat tatăl, fă-o tu şi pentru mine. Căsătoreşte-te şi creşte-ţi copilul. Şi nu mă uita! Păstrează-mi un gând în inima ta şi roagă-te pentru mine, Luis şi copilul nostru. Adio!"

Scrisoarea lui Luis pentru familia sa:

"Dragii mei, o iubesc pe Lucia de Sousa y Monterroîncă de când am cunoscut-o anul trecut. A fost un an în care ne-am ascuns iubirea, ea fiind logodită cu Pedro de Cantarra. Nu mă consider vinovat, Pedro a ştiut de iubirea noastră. Lucia de Sousa, scumpa inimii mele, ar trebui să se căsătorească peste puţină vreme, iar eu să nu o mai văd deloc sau foarte rar. E foarte crud pentru amândoi. Apoi, Lucia a fost a mea cu totul şi îmi poartă copilul. Pântecul ei

deja îşi arată rodul. În ultima lună am luat hotărârea să plecăm amândoi în acea lume nevăzută încă de cineva care să se fi întors. Nu pot s-o las să se căsătorească şi, de altfel, nici ea nu şi-o doreşte. Nu o va durea, am avut eu grijă de asta, în noaptea aceasta mână în mână, ne vom arunca în Montego. Consolaţi-l cât puteţi pe Francisco, el ştie tot şi de-abia trăieşte. Însă noi i-am cerut să tacă. Ne-a jurat! Nu e vinovat de nimic, e mai nenorocit ca voi. Juana ar trebui să-l iubească, să se căsătorească cu el, ea îi cunoaşte suferinţele şi ar şti să i le aline. Mamă, tată, Catarina şi Juana, vă iubesc şi, credeţi-mă, e cea mai bună decizie! Nu e cea a unui laş, este cea a unui om hotărât şi puternic! Adio!"

CAPITOLUL 12

Când totul se linişti, Dona Alba avu posibilitatea să-i vorbească lui Francisco despre marchizul de Linares.

- Ştiu că sunt în doliu mare dar îţi cer permisiunea de a-l primi aici, mai precis în căsuţa lui Jose. Uite scrisoarea de la Lucia, ea a fost cea care a făcut posibilă reîntâlnirea. I-am fost credincioasă tatălui tău până la moartea lui. Însă eu nu am avut puterea de a-mi înfrunta familiaaşa cum a făcut-o Lucia. Eu nu mi-am apărat dragostea, eu am ales să rabd. Marchizul de Linares a fost cel pe care l-am iubit, însă părinţii mei nu i-au dat mâna mea. Jose ştie totul, de aceea l-am luat cu mine de la casa familiei mele, vorbele lui m-au încurajat şi alinat întotdeauna.

- Lucia e un înger şi din mormânt. Poate să vină, dar să nu se arate. O să am lângă mine un sprijin în durerea mea.

- Mulţumesc, fiule, eşti foarte bun cu mine!

- Cred că e corect ca acum, după cele întâmplate, fiecare să-şi caute liniştea după cum simte. Dacă marchizul de Linares e liniştea ta, poate veni să stea nevăzut în căsuţa grădinarului. Iar, după doliu, cred că ar fi potrivit să te căsătoreşti cu el. Ai primit o a doua şansă! Poţi să-i scrii.

- Iar tu?

- Eu o să fac lungi drumuri la Luso. Este acolo cineva care, cu blândeţea sa, îmi alină suferinţele şi mă face să mă simt mai liniştit.

- Juana?

- Poate că ea este cea sortită mie, dar nu ştiu încă. Nu te nelinişti dacă o să plec mai mereu, am nevoie...

- E în regulă, fiul meu.

Apariţia vraciului la mormântul Luciei şi al lui Luis strigând în gura mare: "Blestem! Blestem!" aprinsese spiritele în împrejurimi. Vraciul acesta era şi vrăjitor după cum spuneau sătenii. Oamenii începuseră să vorbească despre moartea celor doi chiar de Rusalii. Lucrul acesta pentru ei nu era tocmai creştinesc. Se vorbea că familiile celor doi fuseseră astfel blestemate.

Cei doi tineri cu siguranţă se transformaseră în fantome sau alte spirite cu totul rele şi vor începe să bântuie. Ţăranii îşi aduseseră aminte că vraciul spusese despre cei 200 de ani în care Luis să n-o întâlnească pe

47

Lucia decât o săptamână, si atunci doar de Rusalii. Atunci, cu siguranţă vor ieşi din mormânt şi vor bântui toată zona, râul, castelul, pădurile. Îşi promiseseră să fie cu băgare de seamă în fiecare an la această sărbătoare. Apoi episcopul îi căsătorise morţi. Cum vine asta? Se întrebau ei mai mereu, nu e lucru clar, e necurat cu siguranţa. Venise apoi moartea contelui. Acesta era judecat şi criticat că nu simţise ca părinte că face rău.

Vorbele acestea ajunseseră şi la castel, înspăimântând-o pe dona Alba. Îşi aducea şi ea aminte vag de acel om, alungat cu pietre din cimitir. Oare aşa să fie? Se ruga să nu fie aşa. Vrăjitorii trebuie arşi pe rug, iar nu lăsaţi să împrăştie vorbe rele si blesteme.

Îl aştepta pe Rodrigo, doar el o putea scoate din starea în care se afla. Primise o scrisoare de la el. Trebuia să apară. Jose trebuia s-o vestească. Poate că mai fiind un bărbat în preajmă şi Francisco se va alina mai curând. Acesta făcea drumuri dese la Luso, unde era bine primit. Nu aflase de ultima dorinţă a lui Luis. Doar familia ştia de dorinţa acestuia ca Juana să se căsătorească cu el.

Juana se plimba mult cu el, vorbea şi ştia să asculte. Nu o făcea din obligaţie, nici vorbă. Cuvintele fratelui său nu o forţau la nimic. Însă nu putea uita privirea lui Francisco la înmormântare şi mâinile lui ţinându-le pe ale sale. Uneori stăteau pe o bancă fără să scoată un cuvânt. Alteori, el îi culegea flori şi i le dăruia fără să spună nimic. Ce rost aveau cuvintele? Niciunul. Juana ştia să asculte şi tăcerile lui Francisco, era o fire mai timidă, iar Francisco o înţelegea perfect.

În una din zile, ajunsese la Luso mai repede şi îi găsi la masă. Se scuză. Juana se ridică, îl luă de mâini ca pe un copil şi-l puse lângă ea la masă. Mai ceru un tacâm. Fără niciun fel de teamă îi spuse:

- Tu faci parte din familie, oare nu-i adevărat? Contele de Luso răspunse în locul lui Francisco:

- Dragul meu, ne aparţii! Ce te nelinişteşte?

- Într-adevăr am ceva pe suflet, dom Joaquim.

- Spune-ne, eşti în familie!

- Lumea spune că suntem blestemaţi şi castelul de Sousa e bântuit. Dar nu este, izbucni Francisco în lacrimi şi, cu un gest tulburător, dădu scaunul la o parte şi se aşeză în genunchi în faţa Juanei. Juana, tu crezi asta? Ai veni să te căsătoreşti cu mine? Eu... eu am învăţat să te iubesc, trăiesc doar când vin la Luso. Ştiu că trebuie să ţinem doliul acesta mare, dar mai apoi ne putem căsători. Crezi şi tu în fantome? Pot să sper? Juana şi dom Joaquim îl ridicară încetişor.

- Copilul meu drag, ţi-ai găsit un nou tată! Juana nu crede în fantome, umbre ale fratelui şi ale cumnatei sale. Ţi-o încredinţez cu dragă inimă

Contesa de Luso plângea în hohote. Servitorul rămăsese cu farfuria în mâini.

- Nişte apă? bâigui el.
- Chiar te rog, Francisco are nevoie, spuse Juana. Îi dădu chiar ea paharul.
- Şi eu vreau să mă căsătoresc cu tine, să mă ierte Dumnezeu, dar aşteptam să spui asta. Şi eu te iubesc!

Contele de Luso spuse că o să meargă cu toţii la castelul de Sousa într-o zi, cât de curând.

- Şi ne vom logodi acolo, fără ca vreun necunoscut s-o ştie. Vom demonstra tuturor că nu există blesteme, zise Francisco.
- Acum că ne-am liniştit putem mânca, da? spuse Juana fericită.

Francisco îi sărută mâinile. Contesa de Luso închise ochii, negrul parcă dispăruse de pe hainele şi din sufletele lor.

La castelul de Sousa, oaspetele căsuţei grădinarului îşi luă în primire drepturile. Jose fu fericit să se mute într-o cameră în castel, lăsând loc donei Alba şi fericirii ei regăsite.

Francisco îl cunoscu astfel pe marchizul de Linares. Îl găsi încântător. Fu fericit să le mărturisească iubirea lui pentru Juana, o iubire împărtăşită şi aprobată. Le anunţă vizita celor de la Luso la castelul lor pentru logodnă.

Dona Alba îi dădu fiului ei inelul de logodnă şi un set de bijuterii.

- Acestea le-am primit când m-am logodit cu tatăl tău, o nouă contesă de Sousa trebuie să le poarte!
- De altfel, se amestecă marchizul, tu vei primi în curând altul. Ne vom căsători după doliu. Dona Alba îi strânse uşor mâinile şi-i mulţumi cu ochii.

CAPITOLUL 13

În următoarea săptămână, familia de Luso veni la Santa Cruz de Coimbra. Au fost primiți cu bucurie și nerăbdare. Doreau să împlinească logodna dintre Francisco și Juana. Ce rost aveau să mai aștepte? Peste un an puteau să se căsătorească. Era important pentru ei ca oficializarea legăturii sa aibă loc, pe nimeni nu interesa vreo petrecere.

Juana primi fericită inelul și bijuteriile. Era fericită și așa era și Francisco. Apoi ieșiră împreună în parc.

- Știi să călărești? o întrebă Francisco.

- Da, desigur, de multe ori plec așa doar cu căluțul meu.

- Ai vrea să mergem la râu? Ai putea lua căluțul Luciei. Sau poate ți-e teamă?

- Nu, Francisco, nu mi-e teamă! Acolo s-au iubit ei, doar acolo au fost fericiți, e un loc binecuvântat, nicidecum blestemat. Destinele noastre, după cum văd, sunt legate de râul Montego. Putem merge și acum dacă vrei!

- Doar să înșeuăm caii.

- Atunci te aștept în salon.

- Bine, vin cât pot de repede. Juana intră apoi în casă.

- Vom merge să călărim, Francisco pregătește caii și vine imediat. Vom merge într-o plimbare la râu. Nu vedem nimic rău în asta.

- Mergeți și plimbați-vă, afară e frumos, spuse contele de Luso.

- Și puteți rămâne peste noapte aici, este loc destul pentru toata lumea. Ce spuneți? Întrebă dona Alba...

- Cred că putem să rămânem, răspunse contele de Luso.

- Pot vedea camera Luciei? întrebă Juana.

- Da, de ce nu? Ți-o va arăta Francisco când vă veți întoarce din plimbare, spuse dona Alba.

Juana și Francisco încălecară și porniră la pas.

- Astea toate vor fi ale tale în curând!

- Da, îmi place totul! E minunat domeniul vostru!

La râu se opriră. Montego curgea lin așa cum curgea de atâta vreme. Nimic nu se schimbase.

- Știi Francisco, nu simt nicio neliniște în preajma apei. Eu cred că sufletele lor sunt liniștite. Îmi aduc aminte de vrăjitorul acela. Oare de ce?

- Probabil că Luis a cerut prafurile alea mințindu-l pe bătrân. Iar acesta s-a răzbunat, a zis ceva de 200 de ani și doar de Rusalii.

- Poate că atunci vor reveni aici Francisco! Tu ce crezi?

- Este posibil, dar eu nu o să mă sperii! E sora mea și e cumnatul și prietenul meu! Și, apoi, putem să nu venim la râu în perioada aceea. Important este că îmi vei fi alături, viața merge mai departe. Vom avea copii și vom fi binecuvântați.

- Da, așa e, ai dreptate! Să ne întoarcem acum, mama ta mi-a dat voie să văd camera Luciei. Tu o sa mi-o arăți!

Se întorseseră cu pași mici, de cai obosiți, dar savurând liniștea din jurul lor, pacea care-i înconjura, tot acel univers ce-i înconjoară pe îndrăgostiți, acea lume a lor, intangibilă altora.

- Calul Luciei mă acceptă, înseamnă că va fi al meu!

- Chiar așa, zise Francisco.

Când intrară în camera Luciei, Juana observă că totul era neschimbat. Existau flori în vaze, praful era șters. Lucrurile acesteia erau peste tot.

- Mama a hotărât să lase camera așa cum era. Nu a schimbat nimic. Nu a aruncat nimic. Mai vine uneori și se așează pe pat. E una din cele mai frumoase și luminoase camere din castel.

Dona Alba, de cealaltă parte, acceptă cererea în căsătorie a lui dom Rodrigo, însă fără niciun fel de martori. Îi arătase lui Francisco doar inelul cel nou pe care-l purta în locul celui dat Juanei. Nu aveau decât să aștepte să treaca iarna și primăvara ca să se poată căsători.

Cele două familii și marchizul de Linares deciseseră două nunți în aceeași zi și fără fast. Chiar și Juana care se căsătorea prima dată acceptă. Nimeni nu mai dădea importanță lucrurilor mărunte pe care altădată puneau preț. Uniunea sufletească era mai importantă decât orice.

Cu două săptămâni înainte de cele două căsătorii, la biserică se făcură strigările și se afișase anunțul comun al celor două evenimente. Mare fu mirarea mulțimii adunate la liturghia din acea duminică. Se uitau doar către locurile familiilor implicate în anunțul acela. Dar cui îi păsa?

Familiile așteptară un an de zile conform regulii, așa că gura lumii fu astfel închisă. Juana își alesese o rochie crem simplă dar foarte frumoasă. Cununa de lămâiță și-o făcuse singură și tot singură și-o prinsese de voal. Dona Alba alesese o rochie bleu, ea mai fiind căsătorită odată, așa că nu-și pusese voal ci doar o pălărie, peste părul aranjat simplu.

În acea zi la biserică, toată lumea era prezentă. Nimeni din împrejurimi nu lipsi. Când liturghia se termină și cei patru erau căsătoriți, un oftat de ușurare se auzi. Lumea încuviința legăturile dintre cele două familii.

51

Dona Alba hotărâse să se mute la Lisabona şi să înceapă o viaţă nouă acolo. La Santa Cruz, familia cea nouă trebuie să fie singură. Cu lacrimi în ochi, Francisco acceptă, înţelesese.

După plecarea marchizilor de Linares în Lisabona, castelul le aparţinea doar tinerilor conti de Sousa y Montero. Învăţaseră să se iubească mai mult în fiecare zi. Curând, Juana rămase însărcinată şi născu un băiat, sănătos şi plin de vitalitate. Acesta se transformă în bijuteria castelului celor două egrete. Pe zi ce trecea, semăna tot mai mult cu Francisco. După naştere, vizitele marchizilor de Linares se îndesiseră. În sfârşit un moştenitor, un copil va ţopăi peste tot, viitorul era al lui. Viitorul conte de Sousa.

Două lucruri înnegurară viaţa familiilor acum mai unite: moartea lui Jose, pe care toată lumea îl considera un demn membru al familiei şi care fu înmormântat în cripta familiei. Ultimele lui clipe fură liniştite, pentru că marea lui dorinţă fuses ca toată lumea să fie în jurul său. Apoi, după ce Francisco îi promisese că următorul grădinar va fi atent cu florile sale, mai spuse doar că e mulţumit şi că pleacă la Luis şi Lucia. Credinciosul slujitor fu plâns de toată lumea, viaţa lui fusese dedicată întru totul celor pe care i-a slujit.

Cel de-al doilea lucru care a întristat familia era reacţia ţăranilor din sat. Aceştia vorbeau de faptul că blestemul vrăjitorului de pe domeniul Luso deja era real. Ei spun că la Rusalii, o săptămână încheiată îi văd pe cei doi conţi de Luso, plimbându-se pe malul râului cu un copil mic în braţe. Ei spun că pruncul plânge atât de tare şi că cei doi nu-l pot linişti. Sigur vor veni în fiecare an în săptămâna de Rusalii, sunt nevoiţi să vină din cauza vrăjitorului care i-a blestemat să nu-şi găsească liniştea. Râul Montego în acea perioadă este puţin frecventat, nimeni nu se încumetă să treacă pe acolo, doar ciobanii cu oile lor. Aceştia nu au nicio reacţie la blestem. Poate pentru că ei au fost cei ce au găsit corpurile celor doi. Ei aud stând lângă oi noaptea cel mai clar copilul, însă nu sunt înspăimântaţi, din contra, vorbesc de suferinţele celor trei şi de faptul că vrăjitorul trebuie prins şi dus în faţa Sfântului Scaun al Inchiziţiei. Poate că aşa cei trei îşi vor găsi liniştea.

Oamenilor le venise o idee. Să caute casa vraciului în pădurile de la Luso. De abia îl găsiră şi parcă acesta îi aştepta.

- Aţi venit să mă luaţi? Sunt pregătit!

- Dezleagă blestemul cu care i-ai legat pe conţii de Luso!

- Niciodată! Vor îndura până în 1850 şi atunci îşi vor afla liniştea. Puteţi să mă duceţi la episcop, să mă ardă în piaţă pe un rug mare. Luis de Luso m-a minţit, trebuie să plătească!

- Şi tu vei plăti!

- Foarte bine, zise el. Nu voi simţi nimic!

- Eşti un diavol!

Şi da... arderea lui fuses un adevărat spectacol. În timpul acesta, vrăjitorul nu a scos din el niciun sunet de durere, doar acelaşi blestem de care tot am vorbit.

- Cu adevărat a fost un diavol acest om, auzeai vorbindu-se la fiecare colt de drum în Coimbra.

Dar blestemul a rămas şi povestea lui a fost dusă mai departe an de an, însă familiile de Luso şi de Sousa nu ascultau asemenea lucruri. Ei îşi duceau viaţa obişnuit, nimic nefiind necesar să se schimbe.

CAPITOLUL 14

Anii trec lăsând loc altor generații. Cum curge Montego, așa și viața oamenilor trece, când mai lină, când mai zbuciumată. Dar trece, totul trece și bucuria, și durerea, și mândria și orgoliul, toate se sting cu fiecare secundă pe care timpul insensibil o înghite.

Dureroasă a fost moartea marchizilor de Linares. Dom Rodrigo fu primul, iar dona Alba a fost iarăși pentru scurtă vreme singură. Însă nu se mai întoarse în Coimbra. Nu mai călătorea, drumurile o oboseau foarte tare. Veneau la ea copiii, care erau adulți în toată firea. Singurătatea i se risipi când Paulo, copilul Juanei și al lui Francisco hotărî să-și facă studiile la Lisabona. Noul marchiz de Linares venea foarte rar. Nu mai venise de la moartea tatălui său. O rugase doar pe dona Alba să rămână în palatul tatălui său, el nu avea nicio activitate în Lisabona și nu vroia ca acesta să rămână gol. Dona Alba îi mulțumi pentru că o lasă cu amintirile scumpe inimii ei. Știa că îl va urma în curând. Nu putea trăi mult fără scumpul ei marchiz.

Paulo de Sousa y Monterro stătea în palatul de Sousa din Lisabona, ca și tatăl său în tinerețe, stătea singur, însă nu în bibliotecă. Folosea mai multe camere. Era un om modest ca și tatăl său, cu o fire blândă. Intrase, datorită bunicii sale, în societate și uneori onora saloane de nobili care l-ar fi dorit mai des acolo, datorită spiritului său deschis dar mai ales felului sau de a citi poezii. Oricum, era acceptat cu brațele deschise, ori de câte ori venea sau revenea.

Dona Alba muri cam la jumătate de an după moartea marchizului, cel de-al doilea său soț. A fost îngropată lângă el. Familia dorise să o aducă în Coimbra, dar dorința ei cea mare fusese să fie lângă Rodrigo pentru totdeauna. Francisco acceptase și se resemnase astfel. Plecase înapoi cu soția sa, scumpa lui Juana. Nu mai avuseseră copii, doar pe Paulo.

Paulo, după moartea bunicii sale, se apucase mai mult de studiu, așteptând vacanțele. Studia agricultura pentru că își dorea să dea un suflu nou pământurilor de la Sousa.

Într-o dimineață în care nu avea cursuri la universitate, servitorul îi aduse o invitație. Dom Pedro de Cantarra dorea să-l cunoască și îl invita la palatul său când va dori. "Cine este acest dom Pedro, să mă duc oare?" Paulo scrisese repede un bilet prin care îl anunța pe baron că va veni peste două ore. Servitorul îl duse imediat celui care aștepta răspunsul.

Dom Pedro de Cantarra, cunoscut nouă ca logodnic al Luciei și mai apoi fericit soț al mamei copilului său, fusese toată viața un ales norocos al destinului. Avea cu soția sa, pe lângă primul copil, despre care cititorul cunoaște deja, încă o fată, Amelia de Cantarra, frumoasă ca o zână și mare iubitoare de muzică. Pianul era viața ei, trebuia, de altfel, să-și facă intrarea la curte peste câteva luni. Nu era emoționată. Visătoare fiind, se gândea că o să treacă și asta și o să plece acasă. Nu o interesa scopul domnișoarelor de a-și face intrarea în societate, adică acela de a face un mariaj strălucit.

Peste două ore, dom Pedro stătea în fața lui Paulo, studiindu-l. Acesta, puțin încurcat, aștepta din partea gazdei o explicație.

- Aștept cu nerăbdare această vizită, poate ești surprins. Cândva am fost logodnicul Luciei, mătușa ta, contesa de Luso. Banuiesc că știi povestea din familie.

- Oh, atunci sunteți un fel de membru al familiei mele.

- Spre rușinea mea, nu am mai ținut legătura. Lucia a fost o sfântă, ei îi datorez fericirea mea. M-am crezut nedemn de familia ei mai apoi. Uite ultima ei scrisoare, ai să înțelegi mai bine. Eu nu am fost un sfânt, însă ea mi-a deschis ochii. Îi voi mulțumi toată viața. Totdeauna e în rugăciunile mele. Paulo citi scrisoarea aceea îngălbenită de vreme.

- Vă mulțumesc că mi-ați arătat-o!

- Dona Alba a murit și știu că acum locuiești singur în palatul de Sousa. Dacă dorești, porțile casei mele vor fi deschise pentru tine de azi înainte la orice oră. Am doi copii: băiatul, copilul meu cel mare, s-a căsătorit și o fiică, de 18 ani care își va face intrarea la curte în curând. Din auzite am aflat că îți place să citești, să reciți poezii și parcă mi se strânge inima că nu-mi frecventezi casa. Amelia, fata mea, e îndrăgostită de poezie și muzică. E visătoare ca o porumbiță. Mi-ar plăcea s-o cunoști. Nu este o persoană care iese mult, preferă clapele pianului, e mai retrasă. Ai vrea s-o cunoști?

- Ar fi o deosebită plăcere pentru mine, eu merg de asemenea rar în saloane. Mai degrabă aștept vacanțele să merg la Coimbra. Stau pe marginea râului, uneori călătoresc. Știți, se spune despre mătușa mea că e o fantomă. Însă eu nu am văzut-o niciodată de Rusalii. E drept că noaptea stau în casă, nu pe marginea râului. Însă oamenii vorbesc, parcă s-ar fi întâmplat ieri. Castelul în niciun caz nu e bântuit. Tatăl meu locuiește acolo permanent și nu a văzut nimic niciodată.

- Dom Francisco, dacă l-aş fi ascultat ... dar nu am făcut-o. Poate că Lucia ar fi trăit.

- Nu are rost să ne mai gândim, să răscolim trecutul.

- Cred că ai dreptate, eşti înţelept tânărul meu prieten! Vei veni pe la noi?

- Cu siguranţă.

- Vino mâine la prânz, ai s-o cunoşti pe Amelia. Poate vă împrieteniţi.

Discuţia se termină astfel şi Paulo plecă acasă, gândindu-se la familia baronului de Cantarra. Îi scrisese tatălui său, spunându-i de invitaţie şi despre Amelia. Se obligă să-l ţină la curent cu totul, avea să-i împărtăşească toate impresiile.

Şi aşa, odată cu ultima scrisoare, dom Francisco află că Paulo e îndrăgostit de Amelia şi că aceasta pare să-i împărtăşească sentimentele. Află cât de minunată şi dulce şi frumoasă era aceasta, mai află că e spirituală, că-i place poezia şi să cânte la pian. Paulo mai povesti că nu mai frecventa niciun salon, în fiecare zi mergea doar la baron acasă, care încuviinţa relaţia. "Sunt îndrăgostit tată şi i-aş cere mâna dacă aş avea mai mult curaj, cred că e nevoie de tine aici!" Dom Francisco începu sa râdă.

- Juana, vino de citeşte! Juana trase concluzia că acest lucru ar fi o minune.

- Parcă, prin moartea ei, Lucia a găsit soluţia la toate problemele. Trebuie să mergem la Lisabona. Am să-i dau inelul de logodnă şi o să aleg o bijuterie. Vom sta lângă el când o va cere. Îi vom da curaj şi astfel vom fi mai mulţi la Santa Cruz. Poate vom avea şi nepoţei, cine ştie? Francisco, scrie-i o scrisoare lui dom Pedro, împărtăşindu-i intenţia noastră. Apoi scrie-i şi lui Paulo, să-i atragi atenţia asupra acestui fapt.

Căsătoria celor doi avu loc după o logodnă foarte scurtă. Astfel, casa Ameliei deveni castelul de Sousa. Această căsătorie a fost una fericită, încununată de trei copii frumoşi care alergau prin parc, iar doicile nu reuşeau niciodată să-i prindă.

Castelul fu locuit în continuare, parcă arătând locuitorilor din jur că blestemul nu există, chiar dacă în fiecare an se găsea cineva să vorbească despre asta în preajma Rusaliilor. Oricum, impactul emoţional scădea, părea din ce în ce mai mult a fi doar o legendă.

Însă pe la 1850, anul în care începe partea a doua a acestei naraţiuni, castelul nu mai era locuit. Contele de Sousa, al câtelea nici noi nu putem şti exact, preferase un palat în mijlocul Coimbrei. Castelul foarte bine întreţinut şi aflat în perfectă stare de conservare, era locuit doar de trei servitori, care nu se plângeau de fantome şi nici de legenda blestemului celor 200 de ani.

De altfel, lumea se schimbase de când piciorul Inchiziţiei nu mai apăsa asupra ei. Erau liberi îşi spuneau oamenii.

PARTEA A II-A

CAPITOLUL 1

Pe la 1840, contele Frederico de Sousa y Monterro, tânărul moştenitor al castelului secular, se căsători cu Maria de Guzman, al cărei tată era nobil şi îşi avea reşedinţa cam la 40 de leghe de Coimbra. A fost o căsătorie din dragoste şi care promitea să fie împlinită de fericire.

Peste zece ani dom Frederico avea 30 de ani şi o viaţă destul de tihnită. Se căsătorise de tânăr, aşa că aproape crescuse alături de copii săi. Cei cinci membri ai familiei locuiau într-un mic palat în centrul Coimbrei. Le era mult mai comod decât să locuiască în vechiul castel, cu zidurile sale groase. Este adevărat că întreţinerea palatului din centrul Coimbrei costa destul de mult, aveau trăsură, cai, primeau diverse vizite, însă o rangul impunea.

Castelul era în perfectă stare de conservare, dar începea să-l stânjenească pecuniar. Afacerile sale mergeau destul de bine însă şi cheltuielile erau pe măsură. Copii creşteau şi aveau nevoie de educaţie, soţia sa era înnebunită după rochii şi fast. Saloanele ei erau cele mai strălucitoare din ţinut. Era o mândrie să fii invitat în palatul de Sousa. Şi lui îi mângâia orgoliul, dar îl şi ustura la pungă.

În ultimii ani, se îngrijise mai mult de castel, parcul rămânând în urmă cu îngrijirea. Grădinar nu mai exista de mult, iar din trei servitori nu mai rămăseseră decât doi, care făceau şi ei ce puteau cu aranjarea parcului. Mai rupeau bălăriile ce inundau totul, mai coseau iarba cât să nu devină sălbăticie curată. Căsuţa lui Jose era înconjurată de bălării, de tot felul de arbuşti şi iarbă mare şi cu greu mai puteai să-ţi faci loc să intri.

58

Dona Maria insista pe lângă soţul său să vadă castelul, însă dom Frederico şovăia. Era neamul lui, acolo îşi afla rădăcinile, chiar dacă nu mai locuia nimeni acolo. Fiecare colţişor amintea de viaţa trecută. Uneori dom Frederico venea singur în vizită, mergea prin fiecare cameră, deschidea câte o uşă de dulap care scârţâia de nefolosinţă nefiind de mult neunsă, urca în pod unde lucrurile strămoşilor săi stăteau în huse. Se uita la moda mobilierului de pe vremuri şi ofta.

Dona Maria niciodată nu venise la castel în vizită şi nici pe copii nu-i lăsa acolo. Erau altfel, altă generaţie, doar el, dom Frederico, deşi schimbat, simţea în clocotul sângelui său strigătul familiei. Tot singur mergea şi la cimitir, lua unul din servitorii de la castel şi lucrau la curăţarea mormintelor, vieţi de mult trecute, cruci înnegrite şi pline de muşchi. Nu se sfia să cureţe cot la cot cu servitorul, se simţea aproape de ai lui când privea numele tuturor acelor femei şi bărbaţi din trecutul familiei sale. Era un romantic, un melancolic. Dona Maria era cea care era mai puternică între cei doi şi se impunea întotdeauna. Lui dom Frederico îi plăcea foarte mult şi imaginea celor două egrete de pe poarta principală. Făceau parte din el, era mândru, însă doar el.

De când Inchiziţia fusese desfiinţată, mulţi evrei se mutaseră în marele şi frumosul oraş Coimbra. Râul Montego cu farmecul lui aparte, mai ales seara, atrăgea multă lume.

Aşa se face că unul dintre mulţii evrei, bogatul bancher David Liebermann, se mută într-o casă mare, aproape de casa contelui. Liebermann îşi deschisese în Coimbra o sucursală a băncii sale care se întindea acum în cele mai mari oraşe ale Portugaliei. Bancherul alesese însă Coimbra ca loc de reşedinţă datorită liniştii şi a minunatelor sale plimbări pe malul râului. Porto şi capitala nu-l atrăgeau deloc, viermuiau de atâta lume venită de peste tot. Coimbra era cca care-i plăcea cel mai mult.

Bancherul era căsătorit de foarte multă vreme cu soţia sa. Rosa, căci aşa o chema, învăţase să-şi cunoască soţul fără ca acesta să scoată o vorbă. Era o femeie blândă, pe care maternitatea o transformase mai mult în mamă şi puţin rămăsese din ea ca femeie. Îi era devotată soţului, dar atât cât trebuia. Mariajul avea trei copii, un băiat, Maxx, mândria tatălui său şi două fete, Anna şi Miriam, de care tatăl hotărâse "să scape" măritându-le foarte bine. Pentru el conta doar Maxx. Fetele lui erau şi ele ca număr, seara la cină, dar zestrea lor îi dădea bătăi de cap, dar oricum trebuia să le mărite bine. Pentru el, chiar dacă îl durea sufletul să dea bani, onoarea era foarte importantă.

Într-o zi, îl luă pe Maxx la o aşa-zisă plimbare.

- Dragă Maxx, ştii ce m-am gândit? Ne-ar trebui o locuinţă, undeva la ţară, nu departe de Coimbra, unde fetele şi mama ta să-şi piardă vremea altfel, iar noi să ne relaxăm după ce muncim o zi întreagă.

- Bună idee, tată, ai auzit pe cineva exprimându-şi dorinţa de a vinde vreo casă prin împrejurimi?

- Nu. Nu încă, e o idee nouă pe care de acum încolo o voi dezvolta. Îmi plac mult casele de pe râul ăsta, au ceva aparte. Am vrut să-ţi împărtăşesc ţie primul ideea. Ce zici?

- Îţi repet, e minunat, am putea călări, am putea avea o grădină. Dar nu e prea scump pentru dumneata?

- Fiule, asta nu contează. O proprietate e o proprietate.

- Ai dreptate tată, poate avem noroc. Fetele şi mama vor fi fericite. O să scape de statul în casă.

- Da, o să trebuiască să le zicem deseară. Vor fi încântate să zburde ca nişte iezi.

- Afacerile merg atât de bine tată? Eşti mulţumit aici unde ne-am mutat?

- Da, nesperat de bine ne merge. Îmi place oraşul acesta şi banca a fost primită minunat. Am avut ceva emoţii dar sunt încredinţat că suntem pe drumul cel bun.

Seara la cină, bancherul povesti ce plimbare făcuse cu fiul său.

- Am intenţia să cumpăr o casă. Acolo, voi doamnelor, vă veţi simţi minunat şi veţi prinde culoare. Aici parcă sunteţi nişte flori fără apă. Veţi călători, veţi ieşi la aer, vă veţi plimba în natură, prin parcuri. Iar eu cu fiul meu vom avea mai multă treabă în Coimbra şi multă linişte pentru a o îndeplini bine.

Se vede treaba că Maxx era doar fiul lui, iar doamna Liebermann avea doar fetele. Însă, cu toată purtarea urâtă a bancherului, toată lumea se obişnuise cu el şi nu-i purta pică.

Maxx îşi iubea surorile şi pe mama lui. Nu ţinea cont de sentimentele aparente ale tatălui său care, în adâncul sufletului, îşi iubea familia întreagă, doar că femeile pentru el nu aveau utilitate. De aceea, poate, îşi dorea domnul Liebermann să-şi mărite fetele, lucru care tot lui îi cădea pe cap. După cină tatăl întotdeauna se închidea singur în bibliotecă. Nu-l deranja nimeni acolo. Aşa că restul familiei trecu în salon.

- Este într-adevăr o idee bună, dar ce-i trecu drept acum prin cap? întrebă mama puţin uimită.

- Am fost astăzi în plimbare pe malul râului. Îi stă mintea să cumpere o casă aproape de râu.

- Există case libere? Există câteva aparţinând unor nobili ruinaţi, sper să aibă o şansă cu aceştia.

- Iar eu să pot să-mi pun pianul într-o cameră de unde tata să nu-l audă, zise Miriam râzând.

- Iar eu vreau o cameră unde să pot picta în voie, fără să intre nimeni şi să mă deranjeze. Poate aş putea să pictez afară, spuse şi Anna.

Toată lumea începu să râdă.

- Deja mă şi văd castelană, zise mama. Toţi văd că aveţi tot felul de planuri şi deja visaţi cu ochii deschişi. Şi eu cred că aş putea să cultiv nişte flori. Nu uitaţi însă că depindem de toanele tatălui vostru.

În seara aceea, lumea se duse la culcare cu un gând nou în plus. Când fu linişte în casă, bancherul ieşi hoţeşte din bibliotecă, parcă nu ar fi fost casa lui şi urcă la el în cameră. Somnul îl cuprinse imediat.

CAPITOLUL 2

Cum am mai amintit în capitolul precedent, David Liebermann, de cum se aciuase în Coimbra, îşi deschisese o sucursală a băncii sale, care îi aducea un profit frumos. Era proprietarul unei bănci cu sucursale în diferite colţuri ale Portugaliei. Răsărise ca iarba peste noapte. Nimeni nu ştia mare lucru despre el, după nume, unii îl credeau prusac, alţii îl credeau venit drept din ţara evreilor. Vorbeau cu toţii foarte bine şi îşi vedeau de treabă fără mare zgomot. De altfel, faima lui de om serios îi atrăsese o clientelă selectă şi pornită să facă afaceri cu banca sa. Aşa că lumea bună din Coimbra avea de lucru mereu la birourile acestei bănci, acest lucru aducându-i o mare bucurie lui Liebermann din două puncte de vedere, unul că i se mărea profitul, al doilea mai ales, că putea să afle informaţii despre vreo casă la ţară în apropierea Coimbrei.

Astfel că îşi făcu o listă şi începu să cutreiere zona. Vizita multe case, dar castelul conţilor de Sousa y Monterro îi rămăsese pe suflet. Servitorii îi spuseseră că nu e locuit decât de ei doi, îl primiseră jos la parter şi apoi vizită parcul care devenise aproape luxuriant, abunda de atâta vegetaţie crescută aiurea, inundând aleile, dându-ţi senzaţia că eşti într-o mare verde fără capăt. Bancherul îşi făcu în minte un calcul şi se gândi că îşi putea permite. Femeile ar putea să stea permanent aici. Ar reabilita parcul, iar casa din Coimbra ar fi liniştită şi doar ocupată de bărbaţi. Adică mai mult de el, cu siguranţă Maxx va dori să stea şi el aici, măcar câteodată. Bineînţeles că şi el va fi aici oricând va dori, doar nu cumpără un castel doar pentru petrecerea timpului femeilor sale.

Servitorii nu credeau că edificiul era de vânzare, nu auziseră nimic de acest lucru de la conte care, chiar cu câteva zile în urmă îi vizitase. Bancherul mai întrebă dacă nobilul are mulţi bani sau este strâmtorat. Oamenii îi răspunseră că este cam strâmtorat, dar nu foarte mult, afacerile contelui îi permit să întreţină palatul şi familia din Coimbra şi să conserve cât de cât castelul de aici. Liebermann mai află că soţia contelui, dona Maria, nu fusese des pe aici, iar pe copii îi educase în felul în care ei credeau că locul lor e acolo, în centrul Coimbrei şi nu aici.

Nu era un castel vizitat de familie, doar contele, în care spiritul său nobiliar dăinuia, venea, se plimba prin castel, prin parc, apoi până la căsuţa de lângă gardul parcului şi pleca. Venea şi curăţa mormintele celor din neamul său cu mâinile lui, nu s-ar fi despărţit de el. Dona Maria ar fi renunţat la el rapid pentru confortul său din oraş.

- Aha, îşi zise bancherul în sinea lui, un sentimental! Va fi greu, poate doar cu soţia voi avea vreo şansă. Totuşi castelul acesta îmi trebuie pentru prestigiul meu şi al afacerilor mele. O să găsesc eu o soluţie cumva! Totuşi, eu cred că nobilul ăsta e cam strâmtorat, am să mă interesez eu despre el şi familia lui.

Bancherul nu o făcu direct, puse pe cineva să cerceteze casa. Află că dona Maria este o cheltuitoare, că îi place la nebunie luxul şi că primea în saloanele sale joia. Mai află că mariajul are trei copii, adică o cheltuială mare, ca şi la el de altfel şi aici oftă, copii care erau destul de mărişori. Şi mai află că nobilul de Sousa e un aerian căruia îi plăcea numele şi blazonul cu păsări şi că trăia aproape modest. Nu-l interesau petrecerile nevestei lui la care apărea la început din complezenţă, ca apoi să dispară subit. Mai aflase că afacerile contelui mergeau destul de bine şi că ar putea avea cheag dacă nevasta lui nu ar arunca banii cu fărașul pe geam. "Până la urmă, femeile sunt cheia aici!" îşi mai spusese el în final, după ce aflase tot ce îşi dorise. Aflase ce era mai important, că dona Maria ar fi fericită dacă soţul său ar scăpa de castelul acela care îi inspira teamă. Blazonul nu le-ar fi pătat, doar şi alţii au mai vândut. Aveau palatul acesta în centrul Coimbrei, ce le-ar mai fi trebuit castelul acela cu parcul părăginit, adică un castel construit pe la 1400 sau 1500?

Cu toate aceste informaţii în mână, bancherul luă iniţiativa. Ceru o audienţă la conte şi o obţinu fără nicio greutate.

- Dom Frederico, am avut plăcerea de a vizita castelul familiei dumneavoastră zilele trecute. Eu sunt un om direct, aş vrea să-l cumpăr! Îmi place foarte mult şi aş putea să-l readuc la starea lui de dinainte, mai ales parcul. Servitorii mi-au spus că dumneavoastră mai treceţi pe acolo, însă familia dumneavoastră niciodată. Poate vă surprind cu cererea mea plină de sinceritate, dar aşa sunt eu. Bineînţeles că dacă mi l-aţi oferi, preţul ar fi mulţumitor pentru dumneavoastră. Îmi cer scuze dacă cumva vă simţiţi jignit!

- Nu mă simt jignit, domnule Liebermann, sunt doar surprins. Este adevărat că îmi permit mai mult să susţin casa aceasta în care v-am primit, însă şi castelul este destul de bine. Este adevărat că parcul nu mai este ca la începuturi, dar fac tot ce pot. Sufletul meu se află acolo domnule, nu aici în centrul Coimbrei, în această societate pestriţă cu care nu m-am acomodat. Acolo parcă mă reîntâlnesc cu cei de dinaintea mea. Sunt fericit că pot cu mâinile mele să le curăţ lucrurile în care dorm de atâtea veacuri. Însă sunt nefericit pentru că niciunul dintre copii mei nu simte ca mine! Cu mine va muri sufletul castelului, indiferent dacă ne va mai aparține sau îl vom vinde!

- Domnule conte, puteți oricând să veniți ca acasă, nu vă veți simți ca un străin!

- Vă mulțumesc, dar nu m-am gândit serios să-l vând. Dacă o voi face, veți fi prima persoană la care mă voi gândi, pentru că dumneavoastră ați avea banii necesari pentru a-l îngriji.

- Să înțeleg că nu este un refuz total și că pot să sper?

- Nu, nu este un refuz, pentru că nu m-am gândit la afacerea asta. Însă vremurile se schimbă cu repeziciune și noi trebuie să ne unduim după ele.

- Vă mulțumesc, dom Frederico! Aș vrea să sper că mă veți vizita la bancă, dacă vă răzgândiți.

- Da, vă dau cuvântul meu de onoare, voi veni prima dată la dumneavoastră.

După plecarea bancherului, contele se așeză într-un fotoliu cu ochii închiși. "Să vând castelul? Voi rămâne astfel doar cu palatul acesta. Blazonul cu egrete va străluci doar aici, nu și la Santa Cruz! Maria ar fi cea mai fericită. Întotdeauna a avut simț practic. Castelul stă închis acolo fără să locuiască nimeni, doar înghite bani, nu mulți dar tot înghite destul. Aș putea aduce la palat pe cei doi servitori, aici e întotdeauna nevoie de cineva în plus. Trebuie să vorbesc cu Maria! Eu nu sunt convins, dar ea va reuși s-o facă. După masă am să am o discuție cu ea. O voi face fericită și cred că și pe mine însumi pentru că îmi voi spori afacerile!" Astfel gândi contele după discuția avută cu bancherul.

După masă, își luă de mână soția și o duse în bibliotecă.

- Ce ai tu Frederico? Și la masă ai fost foarte tăcut.

- Bancherul Liebermann mi-a făcut o ofertă pentru castel, am rămas de atunci pe gânduri.

- Castelul? Castelul familiei tale?

- Da, Maria, însă nici tu și nici unul dintre copii nu simțiti ceva legat de el. Atât de rar mergeți pe acolo și atât de pe fugă e totul mereu. În afară de mine nu este nimeni căruia să-i clocotească sângele când se apropie de zidurile acelea străvechi. Mă gândesc să-l vând, nu mai folosește la nimeni. Domnul Liebermann mi-a promis că pot să-l vizitez oricând, să mă ocup de morminte. Apoi, el are bani, ar reface parcul, castelul ar dăinui astfel chiar dacă ar avea alt proprietar. Mi se pare un om așezat. Poate ne vom cumpăra încă o casă aici unde fiul nostru se va muta când se va căsători. Fetele vor avea zestre mai multă, oportunități mai bune la mariaje strălucite. Ce contează sufletul meu dacă nu-l jertfesc pentru familia mea?

- Frederico, eşti atât de nobil! Te dărâmă această idee, aşa e?

- Voi supravieţui, nu-ţi fie teamă. Sunteţi mereu lângă mine, copiii sunt importanţi.

- Ai dreptate, dragul meu! Vinde-l şi să începem o viaţă nouă! Anii trec iar fiul nostru are nevoie de o casă proprie.

- Şi ce spui să fac? Să mă duc la bancă mâine?

- Nu, mai lasă-l puţin pe evreu să fiarbă, nu arăta că te arde, du-te săptămâna viitoare. Oricâte case ar mai vizita, niciuna nu-i gâdilă orgoliul ca reşedinţa de secole a familiei de Sousa y Monterro.

- Ai dreptate, tu mereu ai dreptatea de partea ta!

Bancherul se nelinişti când văzu că trece săptămâna şi contele nu bate la uşa lui. Sigur nu vrea să vândă, asta îşi spunea mereu bancherul. Şi cât i-ar fi plăcut afacerea! Şi preţul era deasupra pieţei!

Într-o dimineaţă mare îi fu mirarea bancherului când i se anunţă contele de Sousa y Monterro. Făcu ochii mari şi îşi spuse că izbutise: "Aşa sunt nobilii ăştia, nu se lasă aşa uşor, dar tot se lasă!"

- Bună dimineaţa, domnule Liebermann!

- Bună dimineaţa, domnule conte şi luaţi loc! Să înţeleg că v-aţi răzgândit?

- Spre marea mea ruşine, trebuie să vă mărturisesc că am venit să vând castelul. Cred că strămoşii se răsucesc în criptă, dar nu am ce face. Îmi trebuie capital mult în viitor şi v-am promis că o să vin la dumneavoastră.

- Doriţi să vă servesc cu ceva?

- Nu, mulţumesc!

- Preţul vă convine?

- Da, desigur e un preţ nesperat de bun.

- Vă promit că o să îl renovez şi o să refac parcul, iar dumneavoastră puteţi veni oricând! Înţeleg că nu vă este uşor tocmai de aceea vă fac această propunere.

- Mulţumesc! Vă sunt recunoscător! De altfel, palatul din mijlocul Coimbrei îmi este suficient, iar afacerile mele au nevoie de capital. Soţia mea îşi doreşte o casă tot aici, aşa că banii sunt utili acum.

- Înţeleg perfect! Aveţi un fiu la care vă gândiţi. O casă e întotdeauna o investiţie bună.

- Putem merge împreună să-l vizităm. Ştiu că aţi mai fost, însă eu o să vi-l arăt la justa lui valoare.

- Cred că este o bună idee, spuse bancherul fericit.

- Alegeţi ziua atunci.

- Mâine după-amiază vă convine?

- Perfect, zise contele ridicându-se.

Domnul Liebermann fu într-adevăr încântat de ghidul său. Totul era aşa de diferit. Contele îl duse şi în pod, unde în huse stătea mobilă de secole. Nobilul îi arătă bijuteria lui care, în curând, nu va mai aparţine casei lui. Bancherului îi plăcu blazonul de la poartă şi hotărî să nu-l dea jos. Contele era încântat.

Contractul se încheie fără ca vreo persoană să pomenească ceva despre existenţa unui folclor în zonă cu privire la castel, chiar dacă multă lume ar fi putut s-o facă. Trecuseră atâţia ani, dar vorbele încă circulau. Era ca o poveste spusă din tată în fiu.

CAPITOLUL 3

Imediat ce afacerea s-a încheiat, bancherul aduse o armată de lucrători care înviorară locul. Castelul a fost proaspăt dat cu var în interior, covoarele fură scuturate și spălate, draperiile și perdelele la fel, lambriurile și tot ce era lemn a fost lăcuit si lustruit, mai ales podelele, tocurile geamurilor au fost vopsite, multă mobilă rămăsese pe loc, plăcându-i bancherului foarte mult. Totul vorbea de trecut și era atât de bine păstrat, patina timpului nu-și pusese decât ca o undă infimă amprenta asupra casei. Scara de primire îi plăcu de asemenea bancherului foarte mult, astfel că îi acordă o mai mare atenție în cadrul vastei operațiuni de restaurare și curățenie.

Cu parcul muncitorii avuseseră mult de muncă, cu statuile, cu fântânile, cu toate aleile și pavajul acestora care acum era deteriorat. Toate fuseseră reparate. Fântânile reveniseră la adevărata lor încântare, erau acum pline de apă limpede si împrăștiau răcoare și prospețime. Totul se transformă. Grădinarii tăiau ca într-o pădure luxuriantă, modelau arbuștii cu foarfecele, apoi plantau flori în spațiul rondourilor vechi. Băncile fură vopsite și locul redevenise într-adevăr minunat pentru o plimbare. Plăcerea domnului Liebermann se tansformă în extaz când descoperi căsuța din capătul parcului, "câte idile s-or fi petrecut aici?!" își zise el, de-a dreptul încântat.

A cerut imediat să fie recondiționată și această căsuță, avea doar parter, unde erau doar două camere, o bucătărie și un fel de baie. "Aici vor putea fetele să cânte și să facă pictură. Dar atât! Nimic altceva! Uite o portiță dosnică! Dacă nu mă uitam mai cu luare aminte nici nu o observam! Cred că fiecare castel are o căsuță dosnică și o portiță la fel! Începe să-mi placă din ce în ce mai mult afacerea asta. Și dictonul acela în latină îmi place. Contele o să fie mulțumit de cum am refăcut totul!" Bancherul vorbea singur de atâta încântare și mulțumire față de noua lui proprietate.

După ce se încheie tot șantierul, îi făcu o invitație lui dom Frederico la castel pentru a-i arăta ce a realizat. Acesta într-adevăr rămase uimit.

- E ca pe vremuri, spuse el.
- Vă place?
- Foarte mult! Dar căsuța din parc?

67

- Am renovat-o, doriţi să o vedeţi?

- Da, vă rog. Acolo au stat de-a lungul timpului grădinarii familiei. Ar fi trebuit să găsiţi o mulţime de unelte de grădinărit înăuntru.

- Da, este adevărat, nu mi-a trecut prin cap că sunt scule de grădinar. Deci ar trebui să continui tradiţia şi grădinarul să locuiască acolo?

- Nu, domnule Liebermann, acum timpurile sunt altele, oamenii au familii în sat. Grădinarii noştri erau singuri. Noi eram într-un fel familia pentru ei.

- Eu mă gândeam ca fetele mele să-şi aducă pianul şi sculele de pictat aici, să fie un loc al lor.

- Poate pictatul e bun aici pentru că e linişte şi o atmosferă încântătoare ce poate inspira, dar pentru pian o să vă indic un anume salon din castel care are o acustică minunată. Căsuţa aceasta nu e pentru muzică.

- Hm, nu m-am gândit la acest lucru, la acustică, la sonoritate. Vă rog să-mi arătaţi încăperea, dumneavoastră o ştiţi.

Se întoarseră amândoi pe aleile frumos şerpuitoare, presărate cu nisip fin, trecură pe lângă statuile recondiţionate, fântânile îşi ţâşneau apa fericite.

- Veţi putea veni oricând, dom Frederico, v-am promis! Văd o anumită nostalgie în ochii dumneavoastră, poate doriţi să luaţi ceva din castel, un tablou, un vas, ceva aproape de suflet sau care vă aminteşte de copilărie.

- Mulţumesc, chiar doream să vă rog acest lucru.

- Mergeţi în castel unde doriţi, e dreptul dumneavoastră! Trebuie să fim prieteni, nu se termină lumea dacă nu vă mai aparţine castelul!

- Mulţumesc încă odată, vă sunt recunoscător!

Bancherul rămăsese în salon fără să fie interesat de ce va lua contele de Sousa. I se părea just ce făcea şi se gândea şi la afacerile lui, contele nu lucra cu banca lui, poate că, strângând relaţiile, îl va avea şi de client.

Dom Frederico urcă la primul etaj şi deschise o uşă largă care însă nu scârţâi. Era deja unsă şi refăcută. Era o cameră care dădea spre peronul de primire al castelului. Camera Luciei. În copilărie nu i s-a permis niciodată să intre aici. Ştia de ce şi era curios să vadă şi el unde trăise unul din strămoşii săi cu o istorie atât de nefericită. Multe lucruri nu erau în cameră, însă pe un perete dădu de un tablou încă foarte bine păstrat. Îl scoase din cui, apoi îl studie încet. Pe spate scria – Lucia de Sousa y Monterro. "Ea este! Ce frumoasă era!" Lucia era foarte tânără şi foarte frumoasă. Pipăind mai bine cartonul din spate, văzu că e puţin mai umflat. Cu grijă, desfăcu clemele şi dădu de nişte scrisori, două pachete. Pe unul

68

scria Lucia, iar pe celălalt Luis. "Aha! Luis de Luso!" exclamă contele. Puse la loc scrisorile, strânse clemele și se mai gândi ce să mai ia. Deschise un sertar și găsi un crucifix. Îl luă și pe acela. Hotărî să ia dintr-un cui o icoană, apoi se gândi să plece.

Dintr-o dată nu-i mai plăcu locul. Coborî să-l întâlnească pe bancher, să-i mulțumească și să-și ia rămas bun. Acesta îi mulțumi pentru vizită și îi spuse că îl mai așteaptă. Nici nu băgă de seamă ce luase contele. Dom Frederico se gândea la starea avută în castel, la neliniștea care îl apăsase. Parcă simțise o prezență în cameră, o adiere. După Paști vor veni Rusaliile. Poate atunci Lucia va reveni, cum vorbesc oamenii. Însă Liebermann e evreu, nu e ca ea. De abia aștepta să citească scrisorile acelea vechi, de secole, poate va înțelege.

După plecarea contelui, bancherul mai zăbovi un pic, dând ultime porunci. Era mulțumit. Mai trebuia adusă mobila și servitorii din cealaltă casă. Lui, credea să-i ajungă doi oameni, femeilor în general le trebuie o armată de slugi în jur, se mai gândi el. Apoi, el va veni mai mereu la castel, servitorii din Coimbra vor fi mai mult niște paznici.

La sfârșit de săptămână, toată familia era instalată în castel și se bucura de liniștea ce domnea acolo. Anna își dusese deja sculele de pictat și șevaletul în căsuță iar Miriam avea o cameră doar a ei unde putea studia în voie la pian.

- Noi o să rămânem aici, spuse doamna Liebermann, nu o să revedem Coimbra curând. Ai avut dreptate dragule, aici totul e minunat și plin de culoare. Îmi place foarte mult parcul și camera pe care mi-am ales-o!

- Și nouă ne plac camerele noastre, spuse Miriam. E pe un culoar mai retras și sunt una lângă alta. Ție Maxx îți place camera?

- Da, pentru că dă în față, voi observa tot ce mișcă în curte și la poartă.

- Și vei da alarma, spuseră fetele râzând.

- Mă bucur că vă plac parcul, castelul și camerele ce vi le-ați ales! Rosa, camerele alese pentru noi sunt camerele stăpânilor, chiar ale conților. Poate o să ne simțim și noi un pic mai nobili.

- Da? Nu am știut, spuse doamna Liebermann, dar acum îmi dau seama că așa ar trebui pentru că iatacul meu are un aer feminin și legat de un budoar, practic am două camere.

- Ești norocoasă, doamnă, eu nu am decât o cameră și nu cred că e mare. Contele care a locuit-o, cred că a fost mai modest din fire.

- Tată, trebuie să te mulțumești cu puțin, noi în schimb suntem fericite, camerele noastre sunt minunate.

- Da, văd că am făcut o afacere bună chiar dacă niciuna dintre fetele mele nu m-a tratat cu un sărut, cât de mic pe obraz.

În hohote de râs, fetele săriră pe tatăl lor sărutându-l cu foc, până când domnul David reuși să fugă. Bancherul își iubea familia foarte mult, dar în felul lui. Soția și fiul râdeau cu poftă, de acum tatăl se lăsase în mâinile fiicelor sale, mirându-se de modul lui de a-și trăda sentimentele, de care nimeni nu se îndoia câtuși de puțin. Încerca să fie sever și să se impună, dar două fete vesele îl învingeau întotdeauna, erau doar fetele lui, nu?

La auzul veștii că nobilul castel are un alt proprietar și că cei doi servitori au plecat în Coimbra la palatul contelui, părerile se împărțiseră. Unii aprobau, alții nu. Toți se întrebau cum este această familie, ce fel de servitori au și câți sunt. Aflară că este evreu și bancher pe deasupra, că are trei copii și că nu o să dea blazonul conților de Sousa jos de la poartă. Puține informații și nu prea importante, de acum să vedem ce-o fi, gândeau ei.

Oamenii se bucurară când zăriră parcul ca pe vremuri, era semn de prosperitate. Se gândeau că, poate prin această vânzare, amintirile străvechi cu privire la întâmplările de acum două sute de ani se vor usca precum frunzele toamna târziu.

Toți se gândeau că un castel locuit are nevoie de hrană, ouă, lapte, brânzeturi, carne de vânat, vinuri, astfel că poate din afacerea asta vor face și ei ceva bani. Unii se și gândeau cât pește o să trimită la bucătăria castelului și la sunetul minunat al monedelor în buzunarul lor. Așadar, una peste alta, locuitorii din împrejurimi, în mod tacit le urau "Bun venit!" noilor stăpâni.

CAPITOLUL 4

Vremea era minunată în acea perioadă a anului. Nici prea cald, dar nici răcoare. Viața în noua locație le pria foarte mult noilor stăpâni. Uitaseră de Coimbra cea zgomotoasă. Fetele se duceau în parc unde alergau fericite, speriind păsările de prin copaci. Făceau muzică și pictură, făcând fiecare ce-i plăcea si ce se pricepea mai bine. Mama lor căpătase o mimică de mulțumire. În sfârșit, se simțea mai liberă și nu încorsetată ca în casa din marele oraș.

Cu oamenii din sat se înțelegeau bine, cumpărând de la ei de toate cele trebuincioase vieții de la castel. Astfel și localnicii erau mulțumiți. Angajaseră pentru caii lor un grăjdar din sat, priceput în aceste treburi, care povestea că stăpânii de aici sunt oameni cumsecade.

Uneori fetele cu fratele lor plecau să călătoreasca pe malul râului. Era o priveliște încântătoare.Colindau astfel toată zona, iar când veneau acasă la masă, după o asemenea plimbare, mâncau bine până ce mama le spunea că o să se îngrașe dacă mai continuă așa. Fetele pufneau în râs și după masă o luau din loc. Erau cu toții fericiți, radiau. Chiar și bancherul observă schimbarea și se declară mulțumit. Chiar și lui îi plăcea să se plimbe prin parc până la căsuța grădinarului, loc de taină, zicea el. Soția lui prefera să stea pe o bancă cu câte o carte în mână. Era fericită de fericirea celorlalți.

Maxx era cel mai glumeț dintre toți. De la fereastra lui dădea alarma despre orice mișcare din curte. Dădea alarma despre sosirea fetelor, dar o făcea spre disperarea acestora care mereu erau luate prin surprindere și se speriau, gata să cadă de pe cai.

Camera lui Maxx avea spre norocul îndeletnicirilor sale glumețe, pervazul lat, credem că putea cu puțin noroc să doarmă confortabil acolo. Pe pervaz era pusă o saltea cât el dimensionată. Maxx se gândea că acolo, înaintea lui, cineva se mai folosise de pervaz în același mod ca și el. Îi plăcea camera lui, vedea departe. Redevenise parcă băiețelul acela mic, plin de zulufi blonzi, zburdalnic, care își înnebunea surorile mai mici. Fusese întotdeauna un copil răsfățat de toată lumea, inclusiv de surorile sale. Până și tatăl înghițea asta. Era singurul băiat și chiar dacă striga uneori că i se strică educația băiatului, nu avea încotro, accepta.

Viaţa la castel transformase tinerii în nişte copii, iar Rosa, mama lor, întinerea văzându-i. Bancherul era mulţumit, ridica din umeri şi trecea mai departe. Se speria de toată groaza când tinerii începeau să se joace de-a v-aţi ascunselea şi, slavă Domnului, aveau unde. Şi servitorii râdeau pe înfundate. Nimeriseră într-o familie plină de haz, cu un stăpân care încerca să se ţină serios şi autoritar, dar căruia nu-i reuşea niciodată. Castelul redevenise plin de viaţă, ca în vremurile sale bune.

Un incident minor făcuse să tresalte castelul de râsete zgomotoase. Într-o după-amiază Maxx, săturându-se de stat la birou cu cărţile sale, se hotărî să se urce pe pervaz şi să vâneze vreun om pe care să-l sperie cu ceva. Avea o boală pe bucătăreasa care mereu îşi făcea cruce, speriindu-se mai mereu. Ea, în puţinul timp cât nu era lângă cuptor, avea obiceiul să stea de vorbă cu grăjdarul, trecând prin faţa camerei lui Maxx. Totdeauna era speriată de năstruşnicul de Maxx. Aceasta îl ameninţa că-l spune bancherului, dar niciodată nu o făcea.

Maxx o urmări de la fereastră şi scăpă un pahar pe geam. Bucătăreasa se sperie îngrozitor, însă râsul colorat al tânărului stăpân o făcu sa-şi dea seama de unde vine totul.

- Tinere, nu-mi arunca lucrurile pe fereastră, ele trebuie să stea la bucătărie, nu făcute ţăndări! Dar nici nu încheie bine căci deodată se auzi o bufnitură la etaj. Tânărul, de atâta râs şi încordare, căzu de pe pervaz.

Bucătăreasa începu să strige:

- Tinere Maxx, eşti bine? Ce ai făcut?

- Nu am nimic, am căzut de pe fereastră de atâta râs.

- Bine că nu în afară, mai zise femeia, începând să adune cioburile. Cred că asta ar trebui să-ţi fie de învăţătură de minte. Te-ai lovit rău?

- Nu, am desprins doar un pic pervazul, m-am agăţat într-un cui. O să caut un ciocan să-l prind la loc.

- Fii cu băgare de seamă, ăsta nu-i castel construit ieri. De acum ştiu că ai să stai liniştit.

- Promit. Uf! Cade de tot!

- Lasă că îl prindem noi la loc cumva. Te ajută Christian, grăjdarul.

- Mă descurc eu singur, făcu Maxx cu voce pierită. Poţi să te duci, am de lucru, nu o să te mai sperii.

- Bine, zise bucătăreasa, întorcându-se la oalele ei.

Voce pierită!? Nici pomeneala! Era doar o voce plină de uimire. Sub pervaz, strategic pus pentru a nu fi găsit niciodată, Maxx dădu peste un jurnal, al unei fete după cum părea. Foarte bine păstrat, doar cu foile îngălbenite de timp, avea un scris iute si ascuţit. "Ce loc bun de ascunzătoare!" gândi Maxx. "Dacă nu cădeam de la fereastră şi nu mă agăţam în cuiele alea, caietul nu era niciodată descoperit. Deci, aici a locuit o fată, am ales camera unei fete. Probabil, ca şi mine, trebuia să vadă înaintea tuturor venirea unei trăsuri sau sosirea alaiului de la vânătoare." Cam asta gândea el uimit de ceea ce descoperise.

Cu grijă mare, parcă era un hoţ în propria casă, încuie uşa de la cameră şi deschise jurnalul. "Astăzi suntem în 30 Aprilie 1649 şi e ziua mea de naştere. Mă numesc Lucia şi sunt al doilea copil al contelui Felipe de Souza y Monterro şi al soţiei acestuia, dona Alba. Am primit cadou un căluţ cu care o să mă plimb pe malul râului. Astfel, o să am activitate multă şi obositoare. Francisco este fratele meu mai mare şi merge la şcoală la Lisabona. Cel mai bun prieten al lui e fiul contelui de Luso, Luis...." Maxx sări ca ars. Auzi bătăi în uşă. Ascunse caietul şi sări la uşă.

- Cine-i?

- Sunt eu, Christian, am adus un ciocan şi cuie noi să reparăm fereastra. Mi-a spus bucătăreasa că aţi căzut şi aţi desprins pervazul.

- Îndată descui! Maxx deschise imediat şi grăjdarul intră cu sculele sale.

- Ah, nu e mare lucru, doar pervazul a cedat un pic. Cuiele au slăbit de atâta vreme. Imediat terminăm să-l reparăm, însă vă rog să nu vă mai urcaţi pe el. E mai sănătos şi mai sigur! Grăjdarul începu să-şi vadă de treaba lui, adunând însă toată familia.

- Ce se întâmplă aici? întrebă mama.

- Nimic important, a căzut doar pervazul, zise Maxx.

- Şi tu odată cu el, aşa-i? Te-ai lovit?

- Nu, mamă, sunt bine. Christian o să repare totul şi eu nu o să mai am un loc aşa de privilegiat. Nu o să mă mai urc acolo. Castelul are lemnăria schimbată dar pervazul a fost uitat. Sau, cine ştie, m-am îngrăşat eu, totul îmi prieşte aici! Nu-i aşa că am dreptate mamă?

- Da, fiule, totul e minunat aici, ca un basm, cred că au locuit oameni buni aici. Dacă nu s-a întâmplat nimic, eu plec. Christian e deja aproape gata.

După ce totul se repară, începu din nou să citească. Nu era un caiet mare. Fata scria puţin şi nu în fiecare zi. Jurnalul deveni interesant îndată ce tatăl ei o logodi cu Pedro de Cantarra, ea iubindu-l pe Luis. Descrierea iubirii îl impresionă foarte mult, mai ales că Lucia scria că mai zvâcneşte o viaţă în ea şi e disperată că nu poate fi a lui Luis. Teama de a nu fi găsit caietul o cuprinsese pe fată, de aceea gândi că locul de sub fereastră e minunat să-l ascundă pe veci. "Până la mine!" îşi spuse Maxx, frecându-şi cotul, resimţindu-se totuşi după căzătură. Încercă o mare teamă şi nelinişte când, la final, cei doi îndrăgostiţi se deciseră să se arunce în Montego. Jurnalul se termină brusc, cuvintele fiind schiţate nervos. Lucia se ruga să fie iertată de Dumnezeu pentru sufletul copilului ei. Se semnă şi scrise anul 1650 dar nici o dată, scrie doar: Rusalii 1650.

Maxx închise caietul, gândindu-se la fata aceasta nefericită, căreia îi plăcea să stea cocoţată ca şi el. Oare chiar reuşiseră? Se înecaseră în Montego? După scris dovedea un caracter tumultos. Se prea poate. Nu-i fusese teamă să locuiască în camera fetei nefericite. Din contră, se simţea solidar cu ea. Anul acesta sunt 200 de ani de la ultima dată din caiet. "Trebuie să caut informaţii, trebuie să înţeleg. În curând sunt Rusaliile catolice. Am să mă duc la bucătărie, acolo voi găsi întodeauna guri sparte, mai ales cea a Eufrasiei, bucătăreasa." îşi mai zise el, convins deja să desluşească misterul ce răzbătea din caietul găsit. Coborî la bucătărie şi o luă pe bucătăreasă la întrebări:

- Eufrasia, tu eşti femeie în vârstă, ce ştii despre Lucia de Sousa y Monterro?

Eufrasia scăpă din mână farfuriile şi se ruga cu ochii să nu fie întrebată mai mult.

- Uite că şi tu spargi veselă! Deci, este ceva serios şi nu vrei să-mi spui? Doar mie îmi vei spune, nu am să mai spun nimănui, promit!

- De unde ştii domnule Maxx de ea?

- Ştii că am căzut de pe pervaz? Ei, sub lemnărie era jurnalul ei, în care povesteşte ceva tragic. Spune că s-a aruncat în Montego cu iubitul ei ca să nu se căsătorească cu un baron.

Eufrasia îşi făcu cruce şi-l trase pe Maxx lângă ea mai aproape. Îi povesti pe îndelete de blestem, de arătări şi anul acesta se va termina totul, împlinindu-se cei două sute de ani.

- La Rusalii se va termina? Aşa mă gândesc şi eu. Totul în săptămâna aceea!

- Da, stăpâne! Mai e puţin şi îşi vor găsi liniştea. Jură-mi să nu bagi spaima în doamne!

- Îţi promit, pe cuvântul meu. Tu vei fi cea care le vei povesti. Eu, niciodată!

- Stăpâne, arată-mi şi mie caietul!

- Vino cu mine, e ascuns la mine în cameră. Eufrasia îl urmă imediat, fără zgomot. Uite-l! Eufrasia îl cercetă cu ochii şi cu greu puse mâna pe el.

- Să ştii că mă nelinişteşte ceva, cred că o să vină să-l caute. Simte poate că nu mai e la locul lui. Spiritele neîmpăcate au tot felul de simţuri.

- De Rusalii o să vină, zise Maxx. Să aşteptăm atunci pe contesa de Luso!

- Stăpâne, nu vorbi aşa! E treabă serioasă!

- Şi eu sunt cât se poate de serios, Eufrasia! Nu mă joc. Va veni, sunt încredinţat. Eufrasia îşi făcu semnul crucii şi plecă din cameră fără să mai zică nimic. Eufrasia! Doar noi doi vom şti, ţine minte! Atât mai apucă ea să audă... Vom urmări împreună!

Cu cât se apropiau Rusaliile, cei doi se întâlneau mai des şi vorbeau despre asta. Maxx ştia bucătăria Eufrasiei colţ cu colţ. Erau curioşi şi neliniştiţi totodată. Dimineaţa primei zile de Rusalii nu adusese însă nimic nou.

- Vezi, Eufrasia, poate nu-i nimic.
- Da, poate, dar sufletele vin noaptea, nu dimineaţa.
- Ai dreptate, vom vedea la noapte. Am un plan. După ce toată lumea doarme o să ies din cameră şi o s-o încui, apoi o să stăm aproape de scară, fără să fim văzuţi. Să vedem dacă vine.
- Sper să mă ţină inima, stăpâne!
- O să te ţină, vom fi împreună. Suntem părtaşi în afacere.
- Da, domnule, îngăimă Eufrasia, făcându-şi mii de cruci.

Ziua trecu obişnuit, fetele îşi văzură de ale lor, râseră mult, se plimbară până obosiră, pictară, cântară, apoi cinară cu toată familia laolaltă. Astfel că noaptea veni repede pentru ele. După ce trecu de ora unsprezece seara, Maxx ieşi din cameră, încuie fără zgomot şi coborî la bucătărie. O găsi pe Eufrasia neliniştită, cu lacrimi în ochi, mărunţind încet bilele rozariului.

- Stăpâne, stăpâne, va veni! Sunt sigură! Ce ne facem?
- Şi eu cred că va veni. O să stăm ascunşi şi o vom urmări. Nu o speriem, doar ne uităm la ea. Aproape de miezul nopţii ne băgăm în nişa de lângă bibliotecă.

De ceva vreme o aşteptau. Clopotele mănăstirii bătură miezul nopţii. Nu dură mult şi o adiere rece îi înfioră pe amândoi. Prin uşa încuiată intră o femeie îmbrăcată după altă modă, de mult apusă şi începu să urce scara. Era frumoasă ca un înger. Ştia exact unde se duce şi urca încet, cu paşi uşori, ţinându-şi rochia prea lungă, care părea că atârna greu. Părul îi era desfăcut, iar la gât avea un lanţ care strălucea. Era o linişte de mormânt, cei doi auzindu-şi inimile. Fata termină de urcat scara şi începu să meargă către camera ei, pe a cărei clanţă apăsă în zadar. Nu putea intra.

- Stăpâne, peste tot intră: prin ziduri şi prin uşi, dar în camera ei nu poate. Uite, nu poate intra. Trebuie s-o ajuţi!
- Taci, se întoarce!

Într-adevăr, fata începu să coboare scările. Se vedea că plânge şi că e deznădăjduită. Se opri o clipă şi se sprijini de balustradă, apoi oftă şi coborî toate treptele dispărând aşa cum s-a ivit. Cei doi răsuflară uşuraţi.

- Ce frumoasă era şi ce rochie avea, zise Maxx.

- Rochia aceea este rochia de mireasă, cu ea trebuia să se căsătorească cu Pedro. Au înmormântat-o cu ea, lângă Luis de Luso. Preotul i-a cununat morţi şi a înscris ceremonia înainte de înec. Mormintele se află la Luso, la castel.

- În noaptea asta nu o să mai vină. Să mergem să ne culcăm. Următoarea noapte lăsăm uşa tot încuiată, iar în a treia o las deschisă dar rămân în cameră. Nu mi-e frică! Îmi place de ea! E atât de palidă şi de tristă!

- Nu te îndrăgosti de o fantomă, stăpâne! Şi apoi, e căsătorită!

- Haidem la culcare, Eufrasia! Vorbim dimineaţă!

Când urcă scara, Maxx simţi în nări un parfum deosebit, era al Luciei. A doua noapte, Lucia veni din nou şi găsi iar uşa încuiată. Coborî şi se aşeză pe trepte. Începu să plângă, zăbovi mai mult şi când realiză acest lucru, se ridică brusc şi dispăru iute. Însă scena a fost văzută de încă doi servitori care, fără să ştie că sunt auziţi şi văzuţi, vorbeau că e Lucia cea înecată şi că e necesar să le spună stăpânilor, mai ales că domnul Maxx stătea în camera ei.

CAPITOLUL 5

Oamenii de la țară se trezesc odată cu mijirea zorilor, astfel că cei doi servitori fură primii în dimineața următoare la Eufrasia în bucătărie, spre marea mirare a acesteia.

- Doamne, dar ce căutați voi aici înainte de a simți mirosul ceaiului de dimineață?

- Eufrasia, noi am văzut-o pe Lucia de Luso astă-noapte și vrem să-i spunem stăpânului!

- Și vrei să te cred? E moartă de 200 de ani și castelul nu e râul unde vine ea. Bancherul nu o să te creadă, el este evreu și mai ales nu crede în prostii de-astea! Hai, plecați afară de aici cu minciunile voastre!

- Dar sunt Rusaliile, ai uitat?

- Și eu stau cu picioarele-n Montego, nu? Hai, afară că mă încurcați!

Servitorii ieșiră nedumeriți, poate visaseră dar tot o să-l anunțe pe stăpân. Eufrasia simțea că-i sare inima din piept. Trebuia să vorbească cu tânărul stăpân. Cei doi servitori, într-adevăr foarte porniți, stăteau și își așteptau stăpânul, convinși că sigur au văzut-o pe contesa de Luso. Bancherul se trezea cel dintâi dintre stăpâni. Când ieși din camera lui, mai mare hazul, îi găsi la ușă așteptându-l pe cei doi servitori ai săi.

- Ce-i? Arde? Ce s-a întâmplat? Ce vă veni să stați ca stafiile să-mi tulburați începutul zilei?

- Păi, tocmai de aceea am venit!

- Ca să mă tulburați? Pun parul pe voi imediat!

- Nu, stăpâne, e vorba de stafie!

- De stafie? făcu bancherul uimit, ce fel de vorbă e asta?

- Stăpâne, nu te supăra pe noi, lasă-ne să-ți povestim și apoi o să te dumirești.

- Dar repede, că nu am timp de voi.

- Stăpâne, contesa a apărut astă-noapte, chiar la miezul nopții. Știi că a fost prima zi de Rusalii ieri.

- Și a venit contesa de la Coimbra noaptea? De ce nu m-ați trezit?

- Nuuu, e vorba de fantoma contesei Lucia de Sousa y Monterro. Acum 200 de ani voiau să o căsătorească cu un nobil din Lisabona, ea iubind pe altcineva. Și-au luat viața amândoi, aruncându-se in Montego.

Un vrăjitor i-a blestemat să bântuie 200 de ani la râu. Se pare că anul acesta se termină acest termen şi-şi ia rămas bun de la castel.

- Ei nu mai spuneţi!

- Era îmbrăcată în rochie de mireasă, a urcat scara şi a tras de uşa domnişorului Maxx. Acolo a fost camera ei. Nu a putut intra, s-a aşezat apoi pe scări şi a început să plângă, apoi a plecat. Preotul din parohie, cu mulţi bani, i-a căsătorit pe cei doi la înmormântare, datând hârtiile înainte. Contesa de Sousa devenind astfel contesa de Luso, după soţul ei.

- Ascultaţi-mă cu atenţie! Familia Lieberman nu e catolică, suntem evrei, ce treabă avem noi cu Rusaliile catolice şi cu femeia asta? Nu cred în aşa ceva. Şi apoi pe vrăjitori Sfântul Scaun îi ardea pe rug, nu îi lăsa să umble după bunul lor plac!

- L-au ars stăpâne şi nu a simţit nimic. A continuat să-i blesteme pe aceşti nobili.

De la atâta zarvă, toate uşile de la iatacurile de dormit se deschiseseră, iar ceilalţi patru membri ai familiei ascultau. Maxx era liniştit, chiar dacă îşi luase o mină de nedumerire. Femeile în schimb, erau teribil de speriate.

- David, zise doamna Lieberman, să plecăm de aici! O să fim strânşi de gât în somn!

- Da, tată, să plecăm!

- Tăcere la toată lumea, dacă există contesa aceasta, ea caută camera ei, adică a lui Maxx. Iar baiatul meu cel inteligent, doarme cu uşa încuiată, deci nu intră. Şi apoi treaba asta e doar o săptămână pe an şi se termină anul acesta, căci au trecut cei 200 de ani, aşa cum spun oamenii aştia.

- Stăpâne, să vă spună şi Eufrasia?

- Nici ea nu doarme şi bântuie noaptea prin casă? Poate era ea!

- Nu, stăpâne, căci o cunoaştem bine. Pe Lucia o ştim din tabloul din camera ei, pe care l-a luat contele odată cu icoana aceea.

- Da, îmi aduc aminte. Ce zi, mă doare deja capul! Să vină Eufrasia.

- Da stăpâne, sunt aici, masa e gata.

- Lasă tu masa şi povesteşte-ne despre Lucia asta. Ce e cu ea?

- Contesa umblă de 200 de ani stăpâne, toate nopţile de Rusalii, cu Luis de Luso şi copilul lor la râu, unde şi-au pus capăt zilelor. Anul ăsta se împlineşte numărul. Poate vrea să-şi ia rămas bun sau a uitat ceva în camera ei. Ciobanii anul ăsta nu au mai auzit plânset de copil şi nici pe tineri nu i-au mai văzut.

- Doamne, şi un copil, spuse doamna Rosa.

- Voi vreţi ca eu să vă cred? zise bancherul. Ei bine, n-am s-o fac! O să se descurce Maxx cumva, nu-i descuie uşa şi gata, pleacă peste câteva nopţi. Nu cred nimic! Iar voi, doamnele mele, tremuraţi de parcă v-a suflat contesa în ochi astă-noapte. Eufrasia, să mâncăm te rog, dacă totul e gata. Trebuie să merg la birou, am treabă multă, nu am timp de fantome. O să se ocupe domnişorul că doar şi el e stăpân aici! Ah, încă un lucru... este interzis să ieşiţi noaptea din camerele voastre. Încuiaţi uşa şi nu o să vi se întâmple nimic. Sper că m-aţi înţeles! Mă doare capul, auzi... fantome aici la mine acasă! Mi-e foame!

Discuţia se termină brusc odată cu plecarea bancherului. Femeile coborâră şi ele, parcă mai liniştite cumva, văzând atitudinea de sfidare a stăpânului castelului.

Servitorii îl luară deoparte pe tânărul stăpân Maxx, şi-i mai povestiră o dată ce au văzut, ceea ce la drept vorbind văzuse şi el, de două ori chiar. Poate că vine pentru ultima dată, poate vrea nişte lucruri din camera ei, sau poate că ştie de noii stăpâni ai castelului. Toate astea au fost luate în discuţie, cautând în zadar să înţeleagă prezenţa Luciei în castel din ultima noapte. Servitorii tremurau şi-l rugau pe Maxx să se mute în altă cameră săptămâna aceasta.

- Nu-mi părăsesc eu bunătate de cameră din cauza unei femei frumoase! Tata are dreptate, mă voi descurca eu! Mă duc să iau micul dejun, m-am trezit prea brusc în dimineaţa asta, sunt un pic buimac.

Cei doi servitori, văzând că nu au crezare, plecară şi ei la bucătărie, le era şi lor foame. Eufrasia începuse deja să mănânce.

- Gata cu fantomele? zise ea stăpână pe sine. Faceţi şi voi cum spune stăpânul, încuiaţi-vă în cameră. Şi, apoi, nu cred că vreo femeie de rang nobiliar să fi vizitat în trecut aripa servitorilor, aşa că nu are treabă cu voi, dacă este adevărat ce aţi văzut şi nu aţi visat. Ea de fapt trage de uşa stăpânului nostru Maxx, nu de a voastră. Mâncaţi mai repede ca să vă trimit în sat după provizii.

Servitorii ridicară din umeri iar după ce terminară de mâncat îşi văzură de treburile zilnice, printre altele adăugând şi discuţia despre vedenia din noaptea trecută. "De aceea nu mai e la râu, e acasă la ea şi e singură!" Oamenii erau dispuşi să-i creadă, mai ales când aflară că trage doar de uşa camerei ei, acolo unde doarme stăpânul cel tânăr şi că prin uşa principală pătrunde fără s-o descuie, însă la cea a camerei domnului Maxx, nu poate pătrunde. "Şi sunt Rusaliile, nu uitaţi!" Cam asta discutau ei cu oamenii din sat, până când seara toată împrejurimea ştia deja despre fantomă, că era frumoasă şi semăna cu fata din tablou, că era cu părul desfăcut şi îmbrăcată mireasă. Toată lumea era cu ochii pe castel, ferecându-şi foarte bine porţile şi uşile. Eufrasia, în schimb, căuta un moment prielnic să-i vorbească lui Maxx, însă cu greu găsise un răgaz.

- Stăpâne, ce facem?

- Nu-ţi fă griji, toată lumea la noapte va avea uşa încuiată şi dulapul pus în ea.

- Da, cred că ai dreptate stăpâne.

- Eufrasia, eu am un plan, după cină ţi-l spun, acum batem la ochi dacă stăm prea mult împreună. Pe mai târziu, vin eu la bucătărie!

Bucătăreasa încuviinţă din cap şi plecă la treburile sale. La cină, bancherul întrebă pe toată lumea dacă au vreo îndoială cu privire la inexistenţa fantomei.

- Eu nu cred în aşa ceva. Fata asta a fost contesă de Luso, acolo trebuie să bântuie, nu pe aici.

Toată lumea făcu ochii mari şi ceeace încercau să ascundă ieşi la iveală.

- Aha, deci vă e teamă! Vedeţi că nu o să digeraţi bine mâncarea dacă vă luaţi după scornelile unor incompetenţi. Dacă vreţi, mâine o să-l întreb pe contele de Sousa despre înaintaşa sa. E un om de onoare, nu mă poate minţi. Veniţi-vă în fire, deja îmi stricaţi mie dispoziţia! Tu Maxx ce faci, îţi este frică?

- Nu, tată, eu nu am nimic. Chiar de va veni, nu poate face niciun rău.

- Aşa te vreau, fiule, în sfârşit o minte limpede!

Cu mare chin înghiţiră şi femeile câte ceva şi trecură în salon. Aveau o atitudine solemnă de parcă ar fi trecut regina prin faţa lor. Aşteptau să se facă ora potrivită ca să plece la culcare şi să scape de tachinarea continuă a bancherului. De altfel acesta se duse la culcare primul. Când toată lumea se afla bine ferecată în camere, Maxx coborî la bucătărie. Eufrasia aranja totul la locul lui, ca de obicei seara după cină. Obişnuia să adoarmă ultima.

- Stăpâne, ai venit? Nu ne aude nimeni aici. Am verificat, toată lumea e la culcare.

- Eufrasia, tu te vei băga în nişă la noapte iar eu voi rămâne în camera mea dar cu uşa descuiată. Asta e planul meu, vezi de nu-l strica, să nu leşini şi să-ţi ţii în frâu bătăile inimii.

- Sunteţi sigur, domnişorule Maxx?

- Da, foarte sigur, nu m-am speriat, dimpotrivă, fata e nefericită. De ce să nu aflăm ce are?

- Sunteţi tare curajos!

- Şi tu eşti, nu am mai cunoscut femeie ca tine, ai văzut pe mama şi pe surorile mele, dacă m-aş duce să bat la uşa lor, ar muri sigur de spaimă.

- Doamne fereşte, ce vorbe sunt astea?

- Gata cu vorba, asigură-te că eşti singură şi ascunde-te în nişa de la bibliotecă din timp. Eu plec în cameră.

Maxx ieşi apoi din bucătărie şi urcă scările în grabă. Nu mai avea mult timp.

CAPITOLUL 6

Scările principale ale castelului, pe care Eufrasia le avea deja în obiectiv, erau lucrate din lemn masiv de nuc. Frumos modelate şi îngrijite cu multă trudă, acestea avură puterea să dăinuie peste veacuri. Astfel că bancherul nu avu ce să recondiţioneze, trebuiau doar îngrijite. În momentul în care vorbim, însă, puţin îi păsa lui de scări sau de vreo contesă trezită din morţi să vină la ea acasă sau mai adevărat spus, acesta dormea somnul copiilor nevinovaţi. Uitase de toate grijile şi puţin îi păsa de teama celorlalţi. Pentru el, femeia asta trebuia să bântuie Luso, că doar acolo fusese căsătorită, moartă fiind, asta domnului David i se părea puţin ciudat dar poate aşa era pe atunci.

Toată casa era liniştită, nu se auzea nimic, doar catedrala mănăstirii bătea clopotele încet, din sfert în sfert de oră. Mai mult la jumătate, iar la fix cât trebuia să însemne acel fix. La un moment dat, acel fix însemna miezul nopţii. Eufrasia, pitită în nişă, nici nu mai sufla, aştepta.

Imediat se auzi un foşnet uşor şi Lucia de Luso păşi pe dalele de marmură până la scări. Stătu un pic pe gânduri, să urce sau să se mai uite în jur. Fata îşi dădu seama că sunt mai multe lucruri schimbate, dar că multe au rămas aproape la fel. Era îmbrăcată la fel, în aceeaşi rochie de nuntă, frumoasă ca o zână. Era la fel de palidă şi tristeţea ei se oglindea în ochii aceia strălucitori şi inumani, ochi de pe o altă lume.

Începu să urce încet, rochia măturând uşor scările, se sprijinea de balustradă şi parcă era mai atentă la zgomotele din jur. "Cine ştie de unde vine?" gândea Eufrasia, poate chiar din cripta familiei Luso. De departe venea săraca, dar poate venea ca un gând. Era doar suflet, nu şi trup. "Oare nu mă simte? Dacă m-ar vedea aş muri aici pe loc!" aşa se chinuia Eufrasia să reziste şi să stea încremenită şi să nu tulbure cu nimic vraja apariţiei Luciei. Dar nu, Lucia avea alt gând, dar tot a simţit ea ceva, dar nu i-a acordat importanţă, de aceea s-a oprit în faţa scărilor. "Şi nici cruce nu pot să-mi fac căci o alung! Şi trebuie să stau aici până iese din camera ei, adică a domnişorului Maxx! Oare ce face el?" astfel se gândea chinuită biata Eufrasia. Tot gândindu-se, reuşea să-şi ţină nervii în frâu şi mintea ocupată. În timpul ăsta, Lucia termină de urcat scările, urma să apuce pe coridorul unde era camera ei. Se auzi cum apasă uşor pe clanţă şi se mai auzi cum uşa cedează şi se deschide. Eufrasia închise ochii.

Lucia scosese un oftat de surpriză, în sfârşit găsise uşa descuiată. Împinse şi intră închizând uşa la loc fără a face zgomot. Se îndreptă către fereastră şi se uită afară. Apoi se întoarse şi se uită în toată camera. "Nimic nu mai este la fel" îşi spuse ea în gând, "şi cineva doarme aici" îşi dădu ea seama mergând mai aproape de pat. "Am să mă aşez în scaunul acesta şi o să stau puţin. Dar unde este tabloul meu cu scrisorile? Ah, am uitat, sunt în palatul din Coimbra, urmaşul nostru, actualul conte l-a luat şi a găsit corespondenţa. Însă nu e niciun pericol, el e un om bun" mai gândi ea închizând ochii.

Maxx, care aştepta aceste clipe fremătând, hotărî să se dea jos din pat. Fata stătea cu ochii închişi şi parcă dormea. Uşurel, Maxx ajunsese lângă ea şi o atinse pe umăr. Fata tresări, dar băiatul zâmbea aşa de frumos şi inspira atâta încredere încât nu se sperie.

- Nu te speria, te rog, zise el. Te cunosc şi te aştept de mult.

- Tu mă cunoşti, eu nici nu exist!

- Te-am atins şi nu am simţit umbră, am simţit trup.

- Ai vrut să vezi dacă SUNT?

- Îţi repet... te aşteptam! Eşti Lucia. Ai ales bine camera, erai şi tu cercetaş? De aici se vede totul, de aceea am ales camera asta. Dau alarma de aici când văd ceva venind de departe.

- Chiar aşa, şi eu făceam la fel, mai ales când ştiam că vine fratele meu.

- Francisco... zise Maxx.

- Da, aşa îl chema, l-am chinuit mult cu secretele mele. Nu îţi este frică de mine?

- Nu, ţi-am mai spus că te aşteptam. Mie îmi plăcea să stau la geam, acolo e mare pervazul. Acum nu mai stau pentru că am căzut cu tot cu saltea şi pervazul de lemn. Dedesubt am dat de un jurnal al Luciei de Sousa y Monterro. Adică tu.

- Ai citit jurnalul meu?

- Da, tot. E minunat cum ai luptat pentru iubirea ta. Lumea vorbeşte în sat de blestemul unui vraci. Luis, iubitul tău i-a cerut acestuia prafuri ca să nu simţiţi că vă doare ceva când vă aruncaţi în Montego.

- Da, aşa a fost.

- Atunci când aţi fost înmormântaţi în cimitir a apărut vrăjitorul care l-a blestemat pe Luis, pentru că l-a minţit, dându-i prafurile pentru calul său, aşa cum le-a cerut, nicidecum pentru voi, pentru a muri. Astfel, 200 de ani aţi umblat la râu, iar lumea auzea plânsetul copilului. Un preot v-a căsătorit aşa morţi, la rugămintea familiilor voastre. Aşadar, tu eşti contesă de Luso şi eşti îmbrăcată mireasă. Cei 200 de ani vezi bine, au trecut. Mă gândesc că acum îţi iei rămas bun de la castel. Aşa e? Eşti aşa de frumoasă Lucia, nu am mai întâlnit nicio fată aşa de frumoasă ca tine! Eşti palidă, dar asta îţi măreşte frumuseţea. Acum, spune-mi tu ce faci aici şi de ce eşti singură? De când au început Rusaliile, ciobanii spun că nu mai mergi la râu.

- Este adevărat, nu ne-am mai dus pe acolo. Am hotărât să vin aici noaptea pentru puţin timp. Ca un rămas bun. E drept ce ai spus tu, dar totul se va sfârşi şi ne vom linişti şi noi. Cum te cheamă?

- Maxx Lieberman, sunt evreu. Tata a cumpărat castelul de curând, a refăcut parcul care era un dezastru şi a reparat căsuţa de la capătul lui.

- Ah, căsuţa mai există? Acolo am trăit minunate clipe de iubire, dar şi de amărăciune. Maxx îi luă mâna în mâna lui şi continuă:

- Tata e bancher, are mulţi bani, iar contele de Sousa y Monterro are deja un palat în Coimbra. Castelul nu era locuit, era doar întreţinut. Cred că urmaşul familiei tale era cam strâmtorat. Nevasta lui, se zice, cheltuie tare mult. Au trei copii. Mai multe nu ştiu. Eu mai am două surori fricoase, de când au aflat că umbli noaptea. Astă noapte doi servitori te-au zărit şi au dat alarma în sat. Însă ai trei aliaţi: tata, căruia nu-i pasă, apoi eu şi Eufrasia de la bucătărie. Şi noi eram acolo ascunşi! Ai venit două nopţi, ai intrat prin uşă în castel, însă în camera ta nu ai putut. O încuiasem înainte. În a treia noapte ne-am hotărât să o lăsăm deschisă. Aveai un chip atât de trist încât ne-ai convins. Ce te apasă?

- Şi Eufrasia unde e?

- E jos, ea te-a văzut intrând, iar eu te-am aşteptat aici, după cum vezi. Ce e cu tine?

- Acel blestem de care mi-ai povestit, începu Lucia retrăgându-şi mâinile, a fost ca focul iadului pentru noi. Îşi luă apoi obrajii în mâini şi continuă. Pe Luis şi pe copil îi puteam vedea doar de Rusalii, o săptămână, în rest stăteam singură ca într-un gol şi aşteptam. Măcar dacă mi s-ar fi lăsat băieţelul, dar nu, cineva hotărâse să stea cu soţul meu. Totdeauna copilul plângea tare, pentru că nu vroia să se despartă de mine. Şi totuşi trebuia s-o facă. Anul acesta va fi primul împreună, nu ne vom mai despărţi. De aceea nimeni dintre noi nu mai este auzit sau văzut la râu. Eu îi aştept aici la castel. Ei nu vor intra, vor veni să mă ia. Însă nu ştiu exact când.

- Poate când se vor termina Rusaliile.

- Maxx, voi veni nu doar săptămâna aceasta, ci mereu până vine Luis să mă ia!

- Şi ziua ce faci?

- Stau într-un vid, nu mă vede nimeni. Plec de unde vin în fiecare an. Acolo eşti doar tu şi conştiinţa ta. E linişte acolo, se aude doar gândirea mea şi durerea mea surdă.

- Îţi ia mult timp să vii?

- Nu, doar o clipă. Cred că acum trebuie să plec.

- Dar spune-mi, ce cauţi? O carte?

- Nu, nu caut ceva fizic, caut doar amintirile mele, îmi caut viaţa. Eu doar am locuit aici. Nu am plecat nicăieri. Aveam doar 17 ani când s-a întâmplat!

- Şi nu te revoltă faptul că ai murit atât de tânără?

- Nu, ţi-am spus, acolo unde merg eu, e doar linişte. Trebuie să plec înaintea zorilor. O să mai vin aici, e tare bine, iar tu eşti un om tare bun! Maxx îi luă mâna sărutând-o. Lucia oftă. Cu bine, îi mai spuse Lucia.

- Rămâi cu bine! Pe la noapte atunci! Am să am uşa deschisă.

- Maxx, nu-ţi pierde minţile, sunt doar o umbră! Lucia se smulse şi plecă fără să facă zgomot.

Maxx, după ce fata plecă, se întinse pe pat. Auzi uşa şi crezu că s-a întors.

- Lucia? Te-ai întors?

- Nu, domnişorule, sunt Eufrasia! Ce ai, ţi-e rău? Ce ţi-a făcut contesa?

- Nu mi-a făcut nimic, sunt doar puţin zăpăcit, am vorbit o grămadă de lucruri cu ea.

- Zăpăceală din asta nu-i bună! Şi eu am cunoscut-o când eram tânără. Să nu fii cumva înamorat.

- Crezi că e posibil?

- După mine, eu cred că eşti dat gata domnişorule Maxx. Şi nu-i bine! Eu când mi-am cunoscut bărbatul, aveam ochii după el cum îi ai tu acuma! A murit în război, de atunci nu mi-am mai revenit. Nu am putut iubi pe nimeni altul. Nici copii nu am.

- Lucia o să vină în fiecare noapte aici. Îl aşteaptă pe Luis de Luso şi pe copil. Când vor veni, nu se vor mai despărţi. Prin nu ştiu ce lege divină, copilul a rămas cu contele, toţi trei întâlnindu-se la râu doar o săptămână. Copilul plângea pentru că vroia să fie cu ambii părinţi.

- Săracul de el, nefericit sufleţel!

- Lucia spune că vor fi apoi fericiţi toţi trei.

- Ştii conaşule că parcă fata când a coborât era supărată.

- I-am spus că a fost zărită şi că toată lumea din împrejurimi ştie, dar de venit o să vină oricum, mi-a spus. Acuma mergi la culcare măcar un pic. O să fii cu mine şi mâine noapte?

- Da, domnişorule Maxx, am să stau în nişă până se linişteşte. Dar ia seama copilul meu, să nu te îndrăgosteşti de ea! Nu are ochi pentru tine!

- Ştiu, ăsta e singurul lucru care mă opreşte şi mă stăpâneşte să nu fac vreun gest. Şi, totuşi, am pus mâna pe ea, i-am sărutat mâna, am ţinut-o de mână, era reală ca noi toţi!

- Doamne, o să spun o rugăciune pentru tine! Dormi acum şi uit-o! Eufrasia ieşi fără să facă zgomot şi merse în camera ei. Castelul era cufundat într-o linişte deplină.

CAPITOLUL 7

Maxx, buimac de nesomn, reuşi să se ridice din pat. Coborând, căută urmele fetei, dar nu găsi nimic. Nici măcar urma unde stătuse pe scaun. Nu lăsase nimic în urmă când părăsise camera lui. Se duse încet la lavoar şi începu să se spele, doar doar o să se trezească, însă cearcănele şi aspectul feţei îi trădau oboseala evidentă datorată nesomnului.

Coborî scările cu luare aminte, "pe aici a trecut ea", îşi zise el şi porni spre locul unde familia îşi lua dimineaţa micul dejun. Sesiză că toată lumea venise şi că îl aşteptau.

- Hai, fiule, că te aştept de cinci minute. Mama ta nu mă lasă să încep fără tine. Dar ce ai păţit? Parcă ai stat cu ochii la stele toată noaptea! Te pomeneşti... Hm! Te pomeneşti că te-a vizitat "cineva"?

- Da, tată, adică nu m-a vizitat nimeni, nu am putut dormi, atâta tot. Femeile intuiră ele ceva, dar nu spuseră nimic. Bancherul însă continuă.

- Ţi-a apăsat contesa clanţa?

- Da, tată.

- Şi te-ai speriat?

- Un pic, a insistat, nu am mai putut dormi apoi. După ce vorbi, se aşeză la masă unde se comportă foarte distrat, scăpă ceaiul, zahărul. O tartină şi-o puse apoi drept pe pantaloni. Era un pic stingherit.

- Tu cred că ar trebui să vii cu mine la birou azi, cred că ţi-ai reveni. Contesa asta şi prostiile ei! O să dorm eu în camera ta, zise bancherul.

- Nu, tată, îmi este bine.

- Da... văd că-ţi este! Cred că vii cu mine la Coimbra.

- Lasă-l pe Maxx în pace, se auzi glasul stins al mamei. Am să-i dau un ceai calmant şi o să stau lângă el să adoarmă.

- Ai auzit Maxx? Mama ta o să te cocoloşească astăzi. Ai scăpat de mers cu mine. Poate după Rusaliile astea catolice o să-ţi revii. Poate se duce şi contesa asta odată!

- Da, tată.

- Acuma, să mâncăm ceva până nu se răceşte şi plec flămând. Nu aveţi decât să-i suflaţi în pene lui Maxx după aceea. Să-i faceţi vânt până adoarme! Nimeni nu mai zise nimic, fiecare îşi văzu de mâncarea sa. După ce bancherul plecă, mama se duse către Maxx.

- Scumpul meu fiu, poţi veni în camera mea?

- Da, mamă.

Urcară scările, Maxx urmând-o îndeaproape pe mama lui. În camera ei, Rosa îl întrebă direct:

- I-ai deschis uşa, este? Te rog să nu mă minţi, te cunosc fără să scoţi un sunet! Eşti ameţit de ea, ca să nu spun îndrăgostit. Trebuie să iei seama, ea e altfel! Vom fi şi noi peste un timp, dar acum suntem diferiţi, suntem vii!

- Mamă, e atât de frumoasă! Am atins-o şi nu e aer, e vie, doar că rece şi palidă.

- Deci, servitorii au avut dreptate!

- Da, însă nu-ţi fie teamă, va pleca în curând, când soţul ei şi copilul lor vor veni să o ia. De aici va pleca pentru totdeauna. A vrut să-şi vadă casa şi camera. Când am căzut de la geam şi am rupt pervazul, dedesubt era jurnalul ei. L-am citit, dar nu a zis mare lucru că e la mine.

- Hm, cred că te-ai aprins dragul meu.

- O să-mi revin, doar că pentru câteva zile voi fi un pic altfel. Ştiu că nu îmi aparţine, însă nu pot s-o scot din gândurile mele aşa uşor.

- Nu vrei să-ţi dau un ceai şi să dormi un pic? O să stau eu lângă tine.

- Mulţumesc, mamă, chiar voi avea nevoie de ajutorul tău zilele astea până contele de Luso o să vină.

Astfel Maxx se culcă în camera sa, cu ferestrele larg deschise, iar mama lui îşi luă o carte şi se aşeză lângă el veghindu-l. "Bietul copil, o să treacă el şi peste asta, doar câteva zile...", doamna Rosa oftă şi citi mai departe. Fetele intrară şi ele, dar mama le expedie prin gesturi că totul e în ordine. Maxx dormea liniştit. După vreo două ceasuri, Maxx se trezi înviorat.

- Scumpul meu, eşti bine?

- Da, mamă. Am să te rog însă ceva, vreau tare mult să rezolv eu problema asta. Să nu ieşi din cameră noaptea, promite-mi! Îţi voi povesti în fiecare dimineaţă totul când mă vei adormi cu ceaiurile tale. Doamna Rosa trase aer în piept.

- Aşa vrei tu?

- Simt că e suficient dacă eşti alături de mine cu sufletul. O să mă rup eu cumva.

- Îmi smulgi o promisiune grea, dar ţi-o dau, pentru că am încredere în tine.

- Mulţumesc, eşti cea mai bună mamă din lume! Acum parcă mă simt puternic cu un asemenea aliat. Am să vorbesc cu Christian să-mi înşeueze calul, pentru că voi face o plimbare.

- E o idee bună. O să-ţi alunge gândurile astea.

- Hei, Christian, strigă el de pe geam, pune şaua pe calul meu, voi merge azi să mă plimb.

- Da stăpâne, imediat!

- O să vin până la prânz, nu-ţi fă probleme mamă.

- Da, dragul meu, du-te!

Mama sa îl privi cum încalecă şi o ia către câmpuri, către râu. Acesta îşi ţinea calul la pas, mergând de-a lungul râului. "Ce vreau eu de fapt să descopăr? Aici nu e nimic!" Totul în jurul său trepida de viaţă, păsările ciripeau în sălcii care mai de care mai frumos, totul era verde, viu, colorat, înmiresmat, pământul negru mustind de viaţă, mai departe se vedeau turmele împrăştiate după iarba fragedă. Descălecă şi se aşeză pe mal. Ce frumos e totul! Parcă e un basm! Şi ce lin e Montego! Lui nu-i pasă de nimic. Curge aşa mereu, fără să se oprească. Câte taine ascunde oare? Însă Montego e mut şi îndărătnic, face exact ce-i place de atâtea secole. O broscuţă sălă în apă când el aruncă cu o pietricică. "Lucia! Tu eşti a altuia! Şi te voi lăsa să fii, doar că vreau să te mai văd de câteva ori. Apoi îmi voi omorî suferinţa şi voi redeveni eu. Am să plec cu tata la bancă şi gata!" Se ridică, gata de întoarcere. Trebuia să ajungă la masa de prânz, deja se simţea mai bine. Se consolase într-un fel cu iubirea asta a lui. Acasă, însă, se simţea o anumită tensiune printre doamne, dar nu îndrăzneau să aducă subiectul în conversaţie. Ştiau că se va termina în curând. Eufrasia şi ea era o complice de nădejde, nu sufla o vorbă. Când rămase singură cu Maxx, îi vorbi de curaj, de puterea de a trece peste această dragoste imposibilă, fără a o nega însă.

Bancherul uitase de problemă, nici nu adusese vorba despre ea la cină. Se vede treaba că era o afacere feminină. Uită să-i mai spună lui Maxx să facă schimb de camere, poate Lucia se va speria şi va fugi de urâţenia lui. Aşa că plecă la el în cameră, mulţumit de cât muncise, de afacerile lui şi fericit ca un copil care îşi ia jucăria în braţe pentru un somn reconfortant şi binemeritat.

Maxx se duse şi el la culcare, fără să încuie uşa. La miezul nopţii însă nimeni nu intră pe uşă. O bătaie scurtă la geam şi Maxx deschise fereastra repede. Lucia intră ca o adiere.

- M-am gândit că nu ar trebui să mai fiu văzută.

- Lucia, am crezut ca nu mai vii! Simt o afecţiune puternică pentru tine! Astăzi m-am plimbat la râu, parcă vroiam să mai găsesc ceva din tine, chiar dacă au trecut atâţia ani. Ceva viu din tine!

- Maxx, spuse ea, de fapt repetă ea, eu sunt din altă lume, îmi aştept familia! Nu încerca să iubeşti un suflet fără trup! Unde stau eu şi de unde vin la tine noaptea e altfel. Nu e ca pe pământ. Sunt eu cu gândurile mele, de atunci, din viaţa mea trăită. Nu pot înţelege şi iubi un om al altui veac, al altei lumi. Nu am cum! Viaţa mea s-a oprit atunci! Sufletul meu caută ceva pierdut atunci, nicidecum sa pot începe ceva. Înţelegi?

- Înţeleg ca nu ai cum să iubeşti în prezent.

- Exact! Eu îl aştept pe Luis şi pe copil, ei aparţin acelui timp, timpului meu.

- Dar eu?

- Tu ai să găseşti o fată vie, din timpul tău. Poate o să-ţi fie greu, dar dacă te va iubi, te va ajuta. Lucia era obsedată doar de problema ei, de viaţa ei, întreruptă la 1650 şi pe care dorea s-o închege din nou acum. Mintea lui Maxx ştia că Lucia are dreptate, însă iubirea nu are frontiere. Ştiu ce gândeşti, dar nu îţi pot oferi nimic! Fii puternic şi încrezător, aşa cum eu am o soartă şi o ursită, aşa ai şi tu, însă nu are legătură deloc cu mine.

- Ai dreptate! Ce ai să faci acum?

- Mai stau puţin şi aştept. Dacă nu vine în noaptea asta, voi veni până mă găseşte. Cred că şi Luis are de străbătut un drum lung până aici.

- V-aţi iubit foarte mult...

- Ne iubim încă, dar nu suntem unii lângă alţii. Ah, îl simt că se apropie. Tăcerea se aşternu peste camera lui Maxx. Liniştea cuprinsese totul. Băiatul doar o privea, ştia că era imposibil, suferea. Cred că nu vine, voi pleca tot pe geam. Ai grijă de tine şi de camera mea. Am să vin şi noaptea viitoare. Rămâi cu bine!

Lucia se sui pe pervaz, apoi îşi dădu drumul. Maxx veni imediat la fereastră, dar nu se auzeau decât nişte paşi care se îndepărtau şi un uşor parfum. Al Luciei. Lucia nu mai avea trup. Stăpân pe el atât cât se putea, Maxx coborî la Eufrasia.

- Nu a venit?

- Ba da, a venit pe geam şi când a plecat a sărit în gol, dar nu mai avea trup. Se auzeau doar paşi, dar ea nu mai putea fi văzută. Luis cu copilul încă nu au gasit-o, crede că vin şi ei la fel de greu ca şi ea. O să vină până se vor întâlni.

- Te-ai mai domolit?

- Cred că da, ea a rămas cu trupul şi sufletul la 1650, nu poate iubi un om din timpurile noastre. Eu am această putinţă, dar ea nu. E închisă parcă în timpul ei!

- Mă bucur stăpâne, copilul meu, că eşti mai liniştit. La micul dejun ai fost teribil!

- Mama şi-a dat seama, ştie! Însă e ca un exerciţiu al nervilor pentru mine şi mă lasă în pace. Ştiu că e imposibil, dar am să beau paharul până la capăt. Acum hai să ne culcăm, să fim odihniţi dimineaţă. Am o idee şi pentru asta trebuie să dorm. Nu va mai veni decât noaptea următoare. Cred că încep să mă obişnuiesc. Nu orice muritor are această posibilitate de a iubi o fiinţă din alte timpuri. Mă gândesc la Lucia ca la cineva care merge acum şi aşteaptă noaptea următoare într-o lume paralelă. S-ar putea să existe aşa ceva!

- Nu ştiu eu aşa ceva, poate că tu ai dreptate! Noapte bună!

- Noapte bună!

Dis de dimineaţă, de parcă s-ar fi odihnit toată noaptea, Maxx ieşi din cameră şi merse la bucătărie. Acolo o găsi deja pe Eufrasia, care pregătea pâinea.

- Bună dimineaţa! Dă-mi ceva să mănânc pentru că vreau să plec astăzi şi pune-mi şi ceva la drum de mâncare, căci am să mă întorc târziu.

- Ce spun despre tine stăpâne?

- Că mă întorc pe înserat, să nu-şi facă griji, am ceva de făcut care nu trebuie amânat. Dacă-ţi ţii gura, am să-ţi spun! Eufrasia încuviinţă grăbită dar şi mânată de curiozitate. Vreau să mă duc până la Luso, la cripta familiei contelui. Familia asta mai are urmaşi? Mai există castelul?

- Da, există castelul şi un conte de Luso de asemenea. Castelul e locuit dintotdeauna. Nu a stat niciodata gol. E frumos acolo şi îngrijit. Cripta familiei este în cimitir. Roagă-l frumos pe paznic să te lase, aminteşte-i de mine, suntem din acelaşi sat.

- Bine, mulţumesc, plec acum.

- Ai grijă stăpâne, suflet chinuit... ultimele cuvinte Maxx nu le-a auzit.

Acesta ieşi afară şi încălecă. De abia răsărise soarele şi era minunat de călărit. Dar băiatul nu avea habar de acest lucru. Toată familia întrebă de el, dar Eufrasia îi linişti. Când se va întoarce, va povesti. Să stea toţi liniştiţi.

- Atunci să stăm liniştiţi, spuse bancherul. Eufrasia nu le spusese însă că e la Luso, abia mai târziu îi spusese doamnei Lieberman, care amuţi.

- Cred că face parte din vindecare. Astă-noapte a intrat pe geam, după cum mi-a spus domnişorul Maxx.

- Nu avem ce face decât să aşteptăm, spuse stăpâna urcând scara spre camera ei.

Maxx călări până ce văzu în zare castelul. "Aici trebuie să fie!" Nu-i fu greu să găsească cimitirul dar era însă închis. Un bătrân, parcă simţindu-l venind, ieşi şi-l întrebă ce doreşte.

- Pari a nu fi de p'aici tinere, zise paznicul.

- Sunt din Coimbra, vreau să văd un mormânt. Eufrasia, bucătăreasa noastră, mi-a spus să vă amintesc că sunteţi din acelaşi sat cu ea.

- Ah, Eufrasia! Straşnică femeie! Imediat aduc cheile. L-am cunoscut pe soţul ei. Nu a mai vrut să se mărite, a iubit doar o dată. M-aş fi căsătorit imediat cu ea, aşa am rămas şi eu singur şi ea la fel. Poftim de intră! Care mormânt?

- Al conţilor de Luso. Tata a cumpărat castelul contelui de Sousa y Monterro şi locuim în el. Vreau să-l văd pe al Luciei de Luso!

- O ,Doamne, fata înecată care a bântuit râul an de an. Toată lumea ştie povestea. Tatăl ei a murit la înmormântarea ei, s-a simţit vinovat. S-a repezit către mormânt şi acolo a rămas, mort de-a binelea. El e înmormântat la voi, nu aici. Blestem mare s-a întâmplat atunci. Uite mormântul. E lângă soţul ei, Luis.

- Sunt morminte îngrijite.

- Da, vin mereu de la castel şi curăţă buruienile. Se îngrijesc de cei morţi, în special de cei doi.

- Statuile de pe mormânt sunt atât de vechi, observă Maxx.

- Da, păi sunt din timpurile acelea. Le curăţă, dar negreala timpului nu se duce. Şi eu vin mereu p'aci, îmi place îngerul ăsta cu aripile plecate şi Madona cu pruncul. Contesa ar fi fost însărcinată, aşa se zicea. Fratele ei s-a căsătorit mai apoi cu sora lui Luis. S-au înzdrăvenit şi au uitat şi iertat împreună.

- E minunat aici, atâta linişte! Tu stai între atâţia morţi. Nu-ţi fac nimic? Nu ţi-e teamă?

- Mie? Hăhă, zâmbi şăgalnic bătrânul. Nici pomeneală! Morţii nu-ţi fac niciun rău, să ştii de la mine, însă cei vii, da.

- Trebuie să plec acum, uite un ban pentru osteneală, îţi mulţumesc frumos!

- N-ai pentru ce taică, mai vino, mai sunt şi alte morminte frumoase, nu doar acela.

- Rămâi cu bine!

- Drum bun să ai tinere!

Maxx, după ce prânzi din ce-i puse Eufrasia la drum, încălecă şi o luă domol spre casă. Soarele intrase în nori, semn că seara i-ar fi dat o ploaie, numai bună pământului. Când ajunse acasă, toată lumea îl aştepta, o grămadă de întrebări fură aruncate, însă el vorbi doar cu mama lui.

- I-am văzut mormântul, într-adevăr e contesă de Luso. Nu poate să aparţină decât lui Luis de Luso. Pe mormânt e un înger şi o Madonă cu pruncul. Castelul de Luso e locuit încă de conţii de Luso. Cripta lor e tare îngrijită. Nu te supăra pe mine mamă dragă, dar confirmările astea îmi fac bine, mă ajută.

- Te înțeleg scumpule, în curând se va termina totul, presimt asta. Te vei liniști.

- Şi eu la fel, o zi sau două şi pleacă. Luis o va găsi. Lucia îmi spune că simte asta, îl simte din ce în ce mai aproape de ea. Cu fiecare noapte ce trece.

- Ai să te întâlnești până atunci cu ea?

- Da, mamă, vine în camera ei, nu în a mea. Stai liniștită, mă voi vindeca.

- Ştiu asta, eşti puternic, dar eşti şi sensibil, ca mine.

- Uneori e bine să fii sensibil, nu strică întotdeauna. Tata unde e?

- E în bibliotecă, i-am spus că dormi că ai plecat de dimineață.

- Mulțumesc pentru minciună, chicoti Maxx. Aş mânca ceva, mă duc să văd dacă poate să-mi dea ceva Eufrasia.

- Du-te, dragul meu, dacă-l văd pe tatăl tău am să-i spun că te-ai trezit.

- Spune-le fetelor să mă ierte că nu le acord atenţie acum. În curând o să fie altfel.

- Stai liniştit, te înţeleg ele, nu mai sunt speriate. Îţi sunt şi ele complice. Tatal tău habar nu are ce faci tu. Însă după episodul ăsta trebuie să mergi cu el la birou, nu vei mai avea scăpare!

- Aşa voi face!

Eufrasia îi dădu de mâncare, timp în care Maxx îi povesti de bătrânul ei pretendent. Ea râse cu mâinile pe piept.

- Ce om! Nu m-a uitat!

În noaptea aceea, Lucia veni tot la geam. Intră, dar ploaia nu o atinse. Nici un strop nu o udase.

- Nu e nimeni care să stea pe afară. Nu m-a văzut nimeni.

- Am crezut că nu vei mai veni din cauza ploii.

- Nu mă atinge nimic Maxx. Şi ţi-am mai spus că trebuie să îmi ating scopul. Luis va veni aici, simt asta.

- Astăzi am fost la Luso, la mormântul tău. E foarte bine îngrijit, este un înger cu aripile aplecate acolo, e tare frumos!

- Ştiu de statui şi ştiu şi de vizita ta acolo. De ce ai fost acolo? Nu e nimic acolo! Corpul aparţine mamei Glii, iar sufletul, Tatălui Cer. De aceea tu nu trebuie să mă iubeşti. Nu eşti de unde sunt eu. Soţul meu însă este, ne potrivim. Trebuie să vină, îl simt din ce în ce mai aproape. Îi simt respiraţia greoaie, vine greu de departe şi îl are în grijă şi pe fiul nostru. Ard de nerăbdare, sufletul meu e un rug aprins. Cred că în curând o să-mi sting focul, în curând! Vino, Luis, vino! zise Lucia închizând ochii...

93

CAPITOLUL 8

Multă vreme după ce Lucia plecă, Maxx nu putu să închidă niciun ochi. Suferea cumplit că fata nici nu-l băga în seamă. În sufletul lui îi dădea cumva dreptate, erau altfel clădiți, dar inima îl durea. Nu putea să-i mai arate sentimentele sale, vorbea degeaba, ca unui ghiveci de flori. Ea își urma doar țelul, acela de a-l aștepta pe Luis. Maxx își aduse aminte de mormintele de la Luso, erau legați, uniți prin căsătorie. Își aparțineau. "Poate că trebuie să-mi caut și eu o fată, exact cum zice ea. Una din veacul meu, de fapt actuală, vie..." Închise ochii și apoi adormi cu fereastra deschisă. De dimineață, după micul dejun, Maxx dori să vorbească cu mama lui, care îl luă de mână și îl conduse în camera ei.

- Scumpul meu, ce palid ești!

- Da, mamă. A venit din nou astă-noapte. Mi-a spus niște lucruri tare ciudate. Știi că ieri am fost la mormintele lor? Mi-a spus: "De ce te-ai dus acolo, nu este nimic în pământul acela!"

- Poate că are dreptate, ea știe mai multe decât noi toți, ea a văzut și cealaltă lume. Tu însă trebuie să te odihnești, tatăl tău a plecat și am să stau eu cu tine, ca și alte dăți. Mă gândesc că ar trebui să port o discuție cu tatăl tău, cred că ar fi nimerit să-ți găsești o fată. Și numai el ar putea să cunoască care dintre prietenii lui are vreuna demnă de tine și de sensibilitatea ta. Să te înțeleagă și să te ajute să treci peste toate. Ai vrea să încerci?

- Da, mamă. După ce pleacă Lucia. Și eu m-am gândit că e bine să-mi îndrept ochii către cineva din secolul meu.

- Și să fie vie, iubitul meu copil! Mă bucur că ești de acord. Lucia oricum va mai veni cel mult de două ori. Se termină și Rusaliile și odată cu ele se duce și blestemul acelui vrăjitor. Scumpule, trebuie doar de două ori să mai reziști! Știu și de Eufrasia, am vorbit cu ea și mi-a spus tot. Problema noastră acum este satul. Dacă ai putea să-ți închipui cum vuiește satul! Mă tem să nu stea strajă la porțile castelului sau să le dea în cap, să omoare vârcolacul! Servitorii aceia ne-au făcut mult rău, dar nu-i putem concedia pentru că au familii și ne-ar putea pârî la tot satul. Sunt muncitori, n-am ce zice, dar ei știu că fata vine în camera ta în fiecare noapte. Eufrasia i-a auzit discutând. Însă, spre marele nostru noroc, Eufrasia ne ajută. Le-a spus că oricum se termină sărbătoarea aceasta și că

94

orice fantomă pleacă după aceea. S- au mai liniştit întrucâtva şi pentru că intră doar la tine. Ei spun că au văzut-o intrând pe geam într-o noapte, urmărind-o până când a plecat. Şi mai spun că după ce s-a urcat pe pervaz să plece nu au mai zărit-o, dar au auzit-o făcând zgomote cu rochia şi au văzut urme în pietrişul fin de pe peronul de primire. Eufrasia i-a pus pe amândoi să se roage pentru tine, să ai puterea să treci peste toate. Şi cred că asta i-a mai calmat. Se gândesc să facă o rugăciune comună cu tot satul. Însă mie tot mi-e teamă!

- Nu trebuie, scumpa mea mamă! Lasă-i să facă rugăciunea, poate mă va ajuta! Cred că o să mă duc să le mulţumesc. Şi ei cred în acelaşi Dumnezeu. Nu cred că sunt mai mulţi, ci fiecărei naţii i se arată în aşa fel încât să fie înţeles. Uite, o să mă duc să-i caut, o să vorbesc cu ei. Tu aşteaptă-mă că vin imediat să dorm. Ai să vezi că te voi linişti.

Maxx coborî scările pe care le urcau surorile lui. Le sărută în grabă pe amândouă şi le strigă că le iubeşte mult. Ieşi afară pe uşa din spate. Îi căută din priviri şi-i descoperi în parc meşterind la una din băncile de pe alee. Se opri în faţa lor şi spuse:

- Bună dimineaţa! Ei săriră în picioare şi răspunseră:
- Bună dimineaţa, domnişorule Maxx! Cu ce-ţi putem fi de folos?
- În primul rând vreau să vă mulţumesc pentru atenţia voastră. Am auzit că vreţi să faceţi o rugăciune pentru mine. Va implor să o faceţi! Daţi-mi putere de la voi! Cred că Lucia va mai veni doar de două ori, însă îmi este greu. Spuneţi din suflet orice rugăciune, nu contează religia diferită din care facem parte! Aţi putea face asta în seara aceasta şi mâine seară? Dar fără să afle tata! El nu crede în aşa ceva, le consideră prostii, el are doar simţ practic, la el doar banca şi banii lui contează.

- Doamne, domnişorule, ne ceri tu asta?
- Nu vă cer, vă implor! Adunaţi-vă undeva şi rugaţi-vă pentru mine. Nu îmi este uşor zilele acestea, dar o să-mi revin după ce pleacă ea. Se va duce în curând, deja îl simte pe Luis şi pe copil aproape. Îmi promiteţi?
- Da, din toată inima! Terminăm cu banca asta şi apoi dăm fuga în sat.
- Iar eu mă voi duce să mă culc, sunt ostenit.
- Să nu ai nicio grijă stăpâne, suntem cu tine! Nu ne aşteptam să ne ceri asta. Ar trebui să-ţi mulţumim noi. O să facem o adunare cu toţii diseară pe malul râului. Somn uşor stăpâne, o să punem toţi osul să plece!
- Mulţumesc încă odată, mă duc acum să dorm, să mă odihnesc.

Servitorii se închinară şi îşi continuară în grabă munca, s-o termine cât mai repede, aveau acum o misiune de îndeplinit. Maxx ajunse în cameră şi îi spuse mamei sale că se vor organiza în seara asta şi mâine rugăciuni comune pe malul râului. Crede că i-a calmat pe oameni.

- Eşti diplomat, fiul meu, dormi acum, iar eu am să citesc.

Maxx adormi imediat, simţea că totul va fi bine în curând, iar dragostea lui putredă se va risipi în vânt, de unde a venit.

Seara, cei doi servitori făcură treabă bună, adunaseră tot satul care începu să se roage organizat. Lângă ei, pe nesimţite, veni şi Maxx. Se aşeză chiar lângă oamenii lui. Asculta rugăciunile lor, fără să spună un cuvânt. Văzu însă tragerea de inimă a fiecăruia. Nu dură mult, o jumătate de oră dar a fost minunat. Apoi Maxx se ridică în picioare şi spuse ce oamenii aşteptaseră de la el:

- Mulţumesc, prieteni, mă ajutaţi mult! Am să vin şi mâine seară!

Oamenii erau fericiţi, făceau cu adevărat o faptă bună şi li se mulţumea din toată inima. Apoi adunarea se sparse, auzindu-se peste tot un "Pe mâine!", iar Maxx plecă şi el alături de servitorii săi.

- Cum aţi reuşit să-i adunaţi?

- Sunt oameni săritori şi inimoşi, stăpâne, iar dumneavoastră sunteţi un om bun. Meritaţi să ne rugăm, chiar dacă nu suntem de aceeaşi religie, oameni suntem.

- Da, aveţi dreptate! Sunteţi înţelepţi.

- Acuma vine noaptea, sperăm ca rugăciunea noastră să vă fie de folos.

- Aşa va fi, simt asta.

După cină se urcase în camera lui. Stătea şi se gândea: "Te iubesc Lucia, dar nu te voi mai iubi, voi suferi, dar te voi uita!" Când catedrala bătu miezul nopţii, Lucia apăru în cameră, dar de data aceasta pe uşă.

- Bună, Maxx, ce faci?

- Te aşteptam să vii, scumpa mea dragă!

- Maxx, te rog, trebuie să înţelegi, eu nu pot fi a ta!

- Ştiu asta, mi-ai mai repetat-o de o mie de ori! Nu o mai spune! Am să te uit, dar îmi trebuie un pic de timp. Vino lângă mine, doar un pic. Lasă-mă să te ţin de mână. Lucia oftă şi îşi lăsă mâna într-a lui.

- Iubirea ta nu mă poate atinge şi, totuşi, de fiecare dată când vin, simt o nelinişte profundă, o durere pe care nu mi-o pot explica. Oare nu ar fi mai bine să nu mai vin? Nu mă pot gândi decât la soţul meu, nu pot să mă mai gândesc şi la altcineva!

- Lucia, când pleci de aici noaptea, mă uiţi sau mă ai în memorie?

- Te am în minte şi asta nu e bine. Norocul meu este că Luis se apropie, acum aud bine şi copilul, cred că ne vom despărţi curând. Voi fi fericită din nou după atâta amar de vreme!

- Ai să mai vii în camera ta?

96

- Da, trebuie, însă ştii ceva? Când am venit prima dată înăuntru, mă simţeam bine, ca acasă. Acum mă simt stingheră şi străină. Camera asta are alt stăpân, pe tine! Castelul are alt stăpân, pe tatăl tău! Cred că încep să mă rup. Ai face bine să mă uiţi şi tu. Dar stai, ce aud? Luis îmi vorbeşte, îmi spune: "mâine, mâine!" Auzi şi tu?

- Nu, eu nu aud nimic, spuse Maxx lăsând mâna Luciei.

- Nu te supăra!

- Nu mă supăr, doar că nu îmi este simplu.

- Hai mai bine să-ţi povestesc cum era "Camera MEA". Aveam un pat frumos cu perdeluţe roz. Aveam o canapeluţă cu două scaune unde uneori serveam câte un ceai sau altceva. Biroul meu era frumos şi plin de plicuri parfumate. Aveam flori peste tot, o icoană care acum nu mai este şi un tablou. Tata adusese când am împlinit 16 ani un pictor să-mi facă portretul. Tabloul e la actualul conte de Sousa. Sub cartonul ramei erau scrisorile către Luis. Vroiam să-l iau când am venit, dar mi-o luase contele înainte. Cel mai mult îmi plăcea canarul meu portocaliu. Eram cam distrată şi uitam să trag uşiţa coliviei, însă niciodată nu a fugit pe geam. Era tare ascultător. Aveam câteva poliţe cu cărţile mele preferate. Şi de aici l-am zărit prima dată pe Luis. Se întorceau împreună, el cu fratele meu, de la Universitatea din Lisabona. Călătoreau cu trăsura familiei de Luso. Când ochii noştri s-au întâlnit, am simţit o zvâcnire în inimă. Şi apoi Luis mi-a mărturisit că şi la el a fost la fel. Nu a stat prea mult, era obosit şi dorea să ajungă acasă. Îl aşteptau ai lui. Apoi ne-am întâlnit la râu. Dar ce importanţă are acum? Camera mai avea un covor gros. Era minunată! Acum nu mai este la fel. E mai rece şi e cameră de bărbat. Totul este aşezat după altă modă, mai puţin strălucitoare. Nici candelabrul nu mai există!

- Toate sunt sub huse în pod. Ai vrea să refac totul cum era?

- Nu, oricum eu voi pleca. Luis m-a anunţat. Mâine seară îl aştept să vină.

- Ştii că în seara aceasta oamenii au făcut o rugăciune comună pe malul râului Montego?

- Da, ştiu, am văzut tot! Sunt buni oamenii cu tine, însă pe mine rugăciunile acelea m-au tulburat teribil. O rugăciune a atâtor oameni te poate zdrobi. Are o forţă de tun. Însă trebuie să o mai ascult şi mâine. Apoi plec şi nu mă mai întorc niciodată! Uită-mă şi tu Maxx, sunt atâtea fete frumoase în jur. Trebuie să plec acum, cred că am să ies pe geam. Nu ştiu de ce, dar când am venit pe scări, m-am simţit privită.

- Ai fost văzută şi la geam, Lucia. Te aştept mâine, pentru ultima dată! Fata însă dispăruse în noapte.

CAPITOLUL 9

"Ultima dată!" zise Maxx în noapte. "Apoi nu o s-o mai văd. E mai bine aşa, am să înving! Nu cred că o să pot să stau aici în noaptea asta! Mă duc la mama. Întotdeauna m-a alinat." Bătu în uşă şi spuse în şoaptă: "Mamă!" Doamna Rosa deschise imediat.

- Lasă-mă la tine, mamă! Nu mai pot să dorm acolo! Mâine pleacă de tot. Am să scap eu cumva. Lucia chiar e cu gândul în altă parte. Apoi, am să mă duc cu tata la bancă şi o să-mi termin studiile. Trebuie!

Uşa se deschise şi cele două surori veniră şi-l luară în braţe pe fratele lor.

- Maxx, fii tare, mai trebuie doar o noapte! Îţi promitem că o să-ţi facem cunoştinţă cu cea mai straşnică fată! Maxx începu să râdă.

- Fetelor, deja mă faceţi să mă simt mai bine.

- Mamă, în noaptea asta dormim cu toţii la tine.

- Eu mă bucur, copiii mei dragi! Maxx trebuie ajutat prin orice mijloace.

- Ştiţi voi toate că Lucia a fost aseară la procesiunea de la râu? Spune că i-a făcut rău atâta rugăciune, însă va veni şi în seara asta, ultima! Ceva o obligă. Spune că o durere mare o învăluie când oamenii se roagă, aşa de mulţi laolaltă.

- Maxx, nu e decât un strigoi! Vezi că nu suportă zorile? E frumoasă, înşelătoare, dar e strigoi! Nu suportă rugăciunile! Şi, apoi, gândeşte-te, a murit fără a avea o lumânare în mână. I s-a făcut doar slujba de căsătorie şi cea de înmormântare, dar slujbe catolice înainte de îngropăciune imediat după moarte nu i s-au mai făcut. Probabil de asta a rezistat şi blestemul, nu a luat împărtăşania lor şi nici nu s-a spovedit. Nu şi-a luat rămas bun de la rude! Nimic! De aia umblă în castel, zise Miriam. Caută să fie înţeleasă, sau mai ştiu eu ce! Ea aici s-a născut, nu erau spitale pe vremurile alea, continuă Miriam.

- Şi eu cred la fel, zise Anna. Doar un strigoi nu poate asculta rugăciunile, dar ceva o obligă, poate că aşa se va dezlega de toate. Cine ştie? Doar Dumnezeu!

- Fiul meu, curaj! E ultima noapte! Acum ar trebui să ne odihnim. Puteţi rămâne cu toţii. Sunt cea mai fericită în cazul acesta. De-ar şti soţul meu! pufni doamna Rosa. Tu, Maxx, te culci pe canapea şi noi trei în pat, e destul loc.

- Şi, uite, zise Anna, am încuiat şi uşa. Să dormim ca să prindem puteri. Se stinse lumânarea şi toată lumea încercă să-şi găsească o poziţie cât mai bună şi să adoarmă.

Către dimineaţă, toată lumea se duse în camera fiecăruia, pentru ca nimeni să nu ştie de întâlnirea lor. Îşi promiseseră că vor face la fel şi în ultima noapte. Nimic nu se întâmplă peste zi. Maxx porni către parc cu surorile lui, se plimbară, luară masa, apoi se odihniră în aşteptarea serii. Surorile lui hotărâră să meargă şi ele la procesiune.

- Dacă pe tine te-au primit, mergem şi noi! Trebuie să fim alături de tine!

Mai târziu, Maxx coborî la bucătărie. Eufrasia şi servitorii erau la masă.

- Stăpâne, vrei ceva?

- Poftă bună prima dată, nu am ştiut că vă găsesc la masă. Am venit să vă spun că la noapte va veni pentru ultima dată. Luis a înştiinţat-o că se apropie cu copilul lor. Diseară, surorile mele vor veni şi ele la râu, vor să fie alături de mine, nu e nicio problemă, nu-i aşa?

- Niciuna, băiatul meu, spuse Eufrasia, cum să fie? Oameni suntem! Inchiziţia s-a dus de multă vreme, nu-i aşa fraţilor?

- Aşa-i, făcură oamenii.

- Luciei i-a făcut foarte rău rugăciunea de ieri seară. Însă cineva sau ceva o obligă să stea să asculte. Nu poate pleca şi nici nu o poate opri. A zis că suntem prea mulţi care ne rugăm şi nu are încotro, trebuie să stea. Nu mi-a spus ce o obligă.

- Stăpâne, a murit fără lumânare şi nu a murit omeneşte. Şi-a luat viaţa acolo lângă râu. Probabil că simte nişte dureri, poate că simte puterea râului în care s-au aruncat cu toţii, nu avem de unde şti. Era creştină. E păcat să-ţi iei viaţa! Stăpânele cele tinere pot veni şi ele, nu e nicio problemă!

- Eu, zise Maxx, am suferit cumplit, sufăr încă, de-abia aştept seara asta, să ne rugăm iarăşi. Avem forţă fiind strânşi mai mulţi. Cred că Lucia vede cum s-au aruncat în râu pe vremuri. O doare, cred eu. Acum vă las să terminaţi de mâncat, v-am deranjat destul!

- Nu ne-ai deranjat deloc stăpâne.

După ce Maxx plecă, servitorii spuseră că sunt oameni cumsecade stăpânii lor şi se mirau cum de a căzut pacostea asta pe capul lor. Or fi fiind ei evrei, dar lumea ţine la ei, căci sunt oameni buni.

- Lasă că noaptea asta se termină. Eu nici nu mă culc. Am s-o pândesc să văd cum pleacă cu familia ei, zise Eufrasia.

- Pe Dumnezeul meu, ai dreptate! Nici noi nu ne vom culca! Ai să ne faci dimineaţă o cafea tare şi vom sta în picioare. E sfârşit de săptămână, nu va fi aşa de rău!

În drum către Montego, pe înserate, alături de surorile lui, cărora tatăl le dădu voie să meargă cuel, contrariat şi uimit însă, Maxx îşi repetă pentru a nu ştiu a câta oară că e necesar să uite şi deci să renunţe şi să trăiască mai departe. Vederea oamenilor îl fac mai stăpân pe el şi simţi că poate da totul la spate şi privi în viitor. Rugăciunea îl linişti şi îi dădu forţă.

Stând cu toţii în genunchi, simţi parcă nişte oftaturi dinspre râu. Se uită în jur şi fu curios dacă şi ceilalţi aud ce auzea el. Rând pe rând, neîntrerupându-şi rugăciunea, oamenii îşi îndreptară capul spre Montego. "Da! Toţi aud! Lucia e acolo, în râu, spiritul ei de fapt. De acolo vine la mine seara. Dar Luis nu e tot în râu? Poate e mai departe" îşi mai spuse Maxx. La finalul rugăciunii, oamenii aruncară cu busuioc în apă, "Du-te, du-te, pleacă de aici!" spuneau ei. Apoi dădură mâna pe rând cu Maxx şi plecară cu torţele în mână către casele lor.

- Mulţumesc! Atât putu spune Maxx şi îşi luă surorile şi plecă şi el către castel.

- Maxx, ai auzit gemetele alea ce veneau dinspre apă? Aveau atâta durere în ele! Cu adevărat va pleca! Au să o doboare o altă seară de rugăciuni! Fetele vorbeau una peste alta, împărtăşindu-şi una alteia sentimentele.

- Şi buruienile alea aruncate în apă! Am speranţa, continuă Miriam, că se va termina. Eu m-am liniştit. Mă gândesc la tata, cum ne-a lăsat el să ieşim din casă seara târziu, fără să mâncăm ceva.

- Lasă că a avut o cină intimă cu mama, râse Anna.

- Da, ai dreptate surioară!

Bancherul era într-adevăr uimit, dar nu speriat. Simţea că e ceva la mijloc, dar nu-l interesa să afle. Poate mai târziu, cert e că totul pornea de la contesa asta de Luso. Soţia sa mânca fără să scoată un cuvânt, servitorii erau de asemenea muţi. "Hm, ce mai masă! Cred că mă duc în camera mea să mă culc. Aflu eu mâine totul." Se ridică de la masă spunând că se duce la el. Îi era somn. Îi zări pe copii intrând în curte. "Ce bine! Acum chiar că pot dormi liniştit! Ei nu au decât să mănânce ce a mai rămas din mâncarea care s-a răcit deja."

În seara aceea, nimeni în afară de domnul Lieberman nu merse la culcare. Toţi parcă aşteptau ceva. Parcă vroiau să vadă şi ei, să fie prezenţi la ultima noapte a contesei la castelul părinţilor ei. Stăteau cu toţii la bucătărie. Eufrasia domnea în ograda ei. Toţi îşi doreau să-l vadă şi pe Luis.

Maxx îşi luă seara bună de la doamnele familiei şi se duse la el în cameră. Acestea se duseseră toate în camera doamnei Rosa. Nu vroiau să se culce. Aşteptau treze izbăvirea Luciei, dar şi a lui Maxx. La miezul nopţii, prin colţurile întunecate ale scării de primire, de unde urca scara principală, erau umbre de oameni. Oameni care îşi propuseseră s-o vadă pe contesă. Aceştia îşi adunară tot sângele rece şi îşi ocupară locul în linişte. Eufrasia avea locul ei în nişa bibliotecii.

Imediat, când ultimul dangăt de clopot amuţi, trista Lucia intră pe uşă. Era atât de obosită, parcă pe umeri căra pietre de moară. Rochia ei albă şi minunată îi scotea parcă mai bine în evidenţă paloarea. Începu să urce încet fiecare treaptă a scării, parcă nici picioarele nu vroiau să o mai asculte.

Auzi un zgomot, pesemne vreun servitor imprudent, se întoarse, zâmbi puţin şi se întoarse să urce toată scara. Înţelesese că e privită şi cumva, tolerată. Era o fantomă. Ajunsese sus şi se oprise istovită. Apoi îşi relă drumul către camera ei, scopul ei. Deschise uşa şi o închise apoi uşor. Maxx era acolo s-o prindă în cădere.

- Ce faci? Lasă-mă! Eu îmi aştept soţul şi copilul, m-au obosit teribil rugăciunile alea ale voastre!

- Te-am auzit cu toţii cum oftai în Montego, spuse Maxx aşezând-o într-un fotoliu.

- Trebuie să-mi urmez calea, Maxx! Tu ai calea ta, vezi-ţi de persoana ta! Mă tulburi, iar acum m-ai luat în braţe.

- Eşti ostenită, te-am ajutat!

- Mă iubeşti, nu m-ai ajutat! De-abia aştept să plec de aici, nimic nu îmi mai apartine! Mama mea e moartă de mult. Mereu şi mereu vor stăpâni alţii castelul. Când am urcat am simţit ochi privindu-mă. Şi, Doamne, a fost casa mea, camera mea, parcul meu, florile mele! Ce sunt eu acum? Un strigoi! Îl aud pe Luis tot mai aproape, îmi strigă că vine în curând. Te aştept iubitule! Scapă-mă de lumea asta! Să mergem acolo unde este linişte!

Maxx o privea uimit, nu scotea niciun cuvânt. Îşi adusese aminte de jurnalul fetei. Se ridică şi i-l dădu.

- Asta îţi aparţine cu siguranţa!

- Ah, jurnalul! Când l-am ascuns acolo eram încredinţată că nimeni niciodată nu-l va găsi. Nu credeam că nimic de aici nu va mai aparţine conţilor de Sousa y Monterro. Ce mândri erau ei! A trebuit să cazi tu de pe pervaz şi să descoperi totul!

- Nu chiar totul. Nu am tabloul. E la actualul conte. Ai spus că în rama acestuia sunt scrisori.

- Ha ha ha ha ha! Începu să râdă Lucia, un râs urât, care nu se potrivea cu ființa ei, un râs de pe altă lume, un alt glas, straniu. Într-o noapte m-am dus la Coimbra, după ce am plecat de aici. L-am vizitat pe conte. I-am văzut copii fericiți, nevasta dormind. Am luat tabloul și am căutat scrisorile. Erau toate acolo. Le-am pus pe foc în șemineul contelui. Apoi am pus tabloul la loc și am plecat. Se apropiau zorile. Cu o smucitură se ridică și aruncă jurnalul pe foc. Ăsta nu-ți aparține nici ție și nici mie! Flăcările cuprindeau filă cu filă, până când jurnalul fu mistuit în întregime. Gata, s-a terminat! Nu trebuie să vă mai amestecați voi cei din viitor în trecutul familiei mele!

- Lucia, spuse Maxx șoptit.

- Lasă-mă în pace! Îl aud pe Luis, e din ce în ce mai aproape! În curând va fi aici. Mă va elibera! Blestemul se dezleagă, simt cum mi se ia apăsarea de pe inimă, piatra asta de cavou care m-a strivit atâta amar de vreme! Luis, Luis, iubitul meu, vino! Vino mai repede! Mă sufoc în încăperea asta! Doamne, ce oboseală! Rugăciunile acelea tâmpite mi-au străpuns inima cu mii de gloanțe! Vă urăsc pe toți! Luis, Luis, unde ești? Liniștea se lăsă deodată în cameră. Ascultă! Îi simt pașii aproape! Mă va striga curând! Brusc, Lucia se ridică în picioare. Mă strigă! Vin iubitule, vin, cobor scările imediat! Lanțurile blestemului s-au rupt!

Odihnită parcă, Lucia ieși deodată pe ușă și coborî scările, fără să-i mai acorde lui Maxx nicio privire. Băiatul o așteptă la fereastră. La o oarecare depărtare de poartă, două umbre se reliefau din ce în ce mai bine. Una mică o ținea de mână pe cea mare. Cele două intrară prin poartă și o așteptară pe Lucia. Bărbatul privi în sus și dădu cu ochii de Maxx. Copilul nici nu băgă de seamă. Sclipirea lui de gheață îl înghețat pe Maxx. Aparținea lumii Luciei, înțelese el. Lucia venise să-și ia ce-i aparținea de drept. Ea ieși din castel și alergară unii către alții. Se îmbrățișară și se sărutară. Lucia luă copilul în brațe, îl privi cu dragoste apoi îl sărută cu nesaț.

- Mamă, mamă! zise copilul.

- Da, scumpii mei dragi, nu o să ne mai despărțim niciodată! Blestemul s-a dezlegat, simți Luis?

- Da, iubito, ne aparținem în sfârșit!

- De altfel, castelul aparține altcuiva, a fost vândut, actualul conte de Sousa trăiește într-o casă în centrul Coimbrei.

- Să mergem, Lucia, e târziu, spuse Luis.

Înainte de a se întoarce, Luis se închină către Maxx, care se închină și el. Lucia doar aruncă o privire în sus, pentru ea, nimic nu mai conta acum. Își săruta copilul cu patimă, acesta nu mai plângea ci era foarte fericit, în sfârșit erau împreună. Toți trei se întoarseră și trecură prin poartă. Plecară, Maxx îi vedea ca pe niște umbre tot mai depărtate. La un moment dat, o umbră se întoarse. Era Lucia. Aceasta se urcă pe poartă și smulse blazonul familiei. Cele două egrete gingașe dar necruțătoare nu vor mai păzi castelul. Acum este altcineva proprietar aici. Făcu un semn de adio cu mâna și alături de familia ei, dispăru în întuneric.

Când își veni în fire, Maxx realiză că lacrimi calde îi scăldau obrajii. Fugi din cameră la mama lui.

- Mamă, șopti el printre lacrimi închizând ochii. A plecat! A venit Luis după ea, era și copilașul lor cu el. M-a salutat mamă contele de Luso, s-a închinat apoi, când a plecat. Și mamă, Lucia a rupt blazonul lor cu egrete, l-a luat cu ea. Mi-a făcut un semn de adio. Era fericită. A spus că nu mai sunt conții de Sousa stăpâni aici. Blestemul s-a terminat. Dar odată cu el parcă am înțeles și eu și am acceptat. Luis este ceea ce îi trebuie Luciei, este lumea ei.

- Da, scumpule, Lucia știe asta de 200 de ani!

- Sunt fericit pentru ea! Îmi doresc și eu o fată tot așa de devotată și iubitoare. Când l-am văzut pe contele de Luso, mi-a trecut și mie durerea.

- Mulțumesc lui Dumnezeu că spui asta! Ești cu adevărat vindecat! - Cred că ar trebui să mă odihnesc, dar o să mă duc în "camera mea"!

- Du-te scumpule și înfruntă realitatea! Tu ești prezentul și viitorul! Tu ești viața!

Maxx închise ușa la camera lui și adormi în patul lui ca un prunc, se eliberase. După câteva zile, bancherul observă lipsa stemei de pe poartă. Maxx fu cel care-i explică:

- Lucia l-a luat când soțul ei a venit și a luat-o în lumea lor, diferită de a noastră.

- Măi... deci chiar nu e balivernă?

- Nu, nu este!

- Și tu... ai fost îndrăgostit de ea? Era frumoasă?

- Dacă am avut sentimente pentru ea, m-am resemnat și voi uita. Ea era din altă parte, rămăsese în timpul ei, la 1650. Venea în fiecare noapte și-mi povestea cum era camera ei, îmi povesea despre fratele ei, despre Luis, despre copil, despre fosta ei viață. Acum povestea e încheiată iar tu trebuie să pui ceva în locul blazonului ăluia.

La puțin timp după acest dialog, la poarta castelului se văzu scris: "David Lieberman și familia". Acum chiar le aparținea!

CAPITOLUL 10

Liniştea începu să-şi întindă aripile sale mari peste valea râului Montego. Familia Lieberman fu integrată întru totul de când participaseră la acele procesiuni. Erau de-ai locului, chiar dacă de altă religie. Maxx hotărî să-şi continue studiile la Aveiro. Dorea să se specializeze în domeniul economic, mai precis în a învăţa totul despre bănci şi tot ce e legat de această complexă afacere. Astfel el gândea că va împuşca doi iepuri deodată: adică învăţa pentru a face faţă cu brio la banca tatălui său şi, mai ales, de a duce afacerea mai departe şia pleca de la Coimbra. Putea uita mai uşor episodul acela din viaţa lui. Venea acasă doar în vacanţe sau în zilele când nu avea şcoală. Locuia în camerele de deasupra sucursalei băncii tatălui său şi ajuta şi el acolo pe cât putea. De fapt, mai mult învăţa decât crea ceva. Mai avea de studiat până să ajungă să conducă sau să aibă idei. Tatăl său era mulţumit că Maxx acceptă să locuiască la bancă, "o cheltuială în minus şi un plus de frică printre angajaţi". Domnul Lieberman era un om al banului şi se vedea asta din orice ocupaţie avea, din orice gând al său.

Acasă la castel, la dorinţele sale, mama lui îi mută camera în altă parte, unde era mai multă linişte şi tihnă pentru studiu. Ferestrele dădeau în spatele castelului, către parc. Pe Maxx nu-l mai interesa să fie "cercetaş", dorea linişte. După ce camera sa a fost golită de mobilă, de sub huse fu coborâtă şi aranjată mobila Luciei. Maxx ştia despre ea de la fată, din noaptea când îşi descuiase camera. Găsiseră şi o colivie acolo sus în pod. Totul arăta exact ca şi în 1650. Altă lume. Băiatul decisese să încuie uşa camerei şi doar odată pe săptămână să facă puţin curat.

Rectorul Universităţii din Aveiro, era bun prieten cu tatăl său, cu care făcea afaceri de ani buni, astfel că Maxx avea intrare în casa acestuia dacă şi-ar fi dorit. Rectorul era bucuros că avea un student dintre copii prietenilor săi. Chiar într-o seară, plimbându-se prin centrul oraşului cu soţia sa, sună la Maxx să-l invite la ei.

- Bună seara tinere, mă cunoşti, sunt rectorul de la Universitate, tatăl tău îmi este un foarte bun prieten, aşadar aş dori să te deranjez cu o invitaţie sâmbătă seara la cină. Nu spun că o să te distrezi, dar o să ieşi din scorbura asta de deasupra băncii voastre. Ce spui?

- E o onoare pentru mine, domnule Zuzarte! Uneori chiar mă plictisesc, doar şcoală şi bancă zi de zi.

- Atunci nu te mai deranjez, te aştept doar. O seară bună tinere şi pe sâmbătă seara!

Domnul Zuzarte îi spuse mai apoi soţiei sale:

- Dacă ar putea-o remarca pe Ruth, poate n-ar mai sta atâta cu capul în cărţi, nici unul, nici celălalt.

- Ai dreptate, merită încercat dragul meu, încuviinţă încântată de idee doamna Zuzarte.

Maxx era bucuros, uneori nu avea ce să facă. O invitaţie de genul ăsta nu era de pierdut. Deja se gândea cu ce se va îmbrăca, cum o să se comporte, recunoştea cu tristeţe că nu prea ieşise în societate, era tare emoţionat. "Toate au un început" îşi spuse el zâmbind, "să vezi când va afla mama! Cred că am crescut. Doamne! Să se deranjeze un om atât de important pentru mine!?"

Sâmbătă seara cercetă strada cu pricina şi găsi casa cea căutată. Era impunătoare, ca de altfel şi reputaţia omului care stătea în ea. Sună la poartă iar un om de serviciu îi deschise.

- Bună seara, Maxx Lieberman sunt, deţin o invitaţie la cină de la domnul şi stăpânul acestei case!

- Bună seara, domnule Lieberman, spuse servitorul închinându-se. Cred că sunteţi aşteptat deja în salon. Poftiţi pe aici, vă rog! Maxx urcă scările şi intră în ceea ce englezii ar zice "hall". Servitorul coti pe un coridor şi deschise o uşă, lângă care era postată o vază imensă de flori.

- Domnul Lieberman! Servitorul îl anunţă, se înclină şi închise uşa în urma lui Maxx.

- Bună seara, Maxx, spuse rectorul râzând, cam năuc, aşa-i? N-ai nicio grijă, te facem noi să te simţi bine. În ultima scrisoare, tatăl tău mi-a scris să nu te las să te plictiseşti, să-ţi ţinem cu toţii companie.

- Adică să-l dădăcim tată? se auzi un glas de fată foarte plăcut. Dumneata vrei să fii cloşca lui Maxx? Domnul Zuzarte spuse oftând, dar oarecum bucuros:

- Ţi-o prezint pe fiica mea! Ruth! E o persoană originală, cu mult duh, o să-ţi dai seama şi singur. Ai să stai lângă ea la masă. Nu e singurul nostru copil, Ruth mai are o soră, care e măritată deja, chiar dacă e mai tânără.

- Tată, dragostea nu vine la comandă!

- Desigur, fetiţa mea filozof! Pe soţia mea o cunoşti deja, deci nu ţi-o mai prezint, mai adăugă zâmbind, domnul Zuzarte.

- Dacă ştiam că aveţi o fată aşa de frumoasă aduceam flori, domnule Zuzarte.

- Mai bine nu, Maxx, aş fi fost geloasă, spusese doamna casei râzând.

- Vai de mine, ce mai discuţie, se îmbufnă însă râzând drăgălaş frumoasa Ruth. Şi uite aşa îl ţinem în picioare, mai adăugă ea. Vino şi aşează-te lângă mine, pe canapeaua asta. E o cină intimă, trebuie să fii relaxat. Tata nu mănâncă oameni decât în catastifele lui cu studenţi, acasă mănâncă carne multă.

Maxx veni docil şi se aşeză pe canapeaua pe care deja stătea Ruth. "Ce i-ar mai plăcea bancherului să vadă asta! Am să-i scriu o scrisoare de o să plângă de bucurie!" îşi spuse domnul Zuzarte, vizibil satisfăcut de această vizită a fiului bancherului Lieberman.

- Ai mei mă fac deja fată bătrână, iar eu am doar 20 de ani! Şi asta pentru că sora mea de 18 ani, este măritată şi deja e însărcinată. Dumneata crezi că sunt trecută deja?

- Nu eşti trecută Ruth, eu am aproape 25 de ani!

- La un bărbat nu contează. Vezi, nu există catalogarea de "bărbat bătrân", ci copt sau altfel.

- Ruth, îl înnebuneşti pe Maxx, strigă stăpâna casei. Îţi place în Aveiro? mai continuă ea.

- Da, îmi plac foarte mult aceste canale şi bărcile viu colorate. Le admir doar, nu m-am plimbat cu vreuna niciodată până acum. Nu prea am vreme. Tata mă pune să învăţ, să pot la un moment dat să-i iau locul şi să duc afacerea mai departe.

- Şi foarte bine face, spuse rectorul. Tatăl tău a creat ceva măreţ, iar tu trebuie să duci mai departe.

Un alt servitor intră şi, înclinându-se, spuse că cina va fi servită în câteva momente, astfel toată lumea era invitată la masă.

- Atunci, să trecem dincolo, spuse doamna Zuzarte. O să-ţi placă la noi Maxx!

- Şi ai să mănânci bine, izbucni în râs Ruth.

- De asta garantez, spuse şi domnul Zuzarte zâmbind din toată inima.

Maxx zâmbi şi se gândi "ce familie nostimă! Nici nu îmi închipui cum la şcoală e atât de sever. Se transformă ca un cameleon! Şi casa e atât de frumoasă! Şi Ruth e atât de spirituală! Poate o să ne mai vedem prin oraş, cine ştie?"

Într-adevăr, masa a fost un deliciu, dar mai ales veselă, iar Maxx se simţi chiar foarte bine. După cină, Ruth îl întrebă dacă vrea să-i cânte lui ceva la pian, iar el îşi aduse aminte şi le spuse că şi sora lui cânta destul de bine la pian. Mai adăugă faptul că tatăl său avea şi el două fete de măritat şi atunci toată lumea râse cu lacrimi.

- Dragă Maxx, după cină o plimbare nu strică. Parcul nostru e de fapt o grădină mai mare, dar merită văzut. Nu se compară cu parcul castelului tău, dar e mulțumitor totuși.

- Hai cu mine să ți-l prezint, spuse entuziasmată fata. Ieșiră amândoi bucuroși și începură să se plimbe încet pe alei.

- E foarte frumos, e parcă tainic... nu știu cum, spuse Maxx. Nu te deranjează faptul că părinții tăi te înghesuie cu căsătoria?

- Nu, nicidecum. Sunt atât de buni amândoi! Nu am logodnic, dar am avut. Vezi tu, am ajuns să-l cunosc într-un fel care nu-mi mai plăcea. Și de atunci stau liniștită. De fapt, e doar jumătate de an de atunci. Dar tu?

- Eu nu am fost logodit niciodată. Am avut alte preocupări mai mereu, spuse Maxx.

- Înseamnă că nu ai iubit niciodată...

- Înseamnă că nu am fost logodit, nu că nu aș fi iubit!

- Oh, scuză-mă, a durut așa de tare, iar eu sunt o nesuferită fără inimă și întorc cuțitul în rană!

- Este adevărat că mai doare, încă, apăsă Maxx pe ultimul cuvânt, dar viața merge mai departe. Se va găsi cineva și pentru mine, să nu ajung "un copt" și eu.

- Ha ha, chiar știi de glumă și nici nu ești supărăcios!

- Dar sunt alintat, mama și surorile mele o fac tot timpul cât sunt acasă.

- Alintată sunt și eu, slavă Domnului!

- Mi-ar plăcea să ne mai întâlnim, ca prieteni, sublinie Maxx, iar când sunt acasă, să purtăm o corespondență, ce spui?

- E o idee bună și sunt de acord cu ea. Acum, să mergem în casă, e chiar întuneric.

- Oh, iar eu trebuie să plec, chiar dacă mâine e duminică, am o grămadă de lucruri de făcut!

- Ai să mai vii, așa-i?

- Da, desigur, dacă tatăl tău mă mai poftește.

Între cei doi, din acel moment, se legă o strânsă și frumoasă prietenie. Când Maxx era la Coimbra, își descriau tot felul de activități pe care le aveau. El îi povestea mereu despre parc, despre râu, apoi o întrebă dacă ar veni vreodată în vizită acasă la el. Îi povesti apoi despre Miriam si Anna, care acum erau logodite și aveau o toană să aibă nunta în aceeași zi. Maxx se gândea deja la hărmălaia dublă ce va fi. Fetele vor să se cunune în parc, la un fel de altar impozant, iar tatăl lor are deja mari dureri de cap, norocul fiind că una pleacă la Porto iar cealaltă la Lisabona. Astfel rămâne el necăsătorit, deci altă migrenă pentru domnul bancher Lieberman. Când

107

revine la Aveiro, Maxx, duce familiei Zuzarte invitațiile la castel, la nunta celor două fete, surorile lui.

- Tata nu admite să nu veniți, vă roaga din tot sufletul.

- O să venim cu siguranță dragule, spuse domnul Zuzarte.

- Veți rămâne cu noi la castel într-o mică vacanță, după nunțile astea, dacă veți dori.

- Eu doresc, răspunse Ruth, și pentru că sunt răsfățată, am acceptul părinților mei. Așa-i?

- Așa o fi Ruth, zise mama, dacă tu vrei... Toată lumea se distră și fu bucuroasă de această oportunitate de a călători și mai ales de a vizita familia Lieberman.

- Dacă doamnele mele vor, eu de ce aș refuza să stau un pic cu tatăl tău, zise domnul Zuzarte. O să venim Maxx, o să aducem cadouri frumoase fetelor la nuntă.

- Multumesc, domnule!

Timpul trecea și prietenia dintre ei devenea mai strânsă, însă Maxx rămânea rezervat cu privire la iubirea lui. Nu i-o destăinui lui Ruth. Ea de-abia aștepta luna iulie să poată merge la Coimbra. Un castel e întotdeauna un loc de basm, iar castelul are și un prinț. "Oare va fi minunat prințul meu?"oftă fata. "Cred că îl apasă multe pe suflet, însă am tot timpul din lume, nu o să mă grăbesc, am să-l aștept. Cred că îl iubesc! Doamne, ce doare! Oare el ce simte? Doar se face corespondență și atât? Sper că nu!"

Iulie veni și nunțile se apropiau. Ruth deveni nerăbdătoare, mai mereu își spunea: "Am să-l văd curând pe Maxx!" Drumul fusese încântător, nici nu-și mai amintea să mai fi făcut un drum atât de lung. Se uita la dealurile pline cu vie, la câmpurile arse de soare, cât de minunată era natura. Când ajunseră, Maxx o ajută să coboare și o sărută ușor pe obraz.

- Bine ați venit, șopti el. De-abia așteptam să te revăd! Hai să-ți arăt camera ta.

- Cum, Maxx, răpești fata? Nu mi-o prezinți? făcu șagalnic cu ochiul bancherul, teribil de încântat.

- Dragă familie, ea este domnișoara Ruth Zuzarte, căreia acum îi voi arăta camera ei! Miriam și Anna comentară râzând:

- Cam scurtă prezentarea, dar ne mulțumim cu ea dragă frate!

- Mulțumesc din suflet pentru îngăduință!

Maxx și Ruth intrară în castel, spre încântarea și fericirea ambelor familii, care vedeau la orizont o a treia căsătorie. Miriam chiar spunea că altarul improvizat trebuie păstrat, cine mai știe ce vor mai aduce zilele ce vor urma.

108

Nunţile fuseseră minunate, iar ideea de "nuntă în aer liber" fusese una genială. Fetele plecară cu soţii lor, iar castelul rămase liniştit. Familia Zuzarte mai rămase o săptămână, care de altfel fu plină pentru toată lumea. Maxx se plimba cu Ruth de mână pe malul râului, departe de ochiul lumii, îndrăznea uneori s-o mângâie pe obraz, să-i sărute mâna.

- Ruth, draga mea, aş vrea să pot să te fac fericită, însă mi-e teamă să nu greşesc! Nu vreau să fii dezamagită!

- Tu nu ai să mă dezamăgeşti niciodată! Eşti minunat!

- Ruth, oh Ruth, făcu Maxx oprind-o şi luând-o în braţe, aş vrea să nu se mai termine clipa asta!

- Nici eu, dar voi pleca curând. Am să-ţi aştept scrisorile cu nerăbdare.

- Şi eu pe ale tale, scumpa mea!

Plecarea fu dureroasă pentru toată lumea. Primirea oaspeţilor la castel a fost minunată iar vacanţa se sfârşi prea repede pentru toată lumea. Ruth flutură batista până obosi, plângând în hohote.

- Îl iubesc, mamă, zise ea, aruncându-se în braţele mamei sale.

De cealaltă parte, doamna Lieberman era convinsă în inima ei de ceva, dar tăcea, aşteptându-l pe Maxx să-i destăinuie totul.

- Mamă, cred că o iubesc, dar îmi este teamă, cred că e prea iute, poate nu sunt vindecat de Lucia.

- Ai răbdare, Domnul te va întări şi îndruma, iar dacă şi ea te iubeşte, va aştepta. Peste doar câteva luni vei termina şcoala, o să vă mai vedeţi până atunci. Tu te vei întoarce aici să-i ajuţi tatălui tău şi te vei gândi bine.

Într-adevăr, după ce Maxx îşi dădu ultimele examene, reveni la Coimbra. O corespondenţă febrilă se porni între cei doi. Îşi povesteau amândoi ce fac zilnic, ce gândesc, ce simt zi de zi. Cum Maxx era din ce în ce mai angrenat în maşinăria bancară, avea să-i povestească fetei nenumărate cazuri sau despre clienţii cu care lucra. El avea acum aproape 30 de ani şi nu a făcut mare lucru în viaţă. Miriam şi Anna vor avea curând copii şi erau fericite în căsniciile lor.

- Mie îmi este teamă să te cer în căsătorie, scumpa mea Ruth! Nu vreau să te dezamăgesc. Însă cred că o să-mi înving teama iar apoi am să-ţi spun ce am pe suflet. Îmi voi pune inima în mâinile tale delicate şi TU, doar TU, vei decide!

Ruth simţi şi ea că-l iubeşte, dar îi era greu să facă ea primul pas. "Laşo! Laşo! Mă rog lui Dumnezeu să-ţi învingi teama şi să putem fi împreună!" Ruth şi gândurile sale, Ruth şi dragostea ei puternică şi încă înnăbuşită!

CAPITOLUL 11

Cei doi continuară să-şi scrie, Ruth împlinise 25 de ani iar Maxx 30. Încă se mai întreba fata, ce secret îl apasă şi nu poate să-l destăinuie. Avea însă nădejde. Părinţii ei nu mai trăgeau speranţe, dar o lăsau să facă ce dorea. Întotdeauna fusese un copil independent şi rebel. Ei nu aveau nicio putere aici.

Când Maxx împlini 30 de ani, spre surprinderea lui, tatăl său, marele bancher Lieberman, anunţă în faţa întregii familii adunate în jurul mesei că se va retrage din afaceri.

- Consider, dragul meu fiu, că eşti destul de copt să iei în mâinile tale frâiele întregii afaceri. Eu am obosit şi am să mă retrag. Te-am admirat în toţi aceşti ani de când te-ai întors de la Universitate şi mi-au plăcut inovaţiile tale. Te-au învăţat bine şi înţelept cei din Aveiro. E nevoie de tinereţe, de sânge nou şi în afacerile noastre. Iar tu, tu eşti viitorul, tu trebuie să continui ceea ce am început eu când eram ca tine! Un singur păcat mai ai şi apoi nu mai am nimic să-ţi spun. Nu eşti însurat! Anii trec. Eu cu mama ta îmbătrânim şi nu ne-am cunoscut nepoţii din partea ta. Mă gândeam că nu ieşi deloc, stai tot timpul cu capul în documentele tale şi drept e că fetele nu au cum să intre pe geam la tine. Doar una a făcut-o, dar aia nu era om. Ai uitat-o? Pot să spun că ai trecut peste cumpănă? Te-ai mutat în altă cameră, pe cea veche ai încuiat-o. Îţi este bine? Noroc că îţi mai scrie Ruth Zuzarte, fata asta care nu se mai mărită. Cred că vă potriviţi!

- Mă simt mai bine tată, dar la Ruth nu pot să-i propun nimic până nu-i povestesc o anumită istorie. Nu am fost pregătit s-o fac până acum.

- Şi acum eşti? Pot spera asta, Maxx?

- Eu zic că da, voi merge la Aveiro curând şi am să-i povestesc. Chiar astăzi am să-i scriu o scrisoare.

- Bine faci, fiule!

Maxx se gândea de ceva vreme să meargă acasă la Ruth, vroia să discute cu ea şi apoi s-o lase pe ea să decidă. Îl uimise atitudinea bătrânului care-l lăsa pe el la conducerea băncii. Deodată, simţi o grea povară pe umeri, dar ştia că-i va face faţă. Astfel, îi scrise lui Ruth noutăţile. Aceasta se bucură din toată inima, dacă venea Maxx, era un pas spre căsătorie. Nu avea ce să-i ierte. Toată familia la Aveiro se bucură nespus, părinţii erau încredinţaţi că e o vizită hotărâtoare.

- Ruth, să ne spui din timp când te anunţă că vine. Trebuie să ne pregătim. Acum ori niciodată, scumpa mea.

- Tată, mamă, vă rog să nu mă zoriţi! O să mă căsătoresc, dar nu aşa iute-iute!

- Dar nu e aşa de grabnic, spuse tatăl, iar pe Maxx îl ştiu, tatăl lui e prietenul meu de atâta amar de vreme, mi l-aş dori ca ginere!

- Să-l accepţi scumpa mea, te va cere în căsătorie cu siguranţă! Să nu faci mofturi, adăugă şi doamna Zuzarte.

- Of, sunteţi aşa de nerăbdători! Chiar acum am să mă duc să-i răspund. Sunteţi mulţumiţi acum?

- Da, spune-i că îl aşteptăm! Fă-l să vină cât de curând!

Ceea ce nu ştia nimeni era faptul că bătrânul bancher era bolnav, dar ascundea acest lucru de familia sa de multă vreme. Îi interzisese doctorului său personal să spună ceva în legătură cu acest fapt. Lua de multă vreme morfină şi totuşi avea dureri îngrozitoare. Simţea că nu o să mai facă faţă durerilor în faţa familiei şi că, până la, urmă se va trăda în vreun fel. Doctorul îi spusese că viaţa lui era acum cu zilele numărate, fiecare răsărit de soare era o victorie pentru el.

Ştia că va muri curând, aşa că făcu un efort deosebit şi, într-o duminică, îşi chemă toţi copiii la masă. A fost atât de vesel şi iubitor cu toată lumea, cei doi nepoţi stătură veseli pe genunchii bătrânului chinuit de dureri. Îi înveseli pe toţi, chiar şi pe Maxx, care de felul lui era reţinut. Nimeni nu se gândea să dea vreo semnificaţie nefastă broboadelor de sudoare de pe fruntea bancherului Lieberman, sudoare ce apăru din cauza jocurilor cu micuţii săi nepoţei.

Când toată lumea se duse să-şi ocupe camerele de culcare, bancherul urcă şi el în camera lui modestă, gândindu-se. "E ceva special în ziua asta! E ultima!" îşi mai spuse el. "Voi muri cu toţi ai mei fericiţi lângă mine! Şi sunt şi eu fericit. Toţi ai mei sunt aici. De ce trebuia să ştie cineva? Mai ales sensibila şi buna mea soţie! Nu ar mai fi plecat din camera aceasta. Singura durere e că Maxx nu e căsătorit şi nu are copii! Am sperat la Ruth, dar e doar prietenie, degeaba va merge cred, la Aveiro." Toate aceste lucruri, bancherul şi le spunea cu voce scăzută pentru sine. În ultima vreme începuse, când era sigur că nu e auzit, să se încurajeze, să vorbească sufletului său. Lacrimi amare începură să curgă pentru prima dată pe obrajii acestui om brav. "Sunt fericit! Am o familie minunată!"

Dimineaţa toată lumea se mira de ce nu coboară domnul Lieberman, să-şi ia rămas bun de la fete şi de la familiile lor, acestea

111

întorcându-se la casele lor. Îl găsiră în pat fără simţire. Acum toţi înţeleseră de ce i-a chemat şi de ce era aşa de obosit în ultima vreme. Doctorul lui, care veni îndată, se simţi dezlegat de promisiune şi povesti totul despre boala domnului Lieberman. Le arătă la toţi sertarele pline cu medicamente. Le luă, pentru că oricum nu mai foloseau nimănui.

Toată lumea privea la corpul inert, care nu mai zâmbea, nu mai glumea şi nu mai poruncea aspru. Acum Maxx trebuia să continue lucrarea tatălui său şi să se ocupe de înmormântare. Femeile, văzu el bine, nu erau în stare. Luă trăsura şi făcu toate comenzile pentru o ceremonie onorabilă. Flori, un sicriu frumos şi tot ce mai trebuia. Anunţase la primărie şi semnase tot ce era de semnat, apoi, frânt de oboseală se întoarse acasă.

Tatăl său fusese depus în holul de intrare, ca oricine ar fi dorit din sat să-şi ia rămas bun, să o poată face. A doua zi deja trebuia înmormântat. Apoi, Maxx îi scrise lui Ruth despre întâmplarea aceasta nefericită şi o rugă pe ea şi familia ei să vină într-o vizită. Sigur nu va putea participa la înmormântare, dar puteau alina suferinţa familiei dacă doreau.

Lumea din sat veni la aflarea acestei veşti. Toată lumea adusese cu ea flori, o mulţime de flori. Ultimele flori, pentru domnul Lieberman. Încercau să consoleze familia printr-o strângere de mână şi apoi, fiecare în tăcere, pleca spre casa lui.

A doua zi, cea în care sicriul trebuia pus în pământul în care toţi ne întoarcem, plouă. O zi mohorâtă după atâta ploaie. Oamenii din sat şuşoteau că e un semn, poate că bancherul ar fi fost trist acolo unde e el acum, dar împăcat totuşi. Ceremonia nu dură mult din cauza ploii, dar ce mai conta? Bărbatul cel dârz nu mai putea veni printre ai săi. Dona Rosa, încadrată de fiicele sale, era asemeni unei statui de marmură. Ce om bun! Nu a îndurerat-o cu nimic, nu a lăsat-o să ştie, să se chinuie şi ea alături de el. Îi scrisese o scrisoare de adio, în care-i amintea de tinereţea lor, de uniunea lor fericită. O implora să fie calmă şi senină, o va aştepta, spunea el şi "poate îl vei vedea pe Maxx căsătorit şi la casa lui, dar vezi de nu uita niciun amănunt căci te voi întreba!" Lieberman lăsase scrisori pentru fiecare copil al său, scurte, dar pline de duioşie şi har părintesc. Se stinsese, trebuiau deci să accepte şi să înveţe să trăiască fără el.

Când Ruth primi scrisoarea, sări de bucurie şi fericire, apoi, cu fiece rând, faţa ei frumoasă se crispa. Lacrimi îi apărură sub genele ei lungi alături de o stare de tristeţe evidentă.

- Tată, domnul Lieberman a murit! Şi-a ascuns suferinţa şi boala de familie, nimeni nu a ştiut nimic. Ieri a fost înmormântat. Maxx îmi scrie că mă invită la castel, căci e obosit şi are nevoie de mine.

- Ce nenorocire, scumpa mea, iar eu nu pot merge! Te vei duce cu mama ta, văd bine că te vei căsători după doliu, nu mă îndoiesc. Pregătiţi-

112

vă bagajele, mâine dimineață veți pleca. O să mă țineți la curent cu toate. Lieberman a fost prietenul meu, voi fi eu tatăl lui Maxx de acum înainte. Am să-i scriu o scrisoare lui Maxx, iar tu Ruth, pregătește-te de nuntă! Va fi una simplă și fără strălucire, așa cum îți dorești tu.

- Acum știu asta tată! Voi fi cerută în căsătorie de Maxx.

- Iar eu am scăpat așa de elegant de tine, scumpa mea, dar așa de nefericit e momentul, râse încet, dar amar, domnul Zuzarte.

- Nu are nicio importanță, faptul că voi fi căsătorită cu Maxx îmi va da posibilitatea să-l ajut și să-l spijin mereu, cred că acest lucru e cel mai important!

A doua zi dimineață trăsura familiei Zuzarte porni către Coimbra, însă pe Ruth nu o mai interesau nici pădurile, nici păsările, nimic, parcă nu mai ajungea odată la destinație.

- Of, cât mai este mamă?

- Liniștește-te, ești așa de nervoasă, trebuie să fii calmă pentru Maxx! Ai uitat?

- Da, ai dreptate!

Când ajunseră, familia Lieberman îi întâmpină cu toată dragostea, adică Maxx și doamna Rosa. Fetele trebuiau să plece cu soții lor, care aveau afaceri și treburi și nu mai puteau zăbovi. De altfel. viața curge ca râul lor drag, nu poți sta în loc să te gândești mereu la un lucru. Și chiar dacă ești prins de gânduri, după o vreme vor înceta să te mai macine. Maxx o luă pe Ruth de mână, iar cele două mame mergeau în spatele lor.

- Am crezut că nu mai ajung! Mi s-a părut atât de lung drumul!

- Dar mie? zise Maxx. Parcurgeam traseul în gând și îmi spuneam mereu cam pe unde ai putea fi.

După ce femeile se făcură comode în camerele lor, coborâră la cină. Adresară părerile de rău și condoleanțele din partea lor, a familiei Zuzarte, scuzându-l și pe domnul Zuzarte că nu a putut veni, fiind reținut de obligațiile de la Universitate dar și de celelalte afaceri ale sale. Ruth îi dădu mai apoi lui Maxx și scrisoarea din partea tatălui său. Acesta o și deschise și o citi.

- Ce om minunat e tatăl tău!

- O să-i scriu în fiecare zi, i-am promis că-l voi ține la curent, spuse Ruth.

- Foarte frumos, așa e frumos, spusese și doamna Rosa. Le mai spuse că soțul său i-a interzis să fie tristă în scrisoarea de adio, după ce el nu va mai fi. Așa că trebuie să fac ce zice el! Întotdeauna l-am ascultat și a fost bine! Mi-e dor însă de el, dar am lucrurile lui, amintirile..., apoi, îl am pe Maxx.

- Cred că aveţi dreptate, spuse doamna Zuzarte. O durere se poartă în suflet cu demnitate, nu se arată tuturor.

- Aşa este...

După cină, doamnele doriră să se odihnească. Maxx prinse prilejul să o oprească pe Ruth pentru o clipă.

- Acum nu se poate, căci eşti obosită, dar mâine, aş vrea să-ţi vorbesc, să mă destăinui şi după aceea, dacă mă vei mai dori, să-ţi cer mâna. Nu pot să-ţi ofer o petrecere de logodnă, vezi bine.

- Dar nici nu contează asta, exclamă Ruth luându-l de mână. Nu vreau nicio petrecere! Maxx o îmbrăţişă lung, simţindu-i parfumul părului ei cum îl învăluie şi pe el.

- Mulţumesc Ruth, zise Maxx, atingându-i uşor obrazul cu buzele. Ruth îl strânse tare de mână, închizând mai apoi ochii.

- Pe mâine atunci. Noapte bună!

- Noapte bună, scumpa mea!

Maxx rămăsese jos, uitându-se după fată cum urcă scările. Doar bunul Dumnezeu ştie cum dormiră fiecare din cei doi tineri, dar adevărul este că amândoi aşteptară cu nerăbdare dimineaţa ca să rămână singuri. De la fereastra ei, Ruth vedea parcul şi micuţa clădire de lângă gard. După micul dejun, doamnele plecară la o plimbare prin parc. Maxx o opri pe Ruth în salon şi o abordă direct.

- Ruth, te iubesc foarte mult, altfel de cum am iubit înainte. Dar ca să te pot avea de soţie, trebuie să-ţi povestesc totul, să fiu sincer. Îmi este puţin greu, dar am să reuşesc!

- Şi eu te iubesc, Maxx! Spune-mi tot ce te apasă, descarcă-te, fii liber, ca să poţi zbura!

- Eu nu am mai fost logodit, ţi-am mai spus-o, dar am iubit, a fost o iubire imposibilă, fără speranţă, am iubit un suflet din altă lume!

Încet, încet, Maxx îi povesti totul despre povestea lui cu Lucia, despre Lucia şi despre viaţa ei.

- Toată lumea m-a sprijinit, tot satul. Atunci am decis să-mi mut camera şi să studiez la Aveiro.

- Şi foarte bine ai făcut Maxx, altfel nu m-ai fi întâlnit!

- Aşadar... cum rămâne? Am nevoie de tine, adăugă Maxx, nu vreau să te dezamăgesc deloc!

- Maxx, trecutul nu schimbă cu nimic viitorul, eu vreau să mă căsătoresc cu tine! Ne vom ajuta mereu, aşa-i?

- Atunci, pot să îţi pun inelul de logodnă pe deget?

- Da, chiar asta vreau!

Maxx scoase din buzunar o cutiuţă drăguţă şi elegantă cu un inel pe care îl puse uşor pe inelarul lui Ruth. Apoi o luă în braţe şi o învârti de fericire prin toată camera. Amândoi râdeau, iar râsetele lor atraseră doamnele în salon.

- M-am logodit, mama! Uite! Ruth îi arătă mamei sale inelul primit, plutind de fericire.

- Mă bucur pentru amândoi, zise doamna Lieberman fericită, de asemenea, acum și tatăl tău e prezent! E un moment tare fericit! Soțul meu nu ne lasă să fim triști. Avem tot timpul să pregătim nunta. O vom face în parc, cu aranjamentul acela imens pe care l-au folosit și fetele mele. Îți dorești o nuntă mare, Ruth?

- Nu, nicidecum! Eu îl vreau doar pe Maxx, pe care-l rog să-mi arate parcul chiar acum.

- Atunci, noi doamnele, trebuie să ne întreținem singure. Doriți un ceai, doamnă Zuzarte?

- Da, am obosit în parc. E mare, e într-adevăr foarte frumos parcul. Un ceai ar prinde foarte bine, e revigorant după atâta plimbare. Într-adevăr, e un parc splendid!

- Într-adevăr așa este.

Căsătoria se făcu imediat după doliu, a fost simplă, fără niciun fel de pompă. Tinerii erau fericiți sub baldachin, căci se aveau, iar când Maxx sparse paharele, se uită în sus și o văzu pe Lucia, binecuvântându-i. "Voi fi fericit, acum pot trăi liniștit!" își sărută soția apoi, cu multă dragoste.

Proaspeții însurăței hotărâră să locuiască la castel. Erau fericiți și izbăviți. Se ajutau și se completau reciproc de minune, iar odată cu nașterea primului lor copil, umbrele trecutului ce adumbreau fruntea lui Maxx dispărură cu totul. Iubirea lor arătă că se poate trece peste orice obstacol cu răbdare. Viața le-a fost lină ca și râul lor drag, Montego.

Castelul a fost locuit în continuare, însă nimeni nu le mai tulbură vreodată liniștea.

EPILOG

Credeţi în fantome? În energii pozitive şi negative? Eu cred că sufletele plecate de lângă noi, rămân într-un fel cu noi. Rămân aproape de casa lor. Majoritatea sunt liniştite, altele trebuiesc ajutate prin diverse mijloace sau metode ca să-şi afle liniştea. Unele fantome sunt drăguţe şi prietenoase, depinde de viziunea noastră precconceputǎ asupra lor şi de canalele pe care unii dintre noi au posibilitatea să le deschidă către lumea paralelă nouă. Sunt fantome care îşi iubesc noii prieteni, altele nu au sentimente.

Aţi putea iubi o fantomă? Sau e doar o utopie?

Sfârşit

Februarie, 2012

TATĂL MEU ESTE SOARELE ȘI MAMA MEA ESTE LUNA

~Roman~

Corinne Wandenburg

Pro Aris, Semper Audet!

PROLOG

O, tu, cetate minunată, străbătută de apele liniştite ale râului Arno! O, tu, nestemată între cetăţile lumii!

Florenţa, patria culturii, a palatelor minunate, capitală a lumii, mamă a Renaşterii, bucuria bancherilor şi a comercianţilor, steaua cea minunată a Toscanei! Ai fost numită, şi pe bună dreptate, Atena Evului Mediu! Tu, care ai dezvoltat şi condus afacerile întregii Europe, cu florinii tăi de aur, te naşti odată cu fiecare răsărit, dar nu mori niciodată la asfinţit!

Oraşul cu fete frumoase, cu echipaje încântătoare care-şi etalează nobleţea şi bogăţia, cu doamne care te primesc în saloanele lor doar în anumite zile. Patria bunului gust, al bunului simţ şi al bunei cuviinţe. Oare aceasta eşti tu, floare a Ducatului? Sau eşti patria mizeriei, a mocirlei, a periferiilor pline de hoţi, a tavernelor pline de oameni buni de nimic, gata să ucidă pentru un pahar plin? Eşti tu patria sângelui vărsat din răzbunare sau pentru putere? Patria în care adulterul este la el acasă? Războaiele nu te-au stors de puteri pentru că ai impus taxe uriaşe nefericiţilor tăi locuitori.

O, tu, Florenţa, cred că eşti din toate câte ceva! Uneori exagerezi în a fi blândă sau crudă, în a fi penitentă sau insolentă, cert este că nu-ţi pierzi niciodată farmecul. Rugăciunile din bisericile tale îşi murmură cuvintele în timp ce afară sângele curge şi murdăreşte caldarâmul. Mizeria magherniţelor se îmbină parcă minunat cu opulenţa palatelor nobililor.

Florentinii sunt veseli şi trişti şi mai întotdeauna vor să-ţi vândă câte ceva. Negustorii care mai de care se înghesuie în dughenele lor şi te poftesc înăuntru. Florentinii strigă povestind cum o trăsură a călcat un om? Răspunsul este neinteresant. Poate nu a călcat persoana potrivită, sau poate nu de ajuns pentru a-l scăpa pe un nobil de vreo persoană nedorită. Florenţa, aşa eşti tu plină de meandre şi adâncuri line, gata să se transforme în vârtejuri enorme!

Este oraşul în care cuvintele sunt răstălmăcite, iar sfinţii călugări sunt peste tot rugându-se, un scop nobil al vieţii lor de altfel e mântuirea, dar trăgând cu urechea la tot ce mişcă pentru a duce mai departe informaţia, ei sunt de altfel o adevărată armată paşnică şi blândă, care aduce totuşi răzmeriţa: azi republică, mâine ducat.

Biserica aceasta, care când sprijină pe unii, când coboară pe alţii, e unică. E ca o moară de vânt, neobosită de când există ea. Rivalitatea dintre familiile conducătoare Albizzi şi Medici, ducând la succesul celor din urmă, cu ajutorul acelor "logente nuova", mai precis a noilor locuitori, a imigranţilor care-şi căutau "mai binele" şi cu ajutorul a ce altceva decât al banilor. Bani daţi Papei, pentru a-şi asigura ascendenţa la conducerea Florenţei. Această familie Medici, care iubea arta aşa cum iubea sângele şi femeile, care a lăsat în urma sa minuni despre care s-au povestit atâtea.

Despre Florenţa acelor vremuri este vorba, despre Toscana cea plină de vii mănoase şi oameni care-şi duc zilele exact cum le stă scris în frunte, iar nimic nu le poate schimba destinul.

PARTEA I

CAPITOLUL 1

Liniştea Florenţei, această minunăţie a Apusului, fusese mereu pusă la încercare de către conducătorii săi. Când Republică, când Ducat, citadela nu s-a lăsat învinsă de niciuna din aceste forme de organizare. Sufletul ei a făcut-o să stea mereu dreaptă şi liniştită ca un spectator la teatru. Când Imperiul Roman de Răsărit sau când Papalitatea au trecut peste ea, a ştiut să râdă şi să-şi facă jocul de lumini şi umbre despre care am vorbit în Prolog.

Să tot fi fost începutul secolului al XVI-lea când povestea noastră îşi urmează cursul, începând, cum altfel decât într-o primăvară?

Dimineţile în Florenţa sunt minunate, când soarele aruncă primele săgeţi luminoase în Arno, iar lumea începe să se trezească şi să-şi caute scopul zilei. Într-una din aceste dimineţi, din luna mai a anului 1515, doi buni prieteni stăteau şi aruncau cu pietre în baltă sau, mai bine spus, nu făceau mai nimic.

Unul dintre ei era Lodovico de Medici, iar celălalt era Rodrigo, fiul contelui de Fiorano. Ciudată era, pentru doi băieţi pe care Florenţa îi izgonise deja de câteva ori, cuminţenia aceasta, poate puneau ceva la cale!

- Ascultă, Rodrigo, încep să mă plictisesc de moarte, m-am săturat de toate experienţele pe care le-am avut până acum. A ucide pentru mine nu mai reprezintă ca pe vremuri ceva deosebit, nici amorul nu mă mai consolează, trebuie să facem ceva!

Celălalt băiat, la fel de tânăr, stătea căzut pe gânduri, cu bărbia în palmă, plictisit nevoie mare, şi îi răspunse într-un final:

- Ai dreptate, am crescut, lucrurile de care ai adus aminte sunt pentru copii. Mă gândeam să ne înfiinţăm o armată, a noastră, să avem lupte scurte şi nimicitoare, de neprevăzut pentru inamic, oricare ar fi el. Să

120

nu mai stăm la mila şefilor cetăţii. Şi acum stăm aici la insistenţele mătuşii tale pe lângă conducătorii Florenţei.

- Da, aşa-i! Nu mi-am cunoscut niciodată tatăl, mama a murit acum 6 ani, dar am o mătuşă influentă. Măcar tu îi ai pe amândoi părinţii lângă tine!

- Într-adevăr, îi am pe amândoi, dar sunt tare diferiţi de mine. Tu, în schimb, eşti mai puternic pentru că ai crescut fără tată, doar cu verii tăi, care nu ţi-au fost mereu pe plac.

- Mi-ar plăcea să fiu mercenar, să lupt fără să pun suflet, să nu am casă, să nu am nevastă şi alte griji pe cap!

Un foşnet de rochie se auzi din ce în ce mai aproape. Semiramide Appiano, văduva lui Lorenzo Medici il Popolano, venea agale către cei doi.

- Lodovico, ce faceţi voi doi acolo? Rodrigo, parcă sunteţi nişte găini plouate! Îmi pare că vă plictisiţi!

- Nu signora, nu ne plictisim, doar că ne e puţin cald, replică Rodrigo.

- Ce mai fac părinţii tăi, Rodrigo?

- Sunt bine, mulţumesc! De fapt, azi dimineaţă nu m-au zărit. Am plecat devreme şi l-am trezit pe fiul dumneavoastră.

- Cum l-ai trezit?

- E secret, iertaţi-mă!

Mătuşa lui Lodovico bătu de două ori din palme şi o servitoare se ivi imediat făcând o plecăciune largă.

- Pregăteşte pentru vitejii aceştia micul dejun. Niciunul nu a mâncat.

- Îndată signora, apoi servitoarea se retrase.

Cei doi băieţi, parcă mai învioraţi de discuţia avută cu stăpâna casei, îşi reluară discuţia.

- Ştii, Rodrigo, cât îmi place mie să călăresc? Mi-ar plăcea să am o armată a mea! Banii nu cred că mi-ar lipsi şi tu mi-ai fi locţiitor în toate. Ce zici?

- Parcă simţi fiori de luptă pe spinare Lodovico, cred că am să te urmez, indiferent de ce-ar zice familia mea. O să câştigăm bătălii, iar femeile or să ne cadă la picioare. Ar trebui să ne gândim la ceva repede.

- Mereu femeile astea! Ai să ajungi însurat cu o grămadă de copii, ai să te anchilozezi!

- Lodovico, tu uiţi că te am pe tine! Îţi aminteşti de toate întâmplările prin care am trecut? Îmi plac femeile, dar le las baltă pentru tine şi proiectele noastre!

- Ştiu asta, suntem fraţi de cruce! Ne-am unit mâinile în sângele primei noastre crime acum cinci ani. Mai bine ne-am gândi la o armată a noastră. Închid ochii şi văd cai şi armuri strălucind în noapte! Toată lumea spune că am caracterul mamei mele!

Între timp, micul dejun fusese devorat de cei doi tineri, pe care visele îi flămânziseră de-a binelea.

- Hai la mine în cameră, îi zise Lodovico lui Rodrigo.

Cei doi băieţi intrară în încăperile palatului, unde răcoarea era binevenită. Urcară un etaj şi pe un coridor întunecos deschiseră uşa camerei lui Lodovico. Era o cameră austeră de soldat, gata de luptă în fiecare clipă. Într-un colţ, într-o cuşcă, era un şoarece.

- Ăsta nu a mai mâncat de câteva zile. Vreau să văd dacă rezistă mai mult decât celălalt, zise Lodovico râzând. Băieţii se aşezară pe pat, uitându-se unul la altul.

- Rodrigo, cred că ştiu ce vom face amândoi!

- Ce?

- Eu voi fi condotier, iar tu vei fi secundul meu! Am să mă gândesc eu bine, doar ştii că am rude care ar putea să ne facă şi bogaţi şi să ne adape şi setea de aventură şi de sânge.

- Bună idee, Lodovico, spuse Rodrigo îmbrăţişându-şi prietenul. Cred că ştiu la cine te referi, mai spuse el zâmbind, având aerul că ştie multe.

- Bineînţeles că ştii că mă refer la Papă! El întotdeauna are de reparat înţelegeri cu sau fără arme. Am să mă duc să cer o audienţă, trebuie să-şi primească rudele, apoi am să-i povestesc totul şi poate o să-i placă şi o să-l conving.

- Poate vin şi eu cu tine!

- Da, poate că o să te iau. Însă trebuie să-i spun mătuşii prima dată. Să-i spun că nu am s-o părăsesc şi că o voi vizita din când în când.

- Lodovico, războaiele astea nu sunt mereu, nu vei părăsi pe nimeni! Eşti nepotul ei, copil încă şi cel mai neastâmpărat, este adevărat, dar nu vom sta veşnic în armură. Dacă o să ne plictisim? Mai bine le combinăm, iar viaţa va fi minunată! Vom avea timp de toate cele.

- Tu iar te gândeşti la femei, Rodrigo!

- Bine, şi la femei, dar şi la ospeţe, orgii, carnavaluri, la băutură şi la multă zbenguială! Să curgă balurile, să mă simt mândru! Suntem nobili, până la urmă iubirea şi războiul fac întotdeauna casă bună împreună iar dacă mai ies şi bani, atunci putem spune că suntem în Rai!

Cei doi băieţi "plictisiţi" deja de viaţa obişnuită, de femei şi de lucruri pe care alţii nu le aflaseră încă, deveniră "bărbaţi" în toată regula şi doreau să aibă parte de provocări "adevărate". Ce era pentru ei un viol sau un omor? Nimic! Sau ceva de care să-ţi aduci aminte cinci minute după ce l-ai comis. Atât! Aventură, asta îşi doreau! Ce nu ştiau ei era că pe corridor, lângă uşă, mătuşa Semiramide era pusă la curent cu tot planul băieţilor, chiar de ei.

Semiramide Appiano era o femeie puternică, dar neputincioasă în faţa nepotului său pe care îl iubea mult. Era unicul copil al fratelui soţului său, mort în acelaşi an în care băiatul venise pe lume. Era ca o amintire de la cumnatul său Giovanni. O îndurerau ideile fiului său adoptiv, dar le acceptase. Familia Medici fusese întotdeauna o familie luptătoare, iar bărbaţii erau adevăraţi stăpâni. Mătuşa, fără să mai asculte, fără zgomot, coborî scările şi intră în salonaşul ei intim. Acum ştia despre ce este vorba, urma doar să aştepte şi să privească, sângele familiei Medici nu dezamăgeşte niciodată.

CAPITOLUL 2

Pe atunci, Papă era Leon al X-lea, fiul lui Lorenzo Magnificul. Ocupa această funcție, nu întotdeauna pioasă, de doi ani de zile. Se spune că, într-o discuție cu fratele său Giuliano, i-ar fi declarat acestuia că "dacă Dumnezeu ne-a dat Papalitatea, să ne bucurăm de ea!"

Lodovico își dorea o audiență "în familie", așa că plecă la Roma cu Rodrigo pentru a prinde un moment bun în care să se strecoare în palat. Doar amândoi tinerii o mai făcuseră și altă dată. Nu mică îi fu mirarea Papei când, de după draperiile camerei sale, seara, când rămăsese singur înainte de a se culca, apărură cei doi tineri. Nu făcu nicio mișcare de surprindere, îl recunoscuse pe fiul lui Giovanni il Popolano și al Caterinei Sforza.

- Părinte, făcură cei doi tineri înclinându-se, să ne ierți pentru gestul nostru, dar trebuia să vorbim cu Sfinția Ta!

- Iar eu, să-mi dau seama că paza la palat nu există, râse cu poftă Papa. Care este dorința voastră copii?

Copiii tot copii, chiar dacă în sufletele lor erau "bărbați de nădejde", așa că îi spuseră Papei tot ce aveau pe suflet și despre dorințele lor. Papa zâmbi, dar în sufletul său îi lua în serios. Știa trecutul lor nu tocmai strălucit.

- Așadar, vrei să fii condotier? Vrei să te iau în slujba mea Lodovico, iar tânărul de colo te va urma ca și până acum, bănuiesc eu, văd că sunteți nedespărțiți!

- Așa este!

- S-ar putea să mă gândesc la asta într-o zi, însă va trebui să aveți o mică armată, dedicată întru totul cauzei pe care ați susține-o. Vă trebuiesc bani!

- O să ne dea mătușa și Sfinția voastră, răspunse Lodovico privindu-l direct în ochi pe Papă, care începu să râdă zgomotos.

- Ești într-adevăr un adevărat Medici! Ai o îndrăzneală care te va duce ori la o viață plină de străluciri și măreție, ori la moarte! Dar toate astea au fost mereu în familia noastră. Da, vei fi condotier, pe Dumnezeul meu, DA! Am să te înzestrez şi am să te trimit la moarte, pe tine şi pe fiul contelui de Fiorano! Acum, aveţi cuvântul meu, însă avem o problemă! Cum veţi ieşi de aici? Următoarele dăţi, voi avea grijă să ne întâlnim omeneşte, fără a mai escalada ferestrele.

- Păi, o să plecăm pe unde am venit! Coborâm ca nişte pisici, doar să avem promisiunea Voastră. Altfel, nu plecăm dacă Sfinţia Ta încearcă să ne păcălească! Râsetele Papei se auziră din nou în camera lui de culcare.

- Copii, voi nu aveţi încredere în mine, aşa-i?

- Noi credem că o să ne trimiţi la plimbare şi am făcut atâta drum degeaba! Dar vom mai veni noi, până te vom convinge! Tonul copiilor se schimbase, vorbeau unul peste altul, de la egal la egal cu cel din faţa lor.

- O să veniţi tot pe balcon? întrebă Leon al X-lea amuzat.

- Desigur, e mai simplu. Toate gărzile alea mă enervează, mereu, trebuie să spun cine sunt, ce caut, dacă am audienţă, zise Lodovico.

- Da, confirmă şi Rodrigo.

- Cum scap eu de voi? Ştiu cum! Vă dau o scrisoare la mână, prin care vă fac condotierii mei şi vă şi înzestrez pe jumătate, restul pune mătuşa ta, aşa ai spus Lodovico!

- Da, aşa am spus!

- Veţi căuta să vă încropiţi o armată şi, la nevoie, vă chem sub arme, dacă tot vă plictisiţi.

- Şi banii? întrebă repede Lodovico. Drept urmare, Leon al X-lea mârâi în barba lui: "mare pui de diavol acest fiu al Caterinei Sforza, dar îmi place!"

- Păi, îţi mai scriu un bilet către omul meu, vrei?

- Da, desigur. Vreau să avem armuri şi cai şi să luptăm fără ezitare ori de câte ori va fi nevoie! Să năucim duşmanul!

- Binc, bine, luaţi biletele. Primul, să-l arăţi mătuşii tale Lodovico, pune şi ea jumătate. Il Popolano ţi-a lăsat ceva avere, păcat că te-a văzut doar în scutece, ar fi tare mândru de tine acum!

- Da, ştiu! Mătuşa mereu îmi vorbeşte de el.

Cei doi tineri sărutară mâna Papei, apoi plecară pe unde veniră. Făcuseră un pic de tărăboi pentru că trebuiră să-l caute pe contabilul Papei care, uimit, le înmână suma, oprind bonul pe care începuse să-l învârtă pe degete. "Lodovico de Medici, fiul Caterinei Sforza, de unde a răsărit? Treburi de familie... Nu-i de băgat aici! Tigroaica trăieşte prin fiul său!"

După plecarea celor doi tineri, dacă se poate numi plecare zborul lor până la pământ, Leon al X-lea stătu gânditor şi analiză atent urmările acestei neaşteptate vizite. "Cred că aş putea avea câştig de pe urma acestor turbaţi! După cum îl ştiu eu pe Lodovico, sigur vorbeşte serios. Poate că bărbăţia asta şi curajul lor nebun îmi vor ajuta mie în curând!"

Papa mai rămase un pic pe scaun în faţa mesei sale de lucru, apoi închise cu grijă ferestrele, uitându-se atent după draperii şi verificând minuţios toate nişele, făcu o cruce mare apoi îşi spuse: " dacă toată lumea ar urca la mine pe fereastră, ce m-aş face? Nu sunt deloc păzit! Ori, diavolii ăştia doi sunt de neoprit! Şi totuşi, am întărit garda!" După ce se chinui cu astfel de gânduri, se lăsă pradă somnului liniştit ce-l cuprinse de îndată.

Cei doi tineri libertini ajunseră la Florenţa după două zile de la vizita la Papă. În sfârşit, familiile îşi vedeau copiii. Chiar şi Rodrigo, la insistenţele mamei sale, promise să ia micul dejun cu familia, măcar atât, oricum era mare lucru. Când Semiramide Appiano văzu scrisoarea de la Papă, izbucni în râs.

- Sfântă Fecioară! Aţi fost amândoi la Roma? Aţi intrat la Leon al X-lea pe geam şi i-aţi cerut jumătate din suma necesară pentru a deveni condotieri? Restul să-l pun eu? Aici scrie că i-aţi provocat mare spaimă Sfântului Părinte, chiar dacă nu v-a arătat-o! Spune că v-aţi săturat de viaţa pe care o duceţi. Lodovico, aveţi tu 17 ani şi Rodrigo 16, cum să vă plictisiţi? Ce vă lipseşte? A fi condotier înseamnă a avea o armată proprie, pusă în slujba cuiva care te plăteşte! O viaţă de hăituială, asta îţi doreşti?

- Îmi doresc să am cavaleria mea, cu oameni în armuri, cu escapade rapide, cu duşmani luaţi prin surprindere şi nimiciţi fără milă!

- Lodovico, copilul meu, asta e o viaţă scurtă! Vei muri tânăr, pe pământuri necunoscute, fără familie lânga tine! Tu ai bani, tatăl tău ţi-a lăsat o avere, ce cauţi tu la luptă? Sunt atâtea femei frumoase care ţi-ar putea da copii.

- Cunosc femeia, mătuşă!

- Ştiu că o cunoşti, dar nu o cunoşti în profunzime, nu-i cunoşti sufletul, suferinţele, nu o cunoşti ca mamă a copiilor tăi! Tu nu înţelegi că îmi rupi sufletul? Am o datorie de îndeplinit faţă de soţul meu care, la fel, avea o datorie faţă de fratele lui!

- Mătuşă, eu nu pot să mă opresc, ştii că sângele meu curge altfel. Poate mă voi căsători, dar nu voi trăi doar pentru acea femeie. Eu vreau să lupt, să simt emoţia bătăliei!

- Înţeleg, familia Medici! Eu oare nu am contribuit cu nimic la educaţia ta? Dar te înţeleg şi te voi lăsa să-ţi urmezi cursul vieţii tale. Ai să primeşti banii de care vorbeşte fiul lui Lorenzo Magnificul. Dacă Papa pune jumătate şi eu trebuie să pun jumătate. Vei fi în curând în serviciul lui. Întotdeauna se vor ivi răzmeriţe, iar un Medici e mereu la îndemâna altor Medici, dar copilul meu minunat, voi muri în fiecare zi cât timp vei fi departe!

- Ştiu mătuşă, ştiu că mă iubeşti şi mă înţelegi, dar eu şi Rodrigo avem altă soartă, mai strălucitoare, aş zice eu.

- Îţi voi da banii aceia scumpul meu nepot, spuse cea care era în momentul acela doar legatara soţului ei, una din marile fuguri ale vremii. Mă voi supune dorinţelor pe care nu le pot distruge.

Cei doi "comandanţi" îşi aleseră toată vara şi toată toamna "armata". Aveau bani, aşa că mulţi din gloata de la periferiile Florenţei li se alăturară, învăţând legile războiului. Aceşti oameni erau mândri de condotierii lor şi le erau credincioşi trup şi suflet. Papa Leon al X-lea era ţinut la curent de ce fac cei doi mari "bărbaţi" ai timpului lor. Ce află însă, îl mulţumi în mod evident. Calităţile de comandant ale lui Lodovico îl făceau să exclame: "doar este un Medici! În curând mă va servi, cred că merită un botez al sângelui!"

Iarna trecu în antrenamente, în chiolhane şi tot felul de chermeze, care mai de care mai scandaloase, dar trecu, şi primăvara veni dătătoare de mari speranţe. Aveau să lupte, însuşi Papa îi promisese lui Lodovico, aşa că aşteptau fremătând.

O solie a Papei făcu adunarea în curtea palatului. Aveau să-şi demonstreze calităţile, aveau să plece la luptă pentru prima dată. Erau nerăbdători cu toţii. Caii fornăiau şi băteau din picioare, copitele lor băteau caldarâmul cu putere, totul vestea nerăbdarea unei încleştări curânde.

Papa îi cerea lui Lodovico să conducă bătălia contra ducelui de Urbino. Bătălia începu pe 5 martie 1516 şi fu într-adevăr condusă de Lodovico. Ducele de Urbino, Francesco Maria I de Rovere, a fost înfrânt doar în 3 săptămâni. Lui Lodovico îi plăceau bătăliile scurte, fulgerătoare, fără ca inamicul să poată schiţa vreun gest de împotrivire. Lodovico avea doar 18 ani iar Rodrigo 17.

Se întoarseră acasă victorioşi şi plini de bani şi mândri ca nişte cocoşi. Armata se consolidase, li se dusese vestea, iar lumea îi aclama. Cele două familii îi aşteptau ca pe nişte învingători, exact ceea ce erau de fapt. Se încinseră balurile la care lumea dansa şi se bucura.

Mătuşa Semiramide se gândi că o toană tolerată e de ajuns şi că de acum Lodovico se putea căsători, să uite de meseria de condotier şi de bărbăţia asta care trebuia demonstrată doar prin războaie. Imediat, mintea i se puse în mişcare şi se gândi la o fată frumoasă de care Lodovico să se îndrăgostească. Pe Rodrigo nu-l putea ajuta cu femeile, o făcea strălucit şi singur, chiar îl zărise pe acesta din urmă dansând de trei ori la rând cu Ottavia de Rossi, o şatenă strălucitoare. "Scandalos dacă nu se vor căsători!" se gândi ea mai apoi. Tot făcându-şi vânt cu evantaiul, o văzu în sală pe Maria Salviati, fata Lucreziei di Lorenzo de Medici. Îi veni atunci imediat o idee: "Ce-ar fi s-o prezint pe fată nepotului meu? Doar sunt neamuri, nimic necurat!" Astfel, își închise evantaiul și veni cu mâinile întinse către familia Salviati.

- O, ce onoare pe casa noastră să vă avem printre noi, spuse Semiramide, măsurând-o pe Maria din ochi gândindu-se că ar avea aceeași vârstă și tare s-ar mai potrivi cu nepotul ei.

- Și pentru noi e o onoare, unde este eroul momentului?

- Acolo, aproape de orchestră, discută cu cineva. Veniți să-l felicitați pe acest zurbagiu fermecător, nepotul meu! Hei, copile, te deranjez? Familia Salviati dorește să te felicite pentru ce ai făcut, pentru curajul tău.

- Nu mă deranjează nimeni care-mi bucură ochii, spuse Lodovico privind-o de sus în jos și de jos în sus pe Maria. Dar mătușa lui gândea în continuu că "tare bine ar mai fi de s-ar prinde de el amarul ăsta!" Bancherul Salviati îl felicită și el.

- Domnule, ce să zic? L-ai învins pe ducele de Urbino, iar Papa e fericit! Nu multă lume e privilegiată ca dumneata!

- Mulțumesc pentru aprecieri, însă nu cred că mă voi opri aici. Îmi place să mă joc cu focul!

- Și ce-ți mai place tinere? întrebă bancherul.

- Îmi place să mă distrez și să fac experimente cu șoareci.

- Cred că discuția despre șoareci, interveni imediat Semiramide râzând, nu e binevenită, ai speria-o pe Maria și nu merită! Mai degrabă ar trebui să o întrebi dacă dansează, o tânără atât de frumoasă nu trebuie să stea pe scaun.

Lodovico se înclină către tânăra minunat de frumoasă care roșise de-a binelea, îi luă mâna și, fără un cuvânt, începură să danseze. "Doamne, ce pereche minunată! Poate îl cucerește pe zăpăcit până la urmă!" cam așa se ruga cerului săraca Semiramide, sperând să-i scoată toți fluturii nebuni ai tinereții lui Lodovico din cap și să-l așeze și pe el la casa lui, să-și întemeieze o familie, apoi s-o mai găsi ceva de făcut, doar bani și faimă are deja.

- Ce bine le stă împreună! îndrăzni să remarce bancherul Salviati. Poate îndrăznesc prea mult dacă m-aș gândi mai departe? spuse acesta, uitându-se cu subînțeles la cea care-i era lui Lodovico, mamă adoptivă.

- Nu, nu ați îndrăzni prea mult, nu mi-ar displăcea, însă nepotul meu este un îndărătnic, va decide doar el, eu nu am nicio putere. Din păcate... Dansează minunat, parcă zboară, continuă ea, sunt așa de frumoși!

Lodovico părea cucerit de puritatea Mariei, era nepoata lui Lorenzo Magnificul, îl atrăgea și prin asta. Fata dansă cu el de mai multe ori la rând, chiar dacă obosise, parcă nu mai vroia să se despartă de acel cavaler minunat. Uneori ridica privirea şi o întâlnea pe a lui imediat, apoi, roşie toată, o cobora plină de ceva de neînţeles. Lodovico se uita însă continuu, ca la un tablou ce îl atrăgea total, în jurul lui parcă totul se dărâma, doar ei doi rămâneau în picioare. Îi plăcea când Maria ridica privirea şi o cobora temătoare imediat. La un moment dat, îşi dădu seama că fata obosise şi că aproape o purta în braţe, el pierzând demult şirul dansurilor sau realitatea din jurul lor. Se înclină şi o conduse de mână pe o canapea. Inteligenta văduvă a lui Lorenzo de Medici închise ochii, înţelesese în sfârşit. Lodovico era cucerit! Se apropie încet de cei doi tineri.

- Maria, ai obosit! Fiul meu a uitat măsura şi nu se mai oprea!
- Mi-a plăcut să dansez signora, spuse cu graţie Maria, oare unde îmi sunt părinţii? Ah, uite-i acolo, dansează ca şi cum ar fi la începuturi. Vom pleca curând.
- E minunat când doi oameni se iubesc, oftă Semiramide cu gândul departe la soţul ei mort de ceva vreme. Jacopo Salviati şi Lucrezia sosiră înfierbântaţi.
- Doamne, e minunat să dansezi, chiar daca încheieturile nu te mai ţin, spuse Lucrezia, păcat că trebuie să plecăm, nici nu mai ştiu când a trecut timpul! Întotdeauna e minunat la tine Semiramide! Eşti o gazdă încântătoare şi nepotul tău la fel! Poate veniţi la noi într-o seară!
- Poate că vom veni, răspunse atunci Lodovico, lăsând-o pe mătuşa lui cu cuvintele pe buze, privind-o însă mereu pe Maria. Poate în curând!

Când luminile balului se stinseră şi doar servitorii umblau să refacă totul ca înainte, nici Semiramide dar nici nepotul ei nu dormeau. Fiecare în camera lui se gândea. Mătuşa spera, iar nepotul se gândea dacă e bine să cedeze ispitei de a se căsători. "Va râde Rodrigo mâine de mine până va rămâne fără aer! Cum să fac? Cred că nu poţi trăi fără femei" mai cugetă el, "noaptea este totuşi un sfetnic bun, aşadar să dormim. De altfel, şi pe Rodrigo l-am văzut toată seara cu Ottavia de Rossi. Ne vom căsători amândoi, mare lucru! Dar nu vom lăsa arma din mână!" Cu aceste gânduri, se băgă în pat, era deja târziu şi clopotele bisericii din depărtare băteau leneş ora două din noapte.

Se trezi târziu de tot, ca mai toţi petrecăreţii din seara trecută. Doar mătuşa lui făcea excepţie. Oricât de târziu s-ar fi culcat, avea aceeaşi oră de trezire. Era o persoană foarte ordonată, cum puţine erau pe atunci. După miezul zile apăru deci şi Lodovico, parcă mai obosit decât se culcase. Când dădu de apă, începu să se spele, începând astfel să-şi mai revină, gândindu-se totodată şi la Rodrigo. Se gândea la ce avea de gând fratele lui de cruce care cu siguranţă o visa pe Ottavia, o frumuseţe de fată, pe care nu o poţi evita şi nici uita. Apoi gândul îi zbură la Maria şi îşi spuse că "şi ea e minunată, cam sfioasă, mă fâstâceşte şi pe mine cu timiditatea ei! Îi voi scrie lui Rodrigo!"

Când coborî, văzu că Rodrigo îi trimisese un bileţel prin care-i spunea că-l aşteaptă acasă la el. Aşa că nu se mai obosi să scrie ci hotărî să se ducă la prietenul său după ce va mânca ceva ca să-şi revină. Mătuşa lui îl aştepta cu masa pusă.

- Hai, dragule, ai reuşit să dormi? Eu am mâncat de două ori de azi-dimineaţă.

- Iar eu am dormit de două ori mai mult şi acum mi-e foame! Rodrigo m-a chemat la el, mai spuse el, aşezându-se.

- Poate vrea să-ţi spună impresii despre o anumită fată şi poate că şi tu ai să-i spui ceva, zise Semiramide râzând.

- Mătuşă, ce vrei să spui? Ce fată?

- Ştii tu una cu care ai dansat şi care cred că are răni la tălpi din cauza ta!

- Da, zise Lodovico gânditor, Maria Salviati. A fost chiar atât de bătător la ochi?

- Foarte! Da! Însă eu sunt încântată, îmi place Maria, cam timidă dar reuşeşti tu să-i intri pe sub piele şi s-o deschizi ca pe o floare.

- Tare mă tem că o să fie greu cu Maria, pare făcută din cristal, gata gata să se spargă. Nici nu prea ştiu să mă port, ieri toată seara m-am uitat la ea uluit! Parcă jucam o partidă de şah şi am pierdut. E ca un ghiocel!

- Poate e doar o aparenţă, poate atunci când o vei cunoaşte mai bine, nu o să mai ai impresia de fragilitate.

- Poate, răspunse Lodovico terminându-şi prânzul.

Plecă imediat la palatul Fiorano, acolo Rodrigo îl primi în camera lui fără măcar să schiţeze vreun gest de a se ridica din pat.

- Lodovico, ce bine că ai venit!

- Ce ai, ţi-e rău? întrebă prietenul său.

- De aseară ard în continuu, mi s-au aprins picioarele după Ottavia de Rossi şi ştii bine că nu o pot avea altfel decât căsătorindu-mă cu ea.

- Da, e adevărat... păi, căsătoreşte-te cu ea!

- E treabă grea asta. Ar trebui să renunţ la toate femeile, măcar pentru început, până mi-ar trece veninul ăsta pe care mi l-a dat să-l beau aseară cu ochii ei frumoşi. Dar parcă şi eu te-am văzut cu o anumită rudă, dansând. Nu-mi venea să cred că te văd curat şi elegant îmbrăcat şi lucrând la delicateţuri! Mă tot întrebam unde îi este calul şi armura! Aşa-i că am dreptate?

- Da. Maria m-a făcut să stau treaz aseară, e atât de fragilă fiinţa asta!

- Şi are nevoie de un urs ca tine s-o apere de orice rău, râse Rodrigo din toata inima privind la Lodovico.

- Habar n-am! Poate că trebuie să le facem pe toate, nu văd cum aş putea să scap. M-a prins Maria în capcană, iar mătuşii i-ar plăcea o alianţă din asta cu bancherul Salviati. Chiar m-a luat gura pe dinainte şi am promis că voi face o vizită acasă la ea!

- Lasă, Lodovico, doar sunteţi cu toţii în familie, ce naiba! Alianţele astea între voi, familia Medici, sunt normale.

- Rodrigo, hai să cerem odată fetele astea în căsătorie, apoi stăm un pic cu ele şi ne vedem după aia de treburile noastre.

- Dar nu eşti prea grăbit? îi spuse Rodrigo, ridicându-se.

- Nu, nu cred, dar cine vorbeşte? De parcă tu ai fi un călugăr, nu?

- Este adevărat, nu sunt, dar ştii că femeile doresc timp pentru găteală, pentru trusou, pentru toate amănuntele astea care pentru ele au o importanţă capitală, doar ştii bine.

- Păi, tocmai de aceea, lansăm acum cererile şi în primăvara lui 1517 ne căsătorim, cu trusou şi găteli. Oricum, nu mă interesează deloc hainele ei, ard de nerăbdare s-o văd goală, s-o am!

- Şi eu sunt de aceeaşi părere, doar că trebuie să fim serioşi şi să nu ne atingem de comori până în noaptea nunţii.

- Tu eşti nebun, cine zice că o să atingem ceva? Mai sunt şi alte femei şi poate şi tineri frumoşi, cu care să ne liniştim sângele.

- Da, cred că am să vorbesc cu tata deseară, parcă văd că o să se înnece cu mâncarea, dar nu am ce să-i fac!

- Eu am să mă duc cu mătuşa s-o cer în căsătorie, vorba ta, suntem în familie!

- Într-adevăr, tu eşti mai norocos, canalie!

Cei doi tineri pălăvrăgiră mult şi bine, iar către seară o porniră la cuceriri amoroase de o noapte, căci nu aveau altceva mai bun de făcut pe moment.

Astfel, cei doi tineri dădeau prima pagină din cartea lor de oameni serioşi. Rodrigo se logodi cu Ottavia iar Lodovico cu Maria, cea îmbujorată ca un trandafir. În timpul logodnei deveniră discreţi cu aventurile lor, măcar atât, pentru că de abţinut, cine să se abţină? De fete nu se atinseră, chiar dacă şi ele păreau receptive la semnalele lor.

La cele două căsătorii, Papa Leon al X-lea trimise cadouri bogate şi câteva rânduri scrise la fiecare, spunându-le că se bucură că au decis să le facă pe toate, adică şi căsătorie, dar şi mercenat. Şi le dădu răgaz ca să se bucure de soţiile lor.

Fură două căsătorii minunate, pline de fast. Prostimea atârna de-a lungul drumului către biserică şi fluiera la trecerea echipajelor.

Aranjamentele în lăcaşul cel sfânt erau minunate, florile fuseseră folosite şi expuse fără număr, totul era opulent, caracteristic unor mari familii şi mai ales putred de bogate. Miresele arătau magnific, iar mătuşa Semiramide şi mama Mariei erau mai mândre decât oricine. Fiecare reuşise să-şi priponească într-un fel băieţii care, nu cred că este greu de închipuit, se căsătoriseră deodată, în aceeaşi zi şi în aceeaşi liturghie. Probabil ca să schimbe impresii după noaptea nunţii. Ottavia îşi urmă soţul în palatul Fiorano, pe care Rodrigo, ca unic băiat, îl va moşteni iar Lodovico îşi condusese soţia în Villa de Castello, în nordul oraşului.

Anii ce urmară fură minunaţi pentru cei doi aventurieri, doamnele lor se împrieteniră şi astfel nimeni nu ştia ce este plictiseala. Iar când, în următorul an, după căsătorie, Maria şi Ottavia rămaseră însărcinate, cei doi bărbaţi nu-şi mai încăpeau în piele de mândri ce erau. Maria născu în aprilie pe Cosimo, scumpul ei fiu, iar Ottavia născu în mai pe moştenitorul lor, Piero.

Acum, erau într-adevăr fericiţi cei doi prieteni şi gata de noi aventuri. Astfel că, în 1520, cei doi îşi reluară rolurile de condotieri şi luptară în provincia Marche, iar în următorul an, sub comanda lui Porspero Colonna, învinseră Franţa, la Vaprio d'Adda.

Ottavia mai născu de trei ori în aceşti ani, pe Guido, Michaela şi Beatrice. Însă Maria nu mai rămase însărcinată niciodată. La sfârşitul anului 1521, bunul lor protector muri. Papa Leon al X-lea fu plâns ca un adevărat Medici. Lodovico îşi puse pe blazonul său o panglică neagră, în amintirea acestui Papă, şi începu să fie cunoscut ca Ioan Bandă Neagră, luându-şi numele de botez al Papei Leon al X-lea.

Această pierdere îi făcu pe cei doi prieteni să se retragă pentru un timp. Anul 1522 a fost unul liniştit, petrecut în familie, fără aventuri majore. Însă o altă mare durere veni în anul următor, mătuşa lui Lodovico, Semiramide Appiano muri, astfel că Lodovico îşi pierdu şi a doua mamă, după ce la 11 ani îşi pierduse mama adevărată, Caterina Sforza. Moştenise, în schimb, caracterul mamei sale şi nu se lăsă doborât. Se angajă în august 1523 în armata imperială, iar în ianuarie anul următor învinse armatele unite ale Franţei şi Elveţiei. Abandonă apoi lupta din nou, din cauza rănilor pe care le căpătase în diferite ambuscade. Astfel se retrase la Veneţia pentru a se însănătoşi.

Cei doi prieteni îşi vizitează familiile care sunt speriate şi disperate de dorinţa ca ei să înceteze lupta. Cosimo, deja un băieţel mare, îşi dorea ca tatăl lui să-i fie alături. Îi ducea lipsa. La fel se întâmpla şi în familia contelui de Fiorano. Acolo, patru copii erau condamnaţi să-şi vadă tatăl doar pe fugă. Însă destinului nu-i poţi sta potrivnic, iar cei doi prieteni plecară pentru ultima dată împreună în 1526, în ultima mare aventură a lor.

Războiul cel Mare, care a cuprins pe de o parte ducatele italiene, Franţa şi Anglia, împotriva lui Charles al V-lea, Împăratul Sfântului Împeriu Roman, începuse. Nefericit moment, aici Lodovico îşi găsi sfârşitul. Lovit şi rănit deasupra genunchiului de o rană foarte urâtă, a fost plimbat de prietenul său în căutarea unui doctor. Până la urmă a fost transportat în palatul Gonzaga, în Mantua, unde a fost îngrijit de către chirurgul Abramo. Acesta hotărî să-i amputeze piciorul bietului condotier, pe care durerea îl făcea să urle în braţele lui Rodrigo.

- Ai grijă de Cosimo, Rodrigo! Cu războiul acesta cine ştie ce se va mai întâmpla! Ai grijă de nefericita mea soţie. Am iubit-o mult! Simt că sfârşitul este aproape, durerea nu încetează şi sângele meu bolnav îmi zvâcneşte în creier.

- Lodovico, nu vorbi aşa! Ai putere, eşti încă tânăr, ai supravieţuit la atâtea alte lovituri!

- Cei care sunt aproape de moarte simt, Rodrigo! Poate voi mai trăi o zi sau două, dar nu voi apuca Anul Nou!

Rodrigo, cu fruntea plecată, plângea ca un copil, nu se putea abţine să nu-i sărute mâinile prietenului său.

- Tu eşti prietenul meu, te cunosc de când eram mic, nu poţi să mă laşi aşa! Gândeşte-te la Cosimo, are nevoie de tată!

- Maria se va recăsători. Trebuie!

- Eu nu cred că o va mai face. Cum să te duc eu la Florenţa? Crezi că ar mai rămâne suflet în mine?

- Eu cred că da, trebuie să ai grijă de fiul meu. Eu nu te voi urma viu. Am terminat cu condotierul. S-a sfârşit oricum!

Peste cinci zile, Lodovico îşi dădu sufletul în braţele prietenului său de-o viaţă.

- Mă duc, prieten drag! Ai grijă de ai mei...

- Lodovico! strigă contele. Dar nimeni nu mai răspunse.

O solie ajunse la Florenţa unde vestea a fost primită ca o săgeată otrăvită, trimisă cu precizie drept în inimă. Femeile începură să se pregătească să-l primească pe cel din urmă condotier italian. Războiul continua, însă cui îi mai păsa?

Villa di Castello se umplu de lumânări iar Maria îşi puse hainele cernite. Lucrezia, mama ei, era îndurerată peste măsură. Veniră şi fraţii Mariei pentru a-i fi alături, Giovanni şi Bernardo, însă nimic nu o consola pe soţie. Cosimo înţelegea şi nu prea tot ce se petrece. Papa Clement al VII-lea, de asemenea un Medici adevărat şi el, deplânse soarta acestui brav fiu al familiei. Capela Medici din Biserica San Lorenzo avea să-l primească să locuiască etern în ea.

Înfiorător a fost momentul când Rodrigo ajunse în curtea Villei di Castello. Văduva cu greu fu luată de peste trupul mult iubit. Strigătele ei îl făcură pe Cosimo să înțeleagă, tatăl său era acolo fără viață. Mai erau acolo armura și calul credincios al condotierului.

- Maria, spuse Rodrigo solemn, am ceva să-ți transmit!
- Cerul ne aude și ne vede, răspunse ea.
- Maria, soțul tău a murit în brațele mele, a fost un viteaz de care tu și fiul tău trebuie să fiți mândri. I-am făcut o promisiune, de fapt un jurământ. I-am jurat să am grijă de tine și de fiul tău, în cazul în care nu o să te mai căsătorești. Însă m-a rugat să-ți gasești un alt soț!
- Niciodată! urlă nefericita văduvă. Însă accept să ai grijă de noi, spuse ea mai potolit. Privi mai apoi către soțul ei. Niciodată nu voi fi a altuia, dacă nu a ta, atunci a nimănui! Mulțumesc pentru că mi-ai transmis ultimele lui cuvinte, prețuiesc mult!

Încet, Ottavia se apropie de Maria.

- Voi fi întotdeauna lângă tine, Maria! Acum, însă, este un moment de durere peste care trebuie să treci. Să rămână doar mândrie și multă duioșie!

Cosimo, de șapte ani, stătea alături de Piero de Fiorano. Copii înțelegeau acum foarte bine cum stau lucrurile. Deodată, Cosimo vorbi:

- Senior Rodrigo, este adevărat că tata ți-a fost frate de cruce?
- Este adevărat, copile! Nimic nu ne-a despărțit decât moartea!
- Atunci, dacă Piero vrea, vom fi și noi frați de cruce! Piero, o zvârlugă de copil și el, spuse tare:
- Din acest moment, ești fratele meu! Vom încerca să răzbunăm soarta aceasta crudă. Rodrigo, tatăl lui, se adresă celui fără viață:
- Lodovico, fiii noștri au hotărât să ducă mai departe frăția noastră! Vor fi ajutor unul altuia toată viața! Exact cum am fost noi! Jurați copii!
- Jurăm, strigară cei doi băieți. Se tăiară la câte un deget și își unirà sângele. Maria leșină. Femeile o duseră în casă ca să o stropească cu apă.
- Vom fi alături de tine și de fiul tău! Suntem o familie mare, unită și puternică!

Ceremonia de înhumare fu tristă, dar demnă. Nimeni nu mai plânse în hohote, lacrimile curgeau în tăcere. Biserica San Lorenzo primi trupul neînsuflețit al ultimului mercenar al Italiei. Aceasta din urmă să-i fie casă eternă.

Cosimo păstră armura ca pe un giuvaer. O curățase și o așezase pentru a fi văzută. Întotdeauna își adusese aminte de ce reprezenta ea. Piero îi deveni fratele de care nu se mai despărțea niciodată, iar Rodrigo și Ottavia își ținură promisiunea, precum se va vedea mai departe.

CAPITOLUL 3

Anii următori fură trişti pentru Maria Salviati. Nu mai dori să se căsătorească, îndură în tăcere spaimele războaielor când majoritatea familiei Medici plecă în exil, perioada când florentinii instaurară Republica. Singurul ei sprijin major a fost cel al contelui de Fiorano. Cei doi fraţi de cruce erau mereu împreună, iar Cosimo îndură mai uşor moartea tatălui său şi vitregiile acelei perioade. Amândoi copiii doreau să se termine cu forma asta de guvernământ care asuprea familia Medici şi care nu le aducea niciun beneficiu. Războaiele erau lucruri urâte, chiar dacă uneori necesare. Copii fiind, înţelegeau foarte bine, poate şi pentru că li se furase copilăria. Cosimo îşi privea mama, care de la moartea soţului ei iubit purta doar haine cernite şi pe cap avea un văl la fel de închis la culoare, o înţelegea, nu putea să înlocuiască un asemenea erou cu un alt bărbat, nimeni nu era vrednic, nici nu exista egal pentru soţul ei.

Cel mai greu le-a fost după pacea pe care Clement al VII-lea, Papă la Roma, a instituit-o după încheierea unui tratat de pace cu Împăratul. Acest Papă din familia Medici era iscusit şi viclean, astfel că, ajutat de trupele lui Charles al V-lea, asedie Florenţa. Asediul fu lung şi neîndurător cu cei rămaşi în oraş, dar finalul a fost minunat pentru această familie uluitoare. Căzu Republica, iar familia de Medici preluă din nou conducerea, Clement transformând Florenţa în Ducat, iar Alessandro de Medici fu numit Duce de Florenţa, cu acordul lui Charles al V-lea. Alessandro avea doar 19 ani când viaţa părea că îi surâde. Revenise din exilul forţat direct în vârful piramidei. Dar ce de duşmani, dar ce primejdii la fiecare pas, dar câte priviri urâte şi pline de săgeţi otrăvitoare!

Consolarea vieţii lui a fost amanta sa, căreia i-a rămas credincios întreaga sa viaţă. Îi plăcea să se joace cu copiii lor, să-şi descreţească fruntea cu zâmbetele lor. Taddea, scumpa lui, reuşea să-i dea puterea de a face faţă opoziţiei vădite a tuturor. Viaţa lui era ca o vânătoare în care el se simţea cel vânat. Crezuse că va fi altfel, dar dacă nu ar fi fost Papa şi împăratul, s-ar fi prăbuşit cu siguranţă. Vărul său, Ippolito, pe care în exil l-a simţit ca un frate, acum complota împotriva lui.

Familia din Villa di Castello îşi continua viaţa, însă fără a locui doar aici. Erau momente lungi în care Cosimo se retrăgea în Mugallo, la vila în care a copilărit tatăl său, Villa di Trebbio. Acolo încerca să caute urme, să simtă paşii tatălui său. Îi descoperi camera în care dori să locuiască şi el. Piero venea cu el întotdeauna, se regăseau copii, uitau de jocurile mincinoase de la Florenţa.

De altfel, politica era prea mult pentru aceşti copii, încă le plăcea să se joace, să facă laţuri pentru păsărele, să zburde. Uneori şi Maria îi însoţea împreună cu Ottavia şi Rodrigo. Stăteau pe terasă admirând peisajele minunate ale Toscanei. Această latură a familiei de Medici căzuse în uitare, fiul lui Lorenzo al II-lea de Medici, duce de Urbino, stăpânea la Florenţa, dar cu teamă pentru viaţa lui. Mulţi îşi văzură îngropate oasele în Fortăreaţa da Basso, căreia familia Medici îi dădea diferite scopuri, după cum avea nevoie.

Cosimo nu putea fi catalogat drept un războinic căci, trăind mai ales lângă blânda lui mamă avea înclinaţii către artă, îi plăcea să deseneze. Cele două familii unite parcă nu-şi mai doreau să reînvie trecutul. Rodrigo se retrăsese şi insufla copiilor lui dragostea de frumos şi de natură, nicidecum pe aceea de sânge. Cosimo îl considera ca pe un tată şi mereu îl punea să-i povestească despre tatăl său Lodovico. Acele clipe petrecute în poveşti din trecut erau minunate. Cosimo le aştepta cu nerăbdare.

Amândoi copiii, Piero şi Cosimo, ştiau să mânuiască armele, dar erau diferiţi de taţii lor. Cosimo semăna mai mult cu mama sa şi, chiar dacă Piero avea scântei din tatăl său, liniştea celor din jur îl liniştea. Piero era mai îndărătnic uneori, dar calmul lui Cosimo îl dezarma. Nu avea cu cine să se certe. Se mai certa cu fratele său Guido, dar acesta din urmă îl lăsa baltă, Piero trezindu-se certându-se singur.

Veşti despre politica vremii aflau mai mereu. Alessandro, atât de tânăr, trebuia să lupte împotriva susţinătorilor Republicii. Norocul lui era sprijinul neîncetat al Papei şi al Împăratului. La Mugello aflară despre căsătoria lui Alessandro cu fiica naturală a lui Charles al V-lea, Margareta de Austria. O căsătorie strategică, care făcea scaunul ducal mai bine proptit pe picioare. Însă Alessandro alerga să-şi plângă necazurile tot la doamna inimii sale, Taddea. Aceasta înţelesese ce-l făcuse pe iubitul ei să se căsătorească şi acceptase situaţia. Nu avea nicio problemă cu Margareta. Alessandro nu o iubea deloc, nici nu-i dărui vreun moştenitor, spre necazul acestuia.

În 1536, cei doi tineri, Cosimo şi Piero, începură să-şi dea seama că au crescut. Se uitau la tinerele fete altfel, fiecare suspina în felul lui. Cosimo era mai interiorizat, însă Piero era mai tumultos. Cosimo era îndrăgostit de o tânără din casa mamei sale, îşi făcea mereu timp să vorbească cu ea, să se plimbe cu ea, s-o iubească. Fata îi răspundea, cum altfel? Cosimo era un băiat atât de frumos și era fiul protectoarei sale. Nu putea să i se împotrivească, îl iubea și ea. Din această legătură se născuse la Villa di Cafaggiolo o fetiță, chiar în ianuarie 1537. Cosimo era atât de fericit și mama lui la fel. Încă un sufleţel gângurea și-și ridica mânuțele către cer. Din păcate, cu mama fetiței nu se putea căsători, însă prima dragoste îi aparținea ei cu siguranță. Mama Biei de Medici știa să asculte atât de bine, iar lui Cosimo îi plăcea asta teribil. O lua cu el în laboratorul lui unde se ocupa cu alchimia, locul lui favorit, căci era înnebunit să studieze această știință, se vedea că era nepotul Caterinei Sforza, iar femeia lui dragă îi zâmbea mulțumindu-se cu iubirea lui și atât. Nu ceruse nimic la nașterea Biei. De altfel, la Villa di Castello nu știa nimeni cine este mama fetiței. Când pântecul începuse să i se rotunjească, Cosimo o dusese să nască la Villa di Cafaggiolo. De acolo venise prima dată la Florența mama Biei și apoi doica însoțită de fetiță. Astfel, cele două ținând secretul, puteau să rămână împreună. Copila trecea doar fiica ilegitimă a lui Cosimo și atât.

Asasinarea lui Alessandro de Medici îl propulsă nesperat pe Cosimo la cârma Florenței. Toată lumea îl alesese pe el pentru că era aproape un necunoscut care poate fi manevrat pe îndelete. Dar Cosimo nu era singur. Piero de Fiorano îl făcu pe Cosimo să înțeleagă că nu putea fi o marionetă în mâinile Consiliului Florenței.

- Schimbă comandanții armatei, Cosimo! Caută să-ți fie devotați ție. Nu te încrede în nimeni! Știi că-ți sunt frate de cruce?! Ăsta e sfatul meu.

- M-am gândit și eu la asta. Fără armată nu fac nimic. Mă sfătuiești bine și îți mulțumesc! Dar deja am făcut-o! Mi-ai văzut fata, Piero?

- Da, e o dulceață! Mă tot întreb cine i-o fi mamă, bănui eu, dar cred că e un secret despre care nu voi aduce eu vorba.

- Da, este un secret. Iubesc în secret! Și e minunat! Dar tu, Piero?

- Eu nu iubesc pe nimeni, am prea multe aventuri. Nu mă pot lăsa prins doar de o femeie.

- Va trebui totuși să ne căsătorim amândoi, spuse Cosimo.

- Da, frate, ai dreptate, dar nu acum. Aș mai sta vreo câțiva ani. Știi că ai noștri s-au căsătorit deodată?

- Da, știu, cred că fost minunat. Însă, în cazul nostru, nu cred că e posibil.

- Da, ești Duce acum.

- Da și am atâtea pe cap! Mi-ar plăcea să mă bag în laboratorul meu și să nu mai ies de acolo multă vreme.

- Mie îmi plac escapadele mele amoroase! Îmi plac tinerele naive care cred că le şi iau în căsătorie.

- Haha, râse Cosimo. Şi nu ai primit nicio reclamaţie până acum?

- Nu, Doamne fereşte! Doar nu mă culc cu marchize!

- Nici eu, râse Cosimo, dar mi-am recunoscut fetiţa. Tu ai avut noroc până acum, dar nu ştiu unde te va duce viaţa ta tumultuoasă. Ai să oboseşti şi te vei plictisi, îţi trebuie ceva stabil.

- Ca să mă înhaţe? Cred că semăn cu tata, a durat mult până s-a cuminţit!

- Da, atunci când a murit tata a fost momentul, până atunci vai de fetele frumoase, oftă Cosimo.

- Tatăl tău e un sfânt în ceruri, Cosimo! A semănat cu mama lui, au fost aidoma. Păcat că a trăit pe lângă alte neamuri ca un orfan!

- L-a avut pe tatăl tău, Piero! Nu-i plânge de milă! Ce vremuri măreţe! continuă Cosimo.

- Şi acum sunt măreţe, gândeşte-te la bătălia de la Montemurlo. Alessandro Vitelli a făcut minuni. Şi le-a luat capul lui Salviati şi la bărbaţii familiei Strozzi.

- Da, aşa este. Mâine îmi soseşte garda elveţiană. Sunt cei mai buni, spuse Cosimo.

- Cei mai buni pentru cel mai bun, Cosimo! zise Piero.

- Va fi o surpriză pentru mulţi, Piero! La ora asta, puţină lume ştie de ea. Mă gândesc să ţi-o dau ţie s-o conduci. Ai vrea?

- Bineînţeles că aş vrea! Aş sta mai mult cu tine şi tata s-ar bucura. Ar zice că m-am cuminţit. Ar înnebuni femeile după uniforma mea!

- Nebunaticule, râse Cosimo, să te prezinţi mâine să-ţi vezi garda! Şi vezi, nu-i învăţa cu femeile italiene, ajung apoi nepăzit!

- Fii fără grijă!

Cei doi buni prieteni mai vorbiră îndelung despre tot felul de lucruri serioase sau mai puţin serioase şi apoi se despărţiră, îmbrăţişându-se.

CAPITOLUL 4

În dimineața zilei următoare, Cosimo hotărî să-i facă o vizită mamei sale așa că, salutându-l pe Piero care deja își ocupase funcția de mare șef al gărzii elvețiene, coborî scările clădirii Palazzo Vechio, căutându-și calul. Dorea să meargă singur, așa că refuză orice escortă. Nu o mai văzuse pe Bia de ceva vreme și îi era dor de mânuțele acelea moi și catifelate, cu care-l mângâia cu atâta dragoste de fiecare dată.

Când ajunse, văzu că mama lui are companie și se bucură foarte mult. Era Ottavia, mama lui Piero. Cele două femei discutau despre fetele Ottaviei. Michaela și Beatrice erau căsătorite și fericite, erau mulțumite, iar în curând, Ottavia va deveni bunică.

- Am îmbătrânit, Maria! Voi avea doi nepoți deodată!

- Ce, eu nu am o nepoțică? Acuși, acuși e mare. Mă face tare fericită s-o aud gângurind pe aici. E minunat, ai să vezi și tu în curând!

- Mă neliniștește Rodrigo, asta e singura mea durere. Îmi este teamă să nu-l pierd! Nu se mai ridică din pat, doar foarte puțin. L-au ajuns rănile tinereții. Mănâncă foarte puțin, iar doctorul mi-a spus că pot să mă aștept la orice. Și acum am venit cu inima strânsă, dar aveam nevoie de puțină liniște, de a te vedea și a discuta.

- Eu voi fi lângă tine, așa cum ai fost și tu mereu lângă mine. Ottavia, vieții nu i te poți împotrivi, rosti Maria, luând-o de mâini pe Ottavia.

- Da, ai dreptate. Poate că-l cheamă Lodovico. S-o fi plictisit singur acolo pe norul lui pufos.

- Cosimo, dragul meu fiu, ai venit în vizită?

- Da, să vă văd, stau acolo cam singuratic. Ce spuneai Ottavia despre Rodrigo?

- Se duce, dragul meu, se duce cu fiecare oră. Mă simt cumva vinovată că am plecat de lângă el, dar simțeam nevoia să-mi plâng durerea. Piero e fericit cu slujba pe care i-ai dat-o și-ți mulțumesc și eu, iar Guido e un tânăr de nepătruns, simt că are ceva probleme în legătură cu o femeie căsătorită, dar refuză să recunoască. Știu că e vorba de o doamnă, pentru că am pus să fie urmărit. E neplăcut pentru mine!

- Uite-o pe Bia fiule!

- Bia, mititico! Ce faci? Ţi-a fost dor de tatăl tău? Mie mi-a fost teribil de dor de tine iubito! Însă nu te pot lua cu mine, acolo e unchiul Piero cu elveţienii lui care fac mereu gălăgie. De altfel, spuse el adresându-se mamei sale, nu pot sta mai mult. O să zică lumea că am lăsat locul liber, râse el.

Se auzi o vânzoleală în curte. Cosimo se uită curios pe fereastră, să vadă ce se întâmplă.

- Ce se întâmplă?

- Aş vrea să o rog pe signora Ottavia să vină acasă. O cheamă signor Rodrigo, spuse o slujnică ce venise în grabă. Ottavia se ridică şi se duse la fereastră lângă Cosimo. A cerut preotul, doamnă! Mă duc după el, mai spuse servitoarea şi plecă fără a mai aştepta răspunsul.

- Doamne, Rodrigo moare şi eu nu sunt lângă el! Ţi-am spus eu că nu trebuia să plec!

- Linişteşte-te, poate e doar o închipuire.

- Nu, nu este, simt că am să-l pierd, strigă ea, coborând deja scările, apoi aşteptând să fie gata trăsura. Când echipajul veni, se urcă repede, făcu un semn de adio cu mâna şi plecă în goana cailor.

- Se duce vechea generaţie, Cosimo!

- Şi vin altele, mamă dragă.

- Ottavia s-a plâns de Guido, umblă zvonuri că s-ar iubi cu o femeie măritată de rang înalt.

- Da, ştiu, cu contesa de Ruffo. Nu mai durează mult şi contele, care bănuieşte el ceva, va afla şi apoi, să te ţii, toată Florenţa va fi în flăcări şi sângele va curge iar! Toată lumea şuşoteşte. Guido a fost sfătuit s-o lase în pace, dar dragostea e oarbă şi se pare că Isabella de Ruffo îi răspunde. Guido e mult mai tânăr şi mai frumos decât contele. Dar va muri iubit, ce să zic! Trebuie să plec acum, spuse, Cosimo sărutându-şi copila. Sper să-mi ajungă săruturile astea până data viitoare, Bia, Scumpa mea fetiţă! Rămâi cu bine mamă!

Să ne întoarcem la Ottavia care, plină de nelinişte, stătea îngrijorată pe bancheta trăsurii.

- Doamne, să nu ajung prea târziu! În acelaşi timp însă se uită pe fereastră trăsurii şi văzu că intraseră deja în curte.

Urcă scările în fuga mare şi dădu de Rodrigo. Trântise uşa camerei lui de perete şi, gâfâind de efort, veni către pat. Nici nu-l observă pe preot.

- Rodrigo, iubitule! Te rog nu mă părăsi, cui mă laşi? Între timp, preotul se retrăsese uşor lângă fereastră, lăsând perechea singură pe pat.

- Ottavia, părintele tocmai mi-a dat ultima împărtăşanie, sunt liniştit.

- Dar eu nu sunt, iubitule, nu sunt, se văita Ottavia.

140

- Te vei linişti, eu voi pleca departe, simt asta. Am fost fericit toată viaţa mea, sunt un norocos. Mi-am văzut copiii crescând, te-am avut pe tine înger păzitor toată viaţa. Mor, ţinându-mi legământul faţă de Lodovico. Fericirea mea a crescut odată cu iubirea dintre cei doi băieţi ai mei.

- Dar Guido, ştii ce se întâmplă cu Guido?

- Da, ştiu ce se întâmplă dar, vezi tu, el este altfel, trebuie să te aştepţi la orice din partea lui, Ottavia!

- Poate să-l omoare soţul Isabellei!

- Şi asta e posibil, însă eu nu am nicio putere. Nu toată lumea are norocul meu, Ottavia!

- Vorbeşti atât de mult cu atâta putere, Rodrigo, poate te simţi mai bine, poate că te vei putea ridica.

- Nu, scumpa mea, e doar o iluzie, ştii că în faţa morţii ai impresia că revii la viaţă, dar e doar un fals. Deja cred că mi-a obosit inima.

- Atunci nu mai vorbi.

- Să le spui fetelor că le-am iubit şi că-mi pare rău că nu o să le văd copiii.

- Nu mai vorbi, uite cum sufli, e prea mare efortul.

- Este ultimul efort, Ottavia. Te-am iubit mereu, dar acum voi pleca lângă Lodovico.

- Nu, Rodrigo! Nu! Nu vreau!

Însă nimeni nu o mai auzea, Rodrigo se dusese, plecase în lumea aceea plină de pace. Preotul făcu o cruce largă şi o trase pe Ottavia de pe pat.

- Fiica mea, linişteşte-te!

- Nu pot! Trebuie să vină Piero, el e contcle de Fiorano acum!

O servitoare se închină şi plccă în grabă să ducă mesajul Ottaviei fiului său. Pallazzo Vechio nu era departe, aşa că se întoarse imediat cu Piero. Acesta intră în cameră şi îşi luă mama în braţe.

- S-a dus, Piero, s-a dus în altă parte! Ne-a părăsit!

- Taci, mamă, va fi mereu cu noi, el nu va pleca din inimile nimănui. Am să trimit vorbă la Maria Salviati. Acum e rândul ei să-ţi fie aproape.

Când Maria sosi, Ottavia îşi pusese vălul de văduvă şi părea mai liniştită. Pregătirile de înmormântare erau în toi. Fetele trebuiau să ajungă a doua zi. Piero se ocupa de tot. Seara târziu sosi şi Cosimo. Nu putea sta mult, dar nu putea nici să nu vină. Îşi luase repede rămas bun. Ultimul veni Guido, care nu înţelegea ce e cu atâta lume acasă la el. Puţin ameţit şi foarte obosit, acesta rămăsese locului fără să înţeleagă. Însă Piero nu-l iertă.

141

- Bine ai venit, Guido! Tata a murit! Era bolnav de mult, ştiai de durerile lui? Guido rămase ca trăsnit, cuvintele fratelui său se amestecau între ele, lăsându-l năuc.

- Tata e mort?

- Da, din nefericire! Nu am ştiut de unde să te luăm, te-am fi chemat mai repede.

Guido se uită către mama lui, care nu tolera discuţiile contradictorii dintre fiii săi şi acum tăcea. Deodată, Guido începu să râdă tare, parcă înnebunise.

- Tu, tu, arăta el către Piero, tu eşti noul conte de Fiorano! Ce să mai caut eu în casa aceasta? Mila ta?

- Guido, tata e mort, fii respectuos faţă de memoria lui şi nu uita de durerea mamei noastre! Guido încercă să urce scările dar se împiedică şi căzu. Începu să plângă ca un copil.

- Tata e mort, iar eu sunt un nenorocit! Ruffo ştie de mine! A aflat în seara aceasta. Am avut o iscoadă pe urmele mele şi ale Isabellei. Am fost trădat. Am să mor şi eu în curând! Mamă! Ottavia se ridică uşor şi-l luă în braţe.

- Vino să-ţi vezi tatăl!

- Nu, nu sunt demn de el!

- Ştia despre Isabella, spuse mama îndurerată. Te iubea oricum! Guido sărută mâinile tatălui său, cerându-şi iertare.

- O parte din durerile tale, ţi le-am provocat eu, dar o iubesc tată, o iubesc! Şi ea mă iubeşte la fel! Şi Piero are amante, tată, nu doar eu! Ce vină am eu că iubesc o femeie măritată, începu el să se lamenteze.

- Guido, spuse Piero, aventurile mele sunt doar cu femei nemăritate, pe care le las în urmă, le uit repede. Este adevărat, nu am iubit niciodată, tu da şi de aceea eşti de plâns. Cred că ar trebui să te duci la tine în cameră să te culci. Trebuie ca tata să aibă o înmormântare demnă de el. Guido se întoarse şi, în ochii lui de copil răsfăţat, se ivi ura. Făcu o plecăciune şi spuse:

- La ordinele tale, conte de Fiorano, acum urc scările, m-am trezit!

Împleticindu-se, urcă scările, iar o uşă trântită confirmă că intrase în camera lui, de unde se auzi un strigăt de groază: "Isabella, Isabella! Soţul tău mă va omorî iar tata e mort!" Ottavia făcu gestul de a urca scările la fiul său, însă Piero o reţinu.

- Lasă-l mamă, nu are nevoie de nimeni acum. Va plânge de mila lui proprie, iar apoi va adormi. E beat, cred că ai observat. Mâine va fi mai bine.

- Da, cred că ai dreptate, să ne întoarcem la tatăl tău.

142

Michaela şi Beatrice veniră şi ele uimite de moartea fulgerătoare a tatălui lor. Îl plânseră şi cu toţii îşi luară rămas bun de la el în ziua înmormântării. Florile curseră peste sicriul închis. Maria îi fu aproape prietenei sale ca mai mereu în aceşti ani. Când sicriul fu coborât în groapă şi primele lopeţi de pământ fură aruncate peste el, sufletul Ottaviei se linişti. Parcă soţul său, luându-şi zborul, îi lua greutăţile cu el. Simţi doar duioşie, fericire şi doar amintirea momentelor frumoase dăinui în inima ei. Avusese dreptate Maria când îi povestise despre sentimentele ei faţă de Lodovico, aşa era, totul se transforma în pace. Avea toţi copii lângă ea, iar curând suflete noi veneau în familie.

Rodrigo trăia în inima ei, era viu, avea toate amintirile în mintea ei, iar portretul lui îl înfăţişa spre adorare. "Aşa trăise şi trăia Maria, aşa voi trăi şi eu!" îşi spunea Ottavia. După ce totul se termină şi ajunseră acasă, puse servitorii să cureţe camera lui Rodrigo. "Va fi ca şi cum ar trăi. Nu vom schimba nimic. Voi veni şi mă voi aşeza în fotoliul lui şi voi deschide ferestrele", spunea Ottavia, "voi închide ochii şi braţele lui îmi vor îmbrăţişa umerii iar aurul va fi sărutul lui."

Toată lumea păstra o linişte măreaţă. Doar servitorii curăţau salonul. Fetele plecară în grădină, hotărâră să mai rămână câteva zile. Piero se întinsese pe o canapea uluit că trebuie să trăiască fără tatăl său, iar Guido stătea pe un scaun, dar nu avea astâmpăr. Îşi scotea mâinile din buzunare, pentru a le băga înapoi, apoi se ocupa de batista lui, de gulerul hainei sau de o cataramă de la un pantof.

- Piero, ascultă, Piero?
- Ce este, Guido? Foşneşti ca un şoarece, îi răspunse Piero de pe canapea. Ce s-a întâmplat?
- Piero, vreau să ies, nu mai pot să stau aici, înnebunesc!
- Nu poţi nici măcar o azi fără Isabella? O să te provoace la duel bătrânul Ruffo. Acolo nu vom mai fi să te ajutăm.
- Ştiu asta, dar nu mă pot abţine. E singura care mă poate consola.
- Atunci du-te şi fă exact ceea ce doreşti tu să faci. Eu nu sunt stăpânul tău! De altfel, trebuie să mă culc, mâine merg la palat, spuse Piero ridicându-se.
- Mama a angajat o servitoare nouă, ai observat Piero?
- Parcă am văzut eu ceva, e drăguţă, dar nu am timp de femei acum.
- Plec, Piero.
- Du-te cu bine, Guido!

Guido, ameţit, se ridică şi plecă, nu putea să stea o zi fără să-i vadă chipul frumoasei Isabella. Dar lângă chipul ei, îl văzu pe tatăl său împietrit de umbrele morții. "Doamne, ce văd? Moartea e pe urmele mele!" își zise Guido. Continuă să meargă spre palatul Ruffo.

- Trebuie s-o văd, vorbi el tare. Acasă nu mă mai întorc. Fiu nenorocit ce sunt!

Mergând ca un om beat care știe din instinct unde îi este casa, nu sesiză când pe urmele sale o umbră se tot apropia. Se lipea de porțile caselor când părea că Guido se oprește. Aștepta un moment prielnic în care umbra să fie deasă, pentru a se arunca asupra lui Guido de Fiorano. Însă, la un moment dat, Guido mirosi că era urmărit și se întoarse. Umbra nu avu timp să se ascundă

- Tu, strigă Guido, tu vrei să-mi iei viața? Ia-o, sunt nefericit oricum! La o intersecție, o trăsură opri. Cine e în trăsură? mai întrebă el. Dinspre trăsură niciun sunet. Guido încercă să meargă spre cupeu.

- Nu mai face niciun pas sau vei muri!

- Vreau să văd cine e în trăsură, răspunse el. E Isabella mea dragă, așa-i?

Se agăță de portiera care se deschise în acel moment. Cuțitul i se implântă în spate fără a băga de seamă. Mai stătu bietul Guido puțin atârnat cât să vadă cine e înăuntru și apoi căzu pe caldarâm într-o baltă de sânge. Cu ultimele puteri mai spuse: "Isabella, de ce nu mă mai iubești? De ce mă înșeli cu dușmanul meu de moarte? Ce cauți tu în trăsură? M-ai mințit! Piero are dreptate! Cu bine..."

Umbra se apropie și cercetă dacă Guido e mort, apoi când se convinse că da, dispăru în ceața nopții. Trăsura era demult plecată.

Trupul lui Guido fu găsit dimineața dormindu-și somnul de veci, aproape de Piața Domului, de către florăresele care își începeau activitatea cu noaptea în cap. După ce a fost recunoscut, garda de serviciu anunță familia. Piero veni și luă trupul fratelui său pe care-l duse acasă, pentru a anunța familia despre o nouă înmormântare. Păcătosul care îl omorâse pe Guido își uitase cuțitul implântat adânc.

Când familia reîncepu pregătirile pentru a doua înmormântare, Piero era deja la Cosimo în palat.

- Cosimo, uite, asta am găsit în Guido. Asta e arma și are și blazon. Cunoști însemnele. Cosimo luă batista în care era cuțitul plin de sângele lui Guido.

- Hm, pe Dumnezeul meu, este stema casei de Renzo! Te pomenești că Isabella avea și alt amant, pe marchizul de Renzo! E tânăr și oripilat de soția sa cu care s-a căsătorit din interes. I-a făcut acesteia un copil, s-o țină ocupată și acum e plictisit, iar contesa de Ruffo e mereu disponibilă la nou. Contele de Ruffo are într-adevăr un adversar acum, Guido nu a fost nici un sfert din Frederico de Renzo.

- Voi ţine minte numele acesta şi am să mă răzbun! Ucigaşul a făcut o greşeală şi acum ştiu cine este. Acum plec, Cosimo, iau cu mine această relicvă.

- Cine a mai văzut? întrebă Cosimo.

- Doar eu, era adânc înfipt, iar după Guido am fost doar eu şi un servitor, care de altfel nu ştie nimic.

- Foarte bine, du-te acum.

Când sosi, femeile erau plânse şi ostenite.

- L-am pregătit pe Guido, Piero!

- Mamă, fiul tău a fost asasinat. Ştiu de către cine. Asasinul a lăsat cuţitul în trupul lui Guido şi s-a dat de gol. Îl voi răzbuna, dar cu mare grijă, e un mare vulpoi.

- Cine, contele de Ruffo?

- Nu, nu el, contele l-ar fi angajat într-un duel, nicidecum nu l-ar fi omorât aşa. E un om de onoare.

- Atunci, cine?

- Se pare că Isabella se plictisise de Guido şi avea un nou amant. Frederico de Renzo! Cuţitul aparţine casei lui, are stema lui. El l-a omorât!

- Cunosc această familie, soţia sa e nefericită, stă tot timpul acasă şi se ofileşte. Mama lui a avut aceeaşi viaţă obscură. E un inamic de temut. Bietul Guido, nu a avut nicio şansă, însă tu trebuie să fii atent să nu afle că ştii ceva.

- Fii pe pace, o să-l ascund bine şi nu o să spun nimănui despre descoperire. Doar Cosimo şi tu ştiţi.

Guido a fost înmormântat într-o zi în care ploaia şiroia din nori fără contenire. Totul era trist şi-l plângea pe acest vlăstar care abia scosese capul în lume. Piero, cu ochii în patru mai tot timpul, sesiză o anumită trăsură la o intersecţie, lângă palatul lui Cosimo, însă nu zări blazonul. Nu se putea uita. Era periculos. Seara însă, când se întâlni cu Cosimo, acesta îi spuse:

- Piero, acea trăsură pe care ai zărit-o şi tu discret, avea blazonul marchizului de Renzo. Ţi-a urmărit fiecare mişcare. De la camera mea de primire am văzut tot. Era şi Isabella înăuntru, avea o mască pe faţă, dar o cunosc atât de bine încât masca nu are nicio valoare. Ai făcut bine că nu te-ai uitat, toate mişcările ţi-au fost studiate. Păreau mulţumiţi. Cei doi se gândesc probabil că voi habar nu aveţi cine este ucigaşul. Cu cât vei rămâne mai invizibil, cu atât te pot ajuta şi eu să te răzbuni.

- Ştiu, şi-ţi mulţumesc. Sper să fie ultima moarte pentru mult timp. Altfel înnebunesc.

- Caută-ţi o femeie şi te linişteşte.

- Am găsit-o eu, dar nu e momentul, râse amar Piero.

CAPITOLUL 5

Începutul domniei lui Cosimo fu liniştit, pacea se reinstaură. Bugetul Florenţei era doldora de banii luaţi din taxele pe care Cosimo avu grijă să le mărească. Mare iubitor de artă, acesta adora să se înconjoare de lucruri frumoase, de nepreţuit. Locuitorii ştiau să-şi facă banii de trai şi erau mulţumiţi că e pace în sfârşit.

Ce aşteptau ei acum erau moştenitorii lui Cosimo, serbările cu prilejul naşterilor, dar aşteptau degeaba, Ducele nu era căsătorit şi nici nu se zvonea că ar avea vreo logodnică oficială. Lumea ştia de fiica lui ilegitimă, dar de mamă nimic. Stăteau, deci, şi aşteptau. Chiar şi Piero începuse să-l sfătuiască să se căsătorească. Trebuia să aibe moştenitori cât mai curând.

- Dar de unde să-mi iau doamna? întrebă Cosimo. Vreau să mă căsătoresc din dragoste, de femei de o noapte sau două nu sunt interesat.

- Eu sunt, chiar am una în vedere, râse Piero. Frunoasă şi fără pretenţii. Noua servitoare a mamei mele, o cheamă Gertrude şi deocamdată o privesc de la distanţă. O să atac mai târziu. Trebuie s-o fac să se îndrăgostească un pic de mine şi totodată să-i inspir şi puţină frică.

- Bine, dar asta nu este o afacere serioasă. Trebuie să te căsătoreşti şi tu cu cineva!

- Am s-o fac, dar nu chiar acum. Cu doliul ăsta din familie, trebuie să păstrez aparenţele, de aceea trebuie să mă mulţumesc cu frumuşica Gertrude, e mai simplu, nici măcar nu e din Florenţa, e din Fiesole.

- Ce mai face Ottavia?

- Suportă cu demnitate, nu se plânge, aşteaptă copii fetelor, sincer să fiu şi eu îi aştept, e ca o speranţă pentru noi.

- Şi poate şi pe ai tăi, Piero, în fond tu eşti moştenitorul!

- Poate ai dreptate.

- Ştii, Piero, am primit o invitaţie zilele trecute de la Viceregele spaniol al Neapolelui. Dom Pedro Alvarez de Toledo mă invită într-o vizită la el. Nu ştiu ce să fac! Nu vreau să-mi pun florentinii în cap!

- Dar nici să te pui rău cu Viceregele nu-i bine, Cosimo! Nu am dreptate?

- Ba da. Atunci, să pornim.

- Te însoţesc dacă vrei.

- E o idee bună. Am să te anunț când plecăm, iar între timp o să-i scriu o scrisoare oficială în care îi voi spune că-mi face plăcere să-l văd, alături de toate înfloriturile ce-i vor trece prin cap secretarului meu.

Dom Pedro Alvarez îi răspunse fericit că-l așteaptă alături de suita lui. Astfel, cei doi prieteni, cu escorta necesară, plecară spre Napoli. Pe drum, Cosimo îi spuse lui Piero că e ceva la mijloc cu privire la viața lui amoroasă.

- Te referi la Eleonora de Toledo? întrebă Piero. Am făcut cercetări, e frumoasă foc, dar cam distantă și toată ziua stă și se roagă.

- Știi și tu? făcu uimit Cosimo.

- Da, bineînțeles! Cred că în curând ai să spui rugăciuni lângă ea în calitate de soț, adăugă Piero râzând. Știi cum sunt spanioloaicele astea și știi și despre Inchiziție!

- Da, o tâmpenie, însă eu nu mă pot ruga toată ziua cu ea!

- Nu cred că poți s-o refuzi pe această madonă, nu ai cum, politic vorbind.

- Poate n-am s-o refuz, dar am să-i fac o capelă, unde să se roage. Cred că mi-ar mulțumi.

- Trebuie să-ți facă copii prima dată, rugăciunile alea mai târziu, zise Piero.

- Că bine zici, mai adăugă Cosimo.

Florentinii au fost primiți minunat la Napoli, cu toate onorurile cuvenite unui duce și suitei sale. În onoarea lor, Dom Pedro Alvarez dădu un dineu, în care Cosimo o întâlni pe Eleonora pentru prima dată. "Într-adevăr, este un pic cam distantă și parcă prea coborâtă din altar, dar asta se poate rezolva într-un fel", se gândea Ducele. Șederea lor la Napoli a fost extrem de agreabilă, iar Cosimo era din ce în ce mai atras de Eleonora de Toledo.

- Piero, îi spuse el bunului său prieten, ce-o să zică florentinii când o să-mi iau ca ducesă și consoartă pe fata celui care îi subjugă și-i umilește?

- E credincioasă și are un comportament demn, își vor schimba părerea florentinii, evident. Când ajungem la Florența vei scrie o scrisoare în care îi vei cere mâna în mod oficial, cred că e o partidă bună, care va aduce de asemenea liniște.

- Dar mai este și Bia, ce voi face cu ea?

- Ăsta este un amănunt pe care îl vei discuta cu ea, nu cred că e un lucru atât de serios, care să te dea la o parte. Tatăl ei este un vizionar, nu cred că ține cont foarte tare de sentimentele fiicei sale. Important este ca tu să scrii scrisoarea, pe urmă vom vedea.

Ajungând la Florenţa, cei doi prieteni se despărţiră, fiecare cu gândurile lui. Cosimo se gândea la Eleonora, iar Piero la aventura pe care tot o mesteca între măsele cu Gertrude. O mai înghesuise el în colţuri întunecoase, dar ba se auzeau paşi pe coridor, ba o strigase cineva pe fată, ba odată îi scăpase când îl aţâţase cel mai rău. Fata era moartă de frică, dar nu putea cere ajutorul nimănui. Era singură în Florenţa şi avea nevoie de bani, ştia însă şi de moravurile cetăţii, iar Piero era stăpânul ei. Gertrude era conştientă că multă vreme nu mai era până să-şi piardă inocenţa. Amâna pe cât putea, ştiind că este în zadar. De altfel, Piero era frumos şi mândru, sigur pe el şi pe statutul său. Cine era ea? Nimeni. Pe când el? Îi era foarte greu să nu-l placă, chiar dacă se purta cam dur cu ea.

- Bună, scumpa mea mamă, zise Piero intrând, am sosit chiar acum!

- Scumpul meu, ai călătorit bine?

- Da, cum să nu, doar că mi-e foame rău şi sunt obosit. Ar putea Gertrude să-mi aducă cina în apartamentul meu?

- Cum să nu fiule, de îndată ce ai să vrei!

- Mă duc să dau hainele astea jos şi să mă spăl. Apoi o să vreau să mănânc şi am să mă culc. O să vorbim pe îndelete mâine dimineaţă.

- Bine, Piero, atunci mergi la tine în cameră şi sună când eşti gata.

Piero urcă la el în cameră, nu înainte de a-i adresa un surâs cu subînţeles lui Gertrude. Fata era pierdută, o ştia. Ieşi pierită ca să pregătească platoul cu mâncarea pe care, în curând, contele i-o va cere. "Frumos început, cu un conte!" gândi ea oftând. Când îi aduse cina, acesta era deja în pat. Gertrude lăsă mâncarea pe masă şi dădu să plece.

- Unde pleci? Eu am mâncat cu fratele meu Cosimo, nu mi-e foame! Apropie-te, nu am mâncat oameni până acum. O trase aproape de el şi de-abia atunci fata văzu că Piero era gol şi ştia exact ce face. Plănuise totul. Voi mânca după ce mă voi înfrupta din tine, râse contele. Ai mai fost cu un bărbat până acum? întrebă Piero începând s-o dezbrace. Neprimind niciun răspuns, îşi dădu singur unul. Nu, nu ai mai fost. Deci, îţi voi fi profesor. Sper să fiu mândru de eleva mea cât de curând, spuse el băgându-se în pat alături de Gertrude.

Seară de seară, Gertrude trebuia să îndure. Nu-i plăcea bruscheţea lui Piero. Uneori, ştia să fie tandru, dar asta era rar de tot. Gertrude se retrăgea în patul ei şi plângea cu lacrimi amare. În timpul zilei, Piero nu-i acorda nicio atenţie, de altfel era ocupat la palat mai tot timpul. Suferinţa fetei crescu când îşi dădu seama că aşteaptă un copil. Refuză într-o seară să mai vină la Piero. A doua zi, acesta o luă în primire ca un vultur.

- Ce ai? Ce te-a apucat, mă sfidezi? Gertrude, tremurând şi plângând, îşi duse mâna la pântec. Te pomeneşti că aştepţi un copil? zise

148

el. Nu e al meu, ştii bine, doar nu o să mi-l pui mie în cârcă, aşa-i? făcu Piero nervos, ţinând pe fată de păr. Ia să pleci la tine în sat imediat! Când mă întorc, să nu te mai găsesc aici! Lichea neruşinată! Piero dădu să plece, dar se întoarse. Ah, era să uit plata! Şi-i aruncă Gertrudei o pungă cu monede care se împrăştiară pe jos.

Fata începu să plângă cu sughiţuri, strânse banii de pe jos încet şi îşi făcu bagajul. Pleca precum o hoaţă, fără să spună nimic. Văzu că Piero îi dăduse o mică avere, "pentru copil", îşi spuse ea. Pe întuneric, te miri cum, plecă şi dusă fu la mama ei de unde plecase, la Fiesole. Ottavia o căută pe fată, o strigă, dar nimeni nu ştia nimic, nici măcar Piero, pe care îl bănuia de ceva vreme că o seduce pe fată.

- S-o fi plictisit, zise Piero, caută o altă servitoare, mamă, doar îţi permiţi. Astăzi o să iau micul dejun la Cosimo, trebuie să plecăm la Napoli. Viceregele acceptă logodna dintre Duce şi fata lui. Auzi, mamă, ce ştii despre Maria Clementina de Renzo? Am văzut-o într-un salon, e tare frumoasă. Cred că trebuie să mă căsătoresc. Ţi-ar plăcea-o de noră? Mie sigur mi-ar plăcea ca soţie!

- E o fată care a crescut la mănăstire.

- Of, o mironosiţă deci? zise Piero, plictisit.

- Fata abia acum a ieşit în lume. Într-adevăr e frumoasă, dar este prea blândă pentru temperamentul tău.

- Mie-mi place. E atât de albă, atât de pură, parcă e statuia Fecioarei din altarul Domului!

- Mă tot întreb unde e Gertrude? făcu Ottavia.

- Eu nu mă întreb, mă duc acum mamă, te rog să te gândeşti la fata asta de marchiz.

- Biata fată, zise în şoaptă Ottavia după ce auzi uşa de la intrare. Ce ţi-a făcut Piero de a trebuit să pleci? Oare Gertrude i-a văzut semnul din naştere de pe mâna stângă? Te pomeneşti că da! Era un fel de floricică, pe care Piero o avea pe braţ. Şi acum fata familiei Renzo! Simt sânge în aer, Piero se va răzbuna! Copilul marchizului este mic şi va rămâne fără tată în curând. Bietul băieţel! Doamne îndură-te! mai şopti Ottavia făcându-şi cruce.

Piero ajunse la palat şi urcă în fugă scările. Pregătirile erau în toi pentru plecarea la Napoli, totul era un zumzet permanent în jur. Cosimo îl aştepta cu micul dejun.

- Era să mor de foame! Ai întârziat!

- Am avut ceva mici probleme acasă, în rest nimic. Ah, ba da, am nişte idei noi.

- Ia sa vedem despre ce este vorba, făcu Cosimo începând mulţumit să mănânce.

- Frederico are o soră, o voi cere în căsătorie! Tu vei da un bal după ce ne întoarcem de la Napoli, iar eu voi dansa doar cu ea. Mă va accepta într-un fel sau altul.

- Nu e rea ideea! Dar mergi pe sârmă, îți dai seama?

- Da, îmi dau seama că în noaptea nunții mele o să-l omor cu cuțitul lui pe Renzo și o să mă întorc inocent lângă minunata sa soră!

- O să discutăm pe drum, acum aproape că mă înnec! Ești încă o furtună pe mare, chiar și pentru mine care cred că te cunosc. Știi că mâine plecăm? mai întrebă Cosimo. Ești pregătit?

- Întotdeauna am cuferele făcute. Mama mereu are grijă, dacă nu ar fi ea, nici nu m-aș mai duce acasă. Aș dormi pe aici pe undeva.

A doua zi dimineață, cei doi plecară să ceară oficial mâna Eleonorei de Toledo. Aveau casete cu bijuterii drept dar pentru viitoarea mireasă și multe alte daruri scumpe.

- Deci, vrei un bal pentru logodna mea, în care logodnica să lipsească, dar tu s-o seduci pe Maria Clementina.

- Da, cam așa ceva, rânji Piero.

- Dar știi că nu ceri prea mult? Și vrei ca toată nobilimea să fie prezentă?

- Da, desigur, să nu bată la ochi. Renzo o va aduce cu siguranță și pe soția lui. Biata de ea! Iar Ruffo pe Isabella. O să fie o adevărată menajerie!

- În onoarea logodnicei mele, la care va merge vestea de cât de minunată a fost petrecerea. Un lucru bun este că mamele noastre se vor întâlni din nou. Însă nu cred că vor da veșmintele alea jos și se vor îmbrăca cu ceva mai propice unui bal.

- Hainele, hainele nu au nicio importanță, Cosimo! Femeia e frumoasă doar goală!

La Napoli, ceremonia de logodnă a fost frumoasă și plină de fast. Eleonora strălucea de tinerețe, iar ochii ei albaștri erau ca două picături de cer senin. Cosimo era încântat și vrăjit în același timp. Și fetei îi plăcea Ducele, chiar dacă era mai aventuros din fire. Au dansat împreună, iar muzica i-a vrăjit și înlănțuit mai tare. La un moment dat, Eleonora îl trase după ea pe terasa largă a palatului.

- Cosimo, aproape că m-ai cucerit!

- Aproape, deci nu încă! oftă Ducele.

- Aș vrea să-mi vorbești de fata ta.

- Bia? Este o Medici, locuiește cu mama la Villa del Castello.

- Deci nu locuiește cu tine?

- Nu, nu are cum. E micuță, ce ar face ea printre atâția oameni? La mama are grădină, curte, nu e niciun soldat acolo.

- Dar mama ei?

- Nu o ştie nimeni. Decât eu. S-a retras. De fapt şi mama o ştie. Eleonora, nu înţeleg de ce întrebi atâtea lucruri? Sunt doar fapte din trecut!

- Cosimo, ca să te pot iubi, Bia nu va locui cu noi. Poţi să o vezi, e dreptul tău, dar nu acolo unde vom sta noi. Promiţi?

- Din toată inima. Eşti fericită acum?

- Da, din toată inima! Îmi stătea în minte treaba asta, dar acum m-am liniştit şi te cred.

- Când ajung la Florenţa, spuse Cosimo, voi da un bal în onoarea logodnicei mele neprezente, apoi vei veni şi ne vom căsători. De-abia aştept!

- Cosimo, ce vrei tu de la mine decât moştenitori?

- Simt că eşti altfel, îmi place cum gândeşti, cum ataci problemele, le spui lucrurilor pe nume, ceea ce e extraordinar! Dacă te frământă ceva, nu te laşi până nu rezolvi.

- Aşa este, m-ai ghicit!

- Îţi plac darurile?

- Da, foarte mult! Şi eu am ceva pentru tine! Pandantivul acesta cu chipul meu înăuntru. Eleonora îşi scoase de la gât un lanţ pe care atârna un medalion care se desfăcea la mijloc, lăsând loc vederii două miniaturi. Îţi place?

- E minunat! Am să-l ţin lângă inima mea. Cosimo îl sărută şi şi-l puse imediat la gât.

În timpul acesta, Piero stătea şi se gândea cum să-şi pună planul în aplicare. Era fericit pentru Cosimo, dar asta nu-l făcea să uite ce are de făcut. Mai dansă şi el de complezenţă, dar gândurile erau la Florenţa. Peste o săptămână, la întoarcere, aproape că Ducele cânta de fericire. Era îndrăgostit până peste cap iar logodnica îl iubea şi ea, ceeace era mare lucru pe vremea aceea, să-ţi afli dragostea şi să nu te căsătoreşti doar din interes sau politică de stat.

- Doamne, Piero, sunt în rai!

- Ce ţi-a dat femeia asta? Eşti turmentat de atâtea sentimente!

- Îţi doresc să fii şi tu fericit cum sunt eu acum!

- Poate am să fiu...

- Ştii, Piero, m-am gândit, Clementina e o fată minunată şi curată, e bună să-ţi fie soţie. Cred că ai putea s-o iubeşti, măcar puţin. Nu ştie de mizeriile fratelui său. Ce vină are ea?

- Să organizăm balul acela întâi şi mai vedem! Nu cred că Renzo o să cedeze aşa de uşor mâna surorii sale. O să trebuiască să depun toate eforturile pentru a o face să se îndrăgostească de mine!

- S-ar putea să cazi în plasa ei!

- Hm! Poate îmi găsesc şi eu naşul, nu? zâmbi şi Piero.

Ajunşi în Florenţa, cei doi îşi văzură de treburile lor. Cosimo merse fericit la mama şi fiica lui, copleşit fiind de dragostea pentru Eleonora, radiind ca un soare sub imperiul acestui sentiment.

- Eleonora nu vrea să locuiască cu Bia. Nu vrea nimic din trecutul meu lângă ea.

- Nici eu nu vreau să stau aici fără Bia. Aşa că mă bucur că nu trebuie să plece, spuse Maria Salviati. Se joacă atât de frumos cu Giulia, casa răsună de glasul lor.

- Voi organiza un bal în onoarea logodnicei mele. Aş vrea să fii şi tu prezentă. Eşti mama mea. Va trebui să participi la multe acţiuni, măcar acolo unde este necesar. Mi-ar plăcea să-ţi scoţi hainele acestea.

- Voi veni ori de câte ori vei dori, însă hainele vor fi cernite în toate zilele mele câte le-oi mai avea. L-am iubit pe tatăl tău cum nu-ţi poţi tu închipui, iar el mi-a răspuns cu atâta dragoste şi pasiune!

- Bine, mamă. Va trebui să stabilesc o dată şi să trimit invitaţii. Cred că în decembrie e cel mai bine, spuse Cosimo, până de Anul Nou. Între Crăciun şi Anul Nou. Ar fi un lanţ de festivităţi.

- Da, e o idee bună, iar Eleonora cred că ar aprecia faptul că nu te distrezi în post. Ştii cât este de religioasă şi pioasă, total diferită de tine!

Piero, ajungând acasă, îşi sărută mama şi îi povesti tot ceea ce se întâmplase.

- De-abia aştept balul, spuse el. Vor veni cu toţii, chiar eu voi face lista cu invitaţii! Sunt nerăbdător să văd figuri acre în două familii de nobili.

- Tot mai ai de gând să te însori cu Maria Clementina?

- Da, mamă, sângele lui Guido trebuie răzbunat! Observ că ai o nouă servitoare... bătrână.

- Da, m-am gândit că e mai bine şi sigur aşa.

- Foarte bine mamă, asta o să mă determine să mă gândesc doar la afaceri de familie, dar după ce voi mânca ceva. Sunt tare obosit şi flămând!

- În câteva minute vom mânca, cât să ai tu timp să te schimbi şi să te speli puţin.

- Bine, scumpa mea mamă, cobor îndată, zise Piero urcând câte două scări odată.

Ottavia oftă şi plecă să vadă dacă totul e pregătit pentru cină. Când Piero coborî, mama lui deja îl aştepta.

- Poftă bună, fiule!

- Mulţumesc, mamă, zise Piero şi, fără să mai ţină cont de maniere, începu să mănânce ca în copilărie. Mama lui zâmbi în timp ce-l privea.

- Tot copil ai rămas! Piero ridică din umeri.

- Mi-e foame, iar la Napoli a trebuit să fiu atât de strict în toate încât acum dau pe de lături.

După ce termină, Piero o sărută pe mama lui şi se duse să se culce. "Ce idee, cu sevitoarea asta bătrână, vrăjitoare nu alta!" gândi el oarecum dezamăgit în timp ce urca spre camera lui. Dormi până dimineaţă, când se trezi să plece la palat. Cosimo lua micul dejun întotdeauna cu el dimineaţa, ştia că atunci când Eleonora va fi aici, nu se va mai întâmpla, dar nu-i păsa, Cosimo era tot al lui, prietenul lui. În timp ce mâncau, vorbiră despre balul programat.

- Va fi între Crăciun şi Anul Nou. Îţi dai seama dacă l-am face în post, ce ar zice catolica aceasta desăvârşită care-mi este logodnică?

- Da, ce atitudine ar mai avea, zise Piero. Ţi-ar dedica un rozariu cu siguranţă! Poate îl spuneţi împreună!

- Iar tu poate vei citi lecturile în timpul slujbei mele de căsătorie, să vadă viitoarea ta logodnică, Maria Clementina, cât de pios eşti!

- Cine, eu? râse Piero. Oare mă va accepta?

- Cu cât eşti mai pios, cu atât mai mult te va accepta. Nu ştiu cum va reacţiona marchizul, dar sora lui e imaculată.

- Da, m-am săturat de imaculate! Cred că femeile de genul Isabellei de Ruffo sunt minunate în pat, au experienţă. Cam cât crezi să aibă?

- 20, 25 de ani, dar nu mai mult. Dar experienţă are destulă şi nu cu contele, râse Cosimo. Tu vezi de fă lista aia cu invitaţi ca să o putem pregăti. Secretarul ăsta al meu uneori e împrăştiat. Să nu uităm pe cineva. Şi să avem şi confirmările la invitaţii în timp util!

- Da, am s-o fac diseară. Mama a adus o servitoare bătrână acum în casă, să fie sigură că nu o seduc. Pe cealaltă am alungat-o acasă, m-am distrat totuşi de minune cu ea. A avut neruşinarea să-mi spună că aşteaptă un copil.

- Şi dacă aşteaptă?

- Şi dacă nu?

- Eşti încăpăţânat. Dacă e băiat va avea semnul tău pe mână. Îţi dai seama?

- Nu, e o prostie. Ce ar zice Clementina?

- Ce a zis şi Eleonora despre Bia. Că nu vrea s-o vadă lângă ea, că aparţine trecutului şi să stea la mama.

- Pioasă femeie! O judecă de parcă ar fi un păcat! Cosimo, tu ar trebui să fii ars pe rug!

- Noroc că nu suntem în Spania, zise Ducele, ridicându-se de la masă. Să-mi aduci lista mâine. Trebuie să iasă o petrecere minunată.

153

Pregătirile pentru bal fură o distracţie pentru Piero. Ca şef al gărzii elveţiene, îşi formă o trupă şi plecă personal să înmâneze invitaţiile, rugând destinatarii să răspundă dacă vor participa sau nu la bal. Toată lumea acceptă invitaţia, arătând şi cine va veni concret din familie. Piero căuta nerăbdător confirmarea marchizului, când intră Cosimo.

- Asta cauţi? Gesticulă, Cosimo, râzând cu o scrisoare.

- Ai căutat-o tu înaintea mea, e confirmarea lui Renzo, aşa-i?

- Da! Vine cu maică-sa, nevastă-sa şi Clementina!

- Of, vine şi marchiza?

- Da, din păcate va trebui să fii exemplar dacă nu vrei să-ţi dai scopurile în vileag. De altfel, toată lumea a acceptat, are nevoie de distracţie.

- Mama din păcate te roagă s-o scuzi, nu are puterea încă de a ieşi din casă. Voi veni doar eu.

- Nu e nicio problemă, mama mea va veni dar va fi ca şi cum nici nu ar fi prezentă, nu îşi schimbă hainele şi va sta retrasă.

- Le invidiez pentru sentimentele lor, zise Piero.

- Au avut bărbaţi vrednici, nu ca noi, râse zgomotos Cosimo.

- Cu cât se apropie balul, cu atât sunt mai nervos, spuse Piero neliniştit.

- Vezi, aici e problema! Cu cât eşti mai calm, cu atât vei avea şanse să câştigi. Renzo, prima dată va fi uluit, însă următorul sentiment nu trebuie să fie de bănuială, ci de acceptare, de retragere. Trebuie să fii atent şi la Isabella, la privirile dintre cei doi. Trebuie să avem în vedere discreţia. Te voi seconda eu, nu-ţi fă griji. De-abia aştept să discutăm după! Să vină 28 decembrie 1538! O să fie bine, ai să vezi! Şi eu vreau să te răzbuni pe marchiz, dar mi-ar plăcea să-ţi iasă totul, nu doar să te alegi cu o mironosiţă drept soţie!

În seara balului în onoarea Eleonorei, neprezentă de altfel, Palazzo del Vecchio strălucea. Lumânările ardeau din belşug, scăldând totul într-o lumină aurie, strălucitoare. Focurile erau făcute în sala de bal, totul aştepta nobilimea Florenţei care nu mai avusese parte de baluri de ceva vreme.

Ţinutele femeilor erau croite din cele mai valoroase materiale după cele mai la modă modele, iar bijuteriile străluceau ca stelele pe cer. Nici bărbaţii nu erau mai prejos. Toată nobilimea dorea să arate tot ce are mai de preţ. Echipajele erau strălucitoare, îndelung şi cu atenţie pregătite pentru eveniment, caiii luceau de cât de periaţi fuseseră în prealabil, iar blazoanele luceau şi ele în lumina ce inunda întreg locul. Felinarele aruncau umbre la fiecare trăsură pe care slujbaşii o aşteptau pentru a ajuta doamnele să coboare.

Uşierul primea invitaţia şi striga numele nobilului respectiv. Toată lumea se studia cu o nesăţioasă curiozitate, să vadă dacă e destul de strălucitoare, comparativ cu vecinul de lângă el şi toate astea sub ochii impasibili ai gărzii elveţiene.

Piero era de mult la post, ca şef al elveţienilor. Hotărâse să se îmbrace în uniforma de comandant al gărzii şi să-şi aplice peste ea doar însemnele de conte. El era la datorie într-un fel, dar şi la distracţie în alt fel. Toată această masă de lume se înfăţişa în faţa Ducelui, făcea o plecăciune şi apoi pleca mai departe. Orchestra era pregătită şi totul părea să înceapă. Maestrul de ceremonii făcu un pic de linişte pentru că Ducele dorea să spună câteva cuvinte.

De la etaj, din locul unde stătea Piero, îl auzi pe Cosimo vorbind despre logodnica lui, de speranţele puse în această uniune, despre dorinţa lui de a fi primită bine. Piero începuse să se plictisească, se tot uita în sală şi nu dădea cu ochii de Renzo. Pe Isabella o vedea alături de contele de Ruffo, era elegantă si foarte frumoasă, dar totuşi, nici urmă de marchiz.

În sfârşit, Cosimo termină discursul şi dansul începu. La uşă se mai auzi o strigare şi familia de Renzo intră. Frederico îşi ţinea nevasta lângă el şi-i cerea în mod evident scuze lui Cosimo pentru întârziere. În spate mergea bătrâna marchiză cu fiica ei. Piero transpirase deja. Maria Clementina purta o rochie drăguţă, excelent asortată cu perlele ce o împodobeau. Ce simplitate, ce miracol de fată! Se aşeză cu mama ei pe margine, uitându-se în sală cam neajutorată. "A venit de afară la atâta lumină!" o compătimi Piero. Îl zări de asemenea pe Renzo, dansând cu nevastă-sa, dar schimbând priviri complice cu contesa de Ruffo. Marchiza de Renzo era ca un canar în cuşcă, frumoasă dar cam palidă şi stingherită de toată lumea aceasta. După dans, marchizul îşi conduse nevasta lângă doamnele din familia sa şi rămase pe loc.

- Acum e momentul! îşi zise Piero. Acum voi coborî şi voi fi singur pe scara de onoare. Toată lumea se va uita la mine cum mă voi duce spre Renzo. Nu va putea să-mi refuze un dans cu Maria Clementina!

Aşa cum a hotărât, Piero a coborât în minunata uniformă de comandant şi şi-a pironit privirea asupra sălii. Începu să împartă saluturi în stânga şi în dreapta cu dărnicie până ajunse lângă marchiz. Făcând o plecăciune largă, se auzi zicând:

- Bună seara, domnule marchiz, sper că vă simţiţi bine cu toţii! Aţi avut vreo problemă? Frederico de Renzo îi răspunse puţin strâmtorat că totul era pe placul lui şi al familiei sale. Rare balurile în Florenţa, continuă Piero, sperăm că în curând o să avem o doamnă şi o să avem parte de mai multe întâlniri.

- Aşa gândesc şi eu, răspunse Renzo înclinându-se.

"Repede m-a expediat!" îşî zise Piero, înclinându-se la rândul său, trecând mai departe. Ajunsese lângă Cosimo, fără să-i mai acorde atenţie lui Renzo. Cosimo o făcea însă pentru el.

- S-a uitat după tine puţin speriat, dar şi-a revenit, nu eşti un pericol pentru el. Isabella te-a studiat, dar nu a găsit ceva de obiectat. Te-ai îmbrăcat minunat, eşti şi la datorie şi la bal!

- Da, chiar aşa! Uite, dansează cu Isabella în faţa tuturor. Mai târziu, când revine, mă voi duce să i-o cer pe Maria la un dans. Văd că prinde rugină pe scaun!

- Aşa să faci, iar eu voi sta la post.

Orchestra cânta minunat, sărbătoarea era un succes, cel puţin aşa credea Piero, mirându-se cum de elveţienii lui nu mişcă. "Ia uite-l pe Renzo, ducându-şi nevasta la loc după dans. Ma duc să o cer pe Maria Clementina!" aşa îşi făcea el curaj înainte de a trece la fapte. O porni, apoi se apropie încet şi înclinându-se spuse:

- Marchize, cu voia dumitale, aş dori s-o invit pe frumoasa ta soră la dans, îmi permiţi? Fredrico păru surprins şi se uită către Maria.

- De ce nu? Maria, contele de Fiorano doreşte să danseze cu tine, du-te te rog!

- Chiar trebuie? Mie îmi place să privesc, zise Maria. "Uff, mai e şi smiorcăită, dar Frederico va accepta, pentru a-şi impune autoritatea în faţa ei."se mai gândea Piero.

- Sora mea va fi încântată să danseze cu dumneata, spuse Frederico.

- Mergi fata mea, zise şi bătrâna marchiză, o să-ţi placă! Toţi bărbaţii familiei Fiorano dansează minunat.

Maria Clementina făcu o reverenţă, Piero se înclină şi el, apoi se porniră să danseze. Imediat, Piero o întrebă de ce nu a vrut să danseze cu el de prima dată, încercând oarecum să dialogheze cu ea şi să o mai dezgheţe puţin.

- Pentru că ai o reputaţie de etern îndrăgostit de femei frumoase şi că, după ce le seduci, le abandonezi!

- Într-adevăr, eşti frumoasă, dar doar dansez cu tine, nu încerc să te seduc!

- Nu?

- Nu! Dragostea e frumoasă în doi! Nu sunt un seducător, ai înţeles greşit, nu ştiu cine a vorbit despre mine şi ţi-a lăsat impresia asta. Este adevărat că am mai călcat strâmb, dar sunt sincer şi nu cred că există bărbat care să n-o fi făcut-o vreodată! Nu sunt însurat şi nici logodit!

- Atunci, te rog să mă ierţi, poate era vorba despre altcineva. Eu de-abia am venit de la mănăstire, nu am prea ieşit.

- Ce ai făcut acolo?

- Am învăţat să scriu, să citesc, să mă comport în societate, să dansez, să fac muzică...

- Pare un loc ideal acolo dacă nu te-au pus să te rogi! Maria Clementina zâmbi uşor.

- Ba da, m-au pus să mă rog, dar nu ca pe o novice, eu nu doream să mă călugăresc, eu am revenit în lume, când mama m-a chemat.

- Îţi place balul?

- Da, chiar foarte mult! Iar tu dansezi foarte frumos!

- Poate îmi vei mai acorda un dans, până la final, nu?

- Cu siguranţă! Piero o conduse pe Maria la familia ei şi, înclinându-se în faţa lui Frederico, îi spuse:

- Mulţumesc, poate că o să mai am şansa de a dansa cu sora dumitale. Pluteşte! Acum, vă rog să mă scuzaţi, mă duc să-mi inspectez garda.

- Cu plăcere, spuse Frederico, iar apoi, către Maria Clementina: Îţi place?

- Da, cred că da. I-am spus că-i ştiu faima de afemeiat şi mi-a răspuns într-un mod foarte plăcut.

- Nu-l cunoşti!

- Nici nu trebuie! Am dansat, nu m-a sedus, spuse Maria ridicând nevinovată din umeri. Nu m-a cerut în căsătorie! Frederico se încruntă şi se gândi că Maria trebuia măritată, îl încurca. Chiar şi cu Fiorano, dacă doar el o remarcase.

"Cu fratele lui" îşi zise el "dar nu cred că ştie ceva şi apoi, Isabella e cu ochii pe mine, îmi va spune dacă a zărit ceva!" Toţi se supravegheau între ei, dar Cosimo era deasupra lor şi avea cea mai bună privelişte. De acolo putea observa în voie pe oricine după cum voia, dar cu mare atenţie. Piero mai dansă o dată cu Maria şi apoi consideră că e destul.

- Nu prea ai dansat, conte, îi zise Frederico lui Piero.

- Doar cu sora dumintale. Uiţi că sunt comandantul gărzii şi că am câte ceva pe cap în seara asta? Însă sora ta e minunată şi mi-a fost de ajuns. Deja lumea începe să plece şi, în curând, o să mă destind şi eu. Mama cu siguranţă mă aşteaptă şi am să mă culc, de-abia aştept, îţi spun sincer.

- Ce mai face contesa? întrebă marchizul cu politeţe.

- Mama, nu prea iese, tata a fost pentru ea totul, iar Guido era destul de mare ca să-şi poarte singur de grijă. E fericită că are doi nepoţei sănătoşi. Ne-am înmulţit! râse uşor Piero. Seamănă cu mama Ducelui, a iubit o singura dată. Cât despre fratele meu, niciodată nu am putut să-i înţeleg felul de a fi. Era mai bine oriunde, numai acasă nu. Un vagabond, nu alta. Fie-i ţărâna uşoară! Vorbesc prostii în faţa doamnelor!

- Şi mama e singură, aţi putea să ne faceţi o vizită într-o seară, ce zici? Ar putea discuta despre tinereţea lor!

- Da, din partea mea nu este nicio problemă, mama trebuie să fie convinsă. În orice zi?

- În orice zi, da, nu-i aşa mamă? întrebă Frederico.

- Da, aş dori s-o văd pe contesa de Fiorano, zise marchiza.

- Atunci am s-o anunţ eu printr-un bilet.

- Bine, atunci îţi aşteptăm biletul.

Piero se înclină şi plecă prin sala care începea să se golească. Frederico rămase cu privirile după el. "Ce destin! Şi ăsta care nu ştie nimic să-i fie soţ Mariei?! Vom vedea!"

CAPITOLUL 6

Se vede treaba că Frederico era convins de inocența lui Piero, în inima lui se gândea că făcuse o prostie punând să fie ucis Guido, drept e că asta se întâmpla și datorită unei anumite plictiseli pe care începea s-o simtă în prezența Isabellei. Parcă prea era perfectă. Își dorea s-o rărească cu contesa și să stea mai mult pe acasă. În seara balului își redescoperi soția care, așa palidă cum era, cerea parcă sprijinul lui. Isabella era puternică, nu avea nevoie de el decât pentru plăceri pasionale. "O să-mi găsesc pe altcineva, dar o să mă desprind ușor, ușor, fără durere și răzbunări. Până atunci o să-i acord atenție tinerei mele soții și fiului meu Enrico!" Cam ăsta era în mare planul marchizului în ceea ce privește viitorul relațiilor lui cu contesa de Ruffo.

După ce toată lumea plecă de la bal, Piero urcă în apartament la Cosimo.

- Nu te-ai culcat?

- Nu, te așteptam.

- Vai, dar dacă nu veneam?

- Imposibil. Țin să te felicit, ai fost și la datorie dar și invitat! E frumoasă Maria Clementina!

- Mi-a spus din capul locului că sunt afemeiat!

- Da? Și nu are dreptate? râse Cosimo.

- Am încercat să mă disculp și cred că am reușit. Am dansat de două ori și am și o invitație acasă la marchiz. Ce zici?

- Doamne, dar ești un vrăjitor! Am s-o rog pe Eleonora să te ardă pe rug ca eretic, zâmbi Cosimo.

- Nu acum, am treabă. Să mă scrie pe listă. Ne vom împrieteni cu familia marchizului și fata trebuie să-mi cedeze!

- Ce priviri de neliniște pe chipul Isabellei când dansai cu Maria! Frederico încerca să o liniștească. A văzut că nu știi nimic și ești inofensiv ca un mielușel. Cred că te-a ajutat și faptul că ai condus garda, ți-ai făcut de lucru, vreau să zic, deci erai acoperit perfect.

- Cred că mă duc să mă culc, îmi ajunge atâta inocență și nevinovăție cu privire la propria-mi persoană!

Ottavia îl aştepta acasă neliniştită.

- Mamă, nu te-ai culcat? Ce este? Totul este în regulă, am obţinut o invitaţie în casa familiei Renzo, depinde doar de dumneata dacă mergem sau nu.

- Şi Maria Clementina?

- E minunată, mamă! E foarte frumoasă şi am dansat doar cu ea. Am cerut-o foarte politicos fratelui ei care, uimit, a lăsat-o să danseze cu nevinovatul Piero!

- Tot te gândeşti la răzbunare?

- Da şi nu, acum mă preocupă fata şi acceptul tău de a merge în casa lor.

- Nu-l omorî, lasă-l lui Dumnezeu! O să se facă dreptate!

- Dacă îmi promiţi că mergem la ei, am să pun de-o parte planul, am să mă mai gândesc. Acum mă duc să mă culc, mâine să-mi dai un răspuns.

- Bine, fiule, somn uşor.

Piero urcă în camera lui şi închise uşa. Scoase dintr-un cufăr batista şi cuţitul plin de sângele lui Guido.

- Maria sau Frederico? zise el. De ce nu amândoi? Sau să las pe Dumnezeu, cum zice mama? Trebuie să dorm acum, sunt ostenit.

Se dezbrăcă alene şi se băgă în pat. Casa se cufundă în linişte, toată lumea dormea. Când familia de Renzo ajunse acasă, fiecare îşi spuse deja impresiile despre bal.

- A fost reuşit! Florenţa avea nevoie de un bal, spuse marchizul.

- Şi mie mi-a plăcut, spuse soţia sa, chiar dacă mi s-a părut ciudat să fiu departe de Enrico. Dar mi-a priit, m-am simţit bine. Şi acel comandant de gărzi a fost tare drăguţ cu Maria.

- Ce e cu el? întrebă Frederico brusc.

- Nu e nimic, mi-a plăcut. Şi-a rupt timp din atribuţiile sale ca să danseze cu ea. A dansat doar cu Maria. Contele de Fiorano conduce dansul destul de bine, făceau o pereche reuşită. Cel puţin mie aşa mi s-a părut.

- Aşa crezi tu? întrebă marchizul, uimit de spiritul soţiei sale.

- Da, cred că da. Înălţimea potrivită, Maria era tare drăguţ îmbrăcată, iar uniforma lui îi stătea ca turnată. Un cuplu frumos.

- Dar nu am auzit nimic de la fata mea, interveni bătrâna marchiză. Ce impresie ţi-a făcut Piero de Fiorano?

- Ştie să se poarte cu femeile, e galant şi minunat. Ştie să fie spiritual şi dansează foarte bine. Îmi place!

- Îţi place? făcu Frederico curios. Aşa repede?

- Da, este foarte frumos şi m-a făcut să râd. Mi s-a părut că se poartă firesc. Mi-ar plăcea să-i avem invitaţi la noi, dar depinde de

160

răspunsul mamei lui. Două morţi deodată nu e uşor lucru pentru un suflet de femeie. Acum îl are doar pe el. Frederico se întunecă şi nu mai spuse nimic.

- E o vizită, nu o petrecere. Vom fi doar noi între noi, nu-i aşa Frederico? întrebă soţia lui. Frederico, revenit din gândurile lui, îi răspunse soţiei sale:

- Da, Silvia, dacă vor să vină, vor fi primiţi aşa cum merită şi vom fi doar noi şi ei.

Liniştea nopţii se lăsă astfel şi în palatul familiei de Renzo. A doua zi, Frederico primi un bileţel de la Isabella prin care îl chema la locul ştiut, la o anumită oră. "Of! Mă plictiseşte!" îşi spuse el. "Silvia a fost minunată aseară, până şi ea! Parcă nu m-aş duce. Dar mă voi duce să aflu impresiile despre bal." Şi Silvia observase un fel de schimbare în comportamentul soţului său. Era un pic mai volubil cu ea. "Cine ştie ce l-o fi apucat! Poate că nu-i mai place Isabella..." gândea ea, neştiind până la urmă ce să creadă. Se obişnuise, nu o mai durea atât de mult indiferenţa soţului său.

La ora stabilită, Frederico o găsi pe Isabella aşteptându-l. Era parcă puţin iritată.

- În sfârşit, ai sosit, dragul meu! Te aştept de ceva timp.

- Ai ajuns tu mai repede, eu am întârziat doar câteva minute, draga mea! Ţi-a plăcut balul?

- Mi-a plăcut cât ai dansat cu mine, dar am înnebunit când te-am văzut cu Silvia! Ştiu că trebuia să faci aceste onoruri familiale, dar am stat ca pe spini. Cât despre Piero de Fiorano, m-a şocat că a dansat cu sora ta. Părea atât de firesc! Nu cred că ştie ceva!

- Închipuie-ţi că Mariei i-a plăcut de el! Aş spune că e îndrăgostită.

- E şi normal, a dansat două dansuri cu el, i-a acordat atenţia de care nu a avut parte la mănăstire. Piero e un tânăr bogat şi frumos. A arătat splendid în uniforma de guard elveţian.

- Te pomeneşti că îţi place şi ţie, vrei să mă faci gelos?

- Nu, dragostea mea, tu însemni totul pentru mine! şopti Isabella îmbrăţişându-l. Ce m-aş face fără tine cu plictisitorul meu conte?

- Chiar, de ce te-ai măritat cu el? De ce nu-i faci un copil?

- Ţi-ai pierdut minţile? se enervă Isabella. A fost un aranjament, ţi-am mai spus.

- Iartă-mă, te rog, spuse Frederico oftând. Doar că, făcându-i un copil, te-ar lăsa mai liberă. Ruffo vrea un moştenitor al lui. Gândeam strategic, nu te enerva degeaba!

- Poate că ai dreptate, astăzi când am venit aici, parcă am simţit că mă urmăreşte un om. M-am uitat prin geamul din spate al trăsurii. Cred că o perioadă o să stau liniștită acasă. Nu vreau să te pierd. Dar copil nu-i fac! Îți fac ție dacă vrei!

- Mai gândește-te! Mie? Să ne ardă în Piața Domului? Vom avea o stăpână spanioloaică, să te ții! Ești soția lui Ruffo, nu a mea.

- Uite Frederico, privește! Ăla e omul de care-ți spuneam! Cred că am să plec acum. Te voi anunța eu cum scap.

- Bine iubito, dar...

- Plec. Sunt urmărită. Copil cu Ruffo... hm...

"Am scăpat ieftin! Să plec și eu acum!" își spuse marchizul. Lumea de acasă fu surprinsă și fericită când îl văzu atât de devreme. Se jucă cu Enrico, acesta fiind de-a dreptul încântat. "Ceva se întâmplă aici!" se miră Silvia, "dar să tăcem, e mai bine."

Ottavia stătea liniștită cu un lucru de mână lângă ea. Încerca să coase dar nu reușea să țină acele în mână. Să meargă la marchiz sau să nu meargă? "În fond, cred că trebuie s-o facem, altfel Piero va sta pe capul meu până voi ceda. Când îi intră un lucru în cap trebuie să-l îndeplinească, indiferent prin ce metode. Voi discuta cu el diseară." hotărî ea, punând definitiv lucrul deoparte. "Poate o căsătorie l-ar mai cuminți! Cu sora ucigașului fratelui său! Piero nu va tolera asta!" Se ridică și deschise ușa către terasă. Aerul proaspăt năvăli imediat de afară.

Piero, contele de Fiorano, era deja la palat. Se plictisea. Începutul de an era întotdeauna la fel. Trebuiau puse iar cuburile unul peste altul până la finalul lui decembrie. Nu-i plăcea ianuarie. Era mai frig și vântul bătea aspru. Așteptă să se facă ora de plecare acasă. Cosimo lipsea, era la Villa di Castello, sărbătoreau ceva acolo, dar uitase ce.

Coborî plictisit scările palatului și plecă acasă. Nu era departe și îi plăcea sa meargă pe jos. Îi dăduse ceva timp mamei sale să se hotărască dacă vor merge sau nu la marchiz acasă, dar acum avea s-o întrebe. Însă nu mai era nevoie, mama lui îl aștepta cu răspunsul, drept de la ușă.

- O să mergem acasă la Frederico de Renzo! O să mai ieșim și noi. Poți scrie un bilet de confirmare, să decidă ei în ce seară îi putem vizita.

- Mamă, mă bucur că te-ai decis în sfârșit. E ianuarie și totul e plictisitor, nu trebuie să te îngrijorezi, nu mă însor mâine. Mă duc să scriu biletul ca dimineață cineva să-l ducă în lipsa mea. Îi vom chema apoi la noi și așa ne vom cunoaște mai bine și trece și ianuarie.

Își sărută mama și urcă scările. în ultima vreme lua masa la cazarmă cu elvețienii lui. Se cuminţise într-un fel, de fapt era la vânătoare și trebuia să stea liniștit, măcar în lucruri evidente. Marchizul de Renzo primi biletul și se gândi că în acea săptămâna, pe vineri la cină, ar fi propice întâlnirii dintre cele două familii. Ar avea prilejul de a-l studia pe conte în amănunt. Răspunse biletului acestuia, cerând o confirmare pentru vineri seară. Confirmarea i se oferi, aşa că începu pregătirile.

- Sunteţi încântată că veţi avea musafiri?

- Da, de multă vreme casa aceasta nu a mai avut oaspeţi, zise bătrâna marchiză.

- Vom fi doar noi, mamă dragă.

- Da, e bine, se ţinu tare mama lui. Doamna ta şi sora ta îşi caută toalete frumoase, ele cred că va fi cine ştie ce eveniment. O să le temperez eu. Frederico, Silvia e fericită în ultima vreme, are culoare în obraji! Mă întreb ce s-o fi întâmplat?

- Nu ştiu nimic, mamă, zâmbi Frederico secretos.

Secretul era că marchizul o rărise cu întâlnirile cu Isabella, chiar se gândea că poate contesa îi va face un moştenitor curând contelui de Ruffo. Vineri seara, contele de Fiorano hotărî să lase deoparte uniforma şi să îmbrace o altă ţinută, mai lejeră. Mama lui îşi alesese o rochie de culoare închisă, dar îşi pusese perlele ei preferate. Piero gândi: "ăsta e un semn bun, mama îşi revine!"

Piero avea trei buchete de flori, pentru fiecare dintre doamnele familei gazdă. Le culesese din sera proprie, spera să fie de efect acest lucru şi avusese dreptate. Când femeile primiră florile, atmosfera se dezgheţă subit, Frederico se lăsă dus de val şi începu să-l placă pe Piero. Era încredinţat că habar nu are de nimic. Maria fusese încântată de conte, era un spiritual antrenat în conversaţia cu femeile. Fusese o seară agreabilă, reuşită, iar când oaspeţii plecară, Maria Clementina exclamă direct:

- Frederico, dacă mă cere în căsătorie îl voi accepta! Sunt îndrăgostită şi ameţită! Ce zici?

- Dacă ţie îţi place, nu am cum să mă opun. E frumos, bogat, tânăr nobil. Dar de unde ştii că te va cere? A dat a înţelege ceva în sensul ăsta?

- Nu mi-a spus nimic, dar mi s-a părut că ochii lui vorbeau. Am să păstrez aceşti minunaţi trandafiri. În ianuarie sunt o adevărată splendoare, o raritate. Şi apoi, sunt de la el. N-am să-i pun în apă, îi voi pune într-o vază să se usuce minunat şi să-i păstrez mai apoi.

A doua zi marchizul avea un bilet de mulţumire de la Piero, care îi solicita întoarcerea vizitei.

- O, este o idee bună să mergem şi noi la ei. Trăsura e la scară oricând, exclamă Maria bătând din palme. Vinerea viitoare ar fi minunat! De altfel, am un mic secret! Ieri când mă plimbam cu Silvia, l-am întâlnit în faţa Domului. Era cu nişte soldaţi din ăştia noi. Şi mai am un secret: mi-a dat un bileţel!

- Ţi-a scris personal?

- Da, de ce m-aş ascunde? Mi-a spus că aşteaptă cu nerăbdare să mergem şi noi la ei şi m-a strâns de mână într-un fel... Noroc de Silvia, leşinam acolo. Îmi place atât de mult!

Frederico era uimit cum el era cel care afla ultimul şi trebuia să accepte.

- Maria, vrei să te căsătoreşti cu Piero?
- Din toată inima! Tu vrei să mă laşi?
- Da, uite, dacă îţi cere mâna trebuie să vină la mine, iar eu voi accepta căsătoria. Eşti fericită?
- Din toată inima, zise ea luându-l în braţe pe fratele său.

Vizita la palatul Fiorano a fost mai destinsă, fără nicio urmă de încordare, de reţinere din partea nimănui. Veselia era parcă mai sinceră. Frederico era puţin mai reţinut, dar făcea faţă atmosferei. Nu se lăsase cu nicio aluzie, un punct în plus pentru Piero. Frederico, ajuns acasă în camera lui, se gândi cu groază la Guido, îl apucă frica mai pe urmă. "Ce prostie, să omori un copil pentru o femeie ca Isabella! Nu trebuia! Dar e prea târziu! Cum s-o părăsesc fără să-mi divulg secretul? Şi apoi, cuţitul cu stema mea pe el, unde o fi? La Piero? La ucigaşul plătit?" se auzi el vorbind şi chinuindu-se cu aceste gânduri. "Isabella, eşti o piază rea! Nu pot să te părăsesc! M-ai trăda. Acum când Silvia înfloreşte, iar Enrico a învăţat să mă iubească! Ce să fac? Maria îl iubeşte pe Piero iar el pare atras de ea. Şi totuşi neliniştea asta!" Deodată, o piatră intră pe fereastră. Era împachetată într-o hârtie, o scrisoare de la Isabella. Dorea o întâlnire pe a doua zi, dar dimineaţa. "Sunt sclavul ei, ce să fac?"

Piero se hotărî să o ceară în căsătorie pe Maria.

- Mă voi duce la marchiz în mod oficial, îi spuse el lui Cosimo în dimineaţa următoare.
- Foarte bine faci. Îţi place sora lui?
- Da, îmi place, sper să nu mă plictisesc repede.
- Aşadar, după nunta mea o vei avea şi tu pe a ta, aşa-i?
- Da, adică aşa sper.
- Marchizul va accepta, nu-ţi fă griji. Îi iei acestui om totul, de fapt îţi dă el cu mâna lui.

Cei doi prieteni se veseliră mult pe acest subiect, până găsiră altul mai bun şi tot aşa până se făcu seară, şi apoi a doua zi, ziua cea mare.

Piero se duse hotărât la marchiz acasă, probabil ca nu cumva să se răzgândească, apoi aşteptă să fie anunţat acestuia.

- Bună dimineaţa, Frederico, zise Piero. Îţi mulţumesc că m-ai primit atât de devreme. Nu e ora de vizite, dar am zis să încerc totuşi. M-am îndrăgostit de sora ta şi vreau să o cer oficial în căsătorie, dacă tu şi ea veţi accepta! Nu are rost să vorbesc pe ocolite, sper să nu te şochez!

- Nu, nu mă şochezi, iar eu nu mă împotrivesc deloc şi nici Maria Clementina nu cred să o facă. Eşti un tip şarmant cu felul tău de a fi, cu siguranţă e cucerită de tine. Veţi face o logodnă de o jumătate de an, iar la vară nu aveţi decât să vă căsătoriţi, după prietenul tău Ducele, mă gândesc.

- El se va căsători în iunie.

- Iar voi în iulie, de exemplu. Vino în această seară pe la noi, poţi veni şi cu darurile de logodnă, să le ai la tine nu ar strica. Sora mea va fi copleşită şi fericită.

- Aşa-i de simplu! Parcă nu e real, Frederico! Oare nu trebuia să mă refuzi, sora ta să plângă, eu să mă lupt?

- Ha ha ha, am pierde vremea, vino diseară împreună cu mama ta, Piero!

Când Maria Clementina simţi inelul pe deget a fost nesperat de fericită. Apoi, ca prin vis, Piero o sărută pe obraz şi o îmbrăţişă. Mai apoi urmă mama lui şi familia ei. Frederico era uluit, nu-i venea să creadă ce făcuse. O seară mai minunată ca aceea, rar a mai fost pe atunci. Clementina şi Piero se retrăseseră pe o canapea lângă fereastră şi păreau absorbiţi de discuţia lor. Cele două doamne mai în vârstă vorbeau de ale lor, în timp ce Enrico râdea fericit în braţele mamei sale. Iar Frederico se chinuia amarnic. "Şi eu? Eu al cui sunt? Eu sunt în plus aici? Aparţin Isabellei? Nu, nici vorbă!" apoi se apropie de soţia şi copilul său.

CAPITOLUL 7

Nu putem continua povestea aceasta minunată fără a vorbi despre Gertrude. Cititorul şi-o aminteşte de când lucra ca servitoare în casa contelui de Fiorano, iar apoi, cu câtă cruzime Piero o dăduse pe uşă afară, pe ea şi pe copilul lor, umplându-i mâinile de aur.

Ce să facă Gertrude în acea zi, decât să ajungă la Fiesole. Acolo, mama ei o va înţelege şi poate o va îmbărbăta. La copil nu dorea să renunţe, îl simţea crescând în ea. Nu se va căsători, cine ar lua-o în starea ei, iar vorbele urâte vor trece cu timpul. Lacrimi amare curgeau şiroind pe obrajii frumoşi ai fetei. Avusese noroc, o căruţă care mergea pe drum o luă şi pe ea. Femeia o întrebă ce are şi dacă îi este bine, iar omul îi dădu să bea apă. Dar nu putu să vorbească, plânsul o îneca şi mai tare. La o intersecţie de drumuri, oamenii se opriră, fiecare având drumuri separate, dar pentru Gertrude mai era doar puţin. Zărise scris undeva "Fiesole", era acasă.

Mergea năucă pe drum, fără să acorde atenţie cuiva. Viaţa ei de acum era doar copilul, alt viitor nu mai exista. Ajunsese la poartă şi, cu ultimele puteri, o deschisese. Mama ei îşi ridică puţin capul a mirare şi o recunoscu. Gertrude se aşeză pe o bancă şi îşi dădu drumul la plâns mai tare.

- Fata mea, Gertrude! o zgâlţână mama uşor. Ce s-a întâmplat? Apoi nu mai scoase niciun cuvânt când îi zări mâinile pe pântec. Eşti însărcinată?

- Cu contele, izbucni fata. M-a forţat, nu am vrut eu, iar când i-am spus că aştept copilul lui, m-a dat afară aruncându-mi o pungă cu bani, spunându-mi că nu e al lui şi că nu el a fost primul meu bărbat. Eu nu vreau să renunţ la copil. E sufletul meu şi de căsătorit, cu cine? Cine să mă mai ia? E amintirea mea de la Florenţa unde nu voi mai călca niciodată. Iartă-mă, mamă!

- Nu am ce să-ţi iert fata mea, nu ai avut niciun fel de ajutor, ai fost o pradă uşoară. O să-mi cresc nepotul cu cea mai mare dragoste. Şi sângele meu curge prin el. Nu e nimic, am să te apăr în faţa lumii, eşti nevinovată, fata mea dragă, e copil de conte, poate că vreodată îl va recunoaşte!

- Mamă, contele are un semn pe mâna stângă, l-am văzut de atâtea ori, dacă copilul meu îl va avea şi el? Poate voi avea şansa să mă reabilitez!

- Asta nu e important. Hai în casă să te linişteşti. Eşti îngheţată de frig şi îi faci rău copilului.

Cele două femei, absorbite de discuţia lor, nu sesizară că în curte intrase cineva. Doar când mama fetei ridică privirea îl zări pe tânărul care se uita la ele în linişte, puţin uimit, dar şi mişcat.

- Matteo, de când eşti aici? Ai auzit tot? Am uitat că trebuia să vii să tai lemne.

- Bună ziua, spuse el, uitându-se în ochii Gertrudei. Stau cam de multişor şi am auzit tot. Gertrude se ridică şi porni către casă.

- Şi ce ai să faci acum? zise mama Gertrudei. Ai să spui tuturor?

- Nu, nu aş face asta niciodată! În alte timpuri Gertrude îmi plăcea. E destul de nefericită, contele ăla e un bădăran. Mă duc să tai lemnele, am înţepenit aici.

Matteo nu se aştepta s-o vadă pe Gertrude, o închisese de mult în ultima cameră, în cea mai întunecată, a inimii lui. Îşi aducea aminte cum fata îl refuzase şi plecase la Florenţa. Îi frânsese inima, dar situaţia ei era cu mult mai nefericită. Toată durerea şi mizeria acestor ani, le pusese în tăria cu care spărgea lemnele. Trecutul revenea acum peste el: Gertrude. Gertrude, sedusă de contele acela nenorocit, dezonorată. Şi stiva de lemne se ridica din patimă şi oroare.

Matteo locuia cu tatăl lui într-o căsuţă la câteva case mai departe de locuinţa Gertrudei. Mama lui murise la naşterea sa. Mama Gertrudei fusese pentru el cea la care fugea când avea vreun necaz sau dorea ceva dulce. Tatăl său era omul care se ocupa de cimitir şi biserică. Câştiga atât cât să trăiască decent. Pe Gertrude o cunoştea de mică, erau mereu împreună. Când se făcu mai mare şi copilăriile se transformarăîn iubire, Gertrude nu l-a înţeles. Pentru eael era prietenul ei, nicidecum un pretendent. Când plecase la Florenţa, luase şi o parte din el. "Şi acum e aici din nou, ce-o să se întâmple, Doamne?" vorbea el de unul singur, "Când o afla lumea din sat?" La un moment dat îşi dădu seama că stă degeaba cu toporul în mână. Terminase de tăiat lemnele. După ce le stivui frumos, luă un braţ din ele şi merse cu ele în casă.

- Am adus şi în casă, să nu se fi terminat între timp.

- Bine ai făcut, fiule! Eşti nădejdea noastră. Slavă Domnului că Gertrude nu a răcit pe drum, ce m-aş fi făcut? În rest, e sănătoasă, tristă, dar în putere. Acum are nevoie doar de puţină odihnă. E dincolo, vrei s-o vezi?

- Dacă ea vrea, răspunse în şoaptă Matteo.

167

- Atunci aşteaptă aici. Bătrâna se duse în vechea cameră a Gertrudei, unde un foc jucăuş ardea pentru a încălzi încăperea nefolosită de la plecarea ei. De altfel, casa avea trei încăperi: camera mamei, a fetei şi cea în care era Matteo acum. Poţi să te duci, te aşteaptă, e în pat. Nu poate adormi.

Matteo, cu mâinile frământându-şi căciula, intră încet în camera fetei. În cameră ardeau doar o lumânare şi focul. Băiatul îşi trase un scaun lângă pat, mai aproape de fată. Aceasta îl zări şi întoarse capul ruşinată.

- Bună, Gertrude, iartă-mă că ţi-am auzit secretul, dar nu a fost cu intenţie, veneam doar să tai lemne. Mama ta ştia că voi veni.

- Nu am ce să-ţi iert, în curând toată lumea va şti.

- Gertrude, cât timp ai fost plecată am avut impresia că te-am uitat, însă când te-am văzut azi, inima mi-a tresărit.

- Sunt nenorocită Matteo, ce vrei să faci? Nu sunt demnă de nimeni. Aici îmi voi duce zilele. Contele mi-a dat o mică avere pentru fiul lui, ne vom descurca noi cumva. La copil nu renunţ pentru nimeni. Creşte în mine, el nu are nicio vină, e mângâierea mea. Luându-i mâna, Matteo îi spuse:

- Căsătoreşte-te cu mine! Eu nu-ţi voi purta pică, iar copilul am să-l recunosc drept al meu. Eu te iubesc... încă... Poate că cu timpul, ai să mă iubeşti şi tu...

- Matteo, suflet bun, de ce vrei să te murdăreşti? De ce nu-ţi cauti o fată demnă de tine?

- Pentru că sufletului nu-i poţi porunci. Nu-mi da un răspuns acum. Odihneşte-te, revino-ţi! Eu voi fi în fiecare zi aici. Mereu o ajut pe mama ta. Lasă-mă să sper, nu-mi spune "Nu"!

- Bine, Matteo, nu-ţi spun nu, dar nu mă simt bine când ştiu că te sacrifici pentru mine.

- Nu mă sacrific, m-ai face fericit!

- Ce este fericirea, Matteo? Eu nu ştiu. Te-ar face fericit căsătoria cu mine însărcinată cu copilul altuia?

- Nu eşti tu vinovată de asta şi da, m-ai face fericit! Gertrude îi zâmbi trist.

- Bunul meu Matteo!

- Voi pleca acum, Gertrude, trebuie să te odihneşti. Pe mâine atunci!

- Pe mâine, Matteo! Gertrude se întoarse cu spatele şi începu să plângă. De ce am plecat eu la Florenţa? Ce mi-a trebuit? Câtă linişte şi pace în căsuţa asta! Florenţa m-a distrus, am intrat în mizeria ei până în gât. Înot, înot şi nu ajung la mal. Si Matteo care mă iubeşte... Cum poate s-o facă? Ce chin pe capul meu!

168

CAPITOLUL 8

- Ai auzit, mamă, vorbele lui Matteo? Nu sunt vrednică de el!

- Nu te mai frământa, nu eşti tu vinovată, ştie din capul locului în ce se bagă! Poate doar aşa, în situaţia asta, l-ai accepta. Altfel nu cred. Acum, te rog să te culci, avem lemne tăiate, o să-ţi fie cald. Nu te mai gândi. Să ştii că dacă vine la mine Matteo să te ceară, te voi da de soţie.

- Bine, mamă, cum crezi tu.

În timpul acesta, Matteo mergea agale spre casă. Deschise poarta căsuţei în care locuia cu tatăl său apoi intră în casă, salutându-şi tatăl.

- Bună, tată, totul e în regulă?

- Da, fiule, ai fost la văduvă?

- Da, am fost, acu am mâncat acolo. Ţi-a trimis şi ţie, mănâncă acum, e caldă încă.

- O, ce bine, dă-mi legătura. Întotdeauna femeia asta a avut suflet bun, e drept că şi tu o ajuţi când poţi. Însă nu trebuie să uiţi că acuşi o să-ţi las ţie slujba de la biserică, nu mai pot să-mi port picioarele şi vântul ăsta mă mistuie.

- Nu uit. Văduva nu mai este singură. Gertrude a venit acasă, e bolnavă.

- Încă ţi-e dragă?

- Da, tată, acum trag speranţe că o să mă accepte. Îi e ruşine, dar o voi convinge eu cumva.

- De ce îi este ruşine? Te pomeneşti că... şi tatăl nu mai continuă.

- Da, ai ghicit bine, un conte, cel în casa căruia lucra a sedus-o şi apoi a alungat-o . I-a dat şi bani pentru copil şi nu s-au mai văzut.

- Sărmana fată, şi te-ai gândit să speli tu greşeala aceasta?

- Da, tată. O iubesc, însă ea îmi spune că nu e demnă şi că nu renunţă la sufletul care creşte în ea. Nici măcar nu mi-a zis ea, am auzit o discuţie între ea şi mama ei, când de-abia ajunsese. E nevinovată!

- Fiule, ăsta e un lucru bun în faţa lui Dumnezeu, dar Gertrude trebuie să se hotărască mai repede. Am să vorbesc cu părintele să lucrezi tu în locul meu, va trebui dacă te însori. Chiar acum mă duc, mâncarea m-a înviorat. Poate începi de mâine. Casa preotului nu e departe, mă ţin picioarele până acolo. Îi voi spune ca te vei însura.

După plecarea tatălui său, Matteo mai puse un lemn pe foc şi trase scaunul mai aproape de el. Se aşeză cu faţa sprijinită în palme. Hotărâse să-l aştepte pe tatăl său. Preotul era un om dintr-o bucată, nu se hotăra greu dacă dorea ceva. "Gertrude, scumpa mea, cât suferi! Dacă m-ai lăsa să te alin, câtă fericire mi-ai aduce. Un copil e un dar, ce contează că nu e al meu? Îl voi creşte şi va fi ca al meu. Şi apoi, Gertrude mai poate naşte alţii, ai mei!" trupul lui Matteo se înfioră. "Nenorocitul de conte! Ce putere avem noi săracii în faţa bogătaşilor? Niciuna!" îşi mai zicea el cuprins de tristeţe. Când veni tatăl său acasă, Matteo aţipise lângă foc.

- Matteo, trezeşte-te! Eşti obosit, bagă-te în pat.

- Tată, am vrut să te aştept. Ce a spus părintele?

- A zis că se bucură că te însori cu Gertrude şi că de mâine să vii să începi munca. Picioarele mele se vor odihni. De ajutat am s-o ajut eu pe mama Gertrudei, mâinile îmi sunt puternice. Acum, la culcare băiete, mâine ai să începi lucrul. Mâine dimineaţă mă voi duce la ele cât eşti tu la cimitir şi am s-o cer pe Gertrude. Aşa e frumos. Seara vei vorbi tu cu ea, va accepta, nu fi neliniştit. Dormi în pace, fiule. Am şi dar de nuntă!

- Ce dar?

- Rochia de mireasă a mamei tale. Eu am păstrat-o, e la fel ca atunci.

- Tată, ce bun eşti!

- Nevoia te învaţă să fii bun fiule, Domnul vrea aşa, nu da înapoi. Şi apoi nu are bani de rochie de mireasă. Văzând-o îmbrăcată cu ea, aş zice că e Agnese, mama ta. Acum la culcare fiule, mâine avem treabă! Fiecare intră în camera lui şi peste căsuţă se lăsă liniştea.

- Ce-o să zică Gertrude? adormi Matteo uimit.

De cum răsări soarele, tatăl lui Matteo se spălă şi se îmbrăcă, dar nu ieşi din cameră. Se vede treabă că fiul lui încă dormea. Deschise un cufăr în care ţinea diverse lucruri mai speciale şi începu să caute ceva. Într-un pachet, descoperi rochia de mireasă a lui Agnese. Cu mâinile tremurânde, o desfăcu şi o întinse pe pat. Se uită la ea şi nu spuse nimic, era hotărât să i-o dea Gertrudei. Căută tot în cufăr după o casetă, în care era un inel. "Trebuie să continue totul, nimic nu se opreşte! Întotdeauna este cineva care-ţi va lua locul." zise el cu voce scăzută. Împachetă apoi rochia Agnesei şi făcu inelul nevăzut în vestă. Auzi zgomot în camera băiatului şi ieşi şi el.

- Bună dimineaţa, tată.

- Bună dimineaţa, fiule. Cum ai dormit?

- Nu prea bine, m-am gândit mai mult. Te duci la Gertrude?

170

- Da, imediat cum trece de ora 10. Am pregătit rochia. În timpul ăsta se căută în buzunarul vestei şi scoase inelul. Uite, ăsta să i-l dai tu! A fost al mamei tale. Dar mă aştepţi pe mine s-o cer prima dată. Te duci la biserică acum?

- Da, imediat ce vom mânca ceva, mă voi duce. Sper să-i fiu pe plac părintelui.

- Ai să-i fii! Ai picioare bune şi mâini puternice. Dar să mâncăm acum!

Cei doi luară un mic dejun frugal şi se despărţiră. Matteo plecă în prima lui zi de lucru, iar tatăl lui rămase să aştepte ora 10. Când auzi bătaia orologiului, luă pachetul şi se îndreptă încetişor spre casa Gertrudei.

- Bună, Anna, ce mai faci?

- Silvio, bună dimineaţa, ce faci? Intră, nu sta la poartă. Tot te mai dor picioarele?

- Tot, dar mă port cu ele, iar tu stai aproape, spuse el aşezându-se pe băncuţă.

- Hai în casă, e umezeală.

- O să intru în casă, dar mai întâi am o vorbă cu tine, spuse el, frământând pachetul. Matteo o iubeşte pe fata ta, am venit s-o cer în căsătorie. Ştiu şi eu tot, nu vreau să mai vorbim despre asta. Aici are rochia de mireasă a nevestei mele. Ştii că eu nu m-am mai căsătorit, ca şi tine de altfel. Ţi-o dau s-o poarte la nuntă, dacă accepţi logodna. Matteo o să vină diseară cu inelul Agnesei, mi-a luat locul la munca la cimitir, e mai puternic şi părintele a fost bucuros. O să aibă cu ce trăi. Ce spui, Anna?

- Eu sunt bucuroasă s-o dau, o dau unor oameni buni care stau lângă mine. O să vin să ajut şi eu.

- Da, faci mâncare bună!

- Poate o să-mi apară şi mie zâmbetul pe buze şi-o rază de fericire deasupra ochilor, Silvio!

- Deci îi dai fata lui Matteo?

- O dau, cum să nu!

- Ea ce face?

- S-a trezit şi stă liniştită lângă foc. Vrei să mergem la ea?

- Da, scap şi eu de pachet şi diseară vine Matteo.

Cei doi intrară în camera de primire, unde Gertrude stătea cu faţa către foc. Se ridică imediat ce auzi uşa.

- Stai liniştită, nu te agita, îi spuse mama, nu e decât tatăl lui Matteo.

- Am venit să te cer în căsătorie. Aici, făcu el întinzând pachetul, e rochia de mireasă a lui Agnesse, sper să-ţi placă! Mama ta a consimţit să fii soţia lui Matteo.

171

- Doamne, cât sunteţi de buni cu toţii cu mine!

- Zi "da" fata mea şi uită-te la rochie!

- Da, mamă, da, unchiule Silvio! Mă voi căsători cu Matteo! Gertrude luă pachetul şi îl strânse la piept. Voi fi o soţie bună, promit!

- Ştim asta cu totii. Vezi de-ţi place rochia! Gertrude o despachetă din hârtie şi o întinse.

- E frumoasă! zise ea. Sper să-mi poarte noroc! O voi spăla un pic şi o voi călca. O să fiu o mireasă minunată. Mulţumesc pentru gest. Cred că e greu să te desparţi de ea!

- Este şi nu este! Agnesse e în inima mea iar rochia e a ta!

- Mă duc s-o duc în camera mea. Cei doi părinţi rămaseră singuri.

- Sunt fericit că a acceptat! Părintele îi va cununa imediat.

- Da, e ceva minunat ce se întâmplă. Dumnezeu a iertat-o!

- Nu a avut ce să ierte. Dar pe tine nu te-aş ierta dacă nu mi-ai mai da tocană ca ieri!

- Cum să nu? Îţi dau, vin la voi la prânz. E pe foc acum, când e gata mă reped eu, tu de-abia mergi cu picioarele. E mai bine că stai acasă şi că Matteo îl ajută pe părinte. Picioarele tale te-ar ajuta să vii la mine că doar ne despart două case. Am să vin şi eu să ajut acolo. Ne-a unit Dumnezeu, în felul acesta vă vom fi îndatorate.

- Mă duc acasă, Anna, nu uita că diseară vine pe la Gertrude Matteo.

Toată ziua Matteo stătu ca pe ghimpi. O să accepte sau nu? Îl ştia pe taică-său la mama Gertrudei şi avea ceva speranţe. Când la prânz simţi miros de tocană, îl umflă râsul: "E a mea, e a mea!" şi sufletul îi zbură două case mai încolo.

- M-a acceptat, aşa-i? Miroase a tocană!

- Da, fiule, am lăsat acolo rochia mamei tale. Te aşteaptă diseară. Vezi de vorbeşte cu părintele pentru o cununie cât mai grabnic ..., să nu i se vadă fetei pântecul, continuă Silvio.

- O să vorbesc în după-amiaza asta, nu mai stau.

- Diseară îi dai inelul mamei tale. Al unei sfinte, zise tatăl.

După ce mâncă, Matteo o luă din loc la lucrul lăsat înainte de prânz. Vorbi cu părintele, care zâmbi cu blândeţe, de atâta grabă, ba îl mai bănui şi de niscaiva năzdrăvănii, la care Matteo se înroşi ca un rac, dar nu spuse nimic. Părintele acceptă să le facă strigările în duminica acestei săptămâni şi cununia săptămâna viitoare. Băiatul era fericit, cu toate că zâmbetul părintelul persista plin de subînţelesuri. După ce-şi termină treaba, trecuse pe acasă, cerşindu-i un pic de curaj tatălui său.

- Du-te, nu mai sta! Treaba e făcută de azi dimineaţă. Matteo luă inelul în buzunar şi plecă. În câteva clipe intră pe poarta fetei.

- Matteo, sunt în grădină, vino şi tu aici.

- Bună, Gertrude!

- Bună, Matteo, spuse fata cu faţa toată un zâmbet. Tatăl tău a fost aici azi dimineaţă. Mi-a dat rochia mamei tale iar mama a spălat-o. O voi călca mai apoi, vreau să fie curată şi frumoasă ca-n prima ei zi.

- Părintele va face strigările duminică, iar săptămâna viitoare, când vei dori, ne vom căsători. Uite şi inelul! Vrei să fii a mea pentru tot restul vieţii?

- Da, Matteo, da, salvatorul meu drag! Vreau!

- Eu te iubesc, nu te salvez! Copilul e minunat, înţelegi? spuse Matteo, punându-i inelul pe deget. Chiar îţi vine! Mă laşi să te sărut pe obraz?

- Da, spuse fata cu vocea gâtuită. A fost ca o atingere a unui fluture pe faţa proaspătă a Gertrudei.

- Când crezi că vei naşte?

- Cam la vară, prin iulie cred, dar cine ştie? Vreau doar să fie sănătos.

- Crezi că va fi băiat?

- Nu ştiu eu sigur, dar mi-ar plăcea să crească şi să te ajute. Să-l înveţi să fie ca tine, să-ţi semene!

- E fiu de conte, Gertrude!

- Cine va şti asta?

- Dacă se va naşte cu semnul ăla de care vorbeai când te-ai întors?

- O să-l îmbrac cu mânecă lungă. De altfel, nu ştim nimic, eu încă nu pot să-mi închipui că nu voi fi o mamă singură, că voi fi lângă bărbatul care mă iubeşte şi pe care o să învăţ să-l iubesc. Deja am început să nu te mai văd ca pe un frate şi asta e important. Când m-ai sărutat, inima mea a tresărit altfel.

- Deci pot să sper, Gertrude?

- Da, cred că da. Sunt sigură. Fiecare merităm o a doua şansă.

Zilele până la nuntă fură minunate, lumea deja ştia în tot satul şi aştepta să vadă. Gertrude îmbrăcă rochia de mireasă care îi stătea minunat. Nimeni nu putea sesiza sarcina ei, iar când preotul o întrebă dacă doreşte să se căsătorească cu Matteo Hometti, ea spuse "DA" din toată inima şi astfel deveni doamna Hometti. Aruncă buchetul şi porni astfel pe un alt drum, alături de altcineva.

Se mutară în casa tatălui lui Matteo, însă mama ei era mereu alături de ei. Gertrude se acomodase şi cu viaţa de femeie măritată şi cu Matteo alături de ea. Uneori noaptea avea vise urâte, dar Matteo o liniştea explicându-i că niciun conte nu o va mai face să sufere şi că visele acestea vor trece. Lunile treceau, iar Gertrude era din ce în ce mai ostenită. Sarcina

173

îi umflase picioarele, dar familia îi era alături şi o sprijinea. Matteo se dovedi a fi un bărbat vrednic şi aştepta sorocul Gertrudei fără niciun resentiment. Era fericit că era al lui, restul era dat uitării. Copilul este al celui care-l creşte. Ştia ce înseamnă să creşti fără mamă şi cât însemnase mama Gertrudei pentru copilăria lui. Realiză că ei fuseseră o familie din totdeauna, chiar dacă doar în sufletele lor şi poate nici acolo conştientizat. Gertrude îşi exprima dragostea de-abia înfiripată în privirile duioase pe care şi le lăsa să cadă asupra soţului ei.

Matteo simţea şi el că recunoştiinţa Gertrudei se transforma pe zi ce trece în dragoste, una calmă şi lină ca o apă. Se iubeau şi cele două căsuţe fremătau aşteptând copilul, care mai avea puţin şi îşi cerea drepturile. Gertrude se simţea mereu obosită şi îi era rău deseori. Oricând putea să nască după calculele ei. Stătea mai mult în pat, moartă de frică. Matteo era şi el nerăbdător văzând-o pe Gertrude cum suferă. Anna o consola, spunându-i că e puternică şi că toate vor trece când va vedea copilul, nu va mai simţi nicio durere. Într-o noapte, de la începutul lui iulie, Gertrude simţi că-i vine sorocul. Îl trezi repede pe Matteo.

- Matteo, iubitule, simt că voi naşte. Mergi la mama să vină, în curând vor începe durerile. Matteo coborî iute din pat şi fugi la Anna. Deschise poarta şi bătu repezit în uşă.

- Vino, te cheamă, i-a venit cred sorocul să nască!

- Imediat, fiule, parcă am presimţit eu ceva, nu adormisem. Trebuie sa punem apă la fiert imediat. Aşteaptă-mă să iau lucrurile pe care le-am făcut pentru copil! Gertrude nu ştie! Şi apoi, cârpe multe curate.

Ieşiră amândoi şi merseră într-o fugă. Îl găsiră pe Silvio ţinând-o pe Gertrude de mână.

- Matteo, să fie cald în cameră. Pune apă la fiert în toate oalele pe care le aveţi! Gertrude, nu fi speriată, totul va trece repede, eşti tânără şi în putere! Apoi, te vei bucura de copil.

- Mamă, doare atât de tare uneori!

- Ştiu, fata mea! Silvio şi Matteo, ieşiţi din cameră, staţi lângă oalele cu apă fierbinte. Silvio rămăsese locului, nu auzea... Silvio, nu încerca să-ţi aminteşti nimic! Ştiu că aici a născut şi Agnesse, dar acum e altfel şi e Gertrude! Nu se va întâmpla la fel! Mergi cu Matteo!

- Hai, tată, nu-ţi scoate durerea din adâncuri, nu-ţi aminti patimi trecute, mai degrabă hai să avem grijă de focul de la oalele cu apă! Gertrude nu e Agnesse!

Matteo îl ridică uşurel şi plecară în camera de primire. Bătrânul avea lacrimi în ochi. Începură să aştepte. Gemete şi mai apoi ţipete se auzeau din camera cealaltă. Silvio stătea cu pumnii încleştaţi.

- Agnesse! şopti el.

- Nu, e Gertrude! Nu mai are mult, se chinuie de ceva vreme.

După un țipăt prelung, care-i făcu pe bărbați să se lipească de ușă, se auzi un glăscior de prunc de-abia născut.

- A murit!

- Nu, nu a murit Gertrude, spuse Matteo, dar am un fiu! În curând o să ne lase să intrăm și ai să vezi că totul va fi bine.

Peste vreun sfert de ceas, Anna deschise ușa. Mama și fiul dormeau unul lângă altul, iar în cameră era curat și nici urmă de vreo naștere. "Nu erau treburi bărbătești astea!" își spuse Anna. Cei doi bărbați se uitară uimiți la mogâldeața care dormea acolo. O nouă viață.

- E băiat, spuse Anna, are semnul contelui pe mână! Trebuie avută mare grijă!

- Trebuie să aducem pătuțul din pod, Matteo. Hai să mergem să-l curățăm! Copilul trebuie să doarmă în pătuțul tău. Mulțumesc lui Dumnezeu că sunt sănătoși!

Cei doi plecară, iar apoi se deslușiră zgomote deasupra în pod, acolo era un pătuț făcut de Silvio cu tot felul de desene pe el.

- S-a păstrat foarte bine, tată.

- Da, dar trebuie să-l spălăm și să-l ștergem. I-am făcut o salteluță nouă, e în camera mea. Nu am putut să-ți spun, de frică...

- Înțeleg. E bună o salteluță nouă, Gertrude o să fie tare fericită.

- Semnul ăla, mai adăugă Silvio.

- Băiatul nu va crește în Florența iar contele nu vine niciodată pe aici. Copilul e al meu! Am să merg la părinte să-i înregistrez nașterea.

- Ce nume va avea?

- Pierfrancesco Hometti, răspunse Matteo.

- Un nume frumos, zise Silvio.

- Și mie îmi place!

Astfel, în 1539, veni pe lume Pierfrancesco Hometti, mai precis pe 25 iulie. Părintele îl înscrise în condica bisericii pe micuțul Pierfrancesco, avându-i înscriși ca părinți pe Gertrude și Matteo Hometti. Matteo se simți minunat când semnă în condică. Era fiul lui!

CAPITOLUL 9

Uşor, uşor, în familia marchizului de Renzo pacea reveni. Frederico reînvăţă să-şi iubească soţia şi copilul, însă umbrele răzbunării Isabellei, care mirosise ea de ce amantul ei rărise vizitele, erau din ce în ce mai dese, întunecând fruntea frumosului marchiz. Acesta, însă, descoperise fericirea şi se hotărî să rişte totul. "Dacă Isabella ar spune ceva, ar pica şi ea, nu doar eu!" Se măcina singur cu aceste gânduri, la urma urmei, nu-l omorâse cu mâinile lui pe Guido, putea scăpa cumva.

Palatul înflorea sub cupola fericirii regăsite. Maria Clementina aştepta cu nerăbdare căsătoria Ducelui pentru că ştia că apoi va urma căsătoria ei. Aşteptarea aceasta a fost pentru ea cea mai frumoasă perioadă a vieţii ei. Era dulce şi amară, dar minunată. Piero era foarte galant şi îndrăgostit, iar ea simţea asta.

În iunie 1539, Eleonora de Toledo, frumoasă precum o zână, se căsători cu Cosimo I de Florenţa. Au fost nişte zile minunate, în care fiecare om s-a bucurat de acest mariaj. Ducele hotărâse să dea mâncare la toată lumea din oraş şi cei mai fericiţi fură vagabonzii ce-şi duceau zilele pe străzi. Fusese o perioadă în care furturile şi crimele scăzuseră ca număr. Palazzo de Vecchio fusese reamenajat, etajele fuseseră redecorate în aşteptarea consoartei Ducelui.

S-au organizat vânători, concursuri de tot felul, dar mai ales baluri. Cât despre Cosimo, când îşi văzu mireasa venind către altar, îşi văzu viitorul alb ca şi rochia ei, iar când îi ridică vălul de pe faţă, văzu că şi Eleonora avea aceleaşi sentimente. Ochii ei mari albaştri oglideau în ei fericirea promisă, liniştea şi pacea viitorului cămin. Fire religioasă, fata îl făcu şi pe Cosimo să simtă fiorul uniunii pe care preoţii o plămădeau. Erau pentru vecie doar unul. "Minunat!" şopteau toţi cei care avură dreptul să asiste la liturghia de căsătorie, "O pereche reuşită şi, sperăm, dătătoare de mult noroc pentru Florenţa!"

Dar aşa părea să fie, pentru că nimic, nici un obstacol, nu interveni în perioada aceasta. Piero veghea ca totul să fie făcut cu maximă securitate. Umbla de colo până colo ca totul să fie bine, apoi revenea lângă mama lui. Maria Salviati, alături de Bia, stătea oarecum mai retrase, fetiţa nu era obişnuită cu atâtea lumini şi atâtea persoane în jurul ei. Era însă liniştită, bunica ei era lângă ea. Nu înţelegea ce face tatăl ei acolo cu femeia aceea, dar nu simţea nimic rău. Era uluită de strălucirea din jurul ei. Şi ea era îmbrăcată frumos şi avea o micuţă tiară pusă pe cap. Era o Medici oricum.

Eleonora a fost încântată de schimbările din palat. Totul era minunat, îi plăcea apartamentul ei. Totul. Bronzino făcuse minuni decorându-i capela proprie. Era fericită, avea un loc al ei unde se putea retrage în momentele ei de reculegere. Cosimo era şi el fericit, gusta din nectarul zeilor alături de soţia sa.

- Căsătoreşte-te, Piero, e minunat!

- După ce mă odihnesc. Toate festivităţile astea m-au dat gata. Şi apoi ai uitat? Luna viitoare mă căsătoresc şi eu. Maria Clementina are trusoul gata, iar mama a terminat decorarea unui apartament în palat. Eu nu-mi schimb camera, indiferent cât ar insista mama. Vrea să mă mut în camerele tatălui meu. Dar eu nu vreau!

- Te mai gândeşti să te răzbuni?

- Da, bineînţeles, doar că nu am un plan. Maria Clementina nu are nicio legătură cu Guido, sunt lucruri diferite. Şi, apoi, eu nu sunt statornic. Nu cred că sunt aşa de înamorat ca tine. Şi mai este ceva, niciunul dintre fraţii Eleonorei nu ţi-a omorât vreo rudă! E totuşi o diferenţă! Eleonora ţi-a adus prestigiu şi vistieria ţi-e plină!

- Ai dreptate, nu e acelaşi lucru. Cred că sunt eu foarte fericit şi din cauza asta încercam să-ţi transmit şi ţie acest lucru, dar tu ai o piatră pe care trebuie s-o dai la o parte pentru a te bucura de feircire.

- Ai ghicit în sfârşit, dragul meu Cosimo! Suntem fraţi de cruce, dar vezi, destinele noastre nu sunt la fel. Mereu mă uit la cuţitul acela şi la batista în care l-am pus. Sângele s-a înnegrit, dar e tot acolo. Simt că Guido a murit nevinovat şi cere să-l răzbun.

- Atunci, urmează-ţi calea, Piero! Eu te voi susţine întotdeauna, eşti fratele meu! Cei doi se îmbrăţişară zgomotos.

- Mulţumesc, frate, că îmi eşti aproape! Vei asista la nunta mea?

- Da, i-am spus şi Eleonorei că eşti fratele meu. Aşteaptă cu nerăbdare să te căsătoreşti. Nunta ei a fost deosebită şi datorită gărzilor tale care au păstrat ordinea. La căsătoria ta toate gărzile vor fi prezente, doar se însoară şeful lor, nu?

- Mă duc acasă, frate, e târziu. Bucură-te de Eleonora şi pe mâine!

- Ai grijă de tine, Piero, răspunse Cosimo, apoi cei doi se despărţiră, fiecare mergând la treaba lui, adică unul la culcare iar celălalt în braţele proaspetei sale soţii.

În drum spre casă, Piero se gândea în sinea lui că mai e puţin până la nunta lui şi el nu avea niciun plan. Uneori era aşa de plictisit că îi venea să renunţe la răzbunare, alteori căuta în mintea lui ceva de care să se lege, vreun viitor plan. Şi nunta se apropia.

Îi plăcea Maria Clementina, dar dacă o va iubi cu adevărat nu avea de unde să ştie. El nu era atât de clar cu femeile cum era Cosimo. Nici nu le preţuia atâta. Cum putea de la răzbunare să ajungă la dragoste? Nu vedea calea. Aşa că, la fel de nehotărât, o lăsă încă odată pe a doua zi.

Zilele treceau, iar Maria era din ce în ce mai nerăbdătoare. Piero îi spusese că mama lui îi pregătise şi redecorase un apartament special pentru ea. Era fericită ca atunci când primea în copilărie o prăjitură în plus. Piero era ameţit, luat de val, de toate pregătirile care erau în desfăşurare şi nu se mai terminau.

În onoarea lui Cosimo, hotărâse să se căsătorească la Bazilica San Lorenzo, unde munca de decorare era în toi. Se ştergeau vitraliile, pânzele de păianjen de prin cotloanele mai dosnice, totul trebuia să strălucească de curăţenie. Logodnica lui nu avusese nicio obiecţie, biserica aleasă îi plăcea. Fratele lui se căsătorise acolo, erau multe camere în care te puteai aranja.

Ce avea de făcut era doar să aştepte mijlocul lui iulie, care parcă nu mai venea odată. Îşi alesese florile iar tiara strălucea şi aştepta ziua nunţii. Piero venea destul de des pe la ea, îi plăcea să stea cu el în parc, pe bancă. Ea îl vedea neliniştit şi era încântată, fără să bănuie măcar ce îl agita. Lui Piero îi plăcea de ea, dar nimic mai mult. Marchizul părea şi el altfel, stătea cu soţia lui, care era din nou însărcinată. Se schimbase în bine. Nu ştia ce să facă. Era la un pas de a renunţa. Copiii nu trebuiau sacrificaţi, Renzo stătea mai mult acasă, nu-i mai răspundea Isabellei la bileţele.

Contesa de Ruffo era o tigroaică în cuşcă, aflase că Silvia era însărcinată şi-şi dăduse seama că Frederico o părăsise. Contele de Ruffo, soţul ei, aflase şi el şi se bucura în sinea lui, dar fără a face vreun gest că ar şti. El începuse să fie mai atent cu ea, pentru a o încerca, ştiind că Isabella nu putea refuza. Era vulnerabilă. Nu mai ieşea din casă decât rar, stătea în palatul ei şi făcea planuri de răzbunare. Fără ca ea s-o ştie, Ruffo o urmărea ca şi până acum. O plătea pe subreta Isabellei, care-i era acesteia şi confidentă.

După nopţi de tortură, Isabella avea un plan măreţ, dar riscant totodată. Îl povesti subretei, care nu scoase nicio vorbă. Răutatea acesteia ieşea cu totul la suprafaţă. Subreta era înspăimântată, dar reuşi să se stăpânească de minune. Isabella nu observă schimbarea fetei, era prea obsedată de visul de a-l ucide pe Frederico. Când fata îşi termină treaba, Isabella o lăsă să plece. Subreta se duse drept în camera ei şi îşi dădu frâu liber sentimentelor. Trebuia să se liniştească şi să-l anunţe pe conte, la noapte. Însă trebuia înainte, să-i facă un semn, ca acesta să înţeleagă.

Contele de Ruffo nu era bătrân, să fi avut la vreo 40 ori 45 de ani, era un om prea bun şi blând şi crezuse în Isabella, dar fusese dezamăgit. Îşi înghiţise amarul şi trăia lângă ea mai departe. Însă obosise, dorea un copil, o soţie care să-l iubească, nu o femeie care era amanta tuturor. Subreta intră brusc, cu un deget pe buze. Contele se ridică, uitându-se la fata care înainta către geam.

- E în grădină, zise ea. La noapte am să vă spun ce are de gând, am aflat acum o oră!

- De ce nu-mi spui acum? Nu e niciun pericol, e afară, o urmărim de la geam, spuse contele.

- Bine! Ştiţi că Piero de Fiorano se căsătoreşte cu Maria, sora marchizului de Renzo, peste două săptămâni? Ceremonia va avea loc la Bazilica San Lorenzo, acolo sunt însă multe încăperi. După ce Frederico o va duce pe Maria la altar, contesa Isabella îi va face un semn s-o urmeze. El o va urma în una din camerele acelea unde va băga fără nicio vorbă pumnalul în el. Nu va şti nimeni. Apoi, va reveni lângă dumneavoastră fericită. Contele scoase din sertarul mesei o pungă cu bani şi i-o întinse subretei, dar aceasta refuză. Miros a sânge, nu-i iau! Îmi rămâneţi dator pe altă dată. O urăsc din toată inima! Îmi este greu să mă stăpânesc în faţa ei. Mâine mergem la Bazilica San Lorenzo, să aleagă camera cea mai propice acţiunii. Se întoarce, mai spuse ea grăbită, arătând totodată spre geam. Vă voi ţine la curent cu toate câte se vor mai întâmpla. Mâine vă voi da amănunte despre biserică. Plec! Am să vin imediat ce voi fi liberă.

Contele de Ruffo se aşeză la birou. Ce putea el să facă?! Cum putea el s-o împiedice? Tresări atunci când Isabella intră.

- Ce faci, conte, azi nu mai mâncăm?

- În jumătate de oră, draga mea. Am dat ordin să pregătească ceva deosebit şi de aceea durează.

- Eşti foarte atent în ultima vreme!

- Nu mai mult decât altă dată. Mă uitam la invitaţia contelui de Fiorano, la nunta lui. Va trebui să mergem. De-abia aştept! Ţi-ai ales toaleta?

- Da, desigur, voi fi strălucitoare ca întotdeauna! zise ea semeaţă.

- Iar eu voi fi mândru de tine ca întotdeauna, zâmbi Ruffo, sesizând uluirea Isabellei. Dar să mergem la masă, e timpul.

A doua zi, cele două femei luară o trăsură fără blazon şi merseră la biserica unde trebuia să fie nunta în curând. Subreta era foarte atentă să prindă orice detaliu şi să-şi întipărească în memorie alegerile Isabellei. Aceasta intră în cele două camere de pe partea dreaptă cum intri în biserică, fără să fie văzută. Subreta se aşeză pentru a se ruga, pentru a nu da loc unor bănuieli din partea contesei. Când veni Isabella, plecară imediat.

- Sper că nu m-a văzut nimeni, spuse contesa, vizibil preocupată.

- Nu era nimeni în biserică, signora, am stat eu şi m-am uitat peste tot.

- Foarte bine ai făcut! Am ales prima cameră cum intri, are deasupra pictat tabloul VI din Drumul Crucii, e aproape de locurile rezervate pentru noi la nuntă. Va fi simplu să-l atrag pe Frederico. Nu va face scandal, va veni cu siguranţă, mai zise ea urcându-se în trăsură. Pumnalul îl am, nu-mi rămâne decât să am curaj şi Dumnezeu îmi este martor că îl voi avea!

Ajunsă acasă, contesa văzu că soţul ei lipsea. Se bucură de asta, simţea că are noroc. Peste câteva ore, apăru şi contele, scuzându-se că avusese treabă la bancă.

- Nu-i nimic, dragul meu conte, zise Isabella cu ochii sclipind de siguranţa victoriei. Rezolvă-ţi problemele! Doar că o să mănânci singur, eu nu te-am putut aştepta.

- Bine, chiar mă bucur că ai făcut-o. Dar eşti obosită?

- Ca niciodată la prânz, dragul meu! Cred că mă voi culca puţin.

- Atunci, somn uşor, eu mă duc să iau masa.

- Poftă bună, mai adăugă contesa apoi intră în apartamentul ei, alături de subretă.

Aceasta din urmă o ajută să se dezbrace şi, spre uimirea ei, contesa chiar se culcă. "Cred că e fericită şi mulţumită de poate dormi!" îşi spuse servitoarea, "sau pune ceva la cale şi vrea să scape de mine!" Se înclină, apoi ieşi din cameră. Se duse la ea, era ostenită. Trebuia să găsească o modalitate să vorbească cu contele de Ruffo, apoi el va decide ce-i de făcut. "Am să aştept prilejul când se va plimba prin grădină", se mai gândi ea. Pândi momentul în acea zi când Isabella se duse să se plimbe prin grădină, atunci ea intră repede în camera contelui.

- Nu pot sta mult, a ales camera deasupra căreia se află tabloul VI din Drumul Crucii, spune că e aproape de locurile rezervate pentru dumneavoastră. Are un pumnal! Faceţi ceva! Acum eu plec.

Contele sări ca un arc de pe scaun, dar nu mai avu pe cine întreba altceva.

- Voi merge în audienţă la Duce. Ducele ştie cu siguranţă ceva, e prietenul din copilărie al contelui de Fiorano. Trebuie să-i avertizez cumva! Nu mă duc la Fiorano să nu anuleze cumva nunta. Sună repede din clopoţel pe fereastră, după care apăru imediat un servitor căruia îi dădu un bilet. Te duci urgent la palat şi ceri răspuns pe loc. E o chestiune de viaţă şi

180

de moarte! Te aştept imediat înapoi! Nu vorbi cu nimeni, mai ales cu soţia mea! Viaţa cuiva depinde de cât de repede te mişti!

Servitorul se înclină şi ieşi. Nu fusese necesar să ceară audienţă, pe scări se izbi drept de Cosimo, care începu să râdă.

- Ce faci aici băiete, ce arde?

- Signore, sunt servitorul contelui de Ruffo şi am un mesaj pentru Duce. Un mesaj de viaţă şi de moarte! Bineînţeles, slujitorul contelui nu-l recunoscu pe Duce.

- Eu sunt Cosimo, nu mă vezi?

- Vai, Doamne, da! Poftiţi biletul, aştept răspuns pe loc. Cosimo citi biletul şi se întunecă.

- Spune-i ca mâine la 10 să fie la palat, are porţile deschise. Pleacă acum repede!

Ruffo aştepta răspunsul cu sufletul la gură. Servitorul credincios ajunse într-o fugă înapoi la el.

- Mâine la 10 aveţi audienţă! Chiar acum am vorbit cu Ducele! În fuga mea nu l-am văzut şi m-am izbit de el. Aşa, a fost mai simplu.

- Vezi de nu mai scoate niciun cuvânt despre asta la nimeni! E un secret care te poate arunca în iad!

- Vă slujesc de mult, nu voi scoate niciun cuvânt despre asta! Am văzut că Ducele s-a întunecat la faţă, deci e ceva grav, aşa că îmi voi ţine gura. Din respect pentru dumneavoastră, dar şi de frică!

- Bine, du-te acum, ţine moneda asta. O să-mi mai fii de ajutor, poate în curând.

Dimineaţă când Ruffo intră la Duce, acesta îl aştepta deja.

- Soţia mea s-a decis să îl omoare pe fostul ei amant, marchizul de Renzo. Acesta se pare că s-a întors la familie şi e fericit. Am aflat că liturghia de căsătorie a contelui Fiorano va avea loc la San Lorenzo, după cum bine ştiţi. Astfel, sub tabloul al VI-lea din Drumul Crucii e o cameră, Isabella îl va atrage pe marchiz acolo. Are un pumnal pregătit şi îl va ucide. Marchizul va veni, pentru a nu se face zgomot sau scandal, iar ea îl va aştepta acolo. Locurile noastre sunt drept lângă încăperea asta.

- Cunosc biserica. Acolo e îngropat tatăl meu. Piero îşi doreşte să se căsătorească acolo, în onoarea mea.

- Vin să vă cer să mă lăsaţi s-o ucid, fără mult zgomot. Este o soţie infidelă, de când m-am căsătorit.

- Conte, soţia ta nu ar fi la prima crimă! Guido de Fiorano a fost ucis cu un pumnal ce avea însemnele familiei de Renzo, deci aici e care pe care. Guido a fost unul din amanţii săi. Aici problema e mult mai gravă decât îţi închipui tu!

- Deci nu ştiu prea multe!

- Nu ştii totul. Lasă-l pe Dumnezeu să hotărască dacă Renzo va trăi sau nu. Dă-ţi seama că Piero e fratele lui Guido şi se va căsători cu sora marchizului. De la asasinat, Piero se uită în fiecare seară la pumnal şi la batista plină de sânge în care e înfăşurat.

- Şi atunci?

- Dacă vrei, ucide-ţi soţia, dar lasă-l şi pe Renzo să vadă mânia lui Dumnezeu. Nimeni nu va şti decât noi doi. Acea capelă are o ieşire secretă, vei ieşi pe acolo, dar nu te vei atinge decât de Isabella şi nu de marchiz. În capela aceea, dedesubtul tabloului VI, intri iar în faţă, cum deschizi, e o statuie a Sfântului Anton, dacă îi apeşi nasul, se deschide un perete şi fugi pe coridorul acela. Dar fii cu băgare de seamă, doar tu să ştii despre asta! Astfel, nimeni nu va şti că ai ucis-o. Apoi revii la loc în biserică. Mai avem o altă cale, să nu intervii deloc. Poate se vor bate ei acolo şi se vor ucide. Gândeşte-te că poate să-l ucidă Piero pe Renzo, e şi el îndreptăţit, nu?

- Doamne, în ce m-am băgat?

- În nimic. Ai toate drepturile asupra soţiei tale şi atât, însă toată viaţa şi conştiinţa ta vor fi murdărite de sângele unei târfe. Tu hotărăşti, conte!

- Doamne, ce labirint! Numai eu nu am ştiut nimic! Ce mă sfătuiţi?

- Să-i laşi să se lupte acolo, să decidă Dumnezeu. Renzo s-a pocăit, merită doar o lungă convalescenţă, însă Isabella merită să moară!

- Atunci, să moară, dar am să-i trimit un bilet lui Renzo, să fie pregătit de orice.

- Asta poţi face, dar fără a da amănunte. Şi Renzo trebuie să-şi achite datoriile!

- Sunt năuc! Mă duc acasă.

- Du-te, fii fără teamă. Se va alege.

Contele se prăbuşi pe pernele trăsurii sale, era doborât. Nu putea face nimic, dar îi veni o idee şi se mai linişti. Ajungând acasă, se sui la el în cameră, anunţând că nu se simte bine şi îşi chemă servitorul lui credincios.

- Ascultă, ştii unde e palatul familiei de Renzo?

- Da, l-am văzut mereu aici, însă în ultima vreme nu l-am mai zărit. Contele înghiţi în sec, apoi continuă.

- Stai până îl prinzi singur, dar doar singur! Nu da greş, altfel o să se cutremure Florenţa!

- Fiţi pe pace, nu vă faceţi griji! Nu-i dau decât lui biletul. Plec acum.

- Am încredere în tine, spuse contele şi se prăbuşi pe fotoliu.

182

Servitorul plecă, zăpăcit de importanța misiunilor sale. Se postă lângă palatul familiei Renzo și se puse pe așteptat. După două ore lungi de așteptare, porțile se deschiseră iar marchizul ieși călare pe calul său.

- Signore, spuse servitorul aplecându-se.

- Ce este? zise marchizul.

- Vă caut de două ore, signore, mă bucur că sunteți singur. Veniți, vă rog, mai aproape, am un bilet să vă dau.

Marchizul, plictisit, se dădu jos de pe cal și se gândi că sigur e iar ceva de la Isabella. Servitorul îi dădu în mână biletul și aștepta. "La ceremonie să veniți cu un pumnal, Isabella va încerca să vă omoare. Nu pot să vă mai dau alte amănunte! Antonio de Ruffo". După acestea mai era scris dedesubt: "Trebuie să plătiți și dumneavoastră cumva. Fiți necruțător și răbunați-mă!" Frederico îl căută pe servitor dar acesta dispăruse. Se întoarse imediat acasă, nu mai avea chef de plimbare.

Zilele treceau și Frederico se străduia din greu să fie calm. În ajunul nunții își pregăti pumnalul. Isabella la fel. Piero, în schimb, după discuția cu Cosimo, înțelese că nu trebuia să mai încerce ceva. Cosimo îi spusese că se ocupă el de problemă și că e complicat dacă se mai bagă un alt jucător. De fapt, va înțelege el a doua zi.

A doua zi veni, era ziua nunții, soarele strălucea pe cer netulburat și totul promitea o zi excelentă. Toți servitorii pregăteau câte ceva. Banchetul din grădinile contelui de Fiorano trebuia să fie pe măsura blazonului acestei familii importante a Florenței. Ceremonia trebuia să aibă loc la ora 11, iar după 12 petrecerea putea începe.

Lumea începu să se adune în biserică iar la 11 când Piero era în fața altarului, străzile erau ocupate. Când sosi mireasa, toată lumea murmura cât de frumoasă era. Era o adevărată prințesă la brațul fratelui ei. În drumul spre altar salutau de zor în dreapta și în stânga. Frederico își făcea datoria cu o eleganță desăvârșită. O zări pe Isabella, lângă soțul său. Fiecare îi adresă un zâmbet, contele cu subînțeles, iar soția sa un zâmbet plin de răutate reținută.

Maria Clementina și Piero erau în fața altarului iar slujba mai avea puțin și avea să se termine, mirii își aparțineau unul altuia. Atunci, cineva îl atinse pe Frederico ușor cu un evantai, iar el înțelese. Urmă persoana pipăindu-se după pumnal. Intră în capela pe care toți o știm, unde Isabella se repezi cu toată forța ei să-i înfigă pumnalul în inimă. Pumnalul însă îl răni, dar nu-i atinse și inima. Cu o putere nemaiîntâlnită, pentru că deja pierdea sânge, îi înfipse Isabellei pumnalul în inimă și aceasta căzu. Isabella, profund uimită de întorsătura situației, întrebă cu glas stins:

- Cine te-a prevenit?

- Soțul tău, zise Frederico și leșină.

Isabella închise ochii lumii acesteia pentru totdeauna. Din faţa altarului, cei doi proaspeţi soţi, arătau lumii zâmbete şi ochi senini. Erau soţ şi soţie, uniţi pe veci. Primeau deja felicitări, când cineva începu să strige:

- O crimă, o crimă!

CAPITOLUL 10

- Un doctor! Un doctor! strigă altcineva.

- E careva doctor? strigă alt glas.

- Eu sunt doctor.

- Veniți aici repede, se pare că unul din ei nu este mort!

- Dar este Isabella de Ruffo și Frederico de Renzo!

Panica cuprinse întreaga biserică. Toată lumea se îndrepta spre capela Sfântului Anton. Cei doi miri, buimăciți de eveniment, ajunseră în mare grabă. O zăriră pe Silvia peste trupul soțului său.

- Nu muri acum, dragul meu, când sunt atât de fericită!

- Femeia este moartă. Soțul ei o caută în săculețul de mână.

- Un bilet, un bilet! strigă el. Scrie că ea îl va omorî pe marchiz!

- Aici a fost o luptă între cei doi.

Doctorul confirmă faptul că Isabella este moartă. Avea pumnalul înfipt în inimă. Trecu apoi la Renzo, îndepărtând-o pe Silvia și cerând liniște.

- Marchizul trăiește! Pumnalul nu i-a atins inima și rana nu este adâncă ca în cazul contesei. Vă rog să-mi faceți loc, dată fiind situația, trebuie să-i scot acum cuțitul din rană. Doamnele să-mi dea toate batistele pe care le au. Imediat, un coșuleț de batiste se strânse pentru doctor. Piero și Maria se apropiară și ei.

- Doctore, te pot seconda? Cunosc lucrul cu răniții, tatăl meu a fost condotier.

- Atunci, vino, spuse doctorul.

Piero o liniști pe Maria Clementina și o rugă să meargă la Silvia și la bătrâna marchiză.

- Liniștește-te! Fă ce-ți spun! Fratele tău are nevoie de mine acum.

Ea păru că a înțeles și se duse imediat la cele două femei. Frederico stătea nemișcat cu o batistă udă pe frunte. Doctorul îl dezbrăcă pe marchiz până la jumătate. Cuțitul intrase în carne aproape de umăr. Intre inimă și umăr. Pierduse mult sânge dar doctorul era optimist.

- Trebuie să-i scoatem cuțitul.

- O voi face eu, zise Piero. Mă pricep la asta. Dumneavoastră țineți-l și pansați-l imediat după ce curățați rana. O targă, aduceți o targă, mai strigă Piero. Câţiva dintre soldaţii mei să aducă imediat una de la cazarmă.

- Chiar te pricepi. Tatăl tău, Rodrigo de Fiorano te-a învăţat multe.

Piero mai strigă ca lumea să se îndepărteze. Între timp, corpul Isabellei fusese luat de soţul acesteia şi cărat în trăsură. Contele de Ruffo era trist într-un fel, dar simţea şi o mare uşurare. Piero, cu multă dibăcie, reuşi să scoată pumnalul Isabellei din rană. Un oftat prelung se auzi, rănitul simţise totul. Doctorul se ocupă de rana lui în timp ce Piero îi schimba batistele de pe frunte.

- Linişteşte-te, cumnate, nu o să mori tu la nunta mea! O să te ducem acasă şi te vei face bine. Frederico deschise ochii şi încercă să zâmbească. Stai liniştit, Frederico, nu face niciun efort, stai cuminte. Te vei face bine! Isabella a murit, soţul său a luat-o acum câteva minute. Tu însă nu, cuţitul nu ţi-a atins inima şi nici nu a fost împlântat prea adânc. După ce te faci bine, trebuie să cumperi batiste pentru toate doamnele din biserică, încercă Piero să fie glumeţ. Frederico îl înţelese şi îl strânse uşor de mână. Apoi leşină.

- A leşinat, dar nu-i nimic, spuse doctorul. A pierdut mult sânge. I-am pus pe rană niste prafuri şi trebuie să mă ajuţi să-i torn în gură lichidul ăsta. Ştii, conte, eu nu plec de acasă fără trusa mea. Soţia mea mereu se enervează că o car, dar uite, acum a fost folositoare.

- A venit targa, faceţi loc, strigă cineva.

- Nu trebuie zdruncinat, nu trebuie urcat în trăsură, mai spuse doctorul.

- Îl vom duce pe targă până acasă, zise Piero. De fapt, acasă la mine, e mai aproape.

- Atunci, acolo trebuie dus, cu cât drumul e mai scurt, cu atât mai bine, mai zise doctorul. Vă însoţesc şi eu!

Lumea se dădu la o parte, iar targa începu să se pună în mişcare, datorită soldaţilor lui Piero.

- Încetişor, încetişor băieţi, totul depinde de voi, zise Piero. Mergem la palatul Fiorano, e mai aproape.

- Va scăpa? îl întrebă Maria cu teamă.

- Bineînţeles, urcă-te cu marchiza şi Silvia în trăsură şi urmaţi-ne. Încearcă să te linişteşte. Cuţitul nu a pătruns adânc şi nici aproape de inimă, doar că a pierdut mult sânge. Cine ştie de când stăteau amândoi acolo!

Maria Clementina se puse în mişcare şi le sui pe doamne în trăsură. Ottavia plecă şi ea alături de ele, doar mergeau cu toţii la palatul Fiorano. Le cerea să aibe încredere în Piero, Rodrigo, sotul său, îl învăţase multe. Şi medicul dăduse asigurări, astfel doamnele din familia Renzo se mai liniştiseră cât de cât. Trebuiau să aibă încredere. Ce puteau face ele?

Acum Piero îl înţelegea pe Cosimo , când îi ceruse să stea liniştit, că totul se va rezolva. Ce ştia oare Ducele şi nu-i spusese? Trebuia să-i vorbească neapărat, dar mai încolo, când Frederico putea să se considere scăpat.

Ajunseră la palat, unde servitorii erau deja înştiinţaţi, astfel, o cameră de la parter fusese pregătită pentru Frederico. Acesta fusese culcat în pat, iar focul ardea ca iarna, pentru că acesta avea frisoane teribile. Doctorul îl consultă încă odată şi păru mulţumit.

- În curând va începe febra, dar nu trebuie să vă îngrijoraţi. Cineva trebuie să stea mereu lângă el şi să-i schimbe de pe frunte batista. Tot timpul aceasta trebuie să-i fie udă. Am aici o licoare din care trebuie să bea trei linguriţe pe zi. V-o las pe măsuţă. Eu voi trece în fiecare dimineaţă să-l consult. Vă las acum şi nu faceţi zgomot prea mult, lăsaţi-l să se odihnească şi vegheaţi-l! Marchiza de Renzo îi spuse Ottaviei:

- Va trebui să ne găzduiţi pe toţi aici! Silvia îl va aduce aici şi pe Enrico, nu putem pleca de aici de lângă Frederico.

- Nu vă faceţi probleme fără sens. palatul este gol, voi da ordin să se mai pregătească alte camere până diseară. Suntem o familie acum! Îmi pare rău că Maria şi Piero nu pot avea banchetul pentru care m-am străduit atât până acum! Am dat poruncă să strângă tot, viaţa lui Frederico e importantă acum. De fapt, nu e niciun invitat cu noi şi nu va mai veni nimeni. Mă întreb ce face contele de Ruffo? El e singur şi nu e vinovat cu nimic!

- Cred că e mai bine aşa, e un om atât de bun! Merită o soartă mai fericită. Poate se va recăsători, îşi doreşte din toată inima un moştenitor. Dumnezeu îi va da cu siguranţă, după acest doliu pe care nu ar trebui să-l ţină, spuse mama lui Frederico.

În timpul acesta, Piero şi Maria Clementina se urcară în apartamentul pregătit proaspetei mirese.

- Îţi place?

- Îmi place mult, Piero! Dar mai mult îmi place ce ai făcut pentru fratele meu. Toţi vom locui aici până Frederico va pleca acasă.

- Nu ai o nunta frumoasă, Maria!

- Eu nu gândesc aşa. Suferinţele ne vor uni mai mult şi amintirea va dăinui, spuse ea scoţându-şi vălul şi tiara familiei. O să vreau să mă schimb, rochia aceasta este prea încărcată, dar nu am nimic aici.

- Surorile mele au rochii destule rămase. Vino să căutăm una. Apoi te duci să-ţi alegi singură, poţi porunci să ţi le aducă aici.

187

- E o idee bună. Te urmez, dragul meu! Piero o luă de mână şi o strânse în braţe.

- Mă laşi să te sărut?

- Sunt a ta, Piero! Ştii bine! Piero o sărută uşor pe buze, simţindu-le parfumul.

- Eşti aşa de frumoasă şi de suavă! Mi-e frică să nu te strivesc, pari fragilă. Hai să-ţi alegi o rochie! Surorile mele sunt la trup ca şi tine, să plecăm până nu încep să te doresc a mea cu totul. "Ce se întâmplă cu mine?" se mai întrebă el, uimit de reacţiile lui. Maria Clementina îl luă de mână şi îi zâmbi. Simţea că făcuse alegerea potrivită.

Până seara totul fusese aranjat şi familia marchizului se mută pentru un timp la conte acasă. Trebuie să ne întoarcem puţin în timp la Isabella. După ce contele de Ruffo, soţul ei, îi culesese trupul de pe jos, acesta o dusese şi o întinsese în trăsură, ajutat de unul din oamenii lui. Se urcă lângă ea şi porniră către casă. Ruffo se uita uimit la femeia aceea frumoasă care nu mai sufla. Scoase biletul ei din buzunar şi îl reciti.

- Nu m-ai iubit niciodată, Isabella! zise el cu voce tare. Oare de ce te-ai măritat cu mine? Sunt atât de nefericit, măcar că mi-ai făcut atâta rău! Eşti moartă şi nu vei mai face la nimeni rău de acum înainte, repeta el mereu cu mâinile mototolind biletul. Mi-am dorit atât de mult un copil şi tu nu ai vrut, iar Ducele te-a făcut "târfa de lux a Florenţei"! Şi câte lucruri probabil nu o să le aflu. Îţi voi face o înmormântare frumoasă, demnă de numele meu şi voi ţine şi doliu după tine. Te voi ierta eu cumva, dar voi fi singur la cimitir. Toată lumea te condamnă! Nu voi trimite nicio invitaţie.

Ajungând acasă, contele coborî iar Isabella fu depusă în salon. Dăduse comandă pentru sicriu şi cele trebuitoare unei înmormântări frumoase. Chemase şi un preot, chiar dacă nu înţelegea de ce.

Servitoarele o îmbrăcară şi o aşezară în sicriu. Parcă trăia, dacă nu ţineai cont de paloarea feţei. Cavoul familiei era pregătit s-o primească. Contele împodobise salonul cu flori şi lumânări aprinse, însă doar el şi servitorii stăteau de veghe. Subreta Isabellei venise şi îi dăduse contelui verigheta ei, iar el se juca nepăsător cu ea în mână. Nu era nimeni în vizită să-şi aducă omagiul celei ce a murit. Toată lumea era în schimb preocupată de marchizul de Renzo. Cine să se ocupe de o ucigaşă? Marchizul doar se apărase, ca urmare a biletului lui Ruffo. Avea să mai stea o zi apoi pământul trebuia să o ia la el. Adormise acolo pe fotoliu cu inelul în mână. Subreta îl acoperise şi atât, ea stătea pe acolo nemişcată, uneori schimba lumânările care se terminau. Se făcu dimineaţă iar contele tresări privind în jur. Înţelesese situaţia.

- Tu ai stat trează aici şi ai vegheat?

- Da, încuviinţă subreta.

188

- Mergi acum şi te culcă. Mănâncă ceva înainte şi adu-mi şi mie ceva. Voi sta eu cu ea, vom face cu schimbul. Vreau să rămâi în casa mea.

- Şi eu vreau, nu am să vă părăsesc, poate vă veţi recăsători.

- Poate, du-te acum şi odihneşte-te! Oricum nu va veni nimeni s-o vadă. Voi înlocui eu lumânările, mâine o vom pune deja în pământ.

- Apoi vom face curat şi vom încerca să uităm, mai zise subreta. Vă aduc ceva de mâncare îndată.

- Bine, spuse contele.

Dimineaţa era urâtă, total diferită de ziua precedentă. Contele nu se mai obosi să meargă la locul de luat masa, începu să mănânce pe o măsuţă în salonul unde era depusă Isabella. Se tot gândea la vremea urâtă şi se ruga ca a doua zi totuşi să fie altfel. Zi urâtă ca sufletul Isabellei. Aproape când termină de luat masa, un servitor îi anunţă vizita contelui de Fiorano. Cei doi conţi îşi dădură bineţe unul altuia.

- Sunteţi primul care ne calcă pragul şi poate cel mai îndreptăţit, spuse Ruffo. Piero se înclină şi puse buchetul de flori la picioarele Isabellei. Îmi cer iertare pentru Isabella! Ştiu tot, spuse Ruffo. Când am aflat ce vrea să facă, m-am dus la prietenul tău, Ducele, şi i-am povestit. Aşa am aflat despre fratele tău Guido. Am vrut s-o omor eu, dar Ducele m-a oprit. Mi-a dat voie doar să-l avertizez pe Renzo şi asta am şi făcut. Ducele mi-a spus că şi el are pe suflet multe şi trebuie să decidă Dumnezeu, nicidecum eu. Ştiam de Capela Sf. Anton, subreta Isabellei îmi spunea totul în ultima vreme, însă cum ţi-am mai spus, Ducele m-a oprit să fac vreun gest.

- Acum înţeleg şi eu totul! Cosimo a organizat totul, nu a vrut ca vreo persoană să se mânjească de sânge. Renzo e la mine acasă, trăieşte, e o viaţă firavă ca un fir de aţă, dar doctorul crede că va scăpa. Ia nişte medicamente, care se pare că-l ajută.

- Mâine la 10 este înmormântarea. Nu cred că va veni nimeni.

- Eu voi veni, aşa cum l-am iertat pe Renzo, aşa am iertat-o şi pe ea. Frederico nu ştie că pumnalul pe care l-am găsit în Guido e la mine. Când se va face bine, îi voi spune. Va înţelege ce sacrificiu am făcut abţinându-mă să nu-l omor cu mâinile mele. E mai greu să trăieşti înconjurat de ură, poate e mai bine să răspund cu pace şi iubire. Mâine voi veni să vă fiu alături, chiar dacă vom fi doar noi doi.

- Mulţumesc, spuse Ruffo strângându-i mâna.

- Trebuie să plec acum, mă întorc la palat. Pe mâine atunci la 10. După ce Piero plecă, Antonio începu să vorbească cu soţia sa:

- Vezi, Isabella, eşti iertată! Ar trebui să preţuieşti asta acolo unde eşti! Chiar fratele lui Guido, amantul tău, a venit să te vadă. Altcineva nu mai vine. Însă mâine nu voi fi singur, Piero mă va însoți la cimitir. Sper să fie frumos, astăzi și cerul plânge mizeria asta. Ți-a adus și flori!

Seara, Piero îi povesti soției sale că amândoi vor merge a doua zi la înmormântarea Isabellei. Apoi îi povesti despre moartea lui Guido, iar ea rămase surprinsă.

- De ce te-ai căsătorit cu mine?

- Pentru că te iubesc și am iertat! spuse Piero. M-am luptat cu mine, dar iubirea a învins. Însă când se va face bine, îi vom spune împreună fratelui tău. Îi voi arăta și cuțitul cu batista. Trebuie să înțeleagă prin ce am trecut noi, conții de Fiorano!

- Și mama ta știe?

- Da, și ea. Și Cosimo, fratele meu...

- Vai, ce rușine! Știam că are o relație cu ea, dar până la crimă e cale lungă. Biata Silvia a știut mereu. Dar Frederico s-a schimbat, ai văzut și tu!

- Am văzut dragostea, iubito! De aceea vreau să mergem mâine. Doar eu am mers astăzi la conte, nu a mai fost nimeni pe la el. Contele i-a salvat viața fratelui tău, dar asta e o altă poveste.

- Pe care vreau să o știu, zise Maria, întrerupându-l.

- Bine, atunci ascult-o. Și Piero îi povesti totul. Maria Clementina fu uimită, nu se aștepta la așa ceva.

- Piero, ce om nobil ești! Și ce sacrificiu a făcut contele! Vom merge mâine!

Dimineața, soarele își scosese capul de după nori, prevestind o zi frumoasă dar și speranță. Trăsura în care era Piero și Maria intră în curtea contelui de Ruffo. Era tocmai timpul. Cimitirul nu era departe. Un preot mergea înainte, urmat de trăsura în care era pus sicriul Isabellei cu capacul închis. Urma apoi trăsura soțului, apoi cea a conților de Fiorano. Isabella nu avea rude, așadar la urmă de tot, micul cortegiu era încheiat doar de subreta care hotărâse să rămână în serviciul contelui de Ruffo.

A fost o ceremonie scurtă și simplă, apoi sicriul fu coborât în groapă. Toți cei prezenți aruncară cu pământ peste sicriu.

- Adio, spuse Ruffo, ale cărui lacrimi începuseră să curgă. Piero și Maria îl țineau fiecare de câte un braț. Subreta aruncă cu flori. Să stăm până acoperă toată groapa, vă rog, mai spuse Ruffo trist.

- Nu avea grijă, ne întoarcem împreună.

Auzeau ca prin vis cum preotul spunea: " Din pământ suntem, în pământ ne întoarcem", dar totuși sufletul zboară nestingherit. Isabella zbura acum deasupra tuturor, nu mai avea nicio durere, era fără vârstă și poate că își găsise liniștea și fericirea.

190

CAPITOLUL 11

După ce totul se termină, cei patru se urcară în trăsură. Subreta urcă pe capră, lângă vizitiu. Contele îi invitase acasă la el după înmormântare. Nu era o masă sau ceva, era doar o discuţie.

Când ajunseră în salon, cei trei se aşezară. Totul fusese curăţat şi nimic nu mai arăta a loc unde a stat un sicriu. Geamurile erau deschise larg, iar aerul deja împrospăta camera.

- Domnule conte, spuse Maria Clementina, vă mulţumesc că i-aţi trimis fratelui meu biletul! Are toate şansele să se facă bine şi să-şi vadă copiii mari. Soţul meu mi-a povestit totul, v-aţi sacrificat foarte mult, sunteţi un om bun! Trebuie să uitaţi tot şi să ieşiţi în lume după doliu. Ar fi minunat dacă v-aţi recăsători şi aţi avea un moştenitor! Nu ar fi corect altfel.

- Da, mi-ar plăcea să găsesc liniştea de care am atâta nevoie pentru a face ceea ce spuneţi dumneavoastră. Dar îmi trebuie şi o femeie care să mă ia cu binişorul şi să mă înţeleagă.

- O veţi găsi! zise şi Piero. Poate chiar curând. Să nu lăsaţi ocazia să vă scape. Acum, însă, trebuie să plecăm, trebuie să ajung la palat, iar soţia mea lânga fratele ei. V-aş ruga să ne vizitaţi fără nicio oprelişte.

- Cred că o voi face, sunteţi singurii care mi-aţi fost aproape! Poate pe sfârşitul săptămânii, poate şi marchizul poate fi văzut.

- Asta e o idee bună, răspunse Piero, întinzându-i mâna contelui. Pe curând atunci, la noi acasă, mai continuă el.

- Curaj şi speraţi într-o schimbare în bine, spuse şi Maria. Cei doi tineri se urcară în trăsură, făcându-i cu mâna contelui.

- Vă aşteptăm la noi, mai strigă Piero.

Contele se înclină şi apoi intră. "De ce nu?" gândi el, "poate cineva mă aşteaptă undeva, poate voi avea şi eu un copil, o familie adevărată!" Piero opri trăsura la poarta palatului Fiorano, o sărută pe Maria şi plecă la palatul Ducelui. Voia să vorbească cu el. Când dădu de Cosimo, îi spuse:

- Tu ai fost păpuşarul întregului teatru de la nunta mea? râse Piero.

191

- Am ales cum să fie cel mai bine, zise Cosimo. Şi am avut dreptate. Ai să vezi că şi Renzo se va schimba. Îi vei spune totul şi mai ales că îl ierţi.

- Maria Clementina ştie deja. I-am spus tot. Mă crede măreţ şi nobil. În dimineaţa asta, Isabella a fost îngropată. Am stat doar eu şi Maria lângă conte şi subreta Isabellei.

- Bine ai făcut, ţi-ai câştigat un prieten, îţi vei da seama de asta pe parcurs.

- Ne va vizita, vrea să-l vadă şi pe marchiz. Contele cred că îşi doreşte să se recăsătorească după perioada de doliu, vrea să aibe moştenitori. Crezi că l-am putea ajuta? Ai vreo idee? Vreo verişoară a Eleonorei?

- Mă voi gândi, îl vom căsători, nu avea grijă. Trebuie să vorbesc cu Eleonora. Femeile ştiu mai multe despre asta, ne vor ajuta ele.

- Chiar, ce mai face? Nu am mai văzut-o de la nuntă.

- A fost şocată la nunta ta. La ea, în ţara ei, nu există asemenea întâmplări, acolo Inchiziţia face ca totul să fie mai strict. Momentele fericite sunt momente fericite, nu se termină prost. Cel mai mult a uimit-o îndrăzneala contesei. Să vină într-un lăcaş al Domnului cu scopuri din astea! După ce am adus-o la palat, nu a ieşit două ore din capela ei. O mai văzuse şi pe soţia marchizului însărcinată. Spune despre florentini că sunt libertini şi atei. Ea speră, ca prin religiozitatea ei, să le dea un bun exemplu, însă eu cred că nu va reuşi. Dar trebuie lăsată în pace, sunt lucruri legate de credinţă, în care ştii şi tu că nu excelez.

- Nici eu, sper să reuşească, răspunse Piero. Plec acum. Nu uita să vorbeşti cu Ducesa despre vreo verişoară care poate fi adusă să ne facă o vizită. Poate fi puritană, Ruffo, după câte cred eu, s-ar potrivi şi cu o asemenea concepţie. Îi trebuie totuşi un moştenitor, nu? zâmbi şăgalnic Piero.

- Bine, nu am să uit. Ai grijă de tine frate, plec şi eu în laboratorul meu acum. Am nişte idei noi, spuse Cosimo.

- Cum se împacă Ducesa cu alchimia ta? întrebă zâmbind Piero.

- Nu se prea împacă, dar mă iubeşte şi mă lasă în pace. Trebuie să vii şi tu să-ţi arăt ce fac acolo. Mă calmează, continuă Cosimo.

- Eu nu înţeleg mare lucru, dar voi veni. Te las acum, mă duc să văd ce fac elveţienii mei.

- Stau nemişcaţi, e pace, ce ai vrea să facă?

- Hm, şi Piero ieşi repede făcând un salut cu mâna.

Seara, când cei doi ajunseră acasă, fiecare avu diferite discuţii în familie. Cosimo o întrebă pe Eleonora de vreo verişoară nemăritată, la vreo 30 de ani, dornică de măritiş.

192

- Contele Ruffo vrea să se recăsătorească, după doliu, firește. Vrea moștenitori. Nu e chiar bătrân. Cred că ar fi bună vreuna din verișoarele tale, o femeie care să nu se sperie de apucăturile noastre. Una ca tine, zise Cosimo, luându-și soția în brațe și sărutând-o până aceasta se lăsă moale în brațele lui.

- Când mă săruți nu am aer, zâmbi Ducesa.

- Te iubesc, îi șopti Cosimo.

- Mă voi gândi, zise Eleonora înnăbușită din nou.

Piero, de cealaltă parte, fu întâmpinat de fericirea femeilor, care toate deodată îi spuseseră că Renzo a deschis ochii și a mâncat niște supă.

- Asta da veste bună! Și soția mea unde este?

- Este cu Frederico, îi dă picăturile pe care i le-a prescris medicul. Începe să-și revină. Silvia se odihnește, s-a liniștit, știe că își va reveni.

- Bineînțeles, Frederico este puternic și tânăr. Mă voi duce la el și la scumpa mea soție. Eu am mâncat la cazarmă.

- Mereu mănânci la cazarmă! Nu mă lași să am grijă de tine, fiule! zise Ottavia zâmbind.

- Îmi plac oamenii mei și trebuie să-i am aproape.

- Atunci, scumpul meu, Cosimo o să ne primească și pe noi la masă la cazarmă, să te vedem mai des, continuă contesa.

- Mamă, zise Piero luând-o în brațe și învârtind-o, ești binevenită oricând, îți voi da și o armă dacă vrei!

- Uită-te la el ce face! spuse Ottavia, vizibil încântată de fiul ei. Marchiza râdea în hohote care-i săltau pieptul și o făceau să-și țină batista la gură.

- Ce familie minunată! exclamă marchiza. Maria are noroc!

- Are, dacă mă lăsați să plec, spuse Piero, lăsând-o pe mama lui jos pe o canapea și îndreptându-se spre camera lui Frederico.

Cei doi frați se țineau de mână, Frederico era parcă mai vioi. Se uită lung la Piero și acesta înțelese totul, Maria îi spusese secretul fratelui său. Frederico întinse mâinile către Piero. Acesta se așeză pe pat și îi cuprinse mâinile. Lacrimi mari începură să curgă din ochii marchizului. Piero se căuta prin buzunare și-și scoase batista. A fost înduioșător momentul când îl șterse pe Frederico pe obraji.

- Frederico, nu mai fi copil, e o poveste veche!

- Iartă-mă, te rog, nu sunt demn de tine! Mi-ai salvat viața, spuse el încet, abia șoptit.

- Te-am iertat de mult! Și vezi că sunt căsătorit cu sora ta, pe care o iubesc. Și uită-te la tine, ești încă în pat, rănit și slăbit. Este adevărat că îți vei reveni, asta înseamnă ceva, nu? Dumnezeu ți-a mai dat o șansă, Ruffo ți-a dat-o, avertizându-te. Gândește-te că ai fost amantul soției lui, avea dreptul să te distrugă. Isabella nu a avut nicio şansă. Acum doarme în pământul cimitirului şi nu a fost nimeni lângă ea. Eu cred că e suficient. După atâta durere, cred că pot şi eu să fiu fericit. De-abia m-am căsătorit şi deja am trecut prin atâtea.

- Ai cuţitul? întrebă marchizul cu glas slăbit.

- Îl am înfăşurat în batista plină de sânge a lui Guido. De ce întrebi?

- Aşa mi-a venit! răspunse Frederico. Am învăţat multe, acum nu mă gândesc decât la Silvia şi la Enrico. Uit că e însărcinată, spuse Frederico. Naşterea aceasta va fi ca o binecuvântare, îmi va spăla păcatele.

- La sfârşitul săptămânii contele va veni la tine să te vadă. Te vei simţi cu siguranţă mai bine, zise Piero.

- Da, aşa este, îl voi primi fericit şi am să-l rog să mă ierte.

- Te-a iertat şi el, altfel tu erai mort şi Isabella vie. Pot s-o fur pe soţia mea? O trimit pe mama mea.

- Mergeţi şi mulţumesc!

Frederico rămase pentru puţin timp singur şi închise ochii. Era fericit. Cu timpul se refăcu atât de bine încât curând se putea ridica din pat. Făcea mici plimbări în palatul Fiorano, asculta poveştile spuse de Ottavia despre soţul său, condotierul. Era încântat. În curând a fost suficient de întremat ca să poată merge acasă. Silvia mai avea cam două luni şi trebuia să nască. Acum era septembrie. Prin noiembrie, marchizul avea să-şi vadă cel de-al doilea copil. Trebuiau să facă o mulţime de pregătiri în palatul Renzo, părăsit de atâta vreme. Le păru rău când plecară, dar îşi promiseră vizite dese. A doua zi, Piero veni foarte vesel de la palat.

- Am o veste mare şi secretă, dragele mele doamne! Nu v-o spun! Nu am voie, spuse el râzând.

- Doar nu eşti în stare de atâta răutate, fiule, ne-ai făcut curioase!

- E secretă doar până mâine! Eu o ştiu căci am trecere, continuă Piero să râdă.

- Nu putem face nimic să aflăm, spuse Maria Clementina prefăcându-se puţin îmbufnată.

- Poate aţi putea să mă sărutaţi mai întâi!

- Ştrengarule! zâmbi Ottavia. Apoi, cele două femei îl sărutară zgomotos şi se puseseră pe aşteptat. Piero tăcea încercând să le păcălească.

- Spune-ne!

- Cosimo aşteaptă un copil! Eleonora este însărcinată, va naşte la primăvară, spun doctorii. E fericit şi din cauza asta se va face un anunţ la fiecare colţ de stradă. Eleonora va ieşi foarte puţin de acum înainte, iar mai apoi, deloc, ca să se menajeze. Cosimo m-a dus în laboratorul lui plin de soluţii şi mi-a spus să tac. Iar eu v-am spus vouă. Sper să vă ţineţi de cuvânt până mâine! Mi-e foame! Când luăm masa? Cu Cosimo, am uitat de cina de la cazarmă. Cele două femei zâmbeau acum satisfăcute căci aflaseră noutatea.

- Masa e gata în 10 minute, spuse mama lui, apoi mai avem şi un oaspete în seara asta: soţul tău, Maria!

- Da, chiar aşa!

După masă, fiecare urcă în apartamentul său. Piero de ceva vreme uitase de camera lui, dormea cu soţia sa, care, spre uimirea lui, îl stăpânea. O iubea, o dorea în toate chipurile şi parcă era mereu nouă şi proaspătă. Clementina îl iubea şi ea din ce în ce mai mult. Era o perioadă tare fericită din viaţa lui.

Silvia născu o fetiţă, pe care o boteză Clara. Era sănătoasă şi mâncăcioasă nevoie mare. Frederico era fericit şi în pace cu toată lumea. Pe fetiţă o botezase contele de Ruffo şi logodnica acestuia, verişoara Eleonorei, o domnişoară cam la vreo 30 de ani, numai bună pentru conte. O chema Beatriz. Hotărâseră să facă o nuntă mai intimă în următorul an, 1540, prin vară. Beatriz locuia în Pallazzo del Vecchio cu Eleonora, verişoara sa, unde Crăciunul lui 1539 fusese serbat cum se cuvine, adică cu multe obiceiuri spaniole. Cosimo era neinteresat, aşa că lăsase totul în seama celor două femei, să facă ce vor dori. De altfel, Eleonora nu trebuia supărată. Era sarcina ei cea dintâi şi era cam speriată. Ducele îşi ocupa timpul cu alchimia, de care era tare pasionat. Era o aşteptare calmă şi duioasă, o iubea pe Eleonora foarte mult.

Într-una din zile, Piero intră brusc în laboratorul lui Cosimo, speriindu-l totodată.

- Ce e, vin duşmanii?

- Nu, sunt fericit! Maria Clementina aşteaptă primul nostru copil! Am venit în grabă să-ţi spun! Voi fi şi eu tată! Vor fi la anul şi nunţi, dar şi botezuri!

- Lasă să fie! Doar nu plăteşti tu, poate doar vei cinsti şi tu gărzile tale. Copilul nostru se va naşte prin martie sau aprilie iar al vostru prin august, aşa-i?

- Aşa spune şi Maria Clementina, zise Piero. Mama vrea să-i facă mamei tale o vizită, are deja un cadou pentru Bia, face trei ani în ianuarie, am reţinut bine? O adevărată domnişoară!

- Şi eu am fost ieri, păcat că nu mă duc mai des. I-am promis Eleonorei şi nu vreau s-o supăr. S-o sărute şi din partea mea pe Bia. Îmi plac copiii! O să am o multime!

- Mă bucur pentru tine. Eu nu m-am gândit câţi voi avea, zise Piero. Ieri i-am dat lui Frederico cuţitul şi batista. Le-a luat tremurând. El mi le-a cerut, eu nu voiam să i le dau.

- Ai făcut bine că totuşi i le- ai dat! Văzându-le mereu, se va căi mereu şi nu o să mai facă aşa ceva niciodată. Ce spui de domnişoara Beatriz? Mie mi se pare că vorbeşte cam mult, dar poate că lui Ruffo asta îi trebuie. Prea îl călugărise Isabella! Se vor căsători şi ei prin iunie, tot la biserica San Lorenzo, continuă Cosimo.

- Tot acolo? Hm! Treaba lor până la urmă, eu unul nu mai calc pe acolo.

- Dar când ai călcat tu în mod obişnuit într-o biserică?

- Aşa-i, cam niciodată! Pot număra pe degetele de la o mână.

- Eu de la două, adaugă râzând Cosimo.

Cei doi prieteni se despărţiră fericiţi de propria lor viaţă. Eleonora avu primele dureri ale naşterii pe la sfârşitul lui martie. Când simţi clipa iminentă îi spuse lui Cosimo să se retragă, să nu o audă şi să nu o vadă chinuindu-se. Să o ştie doar aşa, nu şi plină de dureri. Nedumerit, acesta îl luă pe Piero cu el şi se retrase în laboratorul lui. Beatriz fusese fermă, nici măcar la uşă nu putea sta. Cei doi prieteni se gândeau că nu toată lumea are palat ca să nu audă ţipetele nevestelor în momentul naşterilor.

- Hai să-ţi arăt ultima mea experienţă! zise Cosimo. O să-ţi placă!

Piero, vădit plictisit, niciodată plăcându-i treaba asta, încuviinţă în faţa acestui tătic nerăbdător. Cosimo îi mulţumi din priviri, ştia ce însemna pentru prietenul lui să stea închis în laboratorul lui, era sacrificiu curat. Totodată se gândi Piero, şi el are o casă mare şi s-ar putea să-l trimită Maria şi pe el te miri pe unde. Înghiţi în sec şi îşi mută privirile la focul din cuptor.

Eleonora născu o fetiţă, căreia îi puseră numele Maria, în onoarea mamei lui Cosimo. Se întremă repede şi-şi promise că următorul copil va fi băiat. Adică un moştenitor. Cosimo era tare fericit, mai avea o fetiţă draguţă. Ştia că soţia lui va mai naşte de multe ori, deja îl primea la ea din nou. O nouă sarcină putea fi vestită oricând.

Maria Clementina purta greu sarcina, avea tot felul de dureri care o măcinau. Doctorul o pusese să stea în pat tot timpul. Se plictisea. Era mai tot timpul singură. Când veni luna august, mulţumi lui Dumnezeu că va scăpa curând. Copilul parcă nu mai mişca atât de des, o lăsa să respire. Doctorul veni într-o dimineaţă şi o consultă. Părea nedumerit, spuse că va reveni pe seară. Ottavia, care-l aştepta în salon, îl văzu coborând scările.

- Doctore, cum mai este?

- Doamnă, spuse acesta, voi mai trece pe seară.

- Da, pentru ce?

- Copilul nu mi-a răspuns la acţiunile mele şi vin diseară să mă conving.

- Adică de ce anume doreşti să te convingi? întrebă Piero care intrase chiar atunci.

- Că fiul dumneavoastră mai trăieşte! Dacă mai trăieşte, va mişca. Dacă nu, trebuie scos imediat, altfel va muri şi mama. Piero îl apucă pe doctor de umăr vizibil afectat.

- Ce vrei să spui?

- Ce aţi auzit, se scutură doctorul. Vin diseară încă odată. Doamna tânără va mai putea face copii. Piero se aşeză năuc iar Ottavia veni spre el.

- Fii optimist, fiule! Să aşteptăm până diseară. Maria ştie?

- Nu, zise doctorul. Are dureri şi se bucură că nu o mai loveşte copilul ca până acum. El doar se mişcă în lichid.

- Mă duc la cazarmă, mamă! Mă întorc diseară, voi mânca acolo. Rămâi cu bine!

Piero plecă fără să-şi ia rămas bun de la medic. Toţi aveau copii numai el nu. Ottavia strânsese toată familia Renzo acasă la ea.

- Piero a plecat neconsolat, iar noi trebuie să aşteptăm să ne confirm diseară. Dacă copilul e mort, trebuie provocată naşterea.

Seara veni şi Piero acasă şi se aşeză îngândurat. Doctorul apăru şi se duse în camera Mariei Clementina. O consultă şi plecă din cameră, coborând în salon, unde îl aşteptau cei din familie.

- Copilul e mort. Trebuie să-i provocăm naşterea. Îmi pare rău, însă acum trebuie să facem ceva pentru mamă. E neliniştită. Apă caldă şi multe pansamente vă rog. Frederico veni lângă Piero.

- Frate, ce aş putea să-ţi spun? zise el. Nu te-ar consola nimic. Vei mai avea alţi copii, Piero!

- Ştiu asta, mi s-a mai spus. Dar îl doream pe acesta!

Femeile şi doctorul urcară la etaj, în timp ce servitoarele se ocupau de apa caldă şi celelalte lucruri trebuincioase. Deodată Clementina începu să ţipe, doctorul îi spusese şi ea urla înnebunită.

- Nu vă atingeţi de mine! Copilul e viu! O să vă zgârii! Nu mi-l luaţi! Piero dădu să urce scările, dar Frederico îl opri.

- Pe urmă, bunul meu frate, pe urmă! Piero căzu în braţele lui Frederico şi începu să plângă.

Ţipetele nu mai conteniră până când Maria nu luă forţat un calmant, apoi doctorul îi scoase copilul. "Un băiat!" zise el. Femeile îl luară şi-l spălară. Piero trebuia să-şi vadă copilul, gândeau ele. Maria între timp adormise. Piero luă în braţe mogâldeaţa şi nu spuse nimic.

- Îl vom îngropa cu mare cinste. E copilul meu! E fiu de conte! Deodată, de sus, Maria începu să ţipe.

- Îmi vreau copilul! Daţi-mi copilul! Maria arunca cu tot ce apuca, fiind aşezată în pat. Se ridică apoi în picioare şi plină de sânge coborî. Îl văzu pe Piero cu copilul în braţe şi îl luă. E al meu! Cum îndrăzneşti să te apropii de el? Cine eşti? Te voi pârî la stareţa mânăstirii! Şşşşt, nu mai plânge puiule, te vor auzi fetele din celelalte camere. Nu te mai las acelui bărbat. Piero, cu ochii cât cepele, nu mai înţelegea nimic.

- Poate cineva să-mi explice? întrebă el.

- Au mai fost cazuri din acestea în familia dumneavoastră, marchiză? întrebă şi doctorul. Bătrâna, oftând, îi răspunse:

- Da, cu mulţi ani în urmă, dar a trecut.

- Cum a trecut? întrebă doctorul din nou.

- La a doua naştere. Trebuie dusă la mânăstire şi apoi, când se va putea, Piero se va apropia din nou de ea, dacă va mai dori, oftă marchiza. Când va naşte, îşi va reveni negreşit. Este o febră a primei naşteri care-i înceţoşează mintea. Piero e cel mai nenorocit, mai zise ea. O mai vrei, Piero? întrebă mama cea chinuită a Mariei.

- Da, o mai vreau!

- Atunci o să fie bine, vei vedea. O vom duce la mânăstire cât mai repede. Trebuie să-i luăm copilul întâi, Maria crede că se află cu colegele sale, de aceea vreau s-o ducem acolo. Ea nu realizează nimic acum, aşa că o să ne repezim, o vom ţine şi îl vom lua, apoi tu, Frederico, tu te vei duce cu ea la mânăstire.

- Vin şi eu, zise doctorul. O voi îngriji zilnic.

- Ar fi minunat, vei fi plătit pentru asta, zise marchiza.

- Noi cei care rămânem ne vom îngriji de înmormântare. Nu mi-am imaginat că boala asta va reveni în familie. Eu nu am păţit aşa ceva, însă bunica mea, da. Dar şi-a revenit, datorită dragostei soţului ei. Piero, dacă o mai iubeşti, Clementina va reînflori în mâinile tale! Ai trecut prin multe, dar încă mai poţi duce! Pe uşă intră Cosimo, aflase vestea de la un servitor.

- Piero, strigă el, dar rămase locului văzând-o pe Clementina cu copilul în braţe. Piero, dragul meu frate! Contele începuse să plângă în hohote.

- O să se facă bine, doar că peste câteva luni. E o treabă mai veche, din familie. Clementina veni lângă ei uşor şi îi mângâie pe amândoi.

- Nu trebuie să plângeţi, stareţa noastră primeşte oameni necăjiţi la mânăstire. Dar nu faceţi gălăgie, copilul doarme!

La un semn făcut de marchiză, Frederico luă copilul de la Clementina şi i-l dădu Silviei. O luă pe sora lui în braţe şi, urmat de doctor, ieşiră. Doctorul îi pusese Clementinei o batistă la nas. Adormise.

- Nu e nimic, zise Piero, doar că o s-o luăm de la capăt, iar la a doua naştere îşi va reveni. E o ceaţă care apare pe mintea ei, asemenea altora din familia ei. Sunt încrezător, nu sunt chiar nenorocit. Mă voi

198

ocupa de înmormântarea fiului meu şi îmi voi păstra speranţa. Familia va fi cu mine, ştiu asta!

CAPITOLUL 12

- Un fiu de condotier e întotdeauna puternic! îl îmbărbătă Cosimo. Vom aştepta veşti de la mânăstire, către dimineaţă marchizul va fi înapoi. Marchiza de Renzo continuă ce spusese mai sus.

- Fata mea îşi va reveni, dar o vreme o vom vizita doar noi, cei din vechea ei familie, apoi veţi veni restul. Ştiu cum se tratează această boală. Va trece cu durerile celei de-a doua naşteri. Ne va fi greu tuturor în această perioadă, dar cred că Piero va fi cel care are mai mare nevoie de sprijin. Şi îl va avea de la toată lumea! Tatăl ei a hotărât să-i desăvârşească educaţia la Mânăstirea Sfântul Francisc, acolo merge acum. Stareţa o cunoaşte. E o tradiţie ca fetele din familia noastră să meargă la mânăstirea din Fiesole. Este o mânăstire veche şi nu departe de Florenţa, dar nici prea aproape.

A doua zi dimineaţă, Frederico sosi înapoi cu doctorul. Pe doctor îl lăsase acasă, avea să se ocupe îndeaproape de Clementina. Era interesant şi pentru el ca studiu de caz mai aparte.

- Tot drumul Clementina a dormit. La mânăstire, stareţa s-a speriat prima dată, dar apoi şi-a revenit şi i-a dat o cameră mai retrasă şi imediat două măicuţe au venit s-o aibă în îngrijire. Clementina e lăuză, va începe febra laptelui şi alte probleme din acestea. Se va crede tot tânără fată, pe noi ne va cunoaşte, însă pe Piero, nu. Am dat bani destui stareţei, se va îngriji de ea cum se cuvine. Nimeni nu-i va pomeni de copil sau de Piero. Cumnatul meu va trebui să se logodească din nou, să se căsătorească poate din nou cu ea. Ce lucruri ne va spune doctorul, acelea le vom face. Stareţa o va controla şi urmări neîncetat şi dacă se va comporta normal, poate va fi mai simplu. Eu sper asta din toată inima. Acum nu avem decât să ne păstrăm minţile clare şi să ne ocupăm de nepoţelul meu. Va trebui înmormântat repede pentru a putea privi în viitor. Ce spui, Piero?

- Cred că mâine e foarte bine. Astăzi vom comanda coşciugul şi cam atât.

- Va trebui să-i dai şi un nume copilului, spuse Silvia.

200

- O să-l numim Giovanni. E un nume frumos. Cred că putem trimite un servitor după un sicriu de copil mic, nu are rost să fie ceva bogat, e mai potrivit ceva simplu.

- Da, este o idee bună, spuse şi Ottavia.

- Iar eu, spuse Cosimo, te voi lua cu mine la palat. Te vei întoarce întoarce diseară, când totul e gata, Piero. Nu are rost să te sugrume toată atmosfera asta, se va ocupa familia de tot ce-i nevoie.

- Şi eu cred că e o idee bună Duce, spuse Frederico. Lasă-ne pe noi Piero, ne vom descurca. O să chemăm şi un preot.

- Voi lua masa atunci la cazarmă, spuse Piero.

- Nu, vei lua masa cu mine şi cu Eleonora. Aşteaptă al doilea copil, îţi va arăta că nu totul se opreşte la cifra unu.

- Atunci, să plecăm, frate! După ce plecară cei doi, Ottavia spuse:

- E mai bine aşa, Cosimo îl ştie de copil, ştie cum să-l ia, îl cunoaşte numai uitându-se la ochii lui. Sunt fraţi. Când l-au adus pe Lodovico mort de la Modena, cei doi, care au aceeaşi vârstă, şi-au făcut jurământ şi şi-au unit sângele, sunt fraţi de cruce ca şi taţii lor. Sunt de nedespărţit. Tot timpul Cosimo va fi lângă Piero, până unul din ei va închide ochii.

- Frederico, îi spuse marchiza, mama lui, tu te vei ocupa de cimitir pentru mâine, noi vom aştepta sicriul şi vom aprinde lumânări. Vezi să aibă o cruce frumoasă, părinţii lui sunt creştini. Dacă vrei, te poţi odihni puţin, dar apoi trebuie să te ocupi de treburile acestea.

- Mă duc acum, mamă, voi avea timp să mă odihnesc apoi, cred că iar ne vom muta aici.

- Eu, spuse Silvia, am trimis după copii. Nu plecăm de aici, suntem o familie!

Piero intră în palat cu Cosimo, dar acesta îl duse la etaj, în biroul său particular.

- Ce simţi pentru soţia ta? Va trebui s-o iei de la capăt şi cred că apoi te vei opri la cifra doi. Să nu o apuce vreo altă problemă la cifra trei. Aş vrea să nu te simţi folosit. Doar făcându-i un copil Clementinei îşi va reveni. Îmi place familia Renzo, sunt săritori şi bine intenţionaţi.

- O iubesc pe Clementina! Acum mă simt ciudat, am avut totul şi acum nu mai am nimic. La nuntă am pornit cu stângul, cu afacerea aceea murdară din capelă. Chiar sunt dezorientat. Cred că o să mă duc la guarzii mei.

- Poţi să te duci, dar la ora 12 eşti la noi la masă, Eleonora te aşteaptă. Am scăpat de Beatriz! A luat-o Ruffo, dar soţia mea şi-a adus din Spania un preot care face rugăciuni pentru cei mai păcătoşi oameni: florentinii! Am onoarea, în fiecare zi de joi, să mănânc cu el. Astăzi vei fi preferatul lor, eu am s-o întind în laborator. Citesc o carte minunată! Nu-ţi spun ce figură a făcut când a aflat ce pasiune am. O compătimeşte sincer pe Eleonora. Aş fi o bucăţică numai bună de torturat în ţara lor. Spune despre Eleonora că se sacrifică pierzându-şi credinţa aici la noi. Eleonora zâmbeşte şi-l lasă să vorbească. Ei îi face plăcere să vorbească în spaniolă. E un moşuleţ interesant dacă uiţi de obsesia catolicismului, cred că stă lângă Ducesă ca aceasta să nu-şi piardă credinţa.

- Vai de mine, ce mai consolare!

- Poate că o să te liniştească părintele. Poate are acest dar. Îi voi spune să vină mâine, la cimitir. Eleonora nu poate veni, dar pe el nu-l împiedică nimeni. Va spune o mulţime de rugăciuni.

- Plec Cosimo, deja trebuie să iau aer, să am destul pentru ora 12.

- Vei juca singur, dragul meu, eu mă voi îndeletnici minunat cu altceva!

Cei doi se despărţiră, fiecare ducându-se la treburile lui. Piero se duse în cazarmă şi îşi salută camarazii. Se aşeză la o masă şi se gândi multă vreme.

- Ce întorsătură a luat şi viaţa mea! Dar după ploaie, întotdeauna apare curcubeul, îşi zise el. N-am să mă mai gândesc, Maria se va face bine şi vom mai avea un copil.

La ceasurile amiezii, un servitor din palat îl pofti la masă. Urcă după el, simţindu-se mai bine. Intră într-o cameră unde masa era deja pusă şi cei trei îl aşteptau. Eleonora se ridică şi îi veni în întâmpinare. Preotul veni apoi şi el.

- Piero, dragă conte, nu te necăji prea tare! Dumnezeu îşi are căile lui neînţelese şi neştiute. Părintele Alvarez, după ce vom prânzi, o să-ţi explice mai multe. L-am rugat ca mâine să te însoţească la cimitir. O va face cu dragă inimă.

Părintele Alvarez, un om mărunţel şi bătrân, dădu din cap a încuviinţare. Piero se înclină şi sărută mâna Eleonorei. Preotul îi întinse şi el mâna, dar contele nu fusese atent. Cosimo zâmbea şi îşi tot dregea gâtul, să rămână astfel serios,

- Haideţi la masă acum, spuse el. Am multă treabă după masă în laboratorul meu.

Preotul căscă ochii mari, dar nu comentă. Nu avea nicio înrâurire asupra Ducelui. Eleonora zâmbi drăgăstos soţului său şi aşteptă să fie servită. Prânzul fu minunat şi trezi linişte în inima lui Piero. Îl încânta preotul cu felul lui de a fi, mânca tacticos şi folosea tacâmurile într-un mod nemaiîntâlnit. Învăţă astfel că viaţa curge mai departe ca un râu, care ajunge la gurile de vărsare chiar dacă uneori face coturi sau întâlneşte alte obstacole. Le va învinge, nu este altă cale. Maria era a lui, îi unise

202

Dumnezeu în biserică şi trebuia să lupte pentru ce era al lui. După aceea, preotul începu să vorbească şi Eleonora la fel. Preotul îi promise să vină a doua zi la înmormântarea copilului său. Amândoi îl îmbărbătau, se simţea alături de ei, nu era singur. Cuvintele lor ajungeau unde trebuie în inima lui şi sădeau seminţele acceptării şi a biruinţei.

- Maria va fi bine, vei vedea Piero! Şi vei avea şi copilul dorit. O să ne rugam împreună, eu cu părintele. Ştiu că tu nu ai putinţa asta. Eşti ca soţul meu, de aceea îl şi iubesc, e diferit, spre disperarea unora, spuse Eleonora cu ochii spre bătrânul preot. Acum, du-te la Cosimo, poate se plictiseşte la el acolo. Cu bine!

- Mulţumesc! Inima mea e mai liniştită, zise Piero.

- Mă bucur, un pas e făcut, restul vor veni în continuare mai uşori. Piero plecă să-l caute pe Cosimo şi dădu de el în laborator, unde altundeva? Nu mai citea.

- Te aşteptam.

- Te cred, soţia ta mi-a spus să vin la tine, pentru că sigur te plictiseşti pe aici. Uneori cred că sunteţi identici.

- Suntem. Eleonora va naşte un băiat, vino să vezi de unde ştiu. Mă va moşteni! Uită-te la forma asta! Vezi, va purta un nume începând cu litera F! Piero se uită cât putu el de atent, dar nu zări nimic în metalul acela. Cosimo oftă. Tu nu vezi nimic, aşa-i? Dar mă crezi?

- Da, te cred întotdeauna, dar nu am vederi în spaţiu. Însă voi ţine minte. Acum mă duc acasă, a fost tare bine cu voi. Cei doi se îmbrăţişară şi se despărţiră.

La scurtă vreme şi Cosimo părăsi încăperea mergând la soţia sa. Piero ajunsese în stradă şi mergea agale către casă unde toată lumea îl aştepta. Se liniştiră toţi ai casei când îl văzură calm şi împăcat.

- Fiule, zise Ottavia, mă bucur că ai venit! Vrei să vezi? zise ea temătoare.

- De-abia aştept, mamă, e fiul meu. Sigur vreau să-l văd, nu te sfii!

Intră în salon unde, în mijloc, pe o masă, trona un sicriu alb împodobit cu dantelă. Fiul său era îmbrăcat şi parcă dormea.

- Măcar eu pot să-l văd, Clementina nici măcar nu-şi aduce aminte. Nici nu-l observă însă pe contele de Ruffo şi pe soţia acestuia.

- Ah, conte, nu te-am zărit! Probabil de la lumânări...

- Nu e nimic, mâine vom fi alături de tine!

- Mulţumesc, o să mă simt mai bine.

- Plecăm acum, mai spuse Ruffo. Să rămână doar familia cu îngeraşul acesta. Pe mâine!

- Mulţumesc încă odată!

203

Piero rămase singur. Luă mânuţele copilului pe rând apoi îl mângâie pe frunte şi pe obraji. Trebuia să ţină minte, avea să-i povestească Clementinei curând. Peste un an poate, sau peste doi, cine să ştie acum? Contele aştepta să se termine, să-şi facă planuri în privinţa soţiei sale.

Înmormântarea a decurs normal, cu toate onorurile şi cinstea datorate micuţului ce s-a stins prea devreme. Preotul spaniol turna miere în inimi şi scotea de acolo tot răul. Florile curgeau de peste tot, iar crucea copilaşului avea numele lui scris pe ea. Frederico făcuse minuni, fără să simtă oboseală. Cu adevărat îl iubea pe Piero. Începură să arunce cu pământ în groapă până când nu se mai zări decât crucea inscripţionata cu numele pruncului: Giovanni de Fiorano. Piero strigă în inima lui: "Clementina! Clementina!"

La mânăstire, fata visa cum un necunoscut o striga. Măicuţa care o supraveghea o vedea pe Clementina agitându-se în timp ce dormea. O strigă. Ştia că era ora înmormântării copilului ei. Un semn!

- Fata mea! Fata mea! Ce simţi tu, suflet de mamă? Trezeşte-te! Clementina se ridică în pat şi se uită în jur.

- Am visat că cineva mă striga tare. Glasul acela m-a răscolit, era atâta durere în el! Ce poate fi?

- Un vis, ştii şi tu asta. La noi ai învăţat destule, nu le băga în seamă!

- Era un bărbat frumos, pe care am avut impresia că-l cunosc. Erau cu toţii adunaţi în faţa unei gropi... Un cimitir, pesemne.

- Erau? făcu măicuţa.

- Da, bărbatul acesta era cu familia mea. Sunt un pic neliniştită.

- O să-ţi dau un ceai, te vei linişti apoi. Nu e decât un vis urât. Ai avut febră şi doctorul ţi-a dat nişte picături. Nu-ţi mai aduci aminte?

- Nu, asta nu. Vine un doctor să mă vadă?

- În fiecare seară, scumpa mea. Şi pleacă apoi. Măicuţa îi dădu doctoriile, iar Clementina se linişti. Se cuvine să mănânci puţin, aşteptam să te trezeşti. După atâta febră cred că ai nevoie să te hrăneşti. Am aici o supă pentru tine. Îţi voi da câte puţin, cu linguriţa. Sora Bernadotte a tăiat cea mai grasă găină să-ţi facă o supă ţie, să te poţi întrema.

- Să-i mulţumeşti din partea mea, zise Clementina, începând să mănânce. Apoi adormi la loc.

Familia, ajungând acasă la conte, se purta cu multă delicateţe cu Piero. Toţi locuiau împreună. Piero era într-un fel fericit de acest lucru. Camerele Clementinei fuseseră curăţate iar contele intra uneori melancolic pe acolo. Se mutase în schimb în camera sa de holtei. Doctorul le aducea veşti din ce în ce mai bune. Le povestise şi de vis şi Piero îşi dădu seama că ea simţise. De fapt, toată lumea gândea asta.

204

- Îşi revine mai repede decât credeam. Puteţi să-i faceţi vizite. În curând se va ridica din pat. Dumneata conte, încă nu. Te voi anunţa eu când va fi vremea, întâi familia de sânge căci pe ei îi va recunoaşte. Cu siguranţă, tu eşti bărbatul din vis, dar s-ar putea să-i provoci un alt şoc, de aceea vreau să mai aşteptăm.

- Nu mă supăr, voi aştepta cât va trebui. Aş putea s-o văd pe ascuns.

- Răbdare. Am eu un plan, dar mai trebuie timp, mai spuse doctorul. Cred că doamna marchiză ar putea merge chiar de săptămâna aceasta, spre sârşitul ei. Febra laptelui a trecut şi totul e în ordine acum, cu condiţia să nu-i vorbiţi decât strict de familie. Vă poate însoţi şi fratele ei, doamnă, adăugă doctorul.

În acea seară toţi plecară la culcare mai mulţumiţi. A doua zi începură pregătirile pentru vizita la mânăstire. Trebuiau să fie reţinuţi şi să se comporte în funcţie de trăirile Clementinei. Înainte de a ajunge la ea, Frederico şi mama lui avură o lungă discuţie cu stareţa, căreia îi povestiră despre femeile din trecut care au suferit la fel şi îşi reveniseră la a doua naştere. Trebuia cumva ca stareţa să accepte în viitor vizitele lui Piero, el fiind tânărul din visele ei şi soţul ei legitim. Stareţa se învoi şi o asigură pe marchiză că toate îngrijirile vor duce la rezultatul aşteptat, însă cu răbdare, aşa cum spunea şi doctorul. Apoi îi pofti pe cei doi în camera Clementinei, care dădea spre grădină. Măicuţa care o supraveghea, le spuse că fata mâncase câte ceva şi era din ce în ce mai bine. Îi scosese verigheta de pe deget, să nu pună întrebări despre ea, mai ales că era datată. O înmână marchizului, care o puse cu grijă în buzunar.

- Te-ai gândit bine soră, un amănunt foarte important în cazul de faţă. Lasă-i singuri şi stai prin preajmă, mai zise stareţa măicuţei ce îngrijea pe Clementina.

Măicuţa se învoi şi promise să stea lângă uşă, în caz de nevoie să poată interveni imediat. Când cei doi se aşezară, scaunele scârţâirâ puţin, dar suficient ca Maria Clementina să audă şi să deschidă ochii.

- Mamă! Frederico! Ce mă bucur că aţi venit! Mă plictiseam şi măicuţele astea în ultima vreme îmi dau doar să mănânc şi nu mă lasă să mă ridic.

- E bun somnul ăsta la ceva, mie mi-ar plăcea să fiu astfel răsfăţat, dar nu are cine s-o facă, spuse zâmbind Frederico.

- Mamă, am avut un vis tare ciudat, apoi fata îl povesti familiei sale. Parcă era real, măicuţele spun că nu trebuie să credem în vise, că nu toate vin de la Dumnezeu, dar când l-am auzit pe acel bărbat strigându-mă: "Clementina! Clementina!", simţeam că era real. Şi era lângă voi, în faţa unei gropi într-un cimitir. Nu înţeleg şi nimeni nu-mi explică!

- Poate că nu e nimic de explicat, zise mama ei. Tu întotdeauna ai fost fata cuminte, poate că ți-ai visat ursitul. Dar la mânăstire nu aveai cum să-l vezi, cum spui tu, real. Știi cât de strictă e maica stareță!

- Da, știu asta, dar tot persistă această senzație.

- Poate că se apropie. De altfel nu cred că o să mai stai mult aici. Trebuie să te căsătorești curând.

- Mi-ar plăcea să plec de aici, dar nu chiar acum. Trebuie să mă mai gândesc. Poate că o să fiu lăsată să mă plimb prin grădină. Mă simt bine acum.

- Acultă pe măicuțe, draga mea! O să venim să te luăm curând.

Măicuța intrase să anunțe că fata trebuia lăsată singură acum. Cei doi o sărutară și promiseră să mai vină. Plecară apoi către Florența, erau ceva mai liniștiți.

- Fiule, ceața din mintea ei nu este atât de densă. Asta e bine. Am să vorbesc cu doctorul ca peste o lună s-o aducem acasă.

- Acasă la Piero?

- Eu zic că da. Trebuie să existe un șoc, ai văzut că din descriere, el este cel din vis, însă trebuie să-i spunem doctorului despre acest plan. E un doctor priceput, va ajunge departe.

- Da, cu siguranță.

Acasă, când toți erau în jurul mesei, Frederico povesti despre planul lor.

- Clementina se simte bine, poate o lună va mai sta acolo, dar mai mult nu. Va veni apoi aici, e casa ei acum, nu cred că e nevoie de nuntă, să refacem firul evenimentelor pe care ea le are în ceață acum. Mă gândesc să îi lași inelul pe măsuța de toaletă și va înțelege. Am văzut că e gravat. Poftim și inelul. Măicuțele i l-au luat pentru a fi sigure că nu va avea niciun efect asupra ei.

- Atunci o să vorbim cu doctorul, o lună e puțin, o să treacă repede. El o vizitează în fiecare seară, așa-i? întrebă Piero.

- Da, zise marchiza, cred că mâine dimineață va veni la noi. Sunt mulțumită de el. Cred că a doua sarcină va fi supravegheată tot de el, însă mult mai atent, va ști deja mult mai multe despre Maria.

- Da, de noi toți va fi supravegheată, nu doar de doctor, spuse Ottavia. Să-ți văd copilul, scumpul meu Piero și apoi pot muri fericită!

- Și eu la fel, spuse marchiza. Mâine vom vorbi cu doctorul, cred că în octombrie poate reveni acasă.

Piero era atât de nerăbdător, parcă nu-i venea să creadă că spusese la masă că o lună e puțin timp, dar avea să meargă la palat și să-și găsească tot felul de ocupații. Va sta și în laboratorul lui Cosimo dacă e nevoie. A

206

doua zi plecă spre palat să-și vadă de treabă, trebuia să găsească ceva de făcut, timpul avea astfel să treacă mai lesne. Verigheta Clementinei o pusese pe noptieră în camera lui, nu o dusese încă în apartamentul soției sale, îi plăcea să se uite la ea, era atât de micuță.

Doctorul sosi în lipsa bărbaților, Frederico având afaceri urgente de rezolvat, astfel căcele două femei de față îi explicară planul lor.

- Dumneata, doctore, vei sta ascuns undeva pe aici. Piero va sta singur pe scară, iar noi două cu copiii, în camera lor, spuse marchiza. Va fi ca și cum Frederico i-o va da pe Maria lui Piero. Contesă, trebuie să existe vreo nișă pe undeva unde să stea doctorul, nu?

- Bineînțeles că este, nu vă faceți probleme, dădu asigurări Ottavia.

- Iar după primele momente, când Domnul va face ca totul să fie bine, vom veni cu toții, mai puțin tu, doctore, pe tine te cunoaște și să nu se sperie. Vei rămâne ascuns până Piero o va duce în cameră, continuă marchiza.

- Foarte bine gândit, spuse Ottavia, acum să te auzim pe tine, doctore, ce spui dumneata?

- E un plan bun, într-o lună mă gândesc că va face mai multe progrese. Sunt de acord, planul e bine gândit și nu văd multe riscuri, iar eu voi fi pregătit pentru orice. Dacă nu mai este nimic, permiteți-mi să mă retrag. Ne vom mai vedea în curând. O zi bună, doamnelor!

- Mulțumim, doctore!

Zilele treceau și odată cu ele toamna punea stăpânire pe oraș. Clementina, la mânăstire, avea voie să se plimbe prin grădină, supravegheată de o măicuță. Rudele ei făcuseră mai multe vizite în care-i repetaseră că în curând o vor lua acasă. Ea era fericită și aștepta clipa, se întremase și se simțea bine. Aștepta să plece acasă. Îi plăcea la mânăstire, dar ceva o trăgea acum către oraș, poate chipul acela de bărbat din vis, pe care-l auzise strigând-o. Trebuia să fie ceva fără îndoială. "Clementina! Clementina!" închisese ea ochii, auzindu-l în inima ei. "Cine ești tu oare?" răspuse ea vocii lui.

Venirea Clementinei la palatul Fiorano a fost stabilită pentru începutul lui octombrie, totul strălucea de curățenie, iar familia era emoționată la culme. Făcuseră și un plan cu privire la sosire. Piero se hotărâse să o aștepte pe scară cu inelul la el. Dacă totul decurgea bine, i-l va pune pe deget. Frederico trebuia să meargă după ea. Mânăstirea nu era departe, curând vor fi înapoi.

Clementina era deja îmbrăcată și aștepta nerăbdătoare. Bagajul îi era de mult pregătit, avea să se urce în trăsură și apoi să ajungă acasă cât mai repede. Când Frederico ajunse, Clementina îl strigă și veni către trăsură fericită. Le făcu din mână măicuţelor cu bucurie, acestea răspunzându-i la fel, apoi plecă. Doar stareţa oftă şi ridică ochii spre cer:

- Doamne, ajut-o! Îl va vedea pe soţul său cel din vis.

Clementina nu avea această grijă. Nici măcar nu se miră când intră în curtea palatului Fiorano. Coborî din trăsură şi alergă pe scări. Frederico era deja în spatele ei. Intră şi se opri, încercând să-şi dea la o parte gluga pelerinei ce o purta. Când ridică ochii, îl văzu pe Piero şi ţipă scurt. Se uită la Frederico, acesta o încuraja şi o împingea uşor în faţă.

- Tu, tu aici? spuse încet Clementina. Piero stătea cu mâinile întinse zâmbindu-i. Tu m-ai strigat?

- Da. Şi ai venit, spuse Piero. Vino la mine, scumpa mea!

Clementina începu să urce scările până ce Piero îi prinse mâinile şi i le sărută. Apoi, uşor, îi puse inelul pe deget. Fata nu se împotrivi. Porniră amândoi încet să urce scara. Se regăsiră, chiar dacă Maria Clementina nu înţelegea încă, vedea doar şi simţea dragostea acestui bărbat şi hotărî să-i aparţină. Simţea cum îi bate inima. Îl iubea cu siguranţă. De sus, îi făcu semn fratelui ei şi merse cu Piero mai departe. Când cei doi intrară în apartament, toată lumea răsuflă uşurată. În cameră îi aştepta un foc jucăuş şi o cină minunată.

Femeile bătrâne hotărâseră să vegheze în salon, doctorul în schimb plecă peste o oră în care nu se auzi nimic, ceru doar să fie chemat imediat dacă intervine ceva. Silvia, Frederico şi copiii se culcară, erau cu toţii osteniţi. Piero şi Clementina se aşezaseră pe pat. Ea începu să se uite roată în jurul ei. Când îşi văzu periile de păr şi bijuteriile exclamă:

- Cunosc toate astea! Îmi aparţin! Cine eşti tu?

- Sunt soţul tău! răspunse bărbatul din visul ei. Sunt fericit că te-ai întors! Mă cheamă Piero de Fiorano, iar tu eşti soţia mea, contesa de Fiorano.

- E prea mult pentru mine dintr-odată! spuse Maria uimită. Dar cred tot ce-mi spui, zise ea, ţinându-şi capul în mâini. Şi familia mea locuieşte cu noi aici?

- Provizoriu. Nu te bucuri de asta?

- Ba da, e bine să-i ai pe toţi alături. Voi înţelege eu până la urmă.

- Vrei să mâncăm? întrebă Piero, mie mi-e tare foame!

- Şi mie!

Noaptea se scurse şi liniştea reveni în palatul contelui. Dimineaţa, la micul dejun, cei doi coborâră de mână fericiţi.

- Haideţi, somnoroşilor, v-aţi trezit? zise râzând Elisa de Renzo, bătrâna marchiză.

- Mamă, sunt atât de fericită! Soţul meu Piero e minunat! Mi-a promis că va lua masa acasă cu noi la prânz, nu la palat cum obişnuia el. Am să-l aştept cu drag!

După micul dejun, Piero îşi îmbrăţişă nevasta şi plecă la palat. Frederico îl urmă, era tare curios.

- Frederico, sora ta a fost din nou a mea, mi-a fost frică de momentul ăsta, dar am trecut cu bine peste el. Nu ştiu ce a contat aici, poate visul ăla...

- Poate, dar priveşte doar în faţă, Piero!

- Ştii, i s-a părut ciudat că stăm toţi la grămadă aici, dar până la urmă s-a destins şi chiar s-a amuzat de treaba asta. Dacă ar fi adevărat că şi-ar putea reveni la a doua naştere....

- Mama mea ţi-a spus asta, ea ştie mai bine. Aşa va fi, doar că alt copil nu vei mai avea, există posibilitatea ca ceaţa asta să-i revină.

- O vreau pe ea, întreagă, şi un copil! Restul nu mai contează.

În ianuarie 1541, Clementina anunţă plină de fericire că aşteaptă un copil. Piero radia de fericire, avea în sfârşit şi el motive să fie fericit pe deplin. A fost de asemenea şi momentul când familia de Renzo se mută acasă la palatul lor, lăsând astfel tânăra familie puţin mai singură, doar cu Ottavia. În schimb se revanşau prin dese vizite la palatul Fiorano, astfel lipsa lor efectivă din acest palat, era aproape nebăgată în seamă.

CAPITOLUL 13

La auzul veştii despre sarcina Mariei Clementina, Cosimo şi frumoasa lui soţie se bucurară nespus că Domnul îi mai acorda o şansă lui Piero. Eleonora nu o putu face direct, pentru că peste două luni avea să nască, dar Cosimo îl strânse cu putere în braţe pe Piero pentru toată lumea.

- Va fi bine, Piero, ai să vezi că Maria îşi va aminti totul. Cu multă dragoste şi răbdare, totul va rămâne în spate, un vis urât.

- Şi eu cred la fel. Medicul vine la ea odată pe săptămână, iar până acum totul a fost bine. Mama de-abia aşteaptă copilaşul, ar vrea tare mult să se joace cu el şi să-l răsfeţe. De fapt, cred că se va ciondăni toată lumea pentru el.

- Cred şi eu. Când se va naşte?

- În august, că aşa e tradiţia. Sper să fie de bun augur, spuse Piero.

- Da, va fi bine, am întrebat eu focul. Dacă vrei să-ţi spun ce va fi, îţi voi spune.

- Tot mai susţii că moştenitorul tău va avea numele începând cu litera F, nu? întrebă zâmbind Piero.

- Da, vei vedea peste două luni. Nu eşti curios de copilul tău?

- Nu, vreau doar să trăiască şi el, iar Clementina să-şi revină.

- O să-şi revină, dragă Piero, stai liniştit, doar că mai târziu mai apare ceva, ce nu pot distinge încă. Vă veţi iubi în continuare, dar Clementina va avea un secret mare sau ceva în felul ăsta. O să te facă fericit, şi tu pe ea, dar ceva îţi va ascunde, ceva ce ea nu ştie încă, dar va afla peste câţiva ani, întâmplător, ceva legat de trecutul tău.

- Cosimo, of Cosimo! Ştii că nu cred în alde de-astea? Ce secrete să am eu? Şi oricum m-au cuminţit evenimentele din ultimul timp. Mă înnebuneşti, ce lucruri din trecutul meu pot fi?

- Nu văd încă, frate, e ca o ceaţă care se apropie, dar vine sigur. Când o să ştiu, o să-ţi spun. Nu e chiar atât de rău, cred că la final vei fi fericit, însă nu pot să-ţi spun.

- Mă duc la cazarmă, mă doare deja capul. Am făcut aceleaşi prostii amândoi, ce să aibă trecutul cu mine?

- Focul vorbeşte, nu eu, spuse Cosimo.

- Alchimistule!

- Precum zici, frate. Mai vorbim.

Piero plecă de la Cosimo puţin îngândurat, dar îşi reveni printre elveţienii lui. La prânz ieşi să meargă acasă la masă. Clementina îl aştepta. Se întâlni cu contele de Ruffo care îl opri, vizibil tare fericit.

- Bună ziua, conte, eşti tare fericit azi! sesiză Piero.

- Da, într-adevăr! Doctorul a fost aseară pe la noi şi ne-a confirmat: Beatriz e însărcinată! Dumnezeu s-a milostivit şi de mine!

- Şi de mine s-a milostivit, Clementina aşteaptă şi ea un copil! Îşi va reveni, sunt sigur de asta, cred că Domnul a aruncat cu praf de bucurie peste Florenţa, spuse Piero fericit.

- Da? Minunat, chiar o meriţi Piero! Felicitările mele! Dar să nu te mai reţin, cu siguranţă prânzeşti cu soţia ta.

- Da, aşa e, drept acasă mă duceam.

- O zi bună şi ne mai vedem, poate treceţi pe la noi!

- Am să vorbesc cu Maria Clementina. Cu bine, conte! Cei doi îşi strânseră mâinile şi se despărţiră.

Maria Clementina, în orele pe care le avea la dispoziţie în lipsa lui Piero, încercase prin discuţiile cu Ottavia să priceapă de ce nu-şi mai aminteşte nimic. Îl ascultase pe Piero povestindu-i istoria lor comună, dar nu putea găsi o scânteie de aducere aminte. Îl credea, pentru că-l simţea instinctiv, dar era supărată pe ea, ea nu putea depăşi anumite bariere, nu putea trece de o ceaţă ce o învăluia. Când ştiuse că e însărcinată, simţise ceva special, dar nu-şi putea explica ce anume. Piero era fericit şi o învârtea prin salon până obosea, nu mai văzuse aşa ceva niciodată. Tatăl ei nu-i ridicase mama niciodată în braţe aşa cum o făcea Piero şi nici nu o învârtise prin aer. Piero era clar un copil mare, dar era al ei. Ştia că e soţia lui pentru că verigheta era gravată şi era identică cu a lui. Spera din tot sufletul să-şi amintească, ceaţa ce-i învăluia mintea să-i dispară, să-şi poată şi ea înţelege viaţa. Îl întrebase şi pe doctor, iar acesta îi răspunsese că va descoperi singură, doar ea. Şi aştepta să descopere cu mâna pe pântecele ei, plin de o viaţă nouă. Acum îl aştepta pe Piero care, din clipă-n clipă, trebuia să intre trântind uşa de la intrare. Chiar atunci intră soţul ei, strigând-o din uşă:

- Iubito, am sosit! Unde eşti tu şi copilul meu drag?

- Aici, vino aici, suntem în salon, strigă Maria Clementina bucuroasă.

- Ce fac doamnele mele preferate, cumva mă aşteaptă?

- Întotdeauna, Piero, zise mama lui. Să mergem la masă, Maria Clementina trebuie să mănânce şi apoi să se odihnească, cum i-a spus doctorul.

- Şi Clementina ascultă? întrebă Piero râzând.

- Uneori ascultă, alteori îşi ia o carte şi stă în salon, dar ascultă, zise Ottavia şi ea fericită de tinerii ei. Ştie că nu trebuie să coboare scările în fugă sau să le urce în grabă.

- Sunt o doamnă cuminte, concluzionă Clementina zâmbind.

- La masă atunci, zise Piero. Îmi este tare foame!

- Vei mai sta puţin cu noi? întrebă soţia sa zâmbind.

- Voi mai sta o oră cu voi şi o să vă povestesc ceva drăguţ, se lăsă convins soţul.

Sarcina Clementinei mergea bine şi doctorul îşi ţinu făgăduiala, venea cam o dată pe săptămână să o vadă. Nici fata nu mai era aşa zburdalnică, nici ea nu înţelegea de ce, dar simţea că e mai bine în felul acesta. Ieşise din casă cu Piero doar la botezul copilului lui Cosimo, în aprilie. Eleonora născu un băiat în martie, numele îl alesese ea cu părintele Alvarez şi, spre uimirea lui Piero, a fost Francesco, cum spusese "focul" lui Cosimo. Ducele râdea pe înfundate ca răspuns la privirile într-adevăr uimite ale lui Piero. Şi astfel contele şi contesa de Fiorano îl botezară pe Francesco, micuţul duce, sub privirile uimite ale surioarei lui, care-i arăta cu mânuţele întinse doicii sale exact ce vede. Avură grijă ca Maria Clementina să nu se obosească prea tare, era vital să ducă sarcina până la capăt. Cosimo hotărâse aşa, să încerce să-i deschidă mintea. Când toată lumea plecă acasă, Cosimo se gândi că sigur contesa va avea nişte întrebări în mintea ei. Ştia el ce ştia.

Când cei doi soţi ajunseseră la palatul Fiorano erau obosiţi, dar mai aveau ceva în comun. Pe finul lor Francesco.

- Piero, spuse Maria când se băgară în pat, am avut un sentiment ciudat când l-am ţinut pe Francesco în braţe. Dar nu-mi pot explica nimic, spuse ea deznădăjduită şi cu mâinile pe cap.

- Poate cu timpul minţile ţi se vor deschide, spuse Piero, străbătut de un fior pe şira spinării. Acum doar trebuie să te odihneşti, îmi doresc atât de mult să-mi ţin copilul în braţe!

- Şi eu la fel, dar vreau să înţeleg. Odată mă uitam la inscripţia de pe inel şi îmi frământam mintea să-mi pot aduce aminte, dar fără vreun rezultat. Mama ta mi-a arătat rochia pe care am purtat-o la nuntă, bijuteriile, totul, însă fără niciun rost. Buchetul de logodnă pe care eu l-am pus la uscat, apoi buchetul de mireasă, dar nu sunt stăpână pe amintirile mele!

- Ai să fii în curând, ai să vezi, eu sper din toată inima! Şi contesa de Ruffo va naşte curând, la începutul verii cred. Şi apoi tu. Nu trebuie decât să respecţi ce-ţi spune medicul şi totul va fi bine draga mea, o luă Piero apoi pe scumpa lui soţie în braţe. Acum, dormi!

Maria Clementina se cuibări la pieptul soţului său şi adormi. Piero rămase multă vreme gânditor. "Iar Cosimo!", gândi el pentru sine, "întotdeauna a avut o înrâurire aspura mea."

La sfârşitul lui iunie, contesa de Ruffo născu gemeni, un băieţel şi o fetiţă, spre încântarea contelui. Nu mai ştia ce să facă de fericire. Îşi iubea familia la nebunie. La botezul copiilor, Clementina nu avu voie să meargă, doctorul stătea cu ochii pe ea mai abitir decât ca pe un morman de aur. Era un "caz" pentru el, dorea să vadă dacă îşi va reveni precum spunea marchiza de Renzo. Însă nu întâmpină rezistenţă. Aşadar, la botez merse doar Piero alături de toată familia Renzo. Ottavia rămăsese acasă cu nora ei, de care avea grijă mai mereu. Ottavia era de asemenea tare obosită, chiar şi un drum scurt o lăsa sfârşită. Doctorul o controlase şi îi spusese să nu facă mare efort, era suficient să se plimbe puţin prin grădină. Avea nevoie să se refacă, peste câteva luni va naşte Maria şi va fi nevoie de ea. Ottavia dădea din cap asigurator că îşi va reveni, dar vioiciunea îi pierise. Nu spunea nimănui că nu se simţea bine, chiar şi doctorului îi interzise să vorbească cu fiul ei despre asta. O lăsa inima şi ea ştia, însă spiritul ei era treaz şi trăia.

La începutul lui august totul era pregătit, Maria Clementina putea naşte oricând. Contesa cea tânără era pregătită, iar soţul ei stătea mai mereu pe acasă. Stătea mai mult întinsă în salon pe o canapeluţă. Piero îi citea câte ceva sau îi povestea despre diverse lucruri ori întâmplări cotidiene. Mergea la palat doar pentru scurte întâlniri, restul timpului şi-l petrecea cu scumpa lui soţie. Nu era fricos din fire, dar o anumită teamă persista asupra lui. Doctorul îl asigură însă că totul e bine şi că pruncul mişcă şi e sănătos. De altfel, soţia sa îl lăsa să-i atingă mijlocul sau să aculte cu urechea la mişcările mititelului din pântec. Copilul bătea din picioruşe şi mânuţe cu energie, nu mai avea loc pesemne, era un năzdrăvan. Piero era fericit şi vorbea cu pântecul soţiei sale până ce contesa se prăpădea de râs. Simţea că sufleţelul acela îl aude, parcă mişca mai repede atunci când vorbea cu el. Cu greu era îndepărtat seara de lângă patul soţiei sale, era trimis în camera lui veche.

Doctorul simţea cum copilul este foarte aproape de a se naşte, mişca şi era sănătos, asta era cert. Clementinei îi veni sorocul în după-amiaza zilei de 30 august, însă durerile nu începură imediat. doctorul fu chemat de îndată. Piero stătea în salon cu Frederico, pe când toate femeile erau în camera mămicii. Naşterea a fost mai uşoară decât prima, iar travaliul mai scurt. Imediat se auzi un plânset puternic de copil sănătos. Piero sări de pe scaun, dar Frederico îl opri.

- Aşteaptă să ne cheme, cred că după ce îi vor face prima îmbăiere şi vor face şi curat. Îţi spun din experienţă, nu vei putea intra decât atunci.

- A ieşit mama! zise Piero. Mamă?

- Totul e bine fiule, ai o fetiţă sănătoasă, iar Clementina se simte bine! A adormit acum, doar copila e puţin nervoasă că e îmbrăcată. Doica o va alăpta imediat. Am ieşit să te linistesc, totul e normal acum. Să aşteptăm ca soţia ta să se trezească.

- Haidem să aşteptăm lângă uşă. Ce dacă nu e curat, eu voi intra, zise Piero.

- Urcă, fiule, nu mai aveam multe de aranjat oricum.

Cei doi cumnaţi intrară. Piero se uită la Clementina, aceasta era sfârşită, dar dormea împăcată. Fetiţa stătea încă în pătuţ, aşteptau să o vadă Piero, apoi s-o dea doicii. Când îşi luă fetiţa în mâini şi o simţi mişcându-se, proaspătul tătic începu să-i vorbească.

- Ar trebui să mă cunoşti, am stat de multe ori la taclale, ţi-aduci aminte? Mama ta râdea de noi, iar tu dădeai din picioruşe fericită. Fetiţa se linişti la auzul vocii lui Piero. Vedeţi, ne cunoaştem! făcu Piero mândru.

- Gata acum, Piero, trebuie să mănânce, spuse marchiza.

- Trebuie să mănânci, ai auzit? Să fii cuminte, mai spuse Piero, sărutând-i mânuţele mici şi dând fetiţa doicii.

Piero rămăsese cu privirea pe chipul Clementinei, care dormea, nefiind deranjată de zgomote. Marchiza îl făcu să tresară când îi vorbi.

- Clementinei i-a revenit luciditatea şi amintirile! Înainte de a adormi s-a uitat lung la copil, cred că ştie ceva, îţi poate confirma şi medicul.

- Da, aşa este! Doamnei i s-au limpezit minţile, privirea îi era întrebătoare şi spunea că a înţeles. Era altfel decât până acum, însă a adormit imediat. Somnul îi va reconstitui memoria cărămidă cu cărămidă.

- Cred că trebuie să plecăm cu toţii, e totul bine. Suntem prea mulţi, îi vom vizita în fiecare zi, dar e prea obositor pentru ei să stăm aici. Sunt destule servitoare care se pot ocupa de restul, îşi dădu cu părerea Frederico.

- E o idee bună, admise marchiza. Fiţi binecuvântaţi cu toţii, mai spuse ea.

După ce Piero îi conduse pe marchizi la trăsură, intră în casă şi o întrebă pe mama lui:

- Era lucidă, mamă?

- Da, fiule, cum sunt eu şi cum eşti tu. Acum, dacă nu te superi, mă duc în camera mea, sunt obosită.

214

- Bine, mamă, eu voi sta prin preajmă. Mă voi duce mai apoi să-mi văd fetița.

Mititica dormea liniștită în pătuț, iar doica și o servitoare le supravegheau pe cele două în somnul lor liniștit. A fost asigurat că totul e în regulă și plecă apoi mulțumit, oricum își lăsase ușa larg deschisă la camera lui, pentru orice ar fi apărut pe neașteptate. Se băgă apoi în pat cu gândul la fetița lui pe care o ținuse în brațe. Asta însemna fericirea!

CAPITOLUL 14

Dimineața devreme, Clementina deschisese ochii, își auzise copilul. O văzu pe doică luând-o pe fetiță din pătuț și dându-i să mănânce. Îi făcu un semn femeii care o salută la rându-i, zâmbitoare.

- Mulțumesc că-mi hrănești fetița, spuse contesa. Femeia zâmbi și dădu din cap. Vei rămâne la noi în casă, vrei? Doica îi răspunse că da, dacă o primește și cu copilașul ei mic. Bineînțeles! Îi hrănești pe amândoi?

- Da, îi pot hrăni pe amândoi.

- Unde îți este copilul? Are aceeași vârstă cu fetița mea?

- Da, cam la fel, copilașul meu e în camera alăturată, doarme.

- Cum îl cheamă?

- E băiat, îl cheamă Pietro. Doica termină cu fetița, care adormise din nou. Clementina i-o ceru și o ținu în brațe câteva clipe, o sărută și o alintă cu duioșie. Signora, toată lumea e fericită că v-ați revenit! L-am auzit aseară pe medic spunând că ceața de pe mintea dumneavoastră nu mai există și că ați suferit de ceva ce au unele femei din sângele dumneavoastră.

- Așa a spus?

- Da, dați-mi fetița, nu aveți voie să o țineți mult în brațe, e grea, iar dumneavoastră încă sunteți slăbită după naștere.

- Cum te cheamă?

- Isadora Moretto, doamnă.

- Poți să vezi dacă soțul meu s-a trezit?

- Pot, cum să nu, a dormit cu ușa deschisă la camera lui, e tare fericit domnul!

Femeia se ridică și, fără zgomot, ieși din cameră. Clementina își puse mâinile pe frunte și își amintea că mai născuse, apoi urletele ei pe scară, copilul mort și imaginea lui Piero în brațele lui Cosimo. Cosimo! Îl botezaseră pe Francesco! Visul cu groapa în care sigur era copilul lor, țipătul de disperare a lui Piero, totul îi revenea acum mai clar în minte, fiecare detaliu.

- S-a trezit, doamnă, vine imediat!

216

- Bine, Isadora, lasă-ne singuri, îl aştept singură pe soţul meu, dacă e ceva, eşti alături, da?

- Da, doamnă, acolo sunt.

Femeia plecă în camera ei, iar peste puţin timp apăru Piero gata îmbrăcat, dar somnoros nevoie mare. Clementina începu să râdă de el.

- Te-a trezit Isadora?

- Da, dar nu-mi pasă, spuse el apropiindu-se de soţia sa şi începând să o sărute uşor. Cum te simţi?

- Am dureri, dar suportabile. Fetiţa noastră tocmai a mâncat şi a adormit imediat.

- Dacă ai şti Clementina ce fericit sunt!

- Ştiu, mai bine decât îţi închipui, mi-am revenit cu totul! Îmi amintesc cum am ieşit pe scară urlând că băieţelul meu e mort, îmi amintesc cum îl ţineam în braţe, te-am văzut plângând, iar acum am o explicaţie pentru visul meu.

- Scumpa mea, ştiam că o să-ţi revii! Mama ta ne-a spus despre asta, pentru mine cât ai stat la mânăstire a fost un chin, nici nu ştiu cum am trecut peste asta. L-am îngropat pe fiul nostru fără tine, iar în gând te-am strigat, de aceea m-ai auzit în vis şi m-ai şi văzut.

- Pe toţi v-am văzut şi nu mai înţelegeam nimic, simţeam că între noi este o legătură, dar nimeni nu-mi vorbea despre asta.

- Frederico ţi-a luat verigheta, să nu începi să-ţi pui întrebări, apoi ţi-am dat-o când te-a adus acasă. Câte emoţii au fost! Doctorul stătea pitit pe aici pe undeva, toată familia era ascunsă şi cu mâinile împreunate, rugându-se pentru binele tău şi să-ţi revii cât mai curând. Dar tu te-ai comportat normal şi astfel ţi-ai revenit, naşterea fetiţei noastre ţi-a şters petele de pe memorie, ceaţa ce-ţi acoperea mintea a dispărut.

- Cum era băieţelul nostru?

- Era mort când l-ai născut, dar nu de foarte multă vreme. Era perfect dezvoltat, doar că se sufocase înainte de a se naşte. Eleonora, soţia lui Cosimo, m-a ajutat foarte mult, m-a îmbărbătat apoi toată lumea, iar acum sunt fericit din nou!

- Dar nu vom mai putea avea copii, adică băieţi, adică un moştenitor...

- Nu contează, când vezi moartea cu ochii nu-ţi mai trebuie nimic! Surorile mele au băieţi, aşa că Fioranii nu vor muri.

- Mă simt puţin vinovată...

- Ţi-am spus că nu e cazul, iubito, de altfel am ceva să-ţi arăt, dar trebuie să caut în scrinul meu. Vin imediat!

Clementina rămase singură pentru puţin timp, mai avea oricum multe întrebări să-i pună soţului ei. Când acesta reveni, ţinea în mână un medalion din aur cu un lanţ gros, dar foarte elegant lucrat.

- Uite, Clementina, în acest medalion este o şuviţă din părul lui. Ştiam că îţi vei reveni la următoarea sarcină, aşa că i-am tăiat puţin păr şi l-am pus în această bijuterie. Deschide-l cu atenţie! Clementina luă bijuteria şi deschise medalionul. Înăuntru era o şuviţă de păr blond.

- Asta e tot ce am de la el! spuse Clementina.

- A fost botezat aşa de părintele Alvarez şi noi l-am numit Giovanni.

- Voi purta la gât acest medalion, iar dacă tu vei fi de acord, pe fetiţă o vom boteza Giovanna.

- Da, sunt de acord, draga mea, ea nu are semnul meu pe mâna stângă, dar baiatul l-a avut.

- Îmi aduc aminte, floricica aceea... Doar băieţii o au în familia voastră. Şi Guido l-a avut?

- Da, şi el.

- Îmi pare aşa de rău că nu mai pot avea încă un copil! Poate dacă m-aş sacrifica! Am fost fericită până acum, cred că mi-e de ajuns, spuse cu lacrimi în ochi contesa.

- Nu mai vorbi aşa! Am nevoie de tine şi fetiţa noastră la fel, de mama ei, mi-a fost atât de greu cât ai stat la mânăstire, dar aveam speranţa că te vei întoarce. Din lumea celor drepţi însă, nu mai poţi reveni niciodată. Nu vreau să bântui ca un nefericit doar pentru ca tu să naşti un băiat! Şi apoi, dacă e tot fetiţă?

- Ai răspuns pentru toate lucrurile, Piero?

- Doar pentru ce mă doare pe mine, draga mea. Va veni şi doctorul azi, vei vorbi şi tu cu el.

- Piero, dacă te rog să mă duci la mormântul copilului nostru, ai vrea?

- Bineînţeles, dar peste ceva timp, când medicul îţi va da voie, acum nu este cazul.

- Mulţumesc, iubitule, spuse Maria punând capul ostenită pe pat. Stai! mai adăugă ea. Pune-mi te rog medalionul! Nu am să mă mai despart de el! Piero i-l încheie la spate apoi o rugă să se culce.

- Vă iubesc pe amândouă! Să aveţi grijă una de alta! Să te odihneşti, tu mai ales, acum am s-o chem pe doică.

- Cu bine, dragul meu!

Piero ieşi şi intră apoi în camera doicii, unde aceasta stătea provizoriu, cât să poată îngriji de contesă şi să-i fie aproape în orice clipă.

- Isadora, spuse el încet, mergi în camera Clementinei. Ia cu tine şi copilul, e la fel de mare ca şi fetiţa noastră, aşa-i?

- E cam cu trei săptămâni mai mare.

Piero coborî scările şi ceru micul dejun pentru el şi soţia sa. Se aşeză singur la masă şi se gândi. "Am să mă duc la Cosimo azi, chiar dacă va trebui să mă plictisesc în laboratorul lui." Zâmbi apoi când îşi aduse aminte de părintele Alvarez, care ocolea zona aceea ca pe un dormitor al Satanei. Când îi vedea pe amândoi intrând acolo, spaniolul îşi făcea cruce până obosea. Plecă la palat. După ce rezolvă din treburi, băgă capul pe uşa oficiului lui Cosimo, iar acesta îi zâmbi.

- Ce mai face proaspătul tătic?

- Face bine şi la fel şi fetiţa şi soţia lui!

- Dacă mai aştepţi puţin, termin de semnat hârtiile astea şi mergem în laboratorul meu, am ceva să-ţi spun!

- Şi eu ţie, făcu Piero aruncându-se într-un fotoliu, punându-se astfel pe aşteptat.

- Gata, zise Ducele mai pe urmă, făcându-l pe conte să tresară. Unde eşti cu gândurile?

- Pe aici pe undeva, zise Piero, haidem odată să-ţi spun!

Când uşa de la laboratorul lui Cosimo fu închisă după ei şi cei doi aşezaţi faţă în faţă, Piero începu:

- I-am pus numele Giovanna şi i-am dat şuviţa cu părul băieţelului nostru. Şi-a amintit totul, vrea chiar să o duc la mormântul lui, vrea să-l vadă. Asta mi se pare normal, însă mai am o problemă, se simte acum vinovată de faptul că nu mai poate avea copii, de fapt un băiat, un moştenitor. O supără rău asta. Ar vrea să mai nască odată şi apoi să moară dacă e nevoie, doar ca numele meu să fie dus mai departe!

- Trebuie să meargă la mormântul fiului ei, e dreptul ei, însă cu privire la moştenitor, aici mă îndoiesc. Ştii că te iubesc foarte mult şi pentru că sunt legat de tine, am zis că nu ar fi rău, noaptea care a trecut fiind atât de importantă şi încărcată emoţional, să-ţi fac horoscopul. Piero pufni neîncrezător. Nu scuipa ca o mâţă, frate! Nu am dat greş niciodată! Ţi-aduci aminte de litera F sau de apariţia mea la tine acasă când a născut contesa prima dată? Aveai nevoie de mine şi am simţit!

- Da, chiar vroiam să te întreb despre asta. Laboratorul ăsta e ceva teribil! E plin de cărţi, ştiinţa e la ea acasă, iar tu ştii s-o tălmăceşti.

- Exact. Aseară, cum începusem să-ţi spun, ţi-am făcut horoscopul şi pentru prima dată am rămas tare uimit, aproape cu gura căscată. Tu mai ai un copil, Piero! Un băiat care are semnul tău! El va fi următorul conte de Fiorano! Însă nu ştiu de unde să-l iau, ştiu doar că-l cheamă tot cu P, ca

219

şi pe tine. Unde ţi-ai mai lăsat sămânţa Piero? Cum o să-l găsim pe copil? îl întrebă de data asta zâmbind Cosimo.

- După semn, zise iute Piero. Dar e imposibil, nu-mi amintesc nimic!

- Copilul e mărişor acum, nu e mititel. Cine ştie în ce foame se zbate şi pe unde umblă? Horoscopul zice că-l vei găsi şi îl vei recunoaşte, însă mai ai de aşteptat, îl vei întâlni când va fi mare. Te împiedică două femei, sau trei, nu mai ţin minte, dar până la urmă va fi în braţele tale. O să mă mai uit peste vreo câteva luni pentru tine, poate aflăm mai multe. E treabă de femei şi asta e întotdeauna ciudată şi plină de obstacole. Tu ştii Piero că eu nu te-am minţit niciodată, nu aş avea suflet să te mint cu privire la un copil. E pe aici pe undeva şi nu e chiar bogat, zise Ducele.

- Ştiu, frate, dar nu putem lua toată Florenţa la răscolit!

- Îţi va veni ca pe tavă când se vor împlini semnele, continuă Cosimo, dar va dura ceva timp, mai mult decât îţi poţi închipui tu. Însă undeva ai un băiat, asta e sigur. Voi mai face horoscopul tău peste exact un an, când fetiţa va împlini vârsta. Cât priveşte pe Clementina, du-o la mormânt, va fi fericită să aibă un loc unde să se roage. Eşti uimit, aşa te văd.

- Da, chiar sunt. O să-i zic Clementinei când o voi vedea la prânz.

- Foarte bine, nu-i ascunde nimic, iar duminica viitoare mergeţi la mormântul fiului vostru.

La prânz, Piero ceru să mănânce în camera soţiei sale, spunându-i Isadorei să ia copila la ea în cameră. Clementina făcu ochii mari şi aştepta ca Piero să vorbească.

- Vom merge duminica viitoare să vezi mormântul fiului nostru, draga mea. O să te simţi foarte bine, apoi nu o să mai fii atât de obosită, până atunci îţi mai vii în fire.

- Scumpule, dar nu e asta, mai e ceva, ochii tăi vorbesc.

- Da, oftă Piero. Ştii că Ducele e înnebunit cu alchimia şi că mereu ce spune el se îndeplineşte. Aseară mi-a făcut horoscopul şi ce a văzut l-a uimit peste măsură. El spune că pe undeva mai am un băiat, care are semnul meu pe mână. Până la urmă ne vom cunoaşte, iar eu îl voi recunoaşte. Băiatul e destul de mărişor acum şi are un nume care începe cu P, asemeni mie.

- Dumnezeu a răspuns rugăciunilor mele, Piero! Cine ştie pe cine ai lăsat însărcinată! Nu contează, îl vom găsi, după semn!

- Dar cum, ştii tu că e aici în Ducat? întrebă Piero.

- M-am rugat să ai un băiat Piero şi îl ai! E cu mama lui, dar se va arăta cumva! E fratele Giovannei!

- Cosimo spune că vor fi nişte semne, dar îndepărtate, nu acum curând. M-a pus pe gânduri...

- Atunci să aşteptăm semnele, dragul meu! Domnul m-a mântuit si sunt fericită! Te iubesc atât de mult! E o minune! Mulţumesc că mi-ai spus!

- Şi eu te iubesc, îi răspunse Piero. Nu-mi vine în cap nicio femeie cu care am fost, de când sunt căsătorit sunt liniştit în privinţa asta.

- Dar băiatul este mare, spuse Clementina. Dacă l-am găsi, spuse ea continuând să mănânce, dar unde?

CAPITOLUL 15

Cititorul să nu se supere dacă vom trece peste câteva întâmplări ale acelor ani mai repede decât peste altele. În următorii ani, spre disperarea lui Cosimo, muri Bia, fetiţa lui nelegitimă, iar în următorul an mama sa, Maria Salviati. Singura lui consolare fu că în anul morţii Biei Eleonora născu o fetiţă, iar Ducele îşi alină astfel suferinţele cu al treilea copil, cu Isabella, cum îi puseseră numele. Şi lui Piero îi murise mama sfârşită de o oboseală care până la urmă îi măcinase viaţa. Bătrâna marchiză de Renzo muri şi ea, dar nu se ştie din ce cauze.

Aşadar de aceea ne-am simţit îndreptăţiţi să trecem peste aceste momente pline de durere în care inevitabil unele generaţii pier, iar altele de-abia se nasc. Avem un personaj de care trebuie să ne ocupăm în continuare şi pe care nimeni deocamdată nu-l băga de seamă. Nu strălucea încă. E vorba despre Pierfrancesco Hometti. Ne vom întoarce aşadar în Fiesole, la cele două familii pe care le-am lăsat în urmă cu câteva capitole.

În anul 1545 Pierfrancesco avea 6 ani, era un băieţel frumuşel şi isteţ foc, chiar începuse să-şi ajute tatăl la lucrul său la biserică. Matteo era evident foarte mulţumit. Băiatul mai avea acasă o surioară căreia îi puseseră numele Agnese, după bunica ei, mama lui Matteo. Fetiţa avea şi ea 4 anişori. Gertrude rămăsese tot frumoasă, chiar dacă viaţa o mai împlinise, Matteo avea aceeaşi fiori când o privea în ochi. Chiar dacă trecuseră 6 ani, lui tot i se părea o minune că era în preajma lui, iar seara, la culcare, când o ţinea în braţele sale, simţea că luna şi soarele împreună cu salba de stele sunt toate la picioarele lui.

Erau fericiţi, fără multe cuvinte. Se înţelegeau dintr-un zâmbet, dintr-o privire, dintr-o strângere de inimă. Când se născu Agnese, uniunea dintre ei fu şi mai puternică. Băieţelul o primise cu bucurie pe sora lui în lumea sa, de cum începuse să meargă bine pe picioruşe, o lua de mână şi se plimbau printre morminte, pe unde lucra şi tatăl lor. Acesta îşi vedea de lucru şi era fericit să-i vadă lângă el. Cimitirul le fusese loc de joacă, iar când osteneau, se aşezau pe un gard ce împrejmuia câte un mormânt, uitându-se cu mirare la statuile acelea, care parcă îi priveau. Nu le era

222

teamă de nimic, aveau şi un loc preferat, lângă o statuie a Fecioarei. Acolo, când le era foame, băieţaşul scotea din trăistuţă pacheţelul cu ce le pusese mama lor. Mai mare drăgălăşenie să vezi cum Pierfrancesco îi băga în guriţă surorii sale bucăţele mici de mâncare, iar aceasta mânca tot şi îl asculta pe fratele ei întru totul.

La prânz Matteo îi striga să meargă să mănânce acasă. Pe Agnese o lua în braţe, iar pe băieţel de mână. Lumea se uita după ei minunându-se cât de fericiţi erau. După ce mâncau, copiii erau puşi la somn, adormeau amândoi imediat, căci erau obosiţi de atâta joacă dar şi de mersul prin cimitir. Ei oricum nu renunţau, erau mereu impresionaţi şi îl aveau pe tatăl lor mereu prin preajmă.

Gertrude îi iubea pe amândoi şi se uita la ei fericită, făcea semnul crucii şi pleca în treburile ei mulţumită. Silvio şi Anna, mai îmbătrâniţi, erau mulţumiţi de cei mai tineri. Silvio nu mai ieşea din casă, picioarele nu-l mai ascultau. Se sprijinea în nişte beţe şi cât putea îi ajuta nurorii sale. Când vroia să vadă lume, mergea până la gard şi se uita pe drum, uneori vedea pe câte cineva, iar omul de pe drum se apropia şi se întrebau de sănătate şi de unele şi de altele, apoi omul pleca şi-şi vedea de treburile sale. Silvio se întorcea şi el în bucătărie unde întotdeauna putea să-i fie de folos lui Gertrude.

Anna, în schimb, umbla pe picioarele ei şi era mai tot timpul la casa fetei sale, o mai ajuta la spălat sau în grădină. Era tare fericită când îşi vedea nepoţeii. Când făcea câte o plăcintă, cei doi năzdrăvani aveau porţiile lor. Cât priveşte semnul băiatului de pe mână, erau nedumeriţi. Îl acoperiseră, fireşte, iar copilul nici nu-l băga de seamă, dar ştiau că mai devreme sau mai târziu, trebuiau să ia o decizie. Gertrude ofta şi nu scotea nicio vorbă, dar mama ei, când erau cu toţii adunaţi, le spunea că e păcat.

- E fiu de conte. Poate că nu ştie nimic sau poate că nu ştie unde să caute. Nobilii ăştia au putere, poate v-ar putea ajuta pe toţi în vreun fel.

- Şi ce vrei să facem? întrebă Matteo.

- Să te duci şi să-l rogi pe părintele să te spovedească şi sub jurământ, poţi să-i spui tot şi roagă-l să se gândească şi apoi să te îndrume. El e om cu carte, va şti ce să facă, spuse Anna. Matteo, uitându-se către Gertrude, spuse:

- Tu ce vrei să fac?

- Eu nu te rog să faci în niciun fel. Eu mi-am găsit fericirea, ar trebui să răscolesc trecutul şi nu sunt atât de puternică. Dacă tu consideri că e corect ce spune mama, fă cum zice ea. Eu nu te oblig la nimic. Pierfrancesco nu ştie nimic, el e fericit cu surioara lui. Dacă vrea să mi-l ia, eu ce o să fac şi Agnese la fel? Orice ar fi, sunt fraţi, Matteo! Nu aş vrea să-mi rupă iar sufletul contele.

223

- Eu zic, zise Silvio, că cineva trebuie să meargă la Florența, să afle despre conte, dacă e însurat, dacă are copii și poate putem vorbi cu contesa, să țină secret toată treaba. Contele ți l-ar lua cu siguranță. Trebuie aflat ce fel de oameni sunt. Cu preotul e nesigur, dacă se scapă mai departe, ce am făcut? Ni se duce toată liniștea.

- Eu zic să facem așa, cum zice tata, spuse Matteo. Voi merge duminică la Florența.

- Sau o să mă duc eu mâine, spuse Anna, eu sunt liberă, nu trebuie să cer voie la nimeni, voi sta în fața palatului lor câteva ceasuri și o să mă dumiresc eu de la vreo precupeață, ceva. O bătrână nu atrage privirile nimănui, pe când un flăcău bine făcut, da.

- Păi atunci, pregătește-te de drum, Anna, făcu Silvio. Mi-e ciudă că picioarele nu mă mai țin, tare aș fi venit și eu. Dar o să te aștept pe tine, dacă pleci dimineața, seara târziu te poți înnapoia.

- Fii sigur de asta. Mă duc acasă să mă pregătesc. Florența nu e departe și o să găsesc eu pe drum o căruță. O să-mi duc o găleată cu flori să le vând, să nu stau sub geamurile palatului degeaba.

Dis de dimineață, Anna se sculă și plecă spre Florența. Nu era departe, dar un căruțaș o luă în căruță la el binevoitor, așa că greutatea găleții de flori nu o mai simțea.

- Mergi des la Florența? Îl întrebă Anna.

- De două ori pe săptămână, duc vin la niște nobili, răspunse căruțașul bucuros că are și el cu cine vorbi pe drum.

- Pesemne că ai vin bun, dacă domniile lor l-au ales.

- Da, merg la contele de Ruffo și la contele de Fiorano. Anna se înfioră auzind asta și întrebă apoi la cine se va duce prima dată. La contele de Fiorano! El e primul în calea mea. Pe tine unde dorești să te las?

- Palatul contelui nu e aproape de Piața Domului? întrebă Anna, mascând cu pricepere interesul ei pentru conte.

- Ba da, chiar acolo.

- Atunci, lasă-mă în fața palatului, acolo trebuie să-mi vând florile. Cât îți datorez? continuă femeia.

- Ei, nu-mi datorezi nimic! Doar mi-ai ținut de urât pe drum.

- Spune-mi, contele ăsta, e însurat?

- Da, e însurat cu un înger de femeie. Primul lor copil a murit, era un băiat. Acum au doar o fată, de vreo 4 ani, cred.

- Sărmanii, au suferit și ei...

- Da, și nobilii sunt făcuți din carne și sânge. Contele e un om de treabă, e șeful gărzilor elvețiene ale Ducelui. Totdeauna mi-am primit banii cu dreptate pe marfa mea.

- Eu o să mă întorc la Fiesole după ce-mi vând florile, spuse Anna.

- De ce nu mă aştepţi? Duc vinul la celălalt conte şi apoi mai vorbim pe drum. Contele ăstalalt, de Ruffo, e căsătorit a doua oară şi e cam bătrân. El are doi copii.

- Câte mai afli despre ei! mai spuse Anna uimită dar şi plină de interes să afle cât mai multe.

Intraseră în Florenţa şi Anna privea totul cu nesaţ, era tare frumos totul pentru ea, privea cu viu interes şi uimire la tot ce era în jurul ei şi nu de puţine ori exlama uimită de frumuseţile întâlnite.

- Ce frumos e! zise ea.

- Eu m-am obişnuit. Şi mie mi se părea la început la fel, recunoscu căruţaşul. Uite, aici te vei da jos, palatul e ăla cu porţile alea mari. Uite Domul! Vin să te iau mai târziu.

Anna salută, mulţumi omului, apoi se dădu jos din căruţă. Îşi puse florile lângă o fântână, în aşa fel ca să privească exact pe unde intră căruţaşul şi să-şi întipărească în minte mai bine locurile. Când intră căruţa, o trăsură cu blazon tocmai ieşea. "Cine o fi?" se întrebă Anna. Văzu o femeie tânără uitându-se la ea şi făcându-i semn din trăsură. Anna îşi puse un deget în piept, gândind dacă ei îi face oare semn doamna aceea. Într-adevăr, doamna îi confirmă. Bătrâna îşi luă găleata cu flori şi se apropie cu o plecăciune, de trăsura doamnei respective.

- Florile tale îmi plac, le vreau pe toate, cât costă? întrebă femeia. Anna, în schimb, nu reuşi să grăiască niciun cuvânt, apariţia acestei frumoase şi elegante doamne o acaparase total. Pesemne că eşti mută, biata de tine! Pune toate florile în coşul ăsta, până caut eu moneda. Anna se execută imediat, nescăpându-i din vedere că în trăsură era o fetiţă, cam cât Agnese a lor de mare. Fetiţa scoase capul pe geam şi îi spuse Annei:

- Mergem la frăţiorul meu, la cimitir. Florile tale sunt proaspete şi frumoase. Pe mine mă cheamă Giovanna de Fiorano, pe tine cum te cheamă?

- Scumpa mea, interveni mama, bătrâna nu vorbeşte. Dă-i moneda şi hai să plecăm. Să punem coşul jos, tulpiniţele florilor sunt încă ude.

Anna făcu o plecăciune plină de respect şi se aşeză pe bordura fântânii. Stătu ea aşa, o vreme, apoi îşi aruncă apa din găleată şi începu să mănânce ceva din traista ei. I se făcuse foame şi până avea să vină căruţaşul ei după ea mai era ceva vreme, pentru că încă nu ieşise din curtea contelui. Puse moneda în batistă şi se puse pe aşteptat. Când ieşise, căruţaşul îi făcuse cu mâna să-l aştepte, căci va veni curând. Anna îi răspunsese cu un semn cu mâna, îl va aştepta, până atunci poate o mai vedea ea ceva interesant în clădirea ce-i era în faţă. "Aşadar, aici a lucrat fata mea!" gândi ea, "nu e loc rău, dacă ai stăpâni buni." Mai pe urmă începu să se plictisească şi se hotărî să se plimbe puţin. Căruţaşul mai întârzia, astfel avu timp să privească la toate clădirile din jur, la palatul Ducelui şi îşi aminti cum stau ei în Fiesole. Se gândi apoi la familia contelui, cu fetiţa aceea atât de isteaţă şi de sigură pe ea, la hainele lor scumpe şi strălucitoare şi foarte curate. Timpul trecu astfel şi iată-l venind şi pe căruţaş.

- Am întârziat puţin, dar nu te-ai plictisit prea tare, aşa e? Ai ce vedea pe aici.

- Da, aşa este, încuviinţă Anna. Cred că săptămâna viitoare aş mai avea un drum încoace, poate ne aşteptăm şi mă iei şi pe mine, te voi plăti de data asta.

- Ţi-am spus că nu vreau plată. Uite, joia viitoare ne întâlnim ca şi în dimineaţa asta, îţi convine?

- Da cum să nu, aşa rămâne. Pe mine mă cheamă Anna.

- Pe mine Filipo. Am nevastă şi copii mari, mai zise el puţin încântat de această prezentare ce-şi făcu. Tu?

- Eu sunt văduvă şi am o fată şi doi nepoţi frumoşi, un băiat de şase ani şi o fetiţă de patru ani. Doamna de la palatul unde dai tu vin mi-a luat toate florile pentru cimitir. Are un copil îngropat acolo, ai avut dreptate azi-dimineaţă când mi-ai povestit

Omul încuviinţă din cap fără să mai zică nimic, nu-i prea era lui la îndemână să povestească. Dădu bice cailor şi porniră spre casă. În momentul când dădeau să plece, din palatul Ducelui ieşea Piero, mergea spre casă, dar nu se văzură şi de altfel nu se cunoşteau, fiecare cu treburile lui. Ajunseră curând la Fiesole, unde Anna se dădu jos şi îi mulţumi. Erau mai repede îndărăt căci butoaiele erau acum goale, iar căruţa evident mai uşoară. Omul mai avea de mers puţin până la casa lui, care era în următorul sat. Promiseseră să se întâlnească săptămâna următoare, joia, apoi îşi luară rămas bun, fiecare pornind spre casa lui.

Anna ajunse acasă la ea, dar hotărî să nu meargă direct la fata ei. Se tot uita la monedă, se frământa cum să facă să vorbească cu doamna aceea frumoasă, fără să afle soţul ei. Trebuia să vorbească şi cu Gertrude.

- Hm! E greu, dar îmi vine mie îmi minte ceva, vreo idee. Mâine dimineaţă o să luăm o hotărâre cu toţii. Nu pot hotărî eu şi nici nu mă duc acuma să-i stârnesc.

A doua zi, se sculă devreme şi pregăti mai multe pentru micul dejun, hotărâse să mănânce dincolo. Le puse într-o traistă şi numaidecât intră pe poarta familei Hometti.

- Mamă, făcu Gertrude, te-am aşteptat aseară!

- Ştiu că m-aţi aşteptat, răspunse Anna scoţând mâncarea pe care o pregătise, dar m-am gândit că un mic dejun gustos e mai mult decât o poveste într-o seară. E mai bine să începi dimineaţa, iar nu seara.

- Este atât de important? întrebă Matteo.

- Este, fiule, depinde de ce vom hotărî noi acum.

- Atunci să ne aşezăm, hotărî Silvio. Anna ne va povesti totul. Bătrâna le înşirui întreaga poveste iar toată lumea o asculta în linişte.

- Eu mă gândesc să-i spun sub jurământ femeii, iar ea să vină să-l viziteze fără să spună cuiva ceva. Când va creşte şi când va fi pregătit, doamna să-l ia să-l ducă să înveţe carte şi apoi să îl arate contelui, iar acesta din urmă să-l recunoască. Joia viitoare mă duc iar la Florenţa, până atunci nu aveţi decât să vă gândiţi. Copilul nu va pleca de aici decât mare fiind, nu ţi-l va lua nimeni, draga mea Gertrude. Doar în condiţiile astea m-aş învoi. Când e mare, oricum va pleca, dar de crescut, trebuie să-l creşti tu, mama lui, iar contele trebuie să simtă lipsa lui.

- Dacă nu mi-l ia nimeni, mă învoiesc, dar dacă mi-l ia o să fiu tristă, dar cred că îmi va trece până la urmă. Ce aş putea să fac?

- Are dreptate Anna, spuse Silvio. Copilul e conte, nu e din acelaşi aluat ca noi. Nu poţi să-l ţii legat la mâneci toată viaţa. Ce zici, Matteo?

- Nu e copilul meu, dar m-am deprins cu el şi Agnese la fel. Să trăiască aici cum vrea şi Gertrude, altfel nu mă învoiesc, şi cu asta am terminat. O fi având contele bani, dar onoare nu a avut atunci când a sedus-o pe Gertrude! Du-te săptămâna viitoare şi fă cum ştii să fie în condiţiile noastre, altfel, plecăm din Fiesole.

- Va fi tare ciudat, pentru că mă crede mută, zâmbi Anna. Să mâncăm până una alta şi poate că Dumnezeu ne va arăta calea până joia viitoare.

- Amin, zise Matteo.

CAPITOLUL 16

În una din zile, după ce Gertrude termină de gătit prânzul, se hotărî să plece la Matteo la cimitir. Copiii erau cu el, bineînțeles, iar ea vroia să se întoarcă împreună de la cimitir. De fapt vroia să vorbească cu Matteo. Era din nou însărcinată. Știa că bărbatul ei își dorea un băiat și poate că acum aveau să aibe noroc, poate că îi ajuta mai ușor și cu Pierfrancesco, în luarea unei hotărâri.

Matteo era aplecat peste un mormânt pe care-l curăța și-l îngrijea. Când o zări pe Gertrude, credea că se întâmplase ceva, dar ea îl liniști repede.

- Unde sunt năzdrăvanii? întrebă femeia, zâmbind. Cu inima la locul ei, Matteo îi răspunse că sunt sigur lângă statuia Fecioarei.

- Dar tu nu prea vii după noi totuși, zise el.

- Da, acum am ceva să-ti spun, zise Gertrude. Sunt însărcinată din nou! Am vrut să fiu sigură, pentru că e mult timp de când nu am mai rămas, de la Agnese. Știu că-ți dorești un fecior și sper să-l ai. Matteo veni lângă ea.

- Gertrude, tu poți să mai naști zece băieți, Pierfrancesco nu pleacă de lângă noi, de asta te temi, că nu am eu moștenitor? Nu-mi pasă, eu nu sunt bogat să îi dau fiului meu bani sau titluri. Sunt fericit lângă tine ca în prima zi iar cei doi copii sunt ai mei de drept. Ai văzut și tu condica părintelui. Fiul contelui va sta cu noi până va crește mare. Sunt tare fericit pentru vestea ce mi-ai adus-o, însă asta nu schimbă nimic. Gertrude se lipise de el, închizând ochii, iar bărbatul o îmbrățișă. Mă aștepți să termin? mai întrebă el.

- Da, încuviință femeia, am să-mi caut copii până atunci. Hei, pe unde sunteți? strigă ea.

- E mama, e mama! și amândoi ieșiră de te miri de unde. Veniră val-vârtej aproape doborând-o pe Gertrude. Ea îi sărută pe amândoi fericită.

- Uşor, uşor copii, spuse tatăl lor, aveţi grijă de mama, veţi mai avea un frăţior! O să plecăm cu toţii acasă. Puteţi să-i arătaţi locurile voastre secrete de joacă până se face ora de prânz.

- Da, bună idee, spuse băiatul, hai cu noi mamă!

Matteo se uita cum cei trei, vorbind toţi odată, se îndepărtau spre capătul celălalt al cimitirului. Mulţumit, se apucă iar de treaba lui zilnică, nu mai era mult până la prânz. Era mulţumit că Gertrude aşteaptă un copil, el crescuse cu ea pentru că nu mai avea alţi fraţi. Agnese trebuia să mai aibă pe cineva, ştia şi era împăcat cu ideea că Pierfrancesco va pleca peste câţiva ani. Îl iubea, nu făcuse niciodată diferenţe, dar era născut sub alte semne şi trebuia, mai devreme ori mai târziu să şi le urmeze. Îl educase după cum ştia el, astfel era convins că o să-l mai vadă după ce va pleca în casa contelui. Toată lumea se minună că, după atâta timp, Gertrude rămăsese însărcinată.

- Dumnezeu le rânduie pe toate, spuse Silvio. Sunt două case, trebuie doi copii.

- Că bine zici, aprobă Anna, iar eu, chiar mâine mă duc la Florenţa să vând flori.

- Şi s-o vezi pe contesă, continuă Matteo. Ai grijă să nu ni-l ia pe copil!

- Stai liniştit, nu-i spun eu nimic din prima vorbă, întâi o pun la încercare, zise Anna.

- Aşa să faci, îi răspunse Matteo.

Căruţaşul se ţinuse de cuvânt şi o aştepta pe Anna aşa cum se înţeleseseră odinioară.

- Mă aştepţi de mult? întrebă Anna.

- Nu, doar de puţin timp. Hai, urcă!

- Ce-ţi fac copii?

- Bine, sunt mari, gata de însurătoare, zise Filipo.

- Fata mea aşteaptă al treilea copil, mai adăugă şi Anna.

- Să fie într-un ceas bun, zise Filipo.

- Multumesc!

Între ei se lăsase apoi aceeaşi tăcere leneşă, pe care o simţi când te trezeşti de dimineaţă. Era plăcut. Păsările salutau soarele care se făcea din ce în ce mai vizibil. Nicio adiere de vânt şi niciun nor de ploaie pe cerul Toscanei, pământ binecuvântat. Nici nu ştiură când ajunseră în oraş. Cei doi se înţeleseră să se întâlnească mai târziu, Filipo avea vin pentru trei muşterii acum, iar Anna se învoi, avea şi ea timp destul pentru ale ei.

Coborâse şi îşi pusese florile pe bordura aceleaşi fântâni ca şi prima dată. Privea mişcarea pe care o făceau porţile palatului contelui lăsându-l pe căruţaş să intre, apoi se puse pe aşteptat, vâna un moment prielnic. Îl zări pe Filipo plecând către altă destinaţie după ce descărcă marfa, apoi liniştea se restabili iar la palat. Era prea devreme pentru un nobil, credea ea, trebuia s-o prindă singură pe contesă, nu avea cum să-i vorbească atâta vreme cât stăpânul era acasă. Se gândea că poate va pleca pe undeva contele, astfel să poată intra şi ea cumva. Începuse să-şi vândă florile şi parcă îi mai trecuse plictisul aşteptatului.

Pe la ceasurile opt ale dimineţii, ieşise contele pesemne, pentru că de la o fereastră, doamna cea frumoasă îi trimitea bezele pline de dragoste acestuia. Fiorano le primea şi le ducea la inimă, apoi salută şi trecu pe lângă Anna către palatul Ducelui. Anna se uită uimită după conte şi îşi făcu cruce, era identic cu copilul Gertrudei. Se hotărî să facă şi ea semne doamnei, poate o va recunoaşte şi-i va vinde florile iarăşi, ca prima dată. Vorba vine, ea trebuia să intre în palat, la contesă. Avu noroc, doamna o zări şi îi făcu semn şi ea să se apropie. Trimise o servitoare cu o monedă, aceasta dori să-i ia florile şi să le ducă contesei, însă Anna nu se învoi.

- Dacă îţi dau ţie moneda, îi spui doamnei că vreau să i le dau personal? Servitoarea se gândi puţin şi îşi vârî moneda în şorţ.

- Bine, vino cu mine.

După ce intrară, îi spuse Annei să aştepte până urcă la doamna s-o anunţe. Anna era uimită de cât de frumos era totul. Aici a stat şi Gertrude, aici a rămas însărcinată, gândi ea amărându-se. Servitoarea coborî şi îi dădu înapoi moneda.

- Nu-mi trebuie! Parcă te-aş cunoaşte de undeva, aşa că nu o vreau.

- De când eşti slujnică aici? întrebă Anna.

- De opt ani. Sunt mulţumită. Tu ai nevoie de ea mai mult ca mine. Doamna coboară îndată, e puţin mirată, dar va coborî. Aşteapt-o aici! Te va pofti la ea să intri pe urmă. Eu plec, am treabă. Cu bine!

- Cu bine, fii sănătoasă, zise Anna. O cunoaşte pe Gertrude, cu siguranţă, îşi mai zise ea. Doamna coborî imediat, surâzătoare.

- Credeam că nu vorbeşti, data trecută nu ai scos niciun cuvânt. Anna se înclină şi spuse:

- Vorbesc, mulţumesc lui Dumnezeu din ceruri, doar că nu mă aşteptam să vând florile dintr-o dată.

- Cu ce îţi pot fi de ajutor? întrebă Clementina. Atunci Anna se apropie şi-i spuse că e ceva secret, de altfel nu întâmplător o caută. Vrei să mergem în grădină? întrebă contesa, surâzând.

- Da, acolo e mai bine, nu ne va auzi nimeni.

- Bine, vino pe aici, spuse Clementina gândindu-se ce bani să-i dea femeii. E vorba de bani? E cineva bolnav? mai întrebă ea.

- Nu, nici poveste! E altceva, făcu Anna, tot uitându-se în sus la ferestre.

- Nu ne vede nimeni, o asigură Clementina, poti vorbi liniştită.

- Bine, o să vă povestesc ceva şi o să mai vin, cu condiţia să juraţi că nu o să spuneţi nimănui, decât atunci când veţi fi dezlegată de legământ, continuă Anna. Nu mă simt bine deloc aici şi vreau să terminăm repede.

- Vrei să jur? întrebă contesa.

- Da, pe fiul dumneavoastră!

- E atât de grav? se făcu serioasă Clementina.

- Da, doamnă!

- Bine, jur pe copilul meu mort şi la a cărui înmormântare nu am participat, pentru că aveam minţile pierdute, rosti Clementina înlăcrimată.

- Iertaţi-mă, doamnă, făcu Anna. Acum că am jurat, pot să vă spun, dar nu tot, voi mai veni şi săptămâna viitoare. Contesa încuviinţă cu înţelegere. Acum vreo şapte ani, fata mea, Gertrude, era servitoare aici la contele de Fiorano. Servitoarea care mi-a deschis astăzi trebuie s-o cunoască, pentru că e de opt ani în această casă. Contele cel tânăr nu s-a lăsat şi, afemeiat cum era, a sedus-o pe copila mea nevinovată. Fata mea nu a cedat din primul moment, dar până la urmă nu a avut încotro, fiecare noapte era un chin, până când fata nu s-a mai dus, era însărcinată. La auzul acestui cuvânt, Clementina scoase un ţipăt scurt şi, cu o voce gâtuită, spuse:

- Continuă, te rog!

- A doua zi, continuă Anna, contele a venit peste ea urlând şi reproşându-i lipsa. Ea stătea tremurând cu mâinile pe pântece. Bărbatul a înţeles şi i-a strigat în gura mare că e o târfă şi că nu e copilul lui, apoi i-a aruncat o pungă cu bani şi a alungat-o din casă. Fata s-a reîntors acasă şi mi-a povestit tot, dar nu eram din fericire doar noi două, mai era şi băiatul pe care-l considera un prieten, un frate, însă el o iubea pe tăcute. A luat-o de nevastă aşa cum era şi a trecut la biserică copilul ca fiind al lui. Gertrude a mai născut apoi o fetiţă, iar acum aşteaptă pe cel de-al treilea copil. Fata a păstrat banii şi punga contelui ca pe o amintire. Matteo, soţul fetei mele munceşte şi îi creşte pe cei doi fraţi fără diferenţe. Acum, poate vi se va părea că vreau să vă mint, puteţi însă întreba servitoarea cea veche, o să vă spună de Gertrude. Fiul contelui are pe mâna stângă o floricică, un semn din naştere. Gertrude spune că a văzut semnul şi pe braţul contelui. Dumneavoastră puteţi confirma.

- Doamne, da! Copilul nostru mort avea semnul tatălui său, doar băieţii îl au în această familie, zise stins Clementina căzând pe o bancă. Sunt năucită, eu nu mai pot avea copii, iar acum deodată apare un moştenitor.

- Doamnă, voi mai veni şi joia viitoare, cu condiţia să respectaţi dorinţa părinţilor lui, vor să-l crească ei iar când se va face mare să-l daţi la şcoală. Totul să fie fără ştiinţa contelui. Dumneavoastră puteţi veni să-l vedeţi odată pe lună, să nu bată la ochi la careva. Dacă vă învoiţi, aşa facem, dar dacă spuneţi acest secret, copiii pleacă din satul lor şi nu îi veţi mai găsi vreodată. Când fata mea vă va dezlega de jurământ, puteţi să îl arătaţi pe băiat contelui. Vacanţele le va sta cu părinţii lui. Te învoieşti, doamnă?

- Da, zise Clementina, am jurat. Vii joia viitoare?

- Da, vin să vă spun unde locuieşte copilul. Azi dimineaţă l-am văzut pe conte, copilul este aidoma tatălui său, fără să-i ridice careva mâneca.

- Cum te cheamă?

- Anna mă cheamă.

- Anna, te aştept de patru ani. Piero, soţul meu, ştie de copil, dar a aflat prin alchimie, Ducele e înnebunit cu ştiinţa asta. Mi-aduc aminte şi acum, de-abia născusem şi Cosimo îi făcuse horoscopul, îi spusese că undeva e copilul lui şi că numele lui începe cu litera P.

- Fata dumneavoastră are aceeaşi vârstă cu sora băiatului. Sunt cei mai buni prieteni. De aceea nu vrem să-i despărţim, nu ar înţelege, ar suferi prea mult. Sper că nu voi fi urmărită, v-aş blestema toată viaţa!

- Ţi-am jurat! Nu voi şti decât eu. Am să vin lunar la voi, singură. Copilul are tot ce-i trebuie?

- Da, totul şi multă dragoste.

- Tatăl lui vitreg e un om de toată isprava!

- Da, doamnă, sunt mândră că e ginerele meu!

- Anna, spune-mi dacă numele lui începe cu litera P?

- Într-adevăr, aşa este. Dacă nu vă supăraţi, mă voi retrage acum. Cu voia Domnului, voi veni joia următoare. Am să vă aduc flori, ca să nu vă creez probleme, aşa nimeni nu ar bănui de ce vin pe la dumneavoastră.

- Bine, Anna, spuse Clementina, îţi mulţumesc! Până azi dimineaţă eram nefericită şi neconsolată, acum am un scop. Voi face tot ce doriţi voi, doar ca Piero să-l aibă aproape pe fiul lui când va fi mare. Dumnezeu m-a mântuit!

Aceste ultime cuvinte le mai auzi Anna înainte de a ieşi din grădină. Contesa rămăsese acolo uşor tulburată. Fetiţa ei venise în curând şi o scoase din ale sale. Era fericită. O întrebă pe servitoarea vechii contese, de departe, despre întâmplări de acum şapte ani. Când auzi "Gertrude", o lăsă să vorbească în continuare iar apoi, când femeia se opri, o concedie fără să-i dea nicio impresie de curiozitate. "Trebuie să-mi fac un plan..." îşi spuse Clementina hotărâtă, "până joia următoare îl voi avea, cu siguranţă. Sfântă Fecioară, îţi mulţumesc! Sunt mântuită! Nici nu-mi doream prea mult. Va fi darul meu pentru soţul drag inimii mele." Apoi continuă să se joace cu Giovanna, care nu bănuia nimic şi era tare mulţumită de atâta atenţie.

CAPITOLUL 17

Când Giovanna se sătură de joacă, doica ei o luă din grădină, iar Clementina se ridică de pe bancă. Urcă în camera ei gândindu-se că acesta este primul ei secret față de Piero și că va trebui să îl țină, altfel pierdea totul. Nici prin cap nu-i trecea de vreo răpire violentă sau vreo altă variantă asemănătoare, băiețelul era în lumea lui acolo, nu era just să-l scoată din ea. Îl va vizita și îi va da bani de cheltuială, iar când Gertrude va hotărî îl va aduce în secret la Florența să-l învețe meșteșugul armelor și al bunelor maniere. Aici, în schimb, trebuia să se gândească mai bine cum va proceda. "Cineva de care să mă interesez de pe acum la Piero, ca atunci când va fi nevoie, să știu unde să mă duc, omul ăsta trebuie să-l știu de pe acum! Mă voi descurca eu cumva, trebuie să știu un maestru bun."

Băiețelul trebuia să înceapă să scrie și să citească, se va interesa când îl va putea vizita. Ce emoții o vor încerca atunci! "Anna spunea că e aidoma tatălui său, Piero era un adevărat destrăbălat pe atunci, dar tot răul spre bine." Nu era copilul ei, dar nu simțea nicio supărare, își promisese toată atenția și discreția cu privire la afacerea asta. Nici nu simțise cum trecuse dimineața, decât atunci când Piero cu Giovanna în brațe intrară în camera ei ca două furtuni care râdeau din toată inima. Fetița era încântată de tatăl ei, iar mânuțele ei dolofane îl țineau strâns de după gât. Dădea din picioare de se întreba mirată Clementina de unde să aibă atâta energie.

- Noi fără mama nu mergem la masă, strigă Piero iar fetița îl imită și ea. Am venit să te luăm la masă. Te-ai ascuns de noi? Piero se apropie de soția sa și îi dădu un sărut pe obraz, iar fetița ei îi dădu și ea unul, murdărind-o pe Clementina cu urme ale unei prăjituri șterpelite cu ajutorul tatălui ei. Scăpase din mâinile doicii și făcea ce dorea, mai ales când avea un așa aliat.

- Vin acum, spuse mama râzând, să mă șterg pe obraz să nu zică cineva că eu am ajutat-o pe Giovanna să înhațe desertul înainte de a lua masa.

Erau o familie fericită, Piero era înnebunit după fiica sa. Uneori mergeau amândoi în patru labe și mârâiau la spatele servitoarelor, care

234

săreau într-o parte speriate. Îşi făceau cruce şi apoi râdeau. Giovanna era o băieţoasă adevărată, te trezeai cu ea oriunde, se căţăra peste tot şi mai ales şterpelea dulciuri, păcălind atenţia doicii sale. Piero era mândru de ea şi asculta solemn toate cuvântările doicii despre apucăturile fiicei lui, iar apoi când femeia pleca, râdeau amândoi amuzândo şi pe Clementina, care uitase de regulile de la mânăstire. Ştia sigur că fata ei va creşte acasă, Piero nu ar fi putut să se despartă de fetiţă. Contele se transformase în aşa măsură încât până şi Cosimo de-abia îl mai recunoştea. Era îndrăgostit de familia sa. Chiar îi îngăduise printr-un document ca dacă nu va avea băieţi, fata să cedeze soţului său titlul de conte, astfel numele lor să continue să existe. Clementina, când află de acest lucru, avu un surâs maliţios pe buze, ştia ea ce ştia, dar nu spuse însă nimic, aprobă doar din cap până când Piero chiar o întrebă:

- Nu te bucuri, scumpa mea?

- Ba da, dar fetiţa are doar patru ani, eu nu mă gândesc la măritişul ei şi nici pe tine nu te văd cedând-o altuia.

- Dar nu o cedez, pentru că nu va pleca din palat, oricât de bogat ar fi soţul ei, răspunse Piero.

- Vei sta cu arma s-o păzeşti? întrebă Clementina râzând.

- Ei, nu chiar, am să-l pun pe Cosimo să-i facă horoscopul.

- Dar tu nu credeai în poveşti din astea, îi zise soţia sa.

- Eu nu cred, doar că se adevereşte totul, indiferent de credinţa mea, spuse Piero. Mi-aduc aminte că mi-a spus că am un băiat, pe undeva, dar asta văd că nu i s-a îndeplinit. Trebuie să râd puţin de el din pricina asta, uite, un subiect bun de conversaţie!

Clementina păli, dar încercă să se stăpânească şi să vorbească liniştită în continuare. Îşi dorea ca Piero să plece la palatul Ducelui mai repede, să-şi facă un plan şi să se liniştească. Contele nu sesiză nimic, era atât de distrat, mai ales că fetiţa, contrar tuturor obiceiurilor de bun gust, stătea la el în braţe când lua masa. Erau amândoi copii, nu ştiai care e mai mic şi care e mai mare. Giovanna pricepuse de la tatăl ei că trebuie să lupte pentru tot ce vroia să aibă şi întotdeauna să obţină, apoi învăţase s-o adore pe Clementina cu naturaleţea unei ţigăncuşe. Erau un trio minunat şi de pomină.

Copiii lui Frederico erau mai moi din fire, iar atunci când se vizitau, prelua comanda întotdeauna Giovanna. Unchiul ei îi spunea "condotiera Giovanna" şi râdea întruna văzând casa întoarsă pe dos. Toata lumea o iubea şi din cauza asta era cam alintată, dar nu aveai şanse să-i rezişti. Semăna cu bunicul ei, iute şi ascuţită la minte de mică, nu se plictisea niciodată şi astfel veselia în palatul Fiorano nu pierea niciodată.

Toate zilele erau la fel, dar atât de diferite totuşi. Copila schimba totul în soare şi astfel treceau săptămânile, lunile şi anii.

Clementinei i se păru totuşi că ziua venirii Annei fusese parcă îndepărtată de soartă, nu apropiată, parcă timpul mergea invers, dar când sosi, răsuflă uşurată. O aşteptase cu nerăbdare, din acest motiv i se păru că trecuse totul mai greu. Anna îi adusese iar flori şi pornirǎ să se plimbe ca şi data trecută prin grădină.

- Nu-ţi este greu să vii? o întrebă Clementina pe Anna.
- Eu cred că de acum veţi veni dumneavoastră. Locuim la Fiesole. Acolo e o mânăstire, puteţi veni odată pe lună şi să îl vizitaţi pe băiat, fără să vă spuneţi numele şi fără ca soţul dumneavoastră să bănuiască ceva. Spuneţi-mi o dată în care veţi veni, astfel ca nepoţelul meu să stea acasă. În fiecare dimineaţă pleacă cu tatăl lui acolo unde lucrează acesta. E paznic la biserică şi la cimitir. De fapt, se ocupă cu de toate. Îşi câştigă munca cinstit.

- Doamne, ce coincidenţă! mai adăugă doamna. Eu mi-am petrecut timpul copilăriei la măicuţe, ani de-a rândul. Îmi va fi uşor să mă duc lunar la ele. Ăsta e un plan bun, bătu contesa din palme. Îţi jur că nu voi spune nimic, decât atunci când mama lui mă va dezlega de juramânt! Povesteşte-mi despre el.

- Îl cheamă Pierfrancesco. E frumos ca tatăl lui, blând ca şi fata mea şi isteţ ca păsările cerului. Îl ajută pe Matteo la orice poate la vârsta lui, iar pe Gertrude mai abitir ca o fată. E curăţel şi fericit cu surioara lui, Agnese.

- Înţeleg, e fericit, spuse contesa.
- Da, este foarte mulţumit de viaţa lui. Nu-i trebuie zdruncinată gingăşia. E cel care are grijă de Agnese şi e foarte mândru de sarcina pe care o are. E sora lui!

- Anna, întotdeauna la mijlocul lunii, voi fi la Fiesole. Nu e departe. Soţul meu va fi de acord. Să stai liniştită, nu voi spune nimic, nu aş putea face rău unor copilaşi. Luna viitoare voi veni prima dată. Trebuie să mă pregătesc şi să-i spun contelui. Eu zic că e bine aşa.

- Şi eu zic la fel. Avem încredere în dumneavoastră. Acum, eu voi pleca.

- O să-ţi dau nişte bani, spuse contesa.
- Nu, scumpă doamnă. Aduceţi-i cu dumneavoastră luna viitoare şi dacă fata mea îi va lua, eu voi fi mulţumită.

- Bine atunci Anna, de ce familie voi întreba?
- Hometti, de familia Hometti. Rămâneţi cu bine, pe luna viitoare!

Anna făcu o plecăciune, iar Clementina înclină capul. Amândouă erau mulțumite de târgul făcut. Când ajunse acasă, Anna se puse pe povestit.

- Nu am vrut să iau banii pe care contesa mi-i dădea cu dragă inimă, am zis să vină cu ei aici și să-i primiți voi. Eu așa am gândit.

- Și bine ai făcut, îi răspunse Matteo. Nu facem acest târg pentru bani!

- Va veni lunar. Ea a fost crescută la măicuțe, la mânăstirea de aici, va avea motiv să plece de acasă odată pe lună, nu va bate la ochii nimănui. Va merge și la maici, dar va trece și pe la noi.

- Atunci, să așteptăm luna viitoare și să nu mai discutăm despre asta, e mai bine așa. Totuși, să fim cu ochii în patru, atenția trebuie să ramână trează, trase concluzia finală Silvio.

În acest timp, Cosimo, așezat comod în fața cuptorului lui, se relaxa așteptând să se facă ora de cină. Era un adevărat tată de familie, avea cinci copii. Se liniștitse cu privire la moștenitor, iar Eleonora, cu fiecare naștere, parcă înflorea, nu obosea deloc. Tresări când Piero întră râzând.

- Ce faci, frate, visezi cu ochii deschiși?

- Piero, m-ai speriat! Chiar visam, așa cum zici.

- Venisem să-ți amintesc că mi-ai spus că am un băiat. Mi-am adus aminte astăzi la masă. Nu s-a îndeplinit ce ai spus și m-am gândit să nu pierd ocazia să te cicălesc.

- Tu uiți că ți-am spus că vei afla de el când va fi mare și că e treabă încurcată, unde doar femeile dețin afacerea și cheia problemei. Bărbații tranșează din scurt problema, femeile o fac cu inima și cu sufletul. Sfredelește-ți mintea și caută să-ți aduci aminte cu cine te-ai culcat înainte de Maria Clementina.

- Frate, m-am culcat cu o grămadă de femei, dc la servitoare la femei nobile. Acum îmi e rușine, soția mea m-a pocăit, vezi bine. Cosimo începu să râdă de se cutremurau hainele pe el, iar Piero îl imită de îndată.

- Asta da mărturisire, Piero! zise Cosimo, râzând în hohote. Te-ai cumințit, deci? Piero, ascultă-mă, ai un copil frumos ca soarele, dar îl vei vedea mai târziu. Dacă vrei, o să-ți răspund mâine la întrebare, sau chiar azi, dacă nu te grăbești.

- Acuma, zi-mi!

- Bine, trebuie să aștepți puțin și să nu faci gălăgie.

Cosimo se ridică și își luă locul lângă cuptorul lui. Piero își luă de pe un raft o carte și începu să se uite la imagini, căci altceva nu putea face, nu înțelegea mare lucru, era atât de ciudat Ducele cum se delecta el cu toate hârțoagele alea. Contele auzea tot felul de zgomote pe care Cosimo le făcea dar nu se uita de fel şi era atât de cald căci transpirase, trebuind să-şi desfacă eşarfa de la gât.

- Am terminat, Piero, imediat îţi explic. Eşti un munte de răbdare! Sunt uimit! Felicitările mele, frate!

- Hai odată! Mă prăjeşti acum pe mine cu încetişorul?

- Nici pomeneală! râse Cosimo. Uite, copilul ăsta s-a născut în 1539, deci ia în calcul doar femeile din vremea aia, zâmbi Ducele.

- Doamne, are şase ani! E mare, zise Piero. Oare cum o duce, e sărac?

- Nu, o duce bine, e fericit. Îl vei vedea exact peste 11 ani!

- 11 ani! sări de pe scaun Piero mai să-l rupă.

- Da, 11 ani... Sunt trei femei care au hotărât aşa. Supune-te sorţii, Piero, vei fi fericit cum nu mulţi taţi sunt. Altfel vei pierde totul! Femeile astea vor pleca cu el şi nu-l vei mai vedea niciodată! Copilul mai are fraţi, cred că ăsta e motivul pentru care femeile nu vor să-l despartă de familia lui.

- Femei! Mereu femei!

- Da, trebuie să recunoaştem că ne stăpânesc minunat, zise Cosimo. Iar ca nume, îl cheamă tot cu P, ca şi tine şi are şi semnul tău, Piero! Nu-ţi rămâne decât să aştepţi, doamnele astea sunt necruţătoare, în schimb vei avea totul dacă eşti supus. O ai pe Giovanna, uită-te la ea cum creşte. Nu fi trist că nu-l vezi pe acest P... crescând. Nu te trăda şi nu mai vorbi despre asta cu nimeni!

- Ma duc acasă, zise Piero. 11 ani..., ieşi el bodogănind ca pentru el.

CAPITOLUL 18

Clementina, liniştită că îşi găsi planul cel mai potrivit, îşi aştepta în seara aceea soţul să vină şi să-l informeze de planurile sale. Avea să meargă la mânăstire, să ajute copiii săraci, vroia să fie bună, dar şi să vegheze asupra micului conte, de care Piero habar nu avea. Când îi spuse, acesta se bucură că-şi găsise o nouă modalitate de a împărtăşi blândeţe şi bunătate.

- Du-te când vrei tu, Clementina, odată pe lună, nu te va obosi prea tare, îţi vei revedea măicuţele iar ele se vor bucura să te aibă acolo un prânz. Giovanna nu vreau să meargă pentru că e mai sălbatică şi nu ai avea tihnă, va sta cu doica ei cât se poate de cuminte, zâmbi el.

- Mulţumesc, Piero, eşti atât de bun! Doica o va răbda pe Giovanna cu siguranţă, cât voi fi plecată, chiar dacă este niţel cam prea ascuţită în severitatea ei.

- Se compensează cu mine, eu nu-i refuz nimic! Ştii bine, nu am putut şi nu voi putea s-o fac niciodată! Şi apoi la prânz eu voi fi acasă.

De-abia terminaseră de vorbit că se auzi uşa de la grădină trântindu-se şi fetiţa intră cărând o pisică vagaboandă, răsărită nu se ştie de pe unde, spre disperarea doicii, care ridicase mâinile în sus a deznădejde.

- Tată, mamă, uite ce am găsit în grădină! Aş vrea s-o păstrez.

- E plină de purici şi mizerie, răspunse indignată doica.

- Am s-o spăl, făcu Giovanna nevinovată, uitându-se urât la femeie şi rugătoare către părinţii săi.

Clementina începuse să râdă când îşi văzuse fetiţa zburlită şi fericită şi pe pisică cu ochii mari şi speriaţi, dar care părea supusă copilei. Ştia cum se va sfârşi această poveste. Piero se va duce cu Giovanna şi o vor spăla împreună, o vor îngriji şi o vor hrăni cu conştiinciozitate.

- Scumpa mea, spuse Piero, dacă mama vrea să întârzie cu masa jumătate de ceas, ne putem ocupa de puricii acestei pisici, să-i găsim un coşuleţ şi, mai ales, să-i dăm un nume.

Fetiţa se uita cu ochi rugători la mama ei, care încă mai râdea. Clementina le făcu doar un semn cu mâna că se învoieşte, iar cei doi

239

chiuiră şi plecară cu pisica în spălător. După ce cei doi plecară, contesa se duse să cânte la pianină să-şi treacă timpul până când Giovanna şi Piero vor fi îngrijit cuviincios de biata pisică. Ştia că va dura mai mult pentru că, odată cu pisica, se vor spăla şi ei, având nevoie de haine curate. Astfel, doar doica se aşeză pe un scaun oftând, "fata asta este prea mult pentru mine" îşi zicea ea în gând, resemnată.

În alt loc, într-o altă casă, familia Hometti deja îşi lua cina. Nu aveau de îngrijit pisici, dar aveau alte treburi. Matteo povesti de ultima înmormântare din sat, de ce cruce îi făcusera cei din familie răposatului şi faptul că Pierfrancesco o dusese înaintea tuturor, căpătând astfel un bănuţ.

- Mergea atât de ţanţos! continuă Matteo.

- E băiat mare de acum, spuse Gertrude. Trebuie să vorbeşti cu părintele să îl înveţe să scrie şi să citească, roagă-l frumos.

- Am să-l rog, îl place mult pe flăcăul nostru.

Fericirea lor era umbrită de faptul că Silvio nu se mai putea ridica din pat. Picioarele nu îl mai ajutau deloc, astfel că Anna întotdeauna lua masa împreună cu el în cămăruţa lui, îl îngrijea şi îl ajuta şi nu-l lăsa să se amărască de chinul său.

- Ştii tu Anna că îmi simt sfârşitul aproape? În curând mă voi duce la nevasta mea. Mi s-a făcut dor de ea. O să-mi poarte şi mie crucea Pierfrancesco.

- De ce vorbeşti aşa? îi răspunse Anna.

- Pentru că oamenii îşi simt sfârşitul. Mă simt împăcat şi liniştit şi parcă aştept ceva. Vreau să te duci mâine la preot să-l rogi să vină să vorbesc cu el. Mi-e dor de Agnese a mea!

- O să mă duc, dacă aşa simţi... îi răspunse femeia. Eu nu simt aşa ceva, eu nu vreau să mor până nu-l văd pe băiat conte, până la urmă ne va aduce noroc.

- Dumnezeu le rânduie pe toate sub un anumit chip, pe care noi nu-l înţelegem întotdeauna, dar trebuie să ne supunem, zise Silvio. Noi suntem oameni săraci, dar cinstiţi, poate de aceea e atâta pace şi înţelegere între noi. Îţi doresc să apuci acele zile, Anna. Eu, dispre partea mea, nu cred că am să mai apuc. Mi-ar plăcea măcar pe contesă s-o văd, s-o pot cântări din priviri, dar simt că nu mai pot nici atâta să aştept. Simt chemarea soţiei mele, zise el întinzând farfuria goală. Mulţumesc, a fost bun! Totdeauna mi-a plăcut tocana ta! I-ai fost mamă tot timpul lui Matteo.

- Silvio, tu îţi iei rămas bun?

- Nu chiar, aştept să vină părintele mâine.

Bărbatul se întinse pe pat şi închise ochii. Anna luă farfuriile să le spele, terminase şi ea. Acum îl lăsă pe Silvio singur. Copiii terminaseră şi ei masa, iar Gertrude îi spăla să-i ducă apoi la culcare. Anna începu să spele blidele tăcută, vorbind doar cu ea. Matteo se dusese la preot să-l roage pentru băieţel. Nu plecă bine că o văzu pe Anna mergând tot la preot. Îi făcu semn cu mâna la care femeia îi răspunse, dar nu se opri.

- Hm! făcu Matteo îngândurat. Ce-o fi?

Anna îi explică preotului toată povestea cu Silvio, la care preotul îi răspunse:

- Silvio nu mai merge şi îşi simte sfârşitul. E un om curat, de aceea are sentimentele astea. Dumnezeu poate că i-a arătat ziua când se va duce în ceruri. Voi veni peste jumătate de ceas.

Preotul gândi că Matteo nu ştie sigur nimic despre tatăl său, bătrânului i-a fost mai uşor să se destăinuie bătrânei. Iar cu băieţelul era de acord, îl va învăţa carte. Poate mai târziu îi va lua locul tatălui său, generaţii întregi de Hometti erau în slujba bisericii. Ce familie liniştită! Apoi îşi luă cele necesare şi plecă la Silvio. Îi făcu semn lui Matteo, apoi îşi văzu de drum. Silvio se bucură ca un copil când îl văzu intrând pe preot în camera lui.

- Vă aşteptam! spuse el.

Anna, care îl veghea, plecă la fiica ei să o ajute cu mâncarea. Gertrude bănuia ceva, dar nu spunea nimic. Nu intrăm în amănuntele discuţiei dintre preot şi Silvio, însă când preotul plecă, le spuse femeilor să-i acorde mai multă atenţie decât oricând, în special Anna.

- Mergi la el, mamă, mă ocup eu de restul, aproape că am terminat. Anna intră şi îl văzu pe Silvio zâmbind.

- Sunt mulţumit că a venit atât de repede! Îţi mulţumesc că l-ai chemat.

- Nu ai pentru ce să-mi mulţumeşti, îi răspunse Anna.

- În scrinul acela sunt hainele mele, iar dedesubt este o cruce de ceară. Să ştii să le scoţi când va fi necesar. Anna se îndreptă spre scrin şi într-adevăr dădu peste lucruri acolo. Era nedumerită, Silvio nu avea nimic în aparenţă. Tot acolo o să dai de o pungă cu bani. I-am strâns să nu-i strâmtorez pe copii.

- Silvio, dar tu ai picioarele frânte doar, nu ai cum să mori aşa deodată! Femeia se apropie de el şi îi puse mâna pe frunte. Ardea ca un cuptor. Doamne, de când ai febra asta, Silvio?

- De astă-noapte. Nu am putut mânca mare lucru, parcă îmi ard creierii. Am putut lua doar împărtăşania, îmi este îndeajuns.

- Să îţi aduc nişte supă măcar, zise Anna.

- Nu vreau nimic, doar o cârpă rece pe frunte. Nu o să te necăjesc prea mult, Anna. Eşti o femeie tare bună!

241

Când Matteo veni la prânz cu copiii şi îl văzu pe tatăl său, înţelese îndată că la el venise preotul. Silvio îl linişti şi îl trimise să mănânce. După masă, bărbatul nu mai vru să mai plece de acasă, dar tatăl său îi spuse să meargă, va fi anunţat dacă e ceva, iar copiii trebuiau feriţi. Fiul înţelese acum că tatăl său nu vroia să fie văzut cum moare. Se uită pentru ultima dată la el, îi sărută focul mâinilor şi plecă împreună cu cei doi copii. Ajunse la cimitir, unde se îndreptă spre mormântul familiei Hometti. Mulţi erau acolo îngropaţi şi în curând alţii îşi vor avea acolo locul. Preotul veni lângă el şi îl luă de umeri.

- Fiule, curăţă mormântul acesta. Tatăl tău se va întâlni cu mama ta în curând. E un sfat. Numai sfinţilor le este dat să-şi ştie clipa morţii.

- Dar ce are tata?

- Tatăl tău are o febră care-i macină capul şi măruntaiele, de-abia a început, dar se va termina în goana unui cal. Iute ca vântul. Te-a trimis aici să nu-l vezi. E mai bine şi pentru copii. Îl voi învăţa carte pe Pierfrancesco, iar în loc, va mătura biserica.

Acasă, Silvio era din ce în ce mai rău. Începuse să-i curgă sânge din nas fără ca să poată fi stăvilit. Nu mai putea vorbi, se uita doar fix cu ochii tulburi. Îi astupaseră şi urechile, de unde începuse să-i ţâşnească sângele în valuri. Femeile rupseseră un cearşaf, iar Anna o îndepărtă pe Gertrude. Nu era bine pentru ea care aştepta un copil, trebuia să iasă la aer. Fata ascultă şi ieşi, dar se duse la Matteo. Se aşeză tăcută pe banca din faţa bisericii. Matteo o zări târziu dar simţi cât e de tulburată.

- Mama m-a trimis de acasă, spune că priveliştea îi face rău copilului.

- Ce privelişte? Tata? întrebă Matteo.

- Nu te duce! Ţine-l minte aşa cum era el, păstrează-l în inimă aşa cum trebuie, nu cum îl am eu înaintea ochilor. Sper să nu se chinuie mult, nu merită. Gertrude îşi făcu cruce şi se ridică. Unde sunt copiii? schimbă ea apoi vorba.

- La statuia Fecioarei, răspunse bărbatul. Poţi să-mi povesteşti măcar un pic?

- Nu, nu acum, ce aş putea să-ţi spun este că era pregătit, nu mai spun că avea bani, haine şi cruce de ceară deja pregătite de el din timp.

- Era?

- Da. Nu cred să mai dureze, nu are cum, zise Gertrude arătând cu mâna drumul. Mama a trimis pe cineva!

Omul le spusese că fusese mânat de Anna şi că Silvio era acum în ceruri, îi mai rugă apoi să-l aducă pe preot.

În timpul slujbei, Matteo înţelese ce se petrecuse când zări fâşiile zdrenţuite de cearşaf pline de sânge. Erau pitite dar nu tocmai bine, un locuitor al casei știa orice ungher. Anna făcuse totul singură, cum îi ceruse bătrânul. Îl spălase și îl îmbrăcase, îi pusese crucea de ceară în mâini. O lumânare ardea lângă el. Îi comandase și sicriul care trebuia să fie gata a doua zi dimineață.

Silvio a fost îngropat lângă soția lui într-o zi cu mult soare și cer senin, semn că plecase împăcat. Cearșafurile dispăruseră arse în foc de Anna, totul fusese curățat și aerisit. Camera rămăsese goală, doar Anna mai intra de făcea curat și dădea cu tămâie.

- Aici va locui fiul tău, Matteo, asta va fi camera lui. Tatăl tău te-a rugat ca băiatul pe care-l va naște Gertrude să aibă camera aceasta. A știut să-mi zică despre faptul că va fi băiat. A mai spus că nu va mai apuca s-o vadă pe contesă, a avut dreptate...

- Dacă el așa a vrut, o să-i îndeplinim dorința. Gertrude știe?

- Da, fiule, și este de acord, neamul Hometti va dăinui, așa cum și contele are un moștenitor. E un fel de schimb, mă înțelegi, Matteo?

- Da, înțeleg. Până atunci, camera va sta goală.

- Doar Gertrude va naște în ea când îi va sosi timpul. Așa trebuie să fie, înțelegi copile? întrebă Anna.

CAPITOLUL 19

La jumătatea lunii august, Clementina, în trăsura ei, singură, se îndrepta spre mânăstirea din Fiesole. Era bucuroasă că de acum va avea mica ei excursie singură, fetița ei nu se împotrivise pentru că îl avea acum pe Gaspar motanul, așa că ea plecase cu voie bună în inimă și liniștită. Toată familia o încurajă iar măicuțelor le trimisese veste și o așteptau. Era tare frumos afară, era destul de cald. Păsările cântau în boschețrii de pe marginea drumului și câte un iepure sărea voios de prin tufele din apropiere. Copacii de pe margini lăsau umbre lungi și subțiri pe pământ. Contesa aproape că bătea din palme de fericire. Nici nu mai știu când ajunsese și când stareța o luă de mână să-i arate tot ce se schimbase. Aveau mai multe fete la pension acum, mai construiseră un corp de clădire alăturat celui în care stăteau fetele.

- E adevărat, spuse stareța, că ne-a rupt din grădină, dar educația fetelor e mai importantă, iar episcopul este încântat.

- Cred și eu că e încântat, e un loc binecuvântat de Dumnezeu și plin de liniște. Mi-ar plăcea să vizitez biserica din sat, e departe de aici?

- Nu, dacă mergi prin spatele mânăstirii, dai drept în ea dacă ții drumul drept, răspunse stareța.

- M-aș duce până acolo, spuse contesa.

- Du-te fetițo, părintele e întotdeauna acolo și Matteo la fel.

- Matteo? întrebă doamna.

- Hometti, din neam în neam se ocupă de biserică și îl ajută pe preot. Soția sa, Gertrude, va naște la sfârșitul iernii, credem noi, e o familie tare cumsecade. Mai au doi copii. Cel mare, Pierfrancesco, învață carte cu părintele în fiecare zi, în schimb băiatul mătură biserica. E tare isteț și curat, ca o fată. Lasă-ți trăsura aici, o să ne ocupăm noi de vizitiu și mergi unde vrei, dar nu întârzia prea mult.

Clementina nu se lăsă rugată, plecă pe drumeagul indicat și curând dădu peste o biserică frumoasă, înconjurată de cimitir. Intră cu o oarecare sfială în curte și se uită împrejur. Era atâta liniște. Pesemne terminând lecția, din căsuța preotului ieși acesta însoțit de un băiețel. Clementina scăpă un țipăt ușor de uimire. "Doamne, cât de bine îi seamănă!" gândi ea. Cei doi o auziră, părintele veni aproape și o întrebă dacă îi este rău cumva.

- Nu, nu îmi este, poate am venit prea repede. Mi-am lăsat trăsura la mânăstire, acolo am copilărit și am zis să văd și biserica satului. Sunt contesa de Fiorano! Sunt născută în familia marchizului de Renzo.

- Oh, ce onoare pe noi! Vreți să vedeți biserica?

- O conduc eu pe doamna, se auzi o voce. Mă numesc Matteo Hometti, iar el e fiul meu, Pierfrancesco. Învață să scrie și să citească, părintele e tare bun cu noi.

Cei doi se priviră cu subînțeles și părintele se retrase mulțumit să se odihnească, nu înainte de a le face un semn de binecuvântare, apoi intră de unde ieșise cu băiețelul acum câteva clipe.

- Fiule, mergi la Agnese, vezi strig-o, e la statuie. Imediat, două glasuri de copii se întâlniră și apoi liniștea se reașternu. Vă așteptam, spuse simplu Matteo. Anna ne tot ruga să avem răbdare.

- Voi veni mereu până când mama lui va dori să-l iau în secret și să-l duc la Florența să învețe meșteșugul armelor. Știu că nu acum, ci mai încolo soțul meu îl va vedea. Am jurat! Sunt uimită cât de bine seamănă între ei. Eu nu mai pot avea copii. Avem o fetiță, primul copil, un băiat, s-a născut mort. Fiul tău e unica șansă.

- Nu ne retragem cuvântul, doamnă, zise Matteo, însă și dumneavoastră trebuie să vi-l respectați până la capăt. E o biserică de țară, nu e ca domurile din Florența, zise bărbatul, nu prea am ce să vă arăt!

- Mie tocmai liniștea asta îmi place. Copilărind aici la mânăstire, m-am bucurat de natură de-adevăratelea. Când am revenit la Florența, mi-a trebuit mult timp să mă obișnuiesc. Mama, după ce tatăl meu a murit, nu m-a mai lăsat aici, de altfel eram deja mare pe atunci.

- Vreți să chem copiii, să mergem acasă? Ați cunoaște-o pe soția mea. Nu stăm decât la câteva case depărtare.

- Aș vrea, dar repede, la mânăstire mă așteaptă stareța și trăsura mea. Când intră pe poartă, Gertrude tocmai stătea pe o bancă. Se ridică ușor, înțelegând cine a venit.

- Gertrude, mergi cu doamna în camera copiilor, stau eu aici cu ei.

- Pe aici vă rog, spuse Gertrude, făcându-i loc doamnei. Intrară în casă, unde totul era curat și proaspăt.

- Ce cameră frumoasă au copiii! spuse contesa. Mă bucur să te cunosc Gertrude! continuă ea.

- Cum vi se pare băiatul?

- Seamănă foarte mult cu tatăl lui, nu m-am apropiat de el prea tare. Cu timpul. Nu vreau să-l sperii, apoi îmi place grija lui față de surioara lui Agnese. Voi veni lunar aici, sunteţi atât de fireşti! Ştiu că atunci când mă priveşti te gândeşti la suferinţe din spate. E dureros ce s-a întâmplat atunci. Nu poţi uita, doar să alini şi atât, zise Clementina.

- Ştiu că primul dumneavoastră copil a murit, aşadar şi dumneavoastră aveţi umbre, îi răspunse Gertrude.

- Vreau să fiu eu naşa copilului ce-l porţi! Voi aranja eu cumva, dacă vrei, bineînţeles. Nimeni nu va şti. Ce spui?

- Mi-ar plăcea mult!

- Atunci, spune-i şi soţului tău şi luna viitoare când voi veni, îmi vei da răspunsul, zise contesa ridicându-se şi punând o pungă cu monede pe măsuţă. Împarte-i la ambii copii, Gertrude! Nu e o sumă mare, dar o vei primi în fiecare lună. Nu aparţin contelui, ci mie. Nu mă refuza, te rog!

- Nu vă refuz, din contră, vreau să fiţi naşa copilului meu! Vreau să strângem relaţiile noastre treptat, treptat.

- Am nişte dulciuri, le voi da copiilor.

- Ei sunt întotdeauna bucuroşi de dulciuri, puteţi să le daţi şi atunci poate că şi Pierfrancesco vă va reţine mai bine.

- Nu vreau să forţez lucrurile, cu timpul..., oftă Clementina.

Cele două femei ieşiră în curte, unde copiii stăteau liniştiţi. Ochii le străluciră când primiră dulciurile, după care contesa îi sărută pe amândoi pe frunte.

- Mulţumiţi-i doamnei, copii! zise Matteo.

- Multumim, spuseră cele două glăscioare.

- Domnul să vă binecuvânteze, spuse doamna.

Nimeni nu îi ceruse băiatului să-şi ridice mâneca, însă Pierfrancesco o făcu firesc, pentru că ceva îl făcu să se scarpine drept în locul semnului acela. Toată lumea începu să râdă, iar contesa, promiţând că va veni luna viitoare, plecă doar cu Matteo. Gertrude, făcând cu mâna înconjurată de cei doi copii, privi în depărtare până îi văzu făcând stânga către mânăstire. Intră apoi în curte şi închise poarta. Copiii, stând pe bancă şi mâncându-şi dulciurile, nu mai erau interesaţi de nicio plimbare.

Stareţa, când o văzu pe contesă cu Matteo, se linişti.

- Măicuţă, voi veni lunar pe la voi. Îmi place aici! Acum chiar trebuie să plec.

- Caiii sunt odihniţi, stăpână, răspunse servitorul. Plecăm când doriţi.

- Te aşteptăm, fiica mea! Salută pe toată lumea acasă şi Domnul fie cu tine!

- Amin! ziseră cu toţii.

Trăsura se puse în mişcare, Clementina fluturându-şi batista până când nu mai zări nimic. Era mulţumită şi era doar secretul ei. Odată pe lună nimic nu ar bate la ochi. Acasă la familia Hometti, Gertrude spunea întregii familii:

- Doamna va fi naşa copilului nostru, am fost fericită când mi-a spus.

- E o idee bună, zise Anna. Păcat că nu am văzut-o şi eu, dar am s-o văd eu mai târziu.

- Iar mie, zise Matteo râzând, nu-mi rămâne decât să spun da! Şi toată casa răsună de râsetele întregii familii.

CAPITOLUL 20

Contesa ajunse acasă şi povesti la toată lumea ce făcuse. Călătoria o înviorase şi Piero sesiză asta.

- Sunt mulţumit că te duci la măicuţe, zise el. Eşti altfel, parcă te-ai trezit. Afli tot felul de lucruri noi, vorbeşti cu oameni necunoscuţi.

- Da, am vizitat biserica satului şi l-am cunoscut pe preot şi pe ajutorul acestuia. Sunt tare de treabă oamenii aceştia. Am dat la copii nişte dulciuri. S-au bucurat tare mult. Luna viitoare voi lua mai multe cu mine.

- O să te transformi în zâna cea bună o dată pe lună, zise Piero zâmbind.

- Da, e minunat! Sunt fericită! Dar fetiţa mea unde este?

- E cu motanul în grădină, azi i-am făcut o cuşcă, dar bineînţeles că nu stă în ea. E destul de docil, la cât îl scarmănă Giovanna.

- Şi doica? Întrebă, făcând cu ochiul, Clementina.

- Doica e o martiră. Trebuie trecută în calendarul cu sfinţi. Giovanna învaţă multe lucruri de la ea, dar consideră că trebuie să asiste şi pisica aceasta. Spune că doica are doi copii de crescut acum, iar femeia e îngrozită când Gaspar scuipă, iar Giovanna îşi scoate batista şi îi suflă nasul. Mi s-a plâns astăzi că, în timp ce fetiţa cânta, motanul mieuna şi el, adică şi el cântă cumva, stricând însă frumuseţe de imn bisericesc.

- Bineînţeles că tu, Piero, i-ai dat dreptate doamnei şi ai lăsat-o să continue pe Giovanna în acelaşi mod.

- Exact, eu nu mă pun cu fiica mea niciodată! Îmi place aşa, însă doica s-a obişnuit deja, ştie că vorbeşte la pereţi.

- Giovanna, scumpa mea, ţi-a fost dor de mama? O uşă trântită se auzi urmată de o alergare sfârşită în braţele Clementinei.

- Mamă, da, mi-a fost dor de tine! Când voi creşte, o să merg şi eu la maici.

- Doar în vizită, draga mea, îi răspunse Piero, luând-o din braţele obosite ale soţiei sale.

Aşa trecură câteva luni, astfel că toată lumea se obişnuise cu drumul lunar al contesei la mânăstire. Crăciunul anului 1545 fu unul minunat pentru copiii din casa Hometti, doamna cea bună le adusese atâtea jucării şi dulciuri, cum ei nu mai văzuseră niciodată. Se ocupa şi de Gertrude, care primise haine groase şi materiale din care să facă copilului mult aşteptat hainuțe. Materialul însă îi prisosi, îi ajunse și pentru ceilalți copii. Doamna mai adusese lumânări parfumate care au trezit de asemenea un viu interes celor mici, fiind uimiți dar și plăcut impresionați de mirosul plăcut al acestora. Tuturor le păru rău când plecă, însă știau că luna următoare venea iar.

- E tare bună contesa, spuse Matteo. Își ține făgăduiala! Acum ai de lucru, trebuie să faci hăinuțe, chiar ai destul material.

- Da, chiar vroiam așa ceva, zise Gertrude. O să mă ajute și mama. De-abia aștept să ne fie nașă! E minunată contesa! Asta ne va face să ne unim mai tare, în fond, este mama vitregă a lui Pierfrancesco.

- Așa este, ai dreptate scumpa mea. Am văzut că au început să ți se umfle iar picioarele, așa e?

- Da, deja sarcina mă apasă, noroc că iarna umblu mai puțin și stau mai mult în casă, însă când toți sunteți plecați, îi simt lipsa tatălui tău, Matteo. Copiii se joacă la ei în cameră, iar eu stau singură, noroc că vine prânzul repede și atunci vă văd adunați în jurul meu. Aștept să nasc, să fiu doar a mea din nou, acum trebuie să umblu cu mare băgare de seamă. În curând mama o să se mute la noi până voi naște și până mă voi pune iar pe picioare.

- Bineînțeles că așa trebuie să facă, este loc în camera copiilor. Și eu sunt nerăbdător! Însă după aceea nu mai vreau să te mai chinui cu sarcini, ne ajung două guri de hrănit, apoi unul va lua casa asta și celălalt casa mamei tale, mai mult nu s-ar putea.

- Ai dreptate, Matteo, așa vom face! Trebuie să fim înțelepți.

Când durerile începură, Anna se mută în camera copiilor iar Gertrude în fosta cameră a lui Silvio. Stătea mai mult în pat, parcă era mai greu decât în celelalte dăți, dar era în putere. Născu greu, după un lung chin numărat în ore, Silvio avusesc dreptate, era un băiat grăsun și frumos. Anna îl spălă și-l îmbrăcă, apoi îi lăsă pe ceilalți să-l vadă. Gertrude, obosită și plină de sudoare pe frunte, își ținea fericită copilul la piept. Toți se apropiară încet și se uitară cum băiețelul trăgea cu nesaț din sânul femeii.

- Ăsta va fi un mâncăcios, râse Anna.

- Băiețelul tatii, zise Matteo cu duioșie.

Copiii se uitau cu uimire la ființa aceea care "o mânca pe mama lor", însă plecară repede, Anna dându-le ceva de lucru și mai ales ceva pentru gurița lor. Când copilul adormi, Gertrude dădu pruncul mamei sale. Aceasta, punându-l în pătuțul în care crescuseră cu toții, pătuțul lui Silvio, îl învălui în priviri pline de dragoste și mulțumire sufletească. Gertrude adormi în sfârșit. Matteo se uita când la unul când la celălalt, dar nu putea să dea glas fericirii lui, ci doar să o oglindească pe chipul său.

- A avut dreptate tata, e băiat, zise Matteo.

- Da, un băiat care are nevoie de lemne, mergi mai bine de taie înainte de a pleca la biserică. Căldura trebuie să fie bună în toate încăperile.

Anna nu mai putea pleca de acasă, de aceea îi dădu lui Filipo o scrisoare pentru contesă, scrisă de Matteo, în care-i povestea de naștere și că botezul va fi pe 5 aprilie al anului 1546, la o lună de la naștere. Sperau ca totul să decurgă normal și bine până atunci. Clementina era nespus de fericită la aflarea veștii, de-abia aștepta să-l boteze. Trebuia să se pregătească pentru acest mare eveniment fără să se dea de gol, dar învățase lecția, așa că nu îi fu greu deloc.

În ziua stabilită, nimic nu-i trăda nerăbdarea. Se pornise la drum și, de-abia aflată singură în trăsură, răsuflă în voie. Trăsese trăsura la mânăstire, dădu punga făgăduită stareței, apoi plecă la băiețel acasă. Acolo, toată lumea frumos îmbrăcată, o aștepta. Se ocupă întâi de copiii cei mari, apoi își luă finul în brațe.

- Îl vom numi Gabrielle, îi spuse Gertrude.

- Ce nume frumos, spuse contesa. Când plecăm?

- Imediat ce vine Matteo, zise Gertrude. Ce lumânare frumoasă are Gabrielle!

- Îți place? întrebă doamna.

- E minunată, o vom păstra ca și pe celelalte două. Pe cea a lui Pierfrancesco o să v-o dăm când îl luați la Florența, mai e însă ceva timp până atunci. Am socotit și cam în anul 1554 s-ar împlini vremea.

- Da, cam așa, am numărat și eu, zise zâmbind Clementina. Matteo sosi și o salută bucuros și plin de respect pe contesă. Felicitările mele, Matteo! Finul meu e un băiețel demn de tatăl său!

- Multumesc, doamnă! Are o nașă pe cinste. Când i-am spus părintelui, mi-a spus că a dat norocul peste noi.

- Mai bine zis peste mine a dat norocul, concluzionă doamna.

- Să mergem, se pare că toți suntem norocoși într-un fel sau altul, părintele ne așteaptă și, ca o nașă adevărată, trebuie să-l țineți pe fin. Pierfrancesco, fiule, ține tu lumânarea, ai mare grijă de ea. Poart-o cu atenție!

- Da, tată, voi avea grijă de ea.

Alaiul porni sub privirile tuturor celor ce stăteau la porți sau pe vreo băncuță în interiorul curților. La biserică preotul îi aștepta și se minună când o văzu pe contesă. Botezul a fost simplu prin puritatea lui, nu asista decât familia și doi copii de cor. Aceștia cântau cu gândul la dulciurile promise de fericitul tată. Când slujba se termină, cei doi o zbughiră afară, fiecare cu buzunarele doldora de prăjiturele. Familia cu noul creştin se întoarse acasă. Clementina îşi lipea obrazul de mânuţele copilului şi se bucura sincer de această atingere caldă. Era fericită prin maternitatea Gertrudei, care o înţelegea foarte bine.

- Nici eu nu mai pot avea copii, doamnă.

- De ce, Gertrude?

- Mama mi-a spus că ceva s-a întâmplat când l-am născut pe Gabrielle, Matteo nu ştie, dar nu-şi mai doreşte alţi copii. E destul pentru noi.

Contesa, cu părere de rău, trebuia să plece. Aproape că începu să plângă când trebui să-şi ia rămas bun de la ei, mai ales de la copii.

- Pe curând, aveţi grijă de copilaşul meu, zise ea şi plecă apoi imediat la mânăstire, însoţită de Matteo.

Trecură astfel anii precum se scutură frunzele toamna. La mânăstire, bătrâna stareţă muri, lăsându-i locul altei măicuţe, mai tinere şi mai în putere, fără ca vizitele Clementinei să se rărească sau donaţia lunară să se micşoreze. Doar cei rămaşi în viaţă îmbătrâniseră, iar părul tuturor începuse să fie cernit. Copiii crescuseră şi erau deja mari. Anna trecu şi ea la cele veşnice, mereu o generaţie schimbă pe alta. Natura îşi cerea sufletele înapoi. Pierfrancesco ştia că atunci când va împlini 15 ani, contesa îl va lua la Florenţa, unde va învăţa meşteşugul armelor cu un maestru. Se bucura, mereu i-a plăcut uniforma, semăna din ce în ce mai mult cu adevăratul său tată. Agnese, sora lui, se făcuse frumoasă şi blândă ca o mieluşea. Avea o voce domoală şi o privire ca a unei căprioare.

Amândoi copiii ştiau să citească şi acum era rândul lor să-l înveţe pe micuţul lor frate. Lui Gabrielle îi plăcea mult să se joace cu lemnele, tatăl lui spunea că va fi un sculptor bun când va creşte. Semăna cu Silvio.

Cât despre Giovanna, se pot scrie romane întregi. Cert este că se cuminţise, avea doar o rămăşiţă din caracterul ei năvalnic de odinioară, care o înfrumuseţa în mod deosebit. Era frumoasă şi era iubită de toată lumea, în sfârşit doica ei era mulţumită. Acum, fata mergea într-un pension pentru dumnişoare, chiar în Florenţa, un pension la care Giovanna mergea doar ziua, noaptea stătea acasă. Cam atât se putu negocia cu Piero, o educaţie la care copila să ia parte, dar seara să vină acasă. Nu-şi putea imagina serile fără scumpa lui fiică, ziua fiind ocupat cu pregătirile îndrăzneţe ale lui Cosimo de a cuceri Siena. Făceau tot felul de planuri ca, în cel mai scurt timp, totul să pornească înspre înfăptuirea acestui ţel, care acum nu părea imposibil.

Clementina era îndurerată de faptul că bărbaţilor le plăcea atât de mult războiul, ei de-abia aşteptau să vină, pe când ea îl ura cu desăvârşire. Consolarea ei era că, atunci când Piero plecă la Siena, Pierfrancesco veni la Florenţa. Cel mai bun maestru de scrimă şi sabie îi dăduse cuvântul că îl va face spadasin de vază pe protejatul ei, totodată ținând toată povestea secretă.

Băiatul avea să-și viziteze lunar părinții la Fiesole, nu era ca și la școală. Maestrul era mulțumit de el, cu mult exercițiu avea să ajungă sus. Cei din Fiesole erau și ei bucuroși de progresele fiului lor cel mare, știau că vine în fiecare lună acasă, așa că așteptau să treacă timpul. Venea întotdeauna cu contesa.

Timpul trecea în favoarea lui Cosimo, care cuceri Siena după un asediu usturător. Era mulțumit și se îndrepta spre o strălucitoare cucerire.

Când o relativă tihnă se restabili, cei doi prieteni, mai bătrâni dar mai chibzuiți, își regăsiră locul lor din laboratorul Ducelui.

- Piero, ce an este acesta?

- 1556, ce-ți veni!

- E un an norocos pentru mine, chiar dacă mai am o redută de cucerit, fiind vorba aici despre Montalcino, cucerită abia în 1559, dar pentru tine e fulminant!

- Da? De ce? întrebă mirat, dar și curios Piero.

- Prostule, o să-ți vezi fiul! Au trecut 11 ani! Nu-ți mai amintești? Două femei ți-l vor aduce. Vei fi mai fericit ca mine!

- Doamne, când au trecut anii ăștia? Copilul meu are 17 ani! E un adevărat bărbat! Anul ăsta... Nu te înșeli?

- Nu. Una din femei a murit, așa că au rămas două. E foarte aproape de tine, parcă ar fi în Florența, însă semnele nu s-au împlinit încă, dar mai este din anul ăsta oricum. Să stai liniștit, nu te apuca să răscolești orașul, vei pierde tot, doar ți-am mai spus asta.

- Jur că voi sta liniștit! Nu vreau să pierd spectacolul profeției tale.

- Eu voi râde la urmă, Piero, dar am să fiu fericit! Tu o să-ți ții fiul de mână și de-abia atunci o să crezi. Un adevărat Toma, dar te iubesc nespus frate!

CAPITOLUL 21

Piero plecă spre casa lui profund îngândurat. Copilul era lângă el, aşa-i spusese Cosimo, dar trebuia să stea şi să aştepte. Cine or fi cele două femei? Nu avea nicio idee şi nu era un copil, era mare acum, avea 17 ani. De s-ar împlini, casa de Fiorano putea merge mai departe. Cosimo avea o mulţime de copii, el o avea doar pe Giovanna dar şi pe acest băiat necunoscut lui. Nu-i purta pică Mariei Clementina, o iubea nespus. Aşteptarea semnelor, cum spunea Cosimo, nu era însă pentru conte o desfătare plăcută.

Ajunsese acasă puţin tulburat, Clementina îl zări şi-l simţi că nu e în apele lui.

- Ce este, dragul meu? zise ea.

- Ţi-aduci aminte când ţi-am spus că am un băiat pe undeva? Cosimo mi-a spus că anul acesta îl voi vedea şi recunoaşte mai ales, ca moştenitor.

- Aşa o fi, spuse Clementina, schimbându-se puţin la faţă, dar revenindu-şi imediat. Ştii că Ducele nu greşeşte niciodată! E ca un astru care te-a călăuzit toată viaţa, razele lui te-au urmărit şi protejat întotdeauna. În curând vei fi fericit, eu cred în el!

- Crezi că am un băiat?

- Da, sigur ai undeva un băiat. Când mă gândesc la ideea asta mă liniştesc. Înseamnă că e adevărată. Aşa îmi spunea mie stareţa când eram copil şi eu o credeam şi se adeverea. Crede şi tu, poate curând vei desface bariera care te desparte de fiul tău. De altfel, săptămâna aceasta mă voi duce la Fiesole şi am să mă rog pentru noi toţi.

- Atunci, crede tu şi pentru mine Clementina! Eu sunt istovit.

În vizitele pe care le făcea contesa la maestrul lui Pierfrancesco, bătrânul spadasin îl lăuda pe băiat din toată inima.

- În curând o să mă întreacă şi nu o să mai am ce să-l mai învăţ. E dornic să afle cât mai multe, cred că o să-mi ia locul aici. Are însă o inimă atât de blândă şi senină! Copilul acesta nu ştie ce este rău sau să facă rău.

253

- Poate pentru că i s-a făcut rău de când s-a născut, el habar nu are, dar răul este prietenul lui.

- Contesă, l-aţi adus aici în secret, însă îi ştiţi trecutul.

- Da, îl ştiu şi de când îl ştiu, încerc să repar ce au greşit alţii faţă de el, e un inocent minunat, Pierfrancesco! Veţi afla în curând, odată cu toată lumea. Ţin un jurământ de 11 ani, iar anul acesta voi fi dezlegată de el. Nu mi-a fost uşor.

- Vă cred. Sunteţi vrednică de admiraţie, zise maestrul.

- Poate, dar eu nu văd aşa lucrurile. Săptămâna aceasta voi merge la Fiesole, dar nu vreau să-l iau cu mine, am să-i aduc aici familia. Am un plan de pus în fapte. Nu-i spuneţi vă rog că voi pleca fără el! E un copil prea bun ca să mă judece, dar consider că nu e necesar. E o surpriză!

- Prea bine, doamna mea, de altfel nu e vremea împlinită. El pleacă la o lună, deci nu va bănui nimic.

- Mulţumesc, maestre, pentru că v-aţi răpit din timp pentru mine. Aş putea să-l văd fără ca el să mă vadă?

- Da, desigur, veniţi cu mine. Pe aici, vă rog.

La Fiesole, contesa merse drept la casa familiei Hometti, unde avu o lungă discuţie cu Gertrude şi unde servi o delicioasă tocană de iepure, semn că doamna casei o învăţase bine de la mama ei.

- Eu zic să veniţi cu mine. Vreau să scap de secretul pe care îl ţin în inimă de atâta amar de vreme, spuse contesa.

- Ar fi bine să meargă doar Gertrude, apoi voi veni şi eu. Nu putem lăsa casa goală şi nici pe copii nu-i putem lua cu noi. O să-l cunosc şi eu pe conte, dar nu chiar acum. Contesa îşi îndreptă privirea spre Gertrude, iar aceasta oftă şi se învoi.

- O să-i spunem amândouă lui Pierfrancesco. Va înţelege, e mare acum, nu mai e un copil, spuse contesa.

- Iar eu vă dezleg de secret, spuse simplu Gertrude.

- Atunci, vino cu mine la Florenţa! Vei locui în casa fratelui meu, el nu ştie nimic, dar nici nu pune întrebări. I-am spus doar că am nevoie de o cameră pentru o prietenă pentru câteva zile. Sunt oameni buni şi ei. Nimeni nu te va cunoaşte oricum.

- Du-te, Gertrude, spuse Matteo, să punem punct cumva şi să ne continuăm viaţa. Eu mă voi descurca aici, Agnese e mare, ştie să gătească, iar Gabrielle are 10 ani, nu voi avea probleme cu ei.

- Atunci, mă duc să îmi caut hainele bune şi să se împlinească voia Domnului!

Pe drum, cele două femei erau puţin tulburate de ce aveau să înfăptuiască, erau cele care trebuiau să răstoarne ordinea. Porniseră pe drumul ăsta şi nu mai aveau de dat înapoi. Când ajunseră la palatul lui

Frederico, Gertrude fu primită cu multă căldură şi îngăduinţă. I se dădu o cameră frumoasă care îi făcu plăcere. După ce se instală, contesa intră în camera Gertrudei şi îi spuse ce avea să facă ea.

- Acum mă duc la maestru să-i spun că mâine e o zi importantă pentru Pierfrancesco şi că am să vin împreună cu mama lui, deci până mâine dimineaţă odihneşte-te, plimbă-te şi mai ales, fii pregătită! Coboară şi vorbeşte cu soţia fratelui meu, e tare cumsecade şi e mereu singură.

Când plecă, Maria Clementina le spuse tuturor să aibă mare grijă de prietena ei şi că mâine va veni să o ia la o plimbare. Frederico o asigură că doamnei nu-i va lipsi nimic din ce-ar dori şi apoi se despărţiră.

A doua zi dimineaţă, totul i se păru ciudat Gertrudei. Era servită, nu mai prepara ea micul dejun, iar familia de Renzo se purta cu ea minunat şi cât de prieteneşte era posibil, chiar dacă nu ştiau de ce anume. I se părea amuzant acest lucru. Clementina nu întârzie să apară şi plecară curând la maestru. Acesta îl opri pe Pierfrancesco de la antrenament şi îl conduse către cele două doamne într-o cameră ce părea a fi ca o sufragerie.

- Mamă! Naşă! zise tânărul vesel. Ce surpriză frumoasă pentru mine şi nu e ziua mea! Ce fac cei de acasă?

- Totul e bine, fiul meu drag, îi zâmbi mama sa.

- Atunci datorez această primă vizită a ta altui scop, aşa-i?

- Aşa e fiule, spuse Gertrude pe un ton mai grav, dar eu nu pot vorbi, căci mă îneacă lacrimile, poate naşa, cum îi ziceţi voi copiii, o să vorbească pentru noi două. Pierfrancesco se aşeză şi, uimit, aştepta explicaţii.

- Scumpule, de 11 ani mama ta m-a legat cu un jurământ dureros, care acum mi l-a dezlegat şi am voie să-ţi vorbesc. Mă cunoşti foarte bine, îmi ştii povestea vieţii mele şi faptul că vă iubesc pe toţi din tot sufletul. Ce nu ştii este povestea adevăratului tău tată! Poate că mereu te-ai întrebat de unde ai semnul acela pe mână şi de ce toţi am insistat mereu să-l acoperi în orice împrejurare.

- Da, asta era ciudat, îmi era cald tot timpul vara...

- Tatăl tău este soţul meu, contele de Fiorano! Are acelaşi semn ca şi tine. Mama ta, cu ani în urmă, a lucrat în casa contelui, când încă mama lui mai trăia şi a necinstit-o pe Gertrude. Viaţa l-a făcut să îndure lucruri de neimaginat şi s-a schimbat. Bunica ta, Anna, a venit acasă la noi şi m-a legat cu jurământ să nu spun nimănui de tine, dar să-ţi fiu în preajmă. Eu, ştii că am pierdut un băieţel... când te-am văzut prima dată, m-am simţit mântuită.

- Cum, mamă, sunt fiu de conte?

- Da, scumpule! Iartă-ne pe toţi, dar mai ales pe tatăl tău! Era tânăr şi neastâmpărat. Eu l-am iertat din parte-mi. Jurământul ăsta era să ne părăseşti când vei fi mare, să nu ne rupi sufletele. Ce poţi spune despre asta?

- Văd lucrurile cum le vezi şi tu mamă, aş vrea să-l cunosc pe adevăratul meu tată, dar tot timpul voi aparţine şi familiei Hometti şi naşei noastre, soţia tatălui meu. Vreau ca familiile noastre să fie unite, nu aş putea să uit de tatăl meu care m-a crescut sau de fraţii mei.

- Mai ai o soră, Giovanna. Ai uitat de ea? zâmbi Clementina.

- Da, suntem o familie numeroasă acum.

- Te gândeşti să-i porţi pică contelui? întrebă Gertrude.

- Nu, nu aş putea. Naşa spune că a trecut prin multe, cred că a ispăşit ce a avut de ispăşit, eu nu sunt răzbunător. Şi, apoi, contele nu ar fi lăsat pe pământ lângă o femeie atât de bună! Gândeşte-te, mamă, putea sa ne trădeze de mult, nu te puteai opune! Dar nu, ea şi-a respectat cuvântul în defavoarea tatălui meu natural.

- Aşa este, spuse Gertrude, acum spune-mi dacă ai vrea să-l vezi şi dacă vei putea să-l iubeşti?

- Vreau să-l văd, iar de iubit, îl voi iubi datorită naşei noastre şi apoi pentru meritele lui în a se apropia de mine.

- Se va apropia, nu-ti face griji, zise contesa. Adoră copiii!

- Acum vom pleca fiule, mai rămân şi mâine în Florenţa, poţi merge la antrenamente acum, ne vom mai vedea, spuse Gertrude apoi îşi sărută fiul pe frunte.

- Atunci, pe mâine, zise Pierfrancesco. Acum cred că o să mai facem câteva scheme iar apoi va urma pauza. Pe seară vom mai continua, maestrul însă trebuie să se odihnească, iar eu mă voi apuca de citit, siesta, cum spun spaniolii!

Cele două femei îl sărutară şi plecară coborând scările. Tânărul rămăsese puţin locului privind pierdut după ele, iar apoi după ce-şi reveni, se duse şi el în sala de antrenamente. Avea atâtea mame şi atâţia taţi! Îi plăcu până la urmă ideea. Clementina se opri în mijlocul scărilor şi îi spuse Gertrudei:

- Am o idee! Ce ar fi să-l urmărim diseară pe băiat, toţi trei, fără ca el să ne vadă? A doua zi oricum se vor vedea, dar Piero va avea la ce se gândi la noapte!

- E bună ideea, dar trebuie să-ţi promită că doar la a se uita se va rezuma seara aceasta.

- Mă ocup eu de asta, zise Clementina.

- Şi eu o să-l văd după atâta vreme, zise melancolică Gertrude. Ce situaţie ciudată!

- Nu te mai gândi! Hai să te duc la fratele meu, e ora prânzului, apoi voi pleca la mine să vorbesc cu Piero pentru diseară.

Cele două femei se urcaseră în trăsură şi plecară către palatul familiei de Renzo. Acolo, Gertrude promise să fie gata pe seară, când Maria Clementina va veni să o ia din nou. Acasă, Piero o aştepta deja pe Clementina.

- Haide misterioasă doamnă, îmi este foame! Nu ai milă deloc de burta mea!

- Ba chiar din cauza asta am întârziat, dar niciun amănunt până după masă!

- Da, sunt tare curios să ştiu despre ce este vorba.

- Poţi să fii! Întâi trebuie să juri şi mai apoi vei afla. Să ştii că şi mie mi-e foame, deci să mâncăm!

- Doamne, chiar eşti misterioasă azi, zise Piero.

- Da, sunt,vei afla după masă, continuă Clementina începând să mănânce pe măsura oboselii pe care o acumulase.

- Şi flămândă pe deasupra! spuse mirat Piero.

După masă, în salon, Clementina se aşeză lângă Piero şi îl luă de mână şi îl privi cu dragoste.

- Mai întâi jură că nu o să faci decât ce îţi spun eu!

- Jur că o să fac doar ce spune soţia mea! răspunse Piero râzând.

- Piero, eu vreau să fii serios, altfel nu scot niciun cuvânt şi o să-ţi pară rău!

- Jur, foarte serios, mai adăugă el.

- Bine, te cred.

Clementina îi povesti apoi toată istoria fiului său, a Gertrudei, a vizitelor ei lunare la Fiesole, a botezului lui Gabrielle, îi povesti că de doi ani fiul său este la Florenţa, la maestrul în arme Moratto.

- Gertrude şi cu mine i-am spus fiului tău despre tine. Nu este un ranchiunos, a decis să te vadă mâine, dar eu cu mama lui am zis că dacă stai liniştit, putem să te ducem să-l vezi de la distanţă. Contrar firii sale telurice, Piero rămase tăcut.

- Gertrude! Îmi aduc aminte acum... am alungat-o!

- Ştiu povestea, te-a iertat de mult. E căsătorită şi mai are doi copii, pe ultimul l-am botezat eu! De aceea toţi îmi spun "naşa"! De 11 ani merg la Fiesole! Copilul tău e recunoscut de către soţul ei drept copilul său. Ce putea face? Am îndurat un jurământ greu, de 11 ani, ca să nu dezbin familia lor. Acum, Pierfrancesco este mare, are 17 ani şi se desprinde mai uşor de familia lui.

- Pierfrancesco? Cu P...

- Da, exact cum ţi-a spus Cosimo. Astăzi îl vei vedea de la distanţă şi îi vei cere iertare mamei lui. Apoi laşi o noapte să treacă şi îl vei vedea

257

pe fiul tău! Nimeni nu ştie nimic. E aidoma ţie şi are şi floricica conţilor de Fiorano pe mână.

- Mi-ai îngrijit fiul, Clementina!

- Da, este adevărat, însă m-am ocupat şi de ceilalţi copii. Nu uita că Gabrielle speră şi la un naş, nu doar la o naşă. Noaptea asta e importantă pentru fiul tău, trebuie să înţeleagă mai bine ce secrete i s-au destăinuit azi, de aceea ţi-o cerem! Gertrude e la fratele meu, ai mei au primit-o fără să ştie cine este, doar că e o prietenă de-a mea. Te învoieşti aşa?

- Da, dar de mâine va dormi aici. Şi am să-l recunosc!

- Da, promitem amândouă!

- Voi vorbi despre asta cu Cosimo apoi şi la Fiesole. E fiul meu regăsit! Voi mulţumi tuturor, inclusiv tatălui său, adică celui care l-a crescut.

- Şi ai să-i înzestrezi şi pe ceilalţi copii, pe Agnese şi pe Gabrielle.

- Promit orice, Clementina!

- Bine, atunci te aştept la orele cinci după-amiază.

- Eşti un înger, Clementina!

- Şi tu poţi fi, dacă îţi vei ţine jurămintele.

La ora 5, cei doi soţi intrară în trăsură şi porniră către palatul marchizului de Renzo, unde Gertrude îi aştepta nerăbdătoare. Când contele intră, acesta se duse uşor către Gertrude şi îi luă mâinile sărutându-i-le.

- Iartă-mă, te rog, zise el şoptit, în faţa tuturor.

- Te-am iertat de mult, zise şi Gertrude cu vocea gâtuită de emoţie. Marchizii de Renzo nu înţelegeau nimic de ce se întâmpla în faţa lor, dar erau topiţi de sentimentele celor doi. Însă tot răul spre bine, continuă încet Gertrude, Maria Clementina e naşa lui Gabrielle...

- Iar eu, spuse Piero repezit, îi voi fi naş!

- Şi astfel se pecetluieşte pacea, zise Clementina fericită. Să mergem odată dacă mai vreţi să vedem ceva! În trăsură, toţi trei! Ştiu că voi sunteţi uimiţi, dar veţi afla câte ceva mâine, zâmbi Clementina către fratele său, ieşind ultima.

Sala maestrului era la parter, însă clădirea era una cu ferestre circulare, de jur împrejurul clădirii, astfel, cei trei urcară scările într-o suflare şi se postară la una din ferestre. Maestrul tocmai îl învăţa pe Pierfrancesco o altă schemă. Piero rămăsese cu ochii ţintă pe tânăr.

- Dar e al meu şi fără să-i văd semnul! Îmi seamănă întru totul!

- Maestrul spune că în curând nu o să mai aibă ce să-l înveţe, e tare descurcăreţ şi îndemânatic. Îţi seamănă, dar are blândeţea Gertrudei, continuă contesa. Jos, cei doi terminaseră şi se aşezară râzând pe o bancă lângă perete. Cine ştie de ce râdeau?! Poate de soartă.

- Ai mai fost atât de fericit, conte? întrebă Gertrude.

- Niciodată! Doamne, ce minunat e sentimentul!

- Uite-i că pleacă, să-i lăsăm pe ei să treacă, să nu-l stânjenim pe fiul tău, zise Clementina. S-o ducem acasă la Frederico pe Gertrude, e foarte obosită şi de altfel şi eu, mai adăugă ea.

- Aşa este, mâine după prânz, când maestrul doarme, vom merge în camera în care Pierfrancesco stă de doi ani şi studiază şi o să-i facem o surpriză! Tată şi fiu! O adevărată minune, zise Gertrude. Păcat că biata mea mamă, care a început totul, nu mai este printre noi, să se bucure şi ea.

"Aha, deci Cosimo a zis bine când a spus despre trei femei, apoi despre două" îşi zise Piero în gând. "Doamne, ce om! Iar eu am fost Toma necredinciosul atâţia ani şi el insista, iar eu nu credeam nimic! Se termină totul curând..."

CAPITOLUL 22

După ce conduse doamnele acasă, Piero plecă la Cosimo. Trebuia să afle și el veștile noi. Îl găsi încă la birou.

- Cum de ești încă aici, frate? S-a întâmplat ceva rău?

- Nu, nu s-a întâmplat nimic, voi pleca și eu în curând. Mă așteaptă Eleonora. Îmi plăcea mai mult când locuiam aici, însă scumpei mele soții îi place noul ei palat.

- Și totuși ești trist, zise Piero.

- Iar tu ești vesel, spuse Cosimo. Am avut dreptate, așa-i?

- Da, întotdeauna ai avut! Sunt fericit cum nu am fost niciodată, zise Piero mândru și fericit de soarta lui, însă tu nu ești, oare ai vorbit și tu cu astrele sau cu focul?

- Poate, zise oftând Ducele.

- Ai vorbit și nu vrei să-mi spui, zise Piero îndurerat.

- Îți voi spune dacă vrei, poate nu o să mă mai apese la fel. Cred că ai dreptate, zise Cosimo, iartă-mă te rog! Stăteam și mă gândeam că voi plăti scump cucerirea Sienei și măreața faimă ce mă așteaptă. Voi fi Mare Duce de Toscana în curând, dar asta îmi va aduce ghinion, plătit înainte...

- Eu iar nu înțeleg nimic, zise Piero trist.

- Ideea este că vă voi îngropa pe toți, Piero, am văzut moartea venind, cum a mai venit de i-a luat pe toți cei dragi, pe scumpa mea Bia... Va veni curând! Însă trebuie să ne supunem, nu avem ce face, iar eu nu pot să mă stăpânesc de la a mai face experiențe, e ca un medicament pe care, luându-l de atâta timp, îmi curge în loc de sânge prin vene.

- Ce tot spui acolo? Eu credeam că vezi doar lucruri bune, spuse mirat Piero.

- Poate pentru alții, zâmbi Cosimo. Cum îl cheamă pe fiul tău?

- Îl cheamă Pierfrancesco, îl voi recunoaște curând. Uită de gândurile tale negre, eu sunt fericit acum! E rău să știi dinainte ce se va întâmpla, totul e apoi un chin, o așteptare a ce știi dinainte.

- E un copil bun fiul tău, nu-ți poartă pică, dar îl vei pierde curând.

- Cum? făcu Piero iarăși, dar foarte impresionat.

260

- Se va căsători curând, la asta mă refeream...

- Ei, asta nu e o pierdere, poate fi un câştig, iar neamul va merge mai departe.

- Cu siguranţă aşa va fi, zise Ducele. Hai să mergem acum, mă aşteaptă soţia mea!

- Şi a mea la fel! Eu o iau pe jos, te las la trăsură, acum chiar trebuie să te foloseşti de aşa ceva.

Cei doi prieteni se îmbrăţişară şi Piero îl mai îmbărbătă pe Cosimo o dată. Acesta din urmă se simţi mai liniştit lângă fratele lui de cruce. Când trăsura porni, Ducele mai făcu un semn cu mâna şi apoi se trânti pe pernele trăsurii. "Întotdeauna o vizită a lui Piero îmi face bine. E fratele meu!" îşi zise el. Închise ochii şi îşi aduse aminte cum Rodrigo îl adusese pe tatăl lui şi cum el şi Piero se tăiaseră şi îşi unirä sângele pe vecie. "Astea ne aparţin doar nouă! Trebuie să fiu vesel acum!" apoi zâmbi.

Pierfrancesco, ajuns în cămăruţa lui, se gândi la ziua de azi, dar mai ales la ziua de mâine. Nu ştia cum să se îmbrace. Dar nu conta, avea o mulţime de mame şi de taţi, iar asta îl făcea fericit. Unde mai pui şi o soră nouă şi un frate mort.

Interesantă este soarta care este lăsată să vină singură către tine, zi după zi. Tânărul mâncă puţin şi rămase apoi melancolic la fereastră. Parcă nu vroia să citească nimic. Privea de la fereastra camerei lui si vedea toată Florenţa, un oraş minunat i se aşternea la picioare. Perspectiva vieţii lui i se schimbase şi ea, avea să fie conte. Era fiu de conte, dar nu-l muşca mândria. El era prima dată un Hometti. Tatăl său îi veni în minte, apoi Agnese, Gabrielle, biserica şi cimitirul. Îşi aduse aminte cum învăţase să scrie şi să citească în casa preotului, cum stătea cu sora lui la locul lor secret din cimitir. Va trăi îmbinându-le pe amândouă: viaţa lui trecută cu viaţa ce va veni.

Dar în mintea lui Piero, oare ce era? Ce frământări îl scuturau de când îşi văzuse fiul şi o văzuse pe Gertrude? Ce femeie nobilă! Îl iertase din toată inima, pedepsindu-l totuşi, dar lăsând-o pe Clementina să se apropie de ea. Nu şi-ar fi închipuit-o pe soţia lui capabilă să ţină atâta vreme un asemenea secret, însă miza era prea mare pentru a face vreo greşeală. Ducele iar are dreptate, cu femeile nu trebuie să te pui, ele au logica lor, mai sinuoasă, în care bărbaţii se împiedică întotdeauna. Plasele sunt ţesute prea des în mintea acestora, nu le putem cuprinde niciodată cu totul. Se duse la culcare, ridicând din umeri şi aşteptând orele de după prânzul de a doua zi, neputând închide un ochi de nerăbdare. Orele se târau ca melcii, una după alta, bisericile uitând parcă să mai bată clopotele.

Cu greu veni şi dimineaţa. Matteo cu copiii cei mici, erau deja la Pierfrancesco care simţea deja încărcătura zilei. Fuseseră chemaţi printr-un mesager. Matteo era atât de neliniştit, mai că-i dădeau lacrimile. Tânărul îl îmbărbăta râzând, spunându-i că acum are mai mulţi părinţi decât are orice om normal. Îi mai spunea de asemenea că vor locui toţi aproape de el, că vor începe o viaţă nouă. Vor vinde probabil totul în Fiesole şi îşi vor schimba viaţa în bine, mai puţine griji şi mai mult studiu pentru Agnese şi Gabrielle.

- Vrei, tată?

- O viaţă nouă? întrebă Matteo. De ce nu? Nu suntem chiar bătrâni, o vom putea-o lua de la capăt. Agnese va merge şi ea la un pension, iar Gabrielle poate intra la un atelier de sculptură. Sunt mai multe posibilităţi aici. Cred că Gertrude vrea şi ea la fel. Ni s-a schimbat destinul, să ascultăm cu multă cumpătare de el.

La palatul Fiorano, la micul dejun, Giovanna află cu încântare că are un frate mai mare. Se hotărî să nu lipsească de la pension şi să-l întâlnească seara acasă. Se discută despre o casă pe care s-o dea familiei Hometti, să fie toţi aici împreună.

- Piero, casa asta nu a mai fost locuită de multă vreme, dar nişte mâini dibace ar putea-o transforma într-o bijuterie. Am fi toţi împreună, spuse contesa. Apoi, nu uita că sunt naşa lui Gabrielle. Am să trimit servitori s-o cureţe.

- Să chemăm notarul să ne scrie actul până când plecăm s-o luăm pe Gertrude, răspunse Piero. Sunt întru totul de acord cu tine.

- Matteo este deja la Pierfrancesco în cameră, cred. Oare ce fac ceilalţi copii?

- Stau şi aşteaptă clipa aceea care se apropie dar care parcă nu mai vine! Sunt emoţionaţi şi ei de momentul acesta, nu cred că se aşteptau la aşa ceva, cum de altfel nici eu nu am putut visa şi crede, încheie Piero.

În casă nu mai rămăsese decât bucătăreasa şi un slujitor, ceilalţi fură trimişi la casa splendidă din mijlocul unei grădini pe care doreau s-o ofere familiei Hometti, aşa că prânzul fu unul frugal în aşteptarea plecării la palatul Renzo. Dacă Gertrude i-a dăruit un moştenitor, Piero se simţi dator să-i facă şi el o surpriză la rândul său. Actele fură semnate, iar casa aparţinea Gertrudei.Pierfrancesco fu recunoscut de conte. Cu actele în mână, la ora stabilită, pornigă. Gertrude povestise marchizilor totul şi acum erau şi ei foarte emoţionaţi.

Nu putem prelungi mai mult aşteptarea. Când Piero îşi luă în braţe fiul, plângea cum nu şi-ar fi închipuit el vreodată că o va face.

- Fiule!

- Tată!

De fapt, toată lumea plângea. Se îmbrăţişară cu toţii, iar când totul se mai linişti, Piero arătă actul prin care îl recunoştea legal pe Pierfrancesco drept fiul său, următorul conte de Fiorano şi apoi arătă al doilea act, prin care le dădea familiei Hometti casa pe care servitorii acum o pregăteau de zor. Înmână actul lui Matteo, pe care îl şi îmbrăţişă.

- Astfel, vom sta cu toţii la Florenţa şi vom fi o mare familie, conchise contele. Cred că toată lumea îşi doreşte asta, iar eu acum vreau să-mi cunosc finul. Gabrielle se înroşi brusc, drept pentru care toţi începură să râdă. Am să vin să te vizitez cât voi putea de des, pe tine şi pe sora ta, vrei? întrebă Piero zâmbind.

- Da, răspunse categoric băiatul.

- Atunci să mergeţi să vedeţi unde veţi dormi la noapte, interveni contesa, de fapt, nu doar la noapte, mereu de acum încolo. Când intrară pe poarta vilei dăruite, rămaseră cu toţii uimiţi de câte putuseră să facă servitorii între timp, ce transformare căpătase acum casa. Vă place? mai întrebă Clementina.

- Trebuie să fiu pişcat, altfel e un vis, zise Matteo învăluit de o adâncă uimire.

- Casa are patru dormitoare, nu e chiar aşa mare, zise Piero, dar vom fi împreună, iar grădina e frumoasă mereu.

- Uite, are şi etaj, zise Gabrielle cu candoarea tipică celor mici.

- Da, acolo sunt camerele, iar jos sunt bucătăria, un salon şi două camere pentru servitori. Mai sunt de altfel şi destule locuri de depozitare, spuse Clementina.

- Vă mulţumim pentru tot! Aşa vom avea posibilitatea să-l vedem pe Pierfrancesco tot timpul, zise Matteo.

- Casa noastră este deschisă oricând pentru voi, zise contele. Eu sunt cel care trebuie să vă mulţumesc şi nu cred că voi putea s-o fac vreodată îndeajuns. Rămâneţi deci aici. Matteo, tu poţi merge să rezolvi treburile rămase la Fiesole, de-acum ai casa ta aici.

Tuturor le plăcu priveliştea, camerele erau curăţate iar mobilierul era într-o foarte bună stare, într-adevăr, totul era pregătit, casa era gata oricând pentru a fi locuită. Camera de baie era foarte bine aranjată şi plăcu tuturor.

- Acum, vă lăsăm. Actele vi le-am dat, iar cheia casei este în uşă. Să fiţi fericiţi aici, mai adăuga contele. Acum fiule, spune-le noapte bună şi hai să-ţi cunoşti sora, cred că Giovanna aşteaptă de ceva vreme. Pierfrancesco, prin vis, simţi cum se urcă în trăsură, ţinându-l pe tatăl său de mână. Când ajunseră în curtea palatului Fiorano, Clementina îi spuse:

- Asta este casa ta de acum, dragule, haide să-ţi cunoşti sora! Întâlnirea dintre cei doi a fost foarte nostimă, Giovanna îi spusese repede:

- Mă bucur că eşti fratele meu şi eşti aşa de frumos! Cred că prietenele mele vor ofta când te vor vedea! O să se linguşească pe lângă

263

mine să-ți fac cunoștiință cu ele. Tânărul începu să râdă căci îi plăcu vorba directă a sorei lui, dar și făgașul șăgalnic pe care o luară vorbele ei.

- Eu mai am o soră, Agnese, de vârsta ta. Sper să vă înțelegeți, zise Pierfrancesco zâmbindu-i surorii sale.

- Ne vom înțelege, de mult vroiam o familie mare! În sfârșit o am, concluzionă Giovanna luându-l în brațe bucuroasă și sărutându-l pe obraz.

Tânărul roși, nu era obișnuit cu așa manifestări, de altfel toată lumea îi zâmbi cu afecțiune. Chiar Giovanna a fost cea care îi arătă palatul și mai ales îi arătă camera lui.

- E camera de tânăr a tatălui nostru, aici a copilărit el. Îți place?

- Da, foarte mult. E mai mare decât cea de la Fiesole.

- Bineînțeles, doar acum ești fiu de conte, următorul conte de Fiorano. Să-ți fac cunoștiință cu bătrânul Gaspar, adică motanul care mi-a zăpăcit doica, acum însă nu mai e cazul, a plecat de mult de la noi. Avea, cred, o antipatie față de pisici.

Seara se termină cu cina, la care Piero aprecie foarte mult manierele desăvârșite ale fiului său, fusese pesemne pregătit din timp.

- Clementina, vreau să dăm un bal cum nu a mai văzut Florența! Un bal în care toți invitații să-mi cunoască fiul și moștenitorul!

- Și eu m-am gândit la asta, peste o lună ți-ar conveni?

- Este chiar foarte bine, draga mea.

EPILOG

Palatul Fiorano, în seara balului, era luminat fără reproş, excepţional, lumina parcă îşi avea sălaşul acolo de la începuturile lumii. Pe scările palatului, făclii erau agăţate din loc în loc, astfel încât totul devenea un tablou feeric de lumină.

Sala de bal era folosită din nou după atâţia ani în care stătuse goală. Orchestra repeta în surdină, pregătindu-şi talentele pentru mai târziu. Lumânările la tot pasul precum şi imensele candelabre, făceau ca totul să fie scăldat în lumină aidoma zilei. Focurile din şemineu ardeau neîncetat, aruncând pâlpâiri jucăuşe împrejur. Din această sală mare se trecea în alta mai mică, unde cei mai recunoscuţi bucătari ai vremii înşiruiră pe mese bucate şi mâncăruri rafinate, care erau stropite din belşug de băuturi alese. Uşor, uşor, invitaţii începură să sosească, îmbrăcaţi în veşminte bogate, strălucitoare şi mai ales împodobiţi cu cele mai frumoase bijuterii ce le găsiseră potrivite unui asemenea eveniment. Erau mândri că erau invitaţi la un astfel de bal, prezentarea tânărului Pierfrancesco era un lucru rar în Florenţa. Toată lumea îi ştia acum povestea şi se interesa de el.

Piero şi Clementina îşi primeau oaspeţii mândri şi fericiţi. Marchizii de Renzo erau deja veniţi, dar ei erau de-ai casei, copiii lor stăteau cu Giovanna şi Pierfrancesco în camera fetei. Giovanna îi tot aşeza fratelui ei însemnele casei lor pe pieptul tunicii, îi aranja chiar părul, uitând poate că fratele lui nu era săracul Gaspar. Băiatul însă stătea docil şi chiar îi plăcea caracterul înflăcărat al surorii lui. Agnese era diferită, era timidă şi blândă ca şi mama ei. Giovanna se ocupă de asemenea şi de toaleta Agnesei, cu o seriozitate tipică unei adevărate doamne mature, era chiar încântată că avea acum o familie numeroasă. Îl iubea tare mult pe Gabrielle care îi sculptase o casetă pentru bijuterii, o lucrare deosebită, făcută cu gust şi îndemânare de mare meşter. Scrisese pe ea anul precum şi o dedicaţie: "Pentru sora mea, Giovanna". Aceasta inscripţie o înduioşa profund.

De jos se auzea zumzetul lumii care se adunase din ce în ce mai numeroasă. Gertrude, care se alăturase deja marii familii, intrase în cameră şi îi chemase jos pe tineri. Pierfrancesco îi aştepta pentru a ţine un mic discurs. La fel, Ducele a sosit şi el. Giovanna, cu repezeală, dar şi

265

îndemânare, mai aşeză o dată ţinuta fratelui ei şi îl sărută pe obraz, spre încântarea Gertrudei.

La braţul mamei sale, Pierfrancesco, vădit emoţionat, coborî scara de onoare unde îl aştepta contele, la fel de nerăbdător să-şi săvârşească discursul. Ducele, alături de soţia sa, zâmbea de comicul situaţiei fratelui său, Piero. Liniştea se aşternu peste sală. Erau uimiţi cu toţii de asemănarea dintre tată şi fiu şi mai ales de cât de frumoşi erau amândoi. Contele, dregându-şi glasul, începu:

- Vă mulţumesc tuturor că mi-aţi acceptat invitaţia de a lua parte la imensa bucurie a regăsirii fiului meu, Pierfrancesco! Moştenitorul meu, următorul conte de Fiorano! Această clipă o aştept de mult şi o credeam pierdută pentru totdeauna! Sunt mândru că mama lui şi soţia mea au fost cele care mi-au făcut această nespusă bucurie. Mulţumesc domnului Matteo Hometti pentru maturitatea şi bunătatea lui în a o sprijini într-un moment dificil pe mama copilului meu! Ca o dovadă a faptului că este fiul meu, vă pot spune că-mi poartă semnul, semn purtat de toţi bărbaţii familiei Fiorano. În seara aceasta, vă rog să vă bucuraţi alături de mine şi de familia mea mare şi frumoasă!

Discursul se termină odată cu îmbrăţişarea pe care contele i-o dădu fiului său, iar aplauzele şi ovaţiile începură să curgă de peste tot. Piero lăsă apoi muzica să cânte şi deschise balul alături de soţia sa, de Gertrude şi Matteo, în aplauzele tuturor copiilor lor. Mai târziu, când Piero şi Cosimo se întâlnirâ pe terasă, acesta din urmă îl întrebă râzând:

- Câte discursuri ai mai ţinut până acum?
- Bineînţeles că e primul, zise Piero.
- Poate vei mai ţine, zise Ducele râzând.
- De ce, ce mai vezi?
- Vino şi te uită singur, zise Cosimo. Pierfrancesco dansează cu o domnişoară frumoasă. Lucrezia de Ruffo, viitoarea lui soţie!
- Te cred, acum te cred! zise Piero, ridicând mâinile în sus a predare. Nu le stă rău, continuă el, dar fericit. O altă generaţie vine din spate, Cosimo! Uite şi Giovanna e cu Enrico! Toată lumea palpită dragoste în seara asta. Şi Agnese, uite-o pe Agnese! E cu micuţul conte de Ruffo! Doamne, acum îmi dau seama că nu mai avem douăzeci de ani!
- Şi nici măcar treizeci! zise Cosimo zâmbind.

Timpul curge, aşa cum râul Arno îşi poartă undele pe aceste pământuri de sute de ani, aceste pământuri binecuvântate de Dumnezeu şi închinate cu totul Lui. Viaţa va continua în toate aceste unghere ale oraşului, unii vor muri, iar alţii se vor naşte, însă Florenţa le va birui pe toate şi va învinge timpul. Generaţie după generaţie, toţi contribuim la eterna şi slăvita cetate de la poalele Apeninilor.

Când toate se termină, parcă ai mai dori s-o apuci din nou, de la capăt, însă timpul nu-ți mai dă această putință, el nu-ți este frate, nici mamă și nici tată.

Sfârșit

Martie, 2012

De același autor, a mai apărut romanul "Destine", la Editura Infarom.